TUSSEN DE AANSLAGEN

ARAVIND ADIGA BIJ DE BEZIGE BIJ

De Witte Tijger

ARAVIND ADIGA

Tussen de aanslagen

Vertaald door Arjaan van Nimwegen

2009

DE BEZIGE BIJ

AMSTERDAM

De vertaler ontving voor deze vertaling een werkbeurs
van de Stichting Fonds voor de Letteren

Copyright © 2008, 2009 Aravind Adiga
All rights reserved
Copyright Nederlandse vertaling © 2009 Arjaan van Nimwegen
Oorspronkelijke titel *Between the Assassinations*
Oorspronkelijke uitgever Atlantic Books, Londen
Omslagontwerp Studio Jan de Boer
Omslagillustratie Studio Ping
Foto auteur David Levenson / Getty Images
Vormgeving binnenwerk Peter Verwey, Heemstede
Druk Koninklijke Wöhrmann, Zutphen
ISBN 978 90 234 5039 9
NUR 302

www.debezigebij.nl

Voor Ramin Bahrani

Aankomst in Kittur

Kittur ligt aan de zuidwestkust van India tussen Goa en Calcutta, op bijna gelijke afstand van allebei. In het westen grenst het aan de Arabische Zee en in het zuiden en oosten aan de rivier de Kaliamma. De stad ligt op heuvelachtig terrein, de bodem is zwart en licht zuurhoudend. De moessonregens komen in juni en bestoken de stad tot en met september. De drie maanden daarna zijn droog en koel, en dat is de beste tijd om Kittur te bezoeken. Gezien de rijke historie en de schoonheid van de stad, en de verscheidenheid aan godsdiensten, rassen en talen, wordt een minimumverblijf van een week aanbevolen.

Dag Een:
Het spoorwegstation

De bogen van het spoorwegstation omlijsten uw eerste blik op Kittur wanneer u aankomt als passagier van de Madras Mail (aankomst vroeg in de ochtend) of de West Coast Express (aankomst in de middag). Het station is schemerig, vuil, en ligt vol met weggegooide lunchzakken, waar zwerfhonden hun neus in steken. 's Avonds duiken de ratten op.

De muren zijn overdekt met afbeeldingen van een vrolijke, dikke, rondbuikige en volledig naakte man. Zijn schaamdelen worden strategisch bedekt door zijn gekruiste benen en hij zweeft boven een tekst in het Kannada die luidt: EEN ENKEL WOORD VAN DEZE MAN KAN UW LEVEN VERANDEREN. Hij is de geestelijk leider van een plaatselijke jainistische sekte die een gratis ziekenhuis en een lunchrestaurant in de stad beheert.

De befaamde Kittamma Devi-tempel, een modern gebouw, opgetrokken in Tamil-stijl, staat op de plek waar naar men gelooft een oude schrijn voor de godin zou hebben gestaan. Hij bevindt zich op loopafstand van het station en is vaak het eerste waar bezoekers van de stad naartoe gaan.

Geen van de andere winkeliers bij het station zou een moslim in dienst nemen, maar Ramanna Shetty, baas van de Ideal Store, een thee-en-samosa-huis, had tegen Ziauddin gezegd dat hij wel kon blijven.

Als hij tenminste beloofde hard te werken. En zich niet met gerotzooi bezighield.

Het kleine, bestofte schepsel liet zijn tas op de grond vallen, een hand bewoog zich naar zijn hart.

'Ik ben moslim, meneer. Wij doen niet aan gerotzooi.'

Ziauddin was klein en zwart, met babyvet op zijn wangen en een elfachtige grijns die grote, witte konijnentanden onthulde. Hij kookte thee voor de klanten in een enorme geblutste roestvrij stalen ketel en keek in diepe concentratie toe hoe het water ziedde, overkookte en in de gasvlam siste. Van tijd tot tijd stak hij zijn hand in een van de verweerde roestvrij stalen bussen naast zich om zwart theepoeder, een handvol witte suiker of een stuk geplette gember in het kooksel te gooien. Hij zoog zijn lippen naar binnen, hield zijn adem in en kantelde met zijn linkeronderarm de ketel boven een vergiet. Hete thee droop door de verstopte gaten in kleine, taps toelopende glazen die in de gaten van een karton zaten dat oorspronkelijk voor eieren bedoeld was.

Hij droeg de glazen een voor een naar de tafels, tot genoegen van de ruwe mannen die het theehuis bezochten als hij hun gesprekken onderbrak met kreten als 'Ene! Tweeë! Drieë!', terwijl hij de glazen met een klap voor hen neerzette. Later konden de mannen hem naast de zaak zien hurken als hij borden afwaste in een grote trog met vunzig water, of als hij vettige samosa's verpakte in pagina's uit goniometrieleerboeken, zodat ze konden worden thuisbezorgd, of als hij de theebladerendrab uit het vergiet schepte, of met een roestige schroevendraaier een losse schroef in een stoelrug vastdraaide. Als er een woord Engels klonk, hielden alle werkzaamheden op. Dan draaide hij zich om en herhaalde het luidkeels ('Sunday-Monday, Goodbye, Sexy!'), en dan daverde het theehuis van het gelach.

Laat op de avond, net als Ramanna Shetty zou gaan sluiten, gromde Thimma, een plaatselijke zuiplap die elke avond drie sigaretten kocht, van genoegen toen hij zag hoe Ziauddin zijn kont en dijen tegen de reusachtige koelkast drukte en hem centimeter voor centimeter terug de zaak in schoof.

'Kijk die kleine snotneus nou!' juichte Thimma. 'Die koelkast is groter dan hij, maar wat een doorzetter!'

Hij riep de snotneus bij zich en drukte een munt van vijfentwintig paisa in zijn handpalm. Het jongetje keek de winkelbaas aan of het goed was. Toen Ramanna Shetty knikte, sloot hij zijn vuist en piepte in het Engels: 'Bedankt u, meneer!'

Op een avond legde Ramanna Shetty een hand op het hoofd van de jongen, voerde hem mee naar de zuiplap en vroeg: 'Hoe oud denk je dat hij is? Raad eens?'

Thimma hoorde dat de snotneus bijna twaalf was. Hij was de zesde van elf kinderen uit een landarbeidersgezin in het noorden van de staat. Zodra de regens waren opgehouden, had zijn vader hem op een bus gezet met instructies om in Kittur uit te stappen en over de markt rond te lopen tot iemand hem binnen zou laten. 'Ze hebben hem zonder één paisa weggestuurd,' zei Ramanna. 'Die knul was helemaal aan zijn eigen slimheid overgeleverd.'

Weer legde hij een hand op Ziauddins hoofd.

'En die is, kan ik je zeggen, niet groot, zelfs voor een moslim!'

Ziauddin was bevriend geraakt met de zes andere jongens die de vaat wasten en bedienden in de zaak van Ramanna en samen sliepen in een tent die ze achter de zaak hadden opgezet. Op zondag, om twaalf uur, trok Ramanna de blinden omlaag en reed langzaam op zijn blauw met crème Najaj-scooter naar de Kittamma Devi-tempel, waarbij de jongens achter hem aan moesten lopen. Als hij de tempel in ging om een kokosnoot te offeren aan de godin, gingen ze op het groene zadel van de scooter zitten en praatten over de forse rode woorden in het Kannada die op de kroonlijst van de tempel stonden: EER UW BUURMAN, UW GOD.

'Dat betekent dat degene die naast je woont je God is,' filosofeerde een van de jongens.

'Nee, het betekent dat God vlak bij je is als je echt in Hem gelooft,' zei een ander terug.

'Nee, het betekent, het betekent...' Ziauddin probeerde het uit te leggen.

Maar ze lieten hem niet uitpraten: 'Jij kunt helemaal niet lezen of schrijven, boerenlul!'

Als Ramanna riep dat ze in de tempel moesten komen, schoot hij een paar meter met de anderen mee naar binnen, aarzelde en rende terug naar de scooter: 'Ik ben moslim, ik kan niet naar binnen.'

Die woorden zei hij in het Engels en zo plechtstatig dat de andere jongens even stilvielen, en daarna grinnikten.

Een week voor de regens zouden beginnen, pakte de jongen zijn bundeltje in en zei: 'Ik ga naar huis.' Hij zou zijn plicht aan zijn familie gaan vervullen en samen met zijn vader, moeder en broers werken, voor een paar rupee per dag wieden of zaaien of oogsten op de akkers van een of andere rijke man. Ramanna gaf hem een 'extraatje' van vijf rupee (min tien paisa voor elk van de twee flessen Thums Up die hij had gebroken), om er zeker van te zijn dat hij terug zou komen uit zijn dorp.

Vier maanden later, toen Ziauddin terugkwam, had hij vitiligo gekregen, en roze huid overdekte zijn lippen en vormde plekken op zijn vingers en oorlellen. Het babyvet op zijn gezicht was in de zomer verdampt, hij kwam mager en zongebruind en met iets wilds in zijn ogen terug.

'Wat is er met jou gebeurd?' vroeg Ramanna, toen hij zich had losgemaakt uit een omhelzing. 'Je zou al anderhalve maand geleden terugkomen.'

11

'Er is niks gebeurd,' zei de jongen, en hij wreef met een vinger over zijn verkleurde lippen.

Ramanna bestelde meteen een bord eten. Ziauddin stortte zich erop en propte zich vol als een beestje en de winkelbaas moest zeggen: 'Hebben ze je thuis niks te eten gegeven?'

De 'snotneus' werd vertoond aan alle klanten, van wie er velen maandenlang naar hem hadden gevraagd. Sommigen, die hun heil hadden gezocht in de nieuwere en schonere theehuizen rondom het station, kwamen alleen maar om hem te zien terug naar de zaak van Ramanna. 's Avonds knuffelde Thimma hem een paar keer en schoof hem toen twee munten van vijfentwintig paisa toe, die Ziauddin zwijgend aanpakte en in zijn broek stak. Ramanna riep naar de zuiplap: 'Geef hem geen fooi! Hij is een dief geworden!'

De jongen was betrapt toen hij samosa's stal die voor een klant bedoeld waren, zei Ramanna. Thimma vroeg de winkelbaas of hij een grapje maakte.

'Ik zou het zelf ook niet hebben geloofd,' mompelde Ramanna. 'Maar ik heb het met mijn eigen ogen gezien. Hij pakte een samosa weg uit de keuken en...' Ramanna beet in een denkbeeldige samosa.

Knarsetandend was Ziauddin begonnen de koelkast de zaak in te duwen met de achterkant van zijn benen.

'Maar... het was toch zo'n eerlijk ventje...' wist de zuiplap nog.

'Misschien heeft hij de hele tijd wel gestolen en hebben we het gewoon nooit gemerkt. Je kunt tegenwoordig niemand vertrouwen.'

De flessen rammelden in de koelkast. Ziauddin was gestopt met zijn karwei.

'Ik ben een Pathaan!' Hij sloeg zich op zijn borst. 'Uit het land der Pathanen, ver in het noorden, waar bergen vol sneeuw liggen! Ik ben geen hindoe! Ik doe niet aan gerotzooi!'

Toen liep hij naar achter in de zaak.

'Wat is dat nou, verdomme?' vroeg de zuiplap.

De winkelbaas legde uit dat Ziauddin tegenwoordig de hele tijd in dat Pathaanse taaltje zat te brabbelen. Hij dacht dat de jongen het moest hebben opgepikt van een mullah ergens in het noorden van de staat.

Thimma gromde. Hij zette zijn handen op zijn heupen en riep naar achter in de zaak: 'Ziauddin, Pathanen zijn blank, zoals Imran Khan, en jij bent zo zwart als een Afrikaan!'

De volgende morgen heerste er opschudding in de Ideal Store. Deze keer was Ziauddin op heterdaad betrapt. Ramanna Shetty hield hem vast bij de kraag van zijn overhemd, sleepte hem voor het front van de klanten en zei: 'Zeg me de waarheid, zoon van een kale vrouw. Heb je hem gestolen? Zeg me deze keer de waarheid, dan geef ik je misschien nog een kans.'

'Ik zeg de waarheid,' zei Ziauddin, terwijl hij een kromme vinger naar zijn roze, door vitiligo verkleurde lippen bracht. 'Ik heb geen enkele samosa aangeraakt.'

Ramanna greep hem bij zijn schouder en drukte hem tegen de grond, schopte hem en duwde hem toen het theehuis uit, terwijl de andere jongens op een kluitje onaangedaan toekeken, zoals schapen doen als ze toekijken hoe er een van de kudde geschoren wordt. Toen brulde Ramanna, hij stak een vinger op die bloedde.

'Hij heeft me gebeten, het beest!'

'Ik ben een Pathaan!' schreeuwde Ziauddin terug en hij kwam omhoog op zijn knieën. 'Wij zijn hier gekomen en hebben de Taj Mahal en het Rode Fort in Delhi gebouwd. Waag het niet me zo te behandelen, zoon van een kale vrouw, jij...'

Ramanna wendde zich tot de kring klanten die zich om hen heen verzameld hadden en naar hem en Ziauddin zaten te staren en zich af te vragen wie er nou gelijk had en wie niet: 'Er is hier geen werk voor moslims, en dan moet hij zo nodig ruzie zoeken met de enige man die hem een baantje geeft.'

Een paar dagen later reed Ziauddin langs het theehuis op een fiets met een kar erachter. Grote melkbussen rammelden tegen elkaar in de kar.

'Kijk mij eens,' zei hij spottend tegen zijn voormalige werkgever. 'De melkmensen vertrouwen me.'

Maar ook dat baantje hield hij niet lang, opnieuw werd hij van diefstal beschuldigd. Hij zwoer in het openbaar dat hij nooit meer voor een hindoe zou werken.

Er werden nieuwe moslimrestaurants geopend aan de andere kant van het station, waar moslimimmigranten zich vestigden, en Ziauddin vond werk in een van die restaurants. Hij bereidde omeletten en toast op een grill voor de deur en riep in het Urdu en het Malayalam: 'Moslims, waar jullie ook vandaan komen, uit Jemen of Kerala, Arabië of Bengalen, kom eten in een echte moslimzaak!'

Maar zelfs die baan duurde niet lang. Weer werd hij van diefstal beschuldigd door zijn baas, die hem een klap gaf toen hij hem tegensprak. Daarna werd hij gesignaleerd in een rood uniform op het station met stapels bagage op zijn hoofd en verwoed ruziënd met de passagiers over zijn loon.

'Ik ben de zoon van een Pathaan, in mij stroomt het bloed van een Pathaan. Hoor je me? Ik ben geen bedrieger!'

Toen hij ze aanstaarde, puilden zijn oogballen uit en de pezen in zijn hals waren gespannen. Hij was een van die magere, eenzame mannen met levendige ogen geworden die elk station in India bevolken, in een hoek hun *beedi's* zitten te roken en eruitzien of ze elk moment iemand kunnen vermoorden. Maar als vroegere klanten van de zaak van Ramanna zijn naam riepen, grijnsde hij, en dan zagen ze weer iets van de jongen met de brede grijns die met een klap glazen thee op hun tafels had gezet en hun Engels had verhaspeld. Ze vroegen zich af wat er in godsnaam met hem gebeurd was.

Ten slotte begon Ziauddin ruzie te maken met andere kruiers, hij werd ook het station uit gegooid en zwierf een paar dagen doelloos rond, al vloekend op zowel hindoes als moslims. Toen was hij weer terug op het station en droeg weer tassen op zijn hoofd. Hij was een harde werker, dat moest iedereen toegeven. En er was nu genoeg werk voor iedereen. Er waren een paar treinen vol militairen in Kittur aangekomen, op de markt werd verteld dat er een nieuwe legerbasis werd ingericht aan de weg naar Cochin, en nog dagen nadat de militairen vertrokken waren kwamen er goederentreinen in hun kielzog met grote kratten die moesten worden gelost. Ziauddin hield zijn mond en sjouwde de kratten de trein en het station uit, waar legertrucks stonden te wachten om ze in te laden.

Op een zondag lag hij op het stationsperron om tien uur in de ochtend nog te slapen, doodmoe van een week werken. Hij werd wakker met trillende neusvleugels. Er hing een zeeplucht. Beekjes schuim en bellen stroomden langs hem heen. Een rij zwarte lijven was zich aan het wassen aan de rand van het perron.

Ziauddin moest niezen van de lucht van het schuim.

'Hé, ga je ergens anders wassen! Laat mij met rust!'

De mannen lachten en riepen en wezen met hun zeepvingers op Ziauddin: 'Wij zijn geen onreine dieren, Zia! Sommigen van ons zijn hindoe!'

'Ik ben een Pathaan!' gilde hij naar de baders. 'Niet die toon tegen mij.'

Hij begon tegen ze te schreeuwen toen er iets vreemds gebeurde: de baders renden allemaal van hem weg en riepen: 'Een koelie, meneer? Een koelie?'

Er was een vreemdeling op het perron verschenen, hoewel er geen trein was binnengelopen: een lange, lichthuidige man met een kleine zwarte koffer. Hij droeg een schoon wit zakelijk overhemd en een grijze katoenen broek, en alles aan hem rook naar geld. Dat maakte de kruiers gek en ze dromden om hem heen, nog onder het schuim, als mensen met een gruwelijke ziekte die zich om een arts verdringen die misschien een remedie heeft. Maar hij wees hen allemaal af en liep op de enige kruier af die niet onder het schuim zat.

'Welk hotel?' vroeg Ziauddin, die zich overeind hees.

De vreemdeling haalde zijn schouders op alsof hij wilde zeggen: 'Kies jij maar.' Hij keek afkeurend naar de andere kruiers die nog steeds rondhingen, bijna naakt en onder de zeep.

Nadat hij zijn tong had uitgestoken naar de andere kruiers, vertrok Zia met de vreemdeling.

Ze liepen getweeën in de richting van de goedkope hotels waarmee de straten rondom het station vol stonden. Ziauddin hield stil voor een gebouw met een hele reeks borden, voor elektriciteitszaken, drogisten, apothekers en loodgieters, en wees naar een rood bord op de eerste verdieping:

HOTEL DECENT

KAMERS MET PENSION

HIER ELKE KEUKEN EN ALLE FACILITEITEN

NOORD-INDIASE ZUID-INDIASE

CHINESE WESTERSE TIBETAANSE GERECHTEN

TAXI PASPOORT VISA XEROX INTERNATIONAAL BELLEN

NAAR ALLE LANDEN

'Wat dacht u hiervan, meneer? Het beste hotel in de stad.' Hij legde zijn hand op zijn hart. 'Op mijn woord.'

Hotel Decent had een goede regeling met alle stationskruiers: een aandeel van tweeënhalve rupee voor elke gast die ze aanbrachten.

De vreemdeling zei vertrouwelijk zacht: 'Beste kerel, het is toch wel een goed hotel?'

Hij legde de nadruk op het kritieke woord door het in het Engels te zeggen.

'Heel goed,' zei Zia met een knipoog. 'Heel erg goed.'

De vreemdeling kromde zijn vinger en wenkte Zia dichterbij. Hij fluisterde Zia in zijn oor: 'Beste kerel, ik ben moslim.'

'Ik weet het, meneer. Ik ook.'

'Niet zomaar een moslim. Ik ben een Pathaan.'

Het was of Ziauddin een toverspreuk had gehoord. Hij staarde de vreemdeling aan.

'Neem me niet kwalijk, meneer... Ik heb niet... Ik... Allah heeft u naar precies de goede kruier geleid, meneer! En dit is helemaal niet het goede hotel voor u, meneer. Het is eigenlijk een heel slecht hotel. En dit is niet de goede...'

Hij nam het vreemde koffertje van de ene hand in de andere over en voerde de vreemdeling mee, om het station heen naar de an-

dere kant, waar de hotels in moslimhanden waren en waar de kruiers geen aandeel kregen. Hij hield stil bij een hotel en zei: 'Zou dit
gaan?'

HOTEL DARUL-ISLAM
KAMERS MET PENSION

De vreemdeling bestudeerde het bord, de groene toegangspoort tot
het hotel, de afbeelding van de Grote Moskee van Mekka boven de
poort. Toen stak hij een hand in een zak van zijn grijze broek en
haalde er een biljet van vijf rupee uit.

'Dat is te veel voor één koffer, meneer. Geeft u maar twee rupee.'

Zia beet op zijn lip.

'Nee, zelfs dat is te veel.'

De vreemdeling glimlachte. 'Een eerlijk man.'

Hij tikte met twee vingers van de linkerhand op zijn rechter-
schouder.

'Ik heb een slechte arm, vriend. Ik had die koffer niet hierheen
kunnen dragen zonder veel pijn.' Hij drukte het geld in Zia's handen. 'Je verdient zelfs meer.'

Zia nam het geld aan, hij keek naar het gezicht van de vreemdeling.

'Bent u echt een Pathaan, meneer?'

Het lijf van de jongen huiverde bij het antwoord van de vreemdeling.

'Ik ook!' riep hij, en hij rende als een dolle weg en riep uit: 'Ik ook!
Ik ook!'

Die nacht droomde Ziauddin van besneeuwde bergen en een
ras van lichthuidige, hoffelijke mensen die fooien gaven als goden.
's Morgens ging hij terug naar het pension en trof de vreemdeling
aan op een van de banken voor de deur, waar hij slokjes nam uit een
geel theekopje.

'Drink je thee met me, Pathaantje?'

In verwarring schudde Ziauddin zijn hoofd, maar de vreemdeling knipte al met zijn vingers. De eigenaar, een dikke man met gladgeschoren bovenlip en een volle, pluizige witte baard als een maansikkel, keek mismoedig naar de smerige kruier voor hij met een grom te kennen gaf dat hij vandaag aan een tafel mocht gaan zitten.

De vreemdeling vroeg: 'Dus jij bent ook een Pathaan, vriendje?'

Ziauddin knikte. Hij noemde de vreemdeling de naam van de man die hem verteld had dat hij een Pathaan was. 'Het was een geleerde man, meneer, hij was een jaar in Saudi-Arabië geweest.'

'Aha,' zei de vreemdeling hoofdschuddend. 'Aha, juist, nou begrijp ik het.'

Er verliepen een paar minuten in stilte. Ziauddin zei: 'Ik hoop niet dat u hier lang zult blijven, meneer. Het is een slechte stad.'

De Pathaan trok zijn wenkbrauwen op.

'Voor moslims zoals wij is het slecht. De hindoes geven ons geen werk, ze hebben geen respect voor ons. Ik spreek uit ervaring, meneer.'

De vreemdeling haalde een notitieboekje tevoorschijn en begon te schrijven. Zia keek toe. Weer keek hij naar het knappe gezicht van de vreemdeling, zijn dure kleren, hij snoof de geur op van zijn vingers en gezicht. 'Deze man is een landgenoot van je, Zia,' zei de jongen in zichzelf. 'Een landgenoot!'

De Pathaan dronk zijn thee op en gaapte. Alsof hij Zia totaal vergeten was, liep hij weer het pension binnen en sloot de deur achter zich.

Zodra zijn buitenlandse gast het pension in was verdwenen, ving de eigenaar Ziauddins blik en gaf een ruk met zijn hoofd, en de vuile koelie wist dat zijn thee niet zou komen. Hij ging terug naar het station, waar hij op zijn gewone plek ging staan wachten tot een passagier hem zou benaderen met stalen koffers of leren tassen om naar de trein te dragen. Maar zijn ziel straalde van trots en hij maakte die dag met niemand ruzie.

De volgende morgen werd hij wakker van de geur van frisgewassen kleren. 'Een Pathaan staat altijd op bij zonsopgang, vriend.'

Gapend en zich uitrekkend deed Ziauddin zijn ogen open: een paar mooie blauwe ogen keek op hem neer, ogen zoals je misschien krijgt als je lang naar de sneeuw kijkt. Ziauddin kwam moeizaam overeind en verontschuldigde zich voor de vreemdeling, schudde zijn hand en kuste hem bijna op zijn gezicht.

'Heb je iets gegeten?' vroeg de Pathaan.

Zia schudde zijn hoofd. Hij had nog nooit voor het middaguur gegeten.

De Pathaan nam hem mee naar een van de thee-en-samosa-kramen bij het station. Het was er een waar Zia gewerkt had, en de jongens keken verbijsterd toe toen hij aan de tafel ging zitten en riep: 'Het beste wat je hebt! Er moeten vanmorgen twee Pathanen gevoed worden!'

De vreemdeling boog zich naar hem over en zei: 'Zeg het niet hardop. Ze mogen het niet weten van ons, het is ons geheim.'

Toen stopte hij Zia snel een biljet in zijn hand. De jongen streek het glad en zag een tractor en een rijzende rode zon. Vijf rupee!

'Wilt u dat ik uw koffer helemaal naar Bombay breng? In Kittur is zo'n biljet goed voor die afstand.'

Hij leunde achterover in zijn stoel toen een bediende twee koppen thee voor ze neerzette en een bord met een grote samosa, doormidden gesneden en overgoten met waterige ketchup. De Pathaan en Zia kauwden elk op hun halve samosa. Toen pulkte de man een stukje samosa van tussen zijn tanden en vertelde Ziauddin wat hij verwachtte voor zijn vijf rupee.

Een halfuur later ging Zia in een hoek van het station zitten, buiten de wachtkamer. Als klanten vroegen of hij hun bagage wou dragen, schudde hij zijn hoofd en zei: 'Ik heb vandaag ander werk te doen.' Als de treinen het station binnen reden, telde hij ze. Maar omdat het niet makkelijk was om het totaal te onthouden, ging hij wat verderop zitten in de schaduw van een boom die in het station groeide. Elke keer als er een trein langs floot, maakt hij met zijn grote teen een teken in de modder en hij zette er een streep door bij elke vijfde. Sommige treinen zaten mudvol, andere hadden hele wagons vol militairen met geweren en weer andere waren bijna helemaal leeg. Hij vroeg zich af waar ze naartoe gingen, al die treinen, al die mensen... Hij sloot zijn ogen en doezelde weg. Hij schrok op van een treinmotor en hij kraste weer een streep met zijn grote teen. Toen hij overeind kwam om te gaan eten, merkte hij dat hij op een deel van de staffels had gezeten, en onder zijn gewicht waren ze uitgevaagd, en toen moest hij ontzettend zijn best doen om ze te ontcijferen.

Die avond zag hij de Pathaan zitten theedrinken op een van de banken voor het pension. De grote man glimlachte toen hij Ziauddin zag, en klopte drie keer op een plek op de bank naast hem.

'Gisteravond hebben ze me geen thee gebracht,' klaagde Ziauddin, en hij legde uit wat er gebeurd was. Het gezicht van de Pathaan verstrakte, Ziauddin zag dat de vreemdeling rechtschapen was. Hij was ook machtig: zonder een woord te zeggen wendde hij zich tot de eigenaar en wierp hem een dreigende blik toe. Binnen een minuut kwam er een jongen het hotel uit hollen met een geel kopje en dat zette hij voor Zia neer. Die snoof de geuren van kardemom en zoete, dampende melk op en zei: 'Er zijn zeventien treinen Kittur binnengelopen en zestien zijn er vertrokken. Ik heb ze stuk voor stuk geteld, precies zoals u vroeg.'

'Goed, zei de Pathaan. 'En vertel me eens: in hoeveel van die treinen zaten Indiase militairen?'

Ziauddin staarde hem aan.

'In-hoeveel-ervan-zaten-Indiase-militairen?'

'In allemaal zaten militairen... Ik weet het niet...'

'In zes treinen zaten Indiase soldaten,' zei de Pathaan. 'Vier ervan gingen naar Cochin, twee kwamen ervandaan.'

De volgende dag ging Ziauddin bij de boom in de hoek van het station zitten een halfuur voor de eerste trein binnenliep. Hij kraste een teken in de aarde met zijn grote teen. Tussen de treinen door ging hij naar de snackbar binnen in het station.

'Jou moeten we hier niet!' riep de baas van de tent. 'We willen geen gedonder meer!'

'Met mij zul je geen gedonder krijgen,' zei Zia. 'Vandaag heb ik geld op zak.' Hij legde een briefje van een rupee op de tafel. 'Stop dat in je geldkistje en geef me een kip-samosa.'

Die avond meldde Zia aan de Pathaan dat er elf treinen met militairen waren aangekomen.

'Goed werk,' zei de man.

De Pathaan stak zijn zwakke arm uit en oefende lichte druk uit op elk van Ziauddins wangen. Hij haalde weer een biljet van vijf rupee tevoorschijn, dat de jongen zonder aarzeling aannam.

'Ik wil dat je morgen oplet hoeveel van de treinen een rood kruis op de zijkant van de wagons hebben staan.'

Ziauddin deed zijn ogen dicht en herhaalde: 'Rood kruis op de zijkant.' Hij sprong overeind, bracht een militaire groet en zei: 'Bedankt u, meneer!'

De Pathaan lachte, een warme, hartelijke, buitenlandse lach.

De volgende dag ging Ziauddin weer onder de boom zitten en kraste met zijn teen drie rijen met getallen. Een: het aantal treinen. Twee: het aantal treinen met militairen. Drie: het aantal treinen met een rood kruis.

Zestien, elf, acht.

Er kwam weer een trein langs. Zia keek op, kneep zijn ogen tot spleetjes en verplaatste zijn voet toen tot boven de eerste van de drie rijen.

Hij liet hem daar even hangen, en toen op de grond zakken, waarbij hij oppaste dat hij de tekens niet uitwiste. De trein vertrok en meteen erna liep er weer een het station binnen, vol militairen, maar Ziauddin voegde geen streepje toe. Hij bleef alleen staren naar de streepjes die hij al gezet had, alsof hij er iets nieuws in had gezien.

De Pathaan was bij het pension toen Ziauddin er om vier uur aankwam. De lange man hield zijn handen op zijn rug en hij had om de banken heen gedrenteld. Met snelle passen kwam hij op de jongen af.

'Heb je het aantal?'

Ziauddin knikte.

Maar toen ze allebei waren gaan zitten, vroeg hij: 'Waarom moet ik die dingen voor u doen?'

De Pathaan reikte met zijn zwakke arm helemaal over de tafel heen en probeerde Ziauddins haar aan te raken.

'Eindelijk vraag je het. Eindelijk.' Hij glimlachte.

De pensioneigenaar met de maansikkelbaard kwam zonder geroepen te worden naar buiten. Hij zette twee koppen thee op de tafel, deed een stap achteruit, wreef in zijn handen en grijnsde. De Pathaan stuurde hem met een hoofdbeweging weg. Hij dronk van zijn thee. Ziauddin raakte de zijne niet aan.

'Weet je waar die treinen vol soldaten en met rode kruisen erop naartoe gaan?'

Ziauddin schudde zijn hoofd.

'Naar Calcutta.'

De vreemdeling bracht zijn gezicht dichterbij. De jongen zag dingen die hij eerder niet gezien had: littekens op de neus en wangen van de Pathaan en een scheurtje in zijn linkeroor.

'Het Indiase leger zet een basis op ergens tussen Kittur en Calcutta. Met maar één reden...' Hij stak een dikke vinger op. 'Om de moslims in Zuid-India aan te kunnen doen wat ze de moslims in Kashmir aandoen.'

Ziauddin keek naar de thee. Er was een gerimpeld vel van melkvet op het oppervlak gekomen.

'Ik ben een moslim,' zei hij. 'En ook de zoon van een moslim.'

'Precies. Precies.' De vreemdeling legde zijn dikke vingers over de bovenkant van het theekopje. 'Luister goed: elke keer als je de treinen in de gaten houdt, is er een kleine beloning voor je. Let wel: het zal niet altijd vijf rupee zijn, maar er komt wel wat. Een Pathaan helpt andere Pathanen. Het is eenvoudig werk. Ik ben hier voor het zware werk. Jij mag...'

Ziauddin zei: 'Ik ben niet lekker. Morgen kan ik niet.'

De vreemdeling dacht erover na en zei toen: 'Je liegt tegen me. Mag ik vragen waarom?'

Een vinger streek over een paar door vitiligo verkleurde lippen.

'Ik ben een moslim. En ook de zoon van een moslim.'

'Er zijn vijftigduizend moslims in deze stad.' De stem van de vreemdeling kraste van ergernis. 'Stuk voor stuk zijn ze ziedend. Stuk voor stuk zijn ze bereid tot actie. Ik heb je dit baantje alleen bezorgd uit medelijden. Omdat ik zie wat de Indiërs je hebben aangedaan. Anders had ik het baantje wel aan een van die vijftigduizend anderen aangeboden.'

Ziauddin schopte zijn stoel naar achteren en stond op.

'Vraag er dan maar een van die vijftigduizend anderen voor.'

Buiten het hek van het pension keek hij om. De Pathaan keek naar hem, hij sprak met zachte stem.

'Is dit de manier om mij terug te betalen, Pathaantje?'

Ziauddin zei niets. Hij keek naar de grond. Zijn grote teen kraste een figuur in de grond, een grote cirkel. Hij zoog verse lucht naar binnen en liet een schorre, woordloze zucht ontsnappen.

Toen rende hij weg. Hij rende het hotel uit, om het station heen naar de hindoekant, helemaal tot aan Ramanna Shetty's theehuis, en daarna rende hij achter de zaak om de blauwe tent in, waar de jongens woonden. Daar ging hij zitten, met zijn gevlekte lippen opeengeklemd en zijn vingers met kracht om zijn knieën verstrengeld.

'Wat bezielt jou?' vroegen de andere jongens. 'Je kunt hier niet blijven, hoor. Shetty schopt je eruit.' Ze verborgen hem daar die nacht, vanwege vroeger. Toen ze wakker werden, was hij verdwenen. Later die dag werd hij weer gesignaleerd op het station, waar hij ruziemaakte met klanten en ze toeschreeuwde: '... doe niet aan gerotzooi!'

Hoe de stad is aangelegd

In het geografische centrum van Kittur vindt men de afbladderende gestuukte gevel van de Angel Talkies, een pornobioscoop. Spijtig genoeg noemen de inwoners de Angel Talkies als referentiepunt als ze de weg wijzen. De bioscoop ligt halverwege de Paraplustraat, het hart van het winkelgebied. Een belangrijk deel van de economie van Kittur berust op de vervaardiging van handgerolde beedi's, geen wonder dus dat het hoogste gebouw van de stad het Engineer Beedi Building aan de Paraplustraat is, eigendom van Mabroor Engineer, die doorgaat voor de rijkste man van de stad. Niet ver daarvandaan ligt de befaamdste ijssalon van Kittur, de Ideal Traders Ice Cream and Fresh Fruit Juice Parlour. De White Stallion Talkies, de enige bioscoop die uitsluitend Engelstalige films vertoont, is een andere nabijgelegen attractie. Ming Palace, het eerste Chinese restaurant in Kittur, opende in 1986 zijn poorten in de Paraplustraat. De Ganapati-tempel in dezelfde straat is gebouwd naar model van een beroemde tempel in Goa, en er wordt jaarlijks een *pooja* gehouden voor de god met het olifantenhoofd. Als u na de Angel Talkies noordwaarts de Paraplustraat volgt, bereikt u, via de Nehru Maidan en het spoorwegstation, de rooms-katholieke voorstad Valencia, met als voornaamste monument de kathedraal van Onze-Lieve-Vrouwe van Valencia. De Dubbele

Poort, een boogconstructie uit de koloniale tijd, leidt u naar Bajpe, ooit een woud maar tegenwoordig een snel groeiende buitenwijk. Ten zuiden van de Angel Talkies leidt de weg omhoog naar de Vuurtorenheuvel en omlaag naar de Koelwaterbron. Bij een druk kruispunt bij de Bron begint de weg die naar de Bunder, het havengebied leidt. Zuidelijker van de Bunder is het Sultansfort te zien, een zwarte vesting boven de weg die over de Kaliamma naar Zoutmarktdorp voert, de zuidelijkste uitbreiding van Kittur.

Dag Een (Middag): De Bunder

U bent de Koelwaterbronweg af gelopen, tot voorbij de Masjid-weg en u begint al het zout in de lucht te ruiken en ziet de hoeveelheid viskramen in de openlucht, vol garnalen, mosselen, rivierkreeftjes en oester. U bent nu niet ver van de Arabische Zee.

De Bunder, het gebied rondom de haven, is nu voornamelijk islamitisch. Het grootste monument hier is de Dargah, het mausoleum, van Yusuf Ali, een wit gebouw met een koepel, waarheen duizenden moslims uit heel Zuid-India jaarlijks een pelgrimstocht maken. De oeroude banyanboom die achter het graf van de heilige staat is altijd opgetuigd met gele en gouden linten en heeft volgens gelovigen de kracht om invaliden te genezen. Tientallen lepralijders, geamputeerden, bejaarden en gedeeltelijk verlamden hurken buiten de schrijn en bedelen bezoekers om aalmoezen.

Als u naar het andere eind van de Bunder loopt, vindt u het industriegebied, waar in tientallen *sweatshops* textiel wordt vervaardigd in gore oude panden. De Bunder heeft het hoogste misdaadcijfer van Kittur en er vinden regelmatig steekpartijen, politie-invallen en arrestaties plaats. In 1987 braken er bij de Dargah rellen uit tussen hindoes en moslims, en de politie sloot het Bundergebied tien dagen af. Sindsdien trekken de hindoes weg naar Bajpe en Zoutmarktdorp.

Abbasi opende de fles – Johnnie Walker Red Label blended, de op één na beste whisky die God of de mensheid kende – en schonk een bodempje in twee glazen met het logo van Air India *maharajah*. Hij deed de oude koelkast open, pakte een ijsemmer en liet met zijn hand in elk glas drie ijsblokjes vallen. Hij schonk koud water in de glazen, nam een lepel en roerde. Hij boog zijn hoofd en maakte zich op om in een van de glazen te spugen.

O, te makkelijk, Abbasi. Te makkelijk.

Hij slikte het speeksel door. Hij ritste zijn katoenen broek open en liet hem zakken. Hij drukte zijn middel- en wijsvinger van zijn rechterhand tegen elkaar en stak ze diep in zijn anus, daarna doopte hij ze in een van de glazen whisky en roerde.

Hij trok zijn broek op en ritste hem dicht. Hij keek bezorgd naar de bedorven whisky: nu kwam het precaire punt, het moest zo geregeld worden dat de juiste man het juiste glas kreeg.

Met het dienblad liep hij het keukentje uit.

Het bestuurslid van het staatselektriciteitsbedrijf zat aan Abbasi's tafel te grijnzen. Het was een dikke, donkere man in een blauw safaripak, een stalen balpen stak uit zijn borstzak. Abbasi zette het blad voorzichtig voor meneer op tafel.

'Ga uw gang,' zei Abbasi, overdreven gastvrij. Het bestuurslid had het dichtstbijzijnde glas genomen, nam slokjes en likte zijn lippen af. Hij leegde het glas in trage slokken en zette het neer.

'Mannendrank.'

Abbasi glimlachte ironisch.

Het bestuurslid legde zijn handen op zijn buik.

'Vijfhonderd,' zei hij. 'Vijfhonderd rupee.'

Abbasi was een kleine man met een grijze lok in zijn baard die hij niet probeerde te verhullen met verf, zoals veel mannen van middelbare leeftijd in Kittur deden. Hij vond dat die witte lok hem iets scherpzinnigs gaf en dat vond hij nodig, omdat hij wist dat hij onder zijn vrienden doorging voor een eenvoudige van geest, soms onderhevig aan vlagen idealisme.

Van zijn voorouders, die in dienst waren geweest bij de koninklijke *darbars* van Hyderabad, had hij een verfijnd gevoel van hoffelijkheid en goede manieren geërfd, dat hij met vleugjes sarcasme en zelfspot had aangepast aan de werkelijkheid van de twintigste eeuw.

Hij vouwde zijn handen in een hindoestaanse *namaste* en boog diep voor het bestuurslid. 'Sahib, u weet dat we de fabriek net weer geopend hebben. We hebben hoge kosten gehad. Als u misschien...'

'Vijfhonderd. Vijfhonderd rupee.'

Het bestuurslid draaide het glas rond en staarde met één oog naar het Air India-logo, alsof hij ergens een lichte gêne voelde over waar hij mee bezig was. Hij wees met zijn vingers naar zijn mond. 'Mensen moeten tegenwoordig eten, meneer Abbasi. De prijzen stijgen zo snel. Sinds mevrouw Gandhi dood is, dreigt dit land uit elkaar te vallen.'

Abbasi deed zijn ogen dicht. Hij reikte naar zijn bureau, trok een la open, haalde er een stapel bankbiljetten uit, telde ze en legde het geld voor het bestuurslid neer. De dikke man telde de biljetten en maakte voor elk ervan zijn vinger nat, haalde een blauw elastiek uit zijn broekzak en sloeg dat dubbel om de biljetten heen.

Maar Abbasi wist dat de beproeving nog niet voorbij was. 'Sahib, in onze fabriek is het traditie dat we een gast nooit laten vertrekken zonder een geschenk.'

Hij belde om Ummar, zijn manager, die bijna onmiddellijk binnenkwam met een overhemd in zijn handen. Hij had de hele tijd voor de deur staan wachten.

Het bestuurslid nam het witte overhemd uit de kartonnen doos en keek naar het patroon: een gouden draak met een staart die tot over de rug liep.

'Het is prachtig.'

'We exporteren ze naar de Verenigde Staten. Ze worden gedragen door mannen die dansen voor hun beroep. "Stijldansen" noemen ze dat. Ze trekken dit overhemd aan en draaien dan rond onder rode discolampen.' Abbasi hield zijn handen boven zijn hoofd en draaide in het rond, suggestief met zijn heupen en billen schuddend. Het bestuurslid keek naar hem met wellustige blik.

Hij klapte en zei: 'Dans nog eens voor me, Abbasi.'

Toen hield hij het overhemd onder zijn neus en snoof er drie keer aan.

'Dit patroon...' – hij drukte met zijn dikke vinger op de omtrekken van de draak – '... geweldig is het.'

'Die draak is de reden waarom ik moest sluiten,' zei Abbasi. 'Draken borduren is heel fijn werk. De ogen van de vrouwen die dat werk doen, raken beschadigd. Daar werd ik op een dag op gewezen, en ik dacht: ik wil me niet tegenover Allah moeten verantwoorden voor de schade die ik aan de ogen van mijn arbeiders toebreng. Dus zei ik tegen ze: ga naar huis, en ik sloot de fabriek.'

Het bestuurslid glimlachte ironisch. Weer zo'n moslim die whisky drinkt en het om de zin over Allah heeft.

Hij legde het overhemd weer in de doos en stak die onder zijn arm. 'Waarom heb je de fabriek dan heropend?'

Abbasi bracht zijn vingers bij elkaar en propte ze in zijn mond. 'Mensen moeten eten, sahib.'

Ze liepen samen de trap af, met Ummar drie passen achter hen. Toen ze beneden waren, zag het bestuurslid rechts van zich een donkere opening. Hij deed een stap in de richting van het duister. In het vage licht van de kamer zag hij vrouwen met witte overhemden op schoot die garen stikten in half voltooide draken. Hij wilde meer zien, maar Abbasi zei: 'Ga maar naar binnen, sahib. Ik wacht wel hier buiten.'

Hij draaide zich om en keek naar de muur, terwijl Ummar het bestuurslid rondleidde over de werkvloer, hem voorstelde aan een paar van de arbeidsters en hem weer naar buiten bracht. Het bestuurslid stak zijn hand uit naar Abbasi voor hij vertrok.

Ik had hem niet moeten aanraken, dacht Abbasi op het moment dat hij de deur sloot.

Om halfzes in de middag, een halfuur nadat de vrouwen het naaiatelier hadden verlaten, sloot Abbasi de fabriek, stapte in zijn Ambassador en reed van de Bunder naar Kittur. Hij kon maar aan één ding denken.

Corruptie. Het houdt nooit op in dit land. In de afgelopen vier maanden, sinds hij besloten had zijn overhemdenfabriek te heropenen, had hij geld moeten toeschuiven aan: de elektriciteitsman, de waterleidingman, de halve afdeling Inkomstenbelasting van Kittur, de halve afdeling Accijnzen van Kittur, zes verschillende bazen van de telefoonmaatschappij, een chef van de grondbelasting van de gemeente Kittur, een hygiëne-inspecteur van de Karnataka-staatsgezondheidsdienst, een gezondheidsinspecteur van de Karnataka-staatshygiënedienst, een delegatie van de Algemene Indiase Unie van Arbeiders in het Kleinbedrijf, delegaties van de Congrespartij, afdeling Kittur, de Bharatiya Janata-partij, afdeling Kittur, de Communistische Partij, afdeling Kittur, en de Moslimliga, afdeling Kittur.

De witte Ambassador reed de oprijlaan van een groot, witgeschilderd landhuis op. Minstens vier avonden per week ging Abbasi naar de Canara Club, naar een kleine kamer met airconditioning en een groene biljarttafel, om snooker te spelen en met zijn vrienden te drinken. Hij was een goede speler en zijn trefzekerheid nam na zijn twee whisky af, dus speelden zijn vrienden graag lange partijen met hem.

'Wat zit je dwars, Abbasi?' vroeg Sunil Shetty, die ook een overhemdenfabriek in de Bunder had. 'Je speelt vanavond erg wild.'

'Weer iemand van het elektriciteitsbedrijf op bezoek. Deze keer een echte rotzak. Donkere vent. Een of andere lage kaste.'

Sunil Shetty knorde meelevend, Abbasi had gemist.

Halverwege de partij stapten alle spelers weg van het biljart toen er een muis over de vloer rende, langs de muren tot hij een gat vond om in te verdwijnen.

Abbasi sloeg met zijn vuist op de rand van het biljart.

'Wat doen ze met al die contributie van ons? Ze kunnen de vloeren niet eens schoonhouden! Zie je nou hoe corrupt de leiding van de club is?'

Daarna ging hij zwijgend zitten met zijn rug naar het bord met

DE SPELREGELS MOETEN ONDER ALLE OMSTANDIGHEDEN NAGE-

LEEFD WORDEN en keek, met zijn kin leunend op het uiteinde van de keu, toe hoe de anderen speelden.

'Je bent gespannen, Abbasi,' zei Ramanna Padiwal, die een winkel in zijde en kunstzijde had in de Paraplustraat en de beste snookerhaai van de stad was.

Om dat waanidee te verjagen bestelde Abbasi whisky voor iedereen. Ze stopten met spelen en hielden tijdens het drinken een papieren servetje om hun glas. Zoals altijd praatten ze eerst over de whisky zelf.

'Ken je die vent die de huizen langs gaat en twintig rupee biedt voor oude dozen van Johnnie Walker Red Label-flessen?' zei Abbasi. 'Aan wie verkoopt hij die dozen door?'

De anderen lachten.

'Voor een moslim ben je wel erg onnozel, Abbasi,' zei Padiwal, de tweedehandsautoverkoper, lachend. 'Die verkoopt hij natuurlijk aan de illegale stoker. Daarom is de Johnny Walker Red die jij in de winkel koopt illegaal gestookt, zelfs in een echte fles en een echte doos.'

Abbasi praatte langzaam en trok met zijn vinger cirkels in de lucht: 'Dus ik verkoop een doos... aan de man die hem verkoopt aan de man die het spul illegaal stookt en daarna weer aan mij verkoopt? Dat betekent dus dat ik mezelf bedonder?'

Padiwal wierp een verbijsterde blik op Sunil Shetty en zei: 'Voor een moslim is die man een echte...'

Zulke gevoelens waren wijdverbreid onder de industriëlen sinds Abbasi zijn fabriek had gesloten omdat het werk schadelijk was voor de ogen van zijn werkneemsters. De meeste snookerspelers bezaten fabrieken, of hadden daarin geïnvesteerd, waar vrouwen op dezelfde manier waren aangesteld. Geen van hen had er ook maar over gedacht om een fabriek te sluiten omdat er hier of daar een vrouw blind werd.

Sunil Shetty zei: 'Onlangs las ik in de *Times of India* dat de baas van Johnnie Walker had gezegd dat er in een gemiddelde kleine stad in India meer Red Label wordt geconsumeerd dan er in heel

31

Schotland geproduceerd wordt. Op drie gebieden' – hij telde ze op zijn vingers – 'de zwarte markt, vervalsing en corruptie, zijn wij wereldkampioen. Als die toegelaten werden tot de Olympische Spelen, zou India altijd goud, zilver en brons winnen in die drie sporten.'

Na middernacht strompelde Abbasi de club uit en liet een muntstuk achter bij de bewaker, die uit zijn stoel kwam om hem te groeten en in zijn auto te helpen.

Hij was onderhand dronken en reed in volle vaart de stad uit en omhoog naar de Bunder. Toen de geur van de zeewind hem tegemoet kwam, ging hij uiteindelijk langzamer rijden.

Hij stopte langs de weg toen zijn huis in zicht kwam en besloot dat hij nog een glas nodig had. Hij bewaarde altijd een flesje whisky onder zijn zitting, waar zijn vrouw het niet zou vinden. Hij reikte omlaag en voelde met zijn hand over de autovloer. Zijn hoofd klapte tegen het dashboard. Hij vond de fles en een glas.

Toen hij zijn glas leeg had besefte hij dat hij niet naar huis zou kunnen. Zijn vrouw zou de drank ruiken zodra hij de drempel over was. Dat zou weer een scène opleveren. Ze kon maar niet begrijpen waarom hij zoveel dronk.

Hij reed de Bunder op. Hij zette de auto naast een vuilnisbelt en liep de weg over naar een theehuis. Achter een smal strand was de zee te zien, de geur van geroosterde vis zweefde in de lucht.

Een zwart bord voor het theehuis verkondigde in witte krijtletters: WIJ WISSELEN PAKISTAANS GELD EN VALUTA. De muren van de zaak waren versierd met een foto van de Grote Moskee in Mekka en een poster van een jongen en een meisje die bogen voor de Taj Mahal. Op een veranda voor de zaak waren vier banken opgesteld. Een wit-bruin gevlekte geit stond aan een paal gebonden aan het ene eind van de veranda, hij kauwde op droog gras.

Er zaten mannen op een van de banken. Abbasi tikte een van de mannen op zijn schouder. Hij draaide zich om.

'Abbasi.'

'Mehmood, mijn broeder. Maak eens wat ruimte voor me.'

Mehmood, een dikke man met een ringbaard zonder snor, deed

het en Abbasi perste zich naast hem. Abbasi had gehoord dat Mehmood auto's stal. Hij had gehoord dat Mehmoods vier zoons ze naar een dorp aan de grens van Tamil Nadu reden, een dorp dat als enige nijverheid de inkoop en verkoop van gestolen auto's had.

Naast Mehmood herkende Abbasi Kalam, van wie gezegd werd dat hij hasjiesj invoerde uit Bombay en naar Sri Lanka verscheepte, verder Saif, die in Trivandrum een man had neergestoken, en een kleine, witharige man die alleen maar de Professor genoemd werd en van wie geloofd werd dat hij de onguurste van het stel was.

Deze mannen waren smokkelaars, autodieven, moordenaars en erger, maar zolang ze samen thee zaten te drinken zou Abbasi niets overkomen. Dat was de cultuur van de Bunder. Overdag kon je er worden neergestoken, maar nooit 's nachts en nooit tijdens het theedrinken. In elk geval was het solidariteitsgevoel onder de moslims van de Bunder versterkt sinds de rellen.

De Professor was aan het eind van een verhaal over Kittur in de twaalfde eeuw, over een Arabische zeevaarder genaamd Bin Saad, die de stad in zicht kreeg net toen hij de hoop had opgegeven om nog land te vinden. Hij hief zijn handen tot Allah en beloofde dat als hij veilig aan wal kwam, hij nooit meer alcohol zou drinken of gokken.

'Hield hij zijn woord?'

De Professor knipoogde. 'Wat dacht je?'

De Professor was altijd welkom bij de kletspraatjes in het theehuis laat op de avond, omdat hij veel fascinerende dingen wist over de haven, bijvoorbeeld dat de geschiedenis ervan terugging tot de middeleeuwen, of dat Tippu Sultan hier ooit een batterij Franse kanonnen had opgesteld om de Britten af te schrikken. Hij wees met zijn vinger op Abbasi: 'Je bent niet zoals anders. Waar zit je mee?'

'Corruptie,' zei Abbasi. 'Corruptie. Die zit als een demon in mijn hersens en eet ze met mes en vork op.'

De anderen schoven aan om te luisteren. Abbasi was een rijk man, hij moest meer vertrouwd zijn met corruptie dan zijzelf. Hij vertelde ze over die morgen.

Kalam, de drugsdealer, glimlachte en zei: 'Dat is niks, Abbasi.' Hij gebaarde in de richting van de zee. 'Ik heb een schip, voor de helft geladen met cement en voor de helft met iets anders, en dat ligt al een maand lang tweehonderd meter uit de kust te wachten. Waarom? Omdat een inspecteur in de haven me uitperst. Ik betaal hem en dan wil hij nog meer uit me persen, te veel. Dus drijft dat schip daar maar, voor de helft vol met cement en voor de helft met iets anders.'

'Ik dacht dat het beter zou gaan nu die jonge knul Rajiv het land heeft overgenomen,' zei Abbasi. 'Maar hij laat ons allemaal barsten. Net zo beroerd als elke politicus.'

'We hebben een man nodig die tegen ze opkomt,' zei de Professor. 'Eén eerlijke, dappere man is genoeg. Zo iemand zou meer voor dit land doen dan Gandhi of Nehru heeft gedaan.'

De opmerking werd onthaald op een koor van instemming.

'Ja,' stemde Abbasi in en hij streek over zijn baard. 'En de volgende dag zou hij in de Kaliamma drijven. Zo.'

Hij deed een lijk na.

Ook hierover was algemene instemming. Maar nog terwijl hij die woorden uitsprak, dacht Abbasi al: is dat echt waar? Kunnen we op geen enkele manier terugvechten?

Ergens in de broek van de Professor weggestopt zag hij een glimp van een mes. Het effect van de whisky werd minder, maar die had hem wel naar een vreemde plek gevoerd en zijn hoofd vulde zich met vreemde gedachten.

De autodief bestelde nog een rondje thee, maar Abbasi gaapte, kruiste zijn handen voor zijn lijf en schudde zijn hoofd.

De volgende dag verscheen hij om tien over halfelf op zijn werk, zijn hoofd bonsde pijnlijk.

Ummar deed de deur voor hem open. Abbasi knikte en pakte de post van hem aan. Met zijn hoofd omlaaggebogen liep hij naar de trap die naar zijn bureau leidde. Toen bleef hij staan. Op de drempel van de deur die toegang gaf tot de werkvloer stond een van de naaisters naar hem te staren.

'Ik betaal je niet om je tijd te verspillen,' snauwde hij.

Ze draaide zich om en vluchtte weg. Hij haastte zich de trap op.

Hij zette zijn bril op, las de post, las de krant, gaapte, dronk thee en sloeg een map open met het logo van de Karnataka Bank. Hij liep een lijst na van klanten die wel of niet betaald hadden. Hij bleef maar denken aan de partij snooker van de avond ervoor.

De deur piepte open, Ummars gezicht verscheen om de hoek.

'Wat is er?'

'Ze zijn er.'

'Wie?'

'De regering.'

Twee mannen met polyester overhemden en geperste blauwe broeken met wijde pijpen duwden Ummar opzij en kwamen binnen. Een van hen, een potige kerel met een dikke bierbuik en een snor als een worstelaar op een dorpskermis, zei: 'Dienst Inkomstenbelastingen.'

Abbasi stond op. 'Ummar, blijf daar niet zo staan! Laat een van de vrouwen snel thee halen uit het theehuis aan zee. En ook wat van die ronde biscuits uit Bombay.'

De grote belastingman ging zonder uitnodiging aan de tafel zitten. Zijn metgezel, een magere vent die zijn armen tegen zijn lijf geklemd hield, aarzelde zenuwachtig, tot de ander hem gebaarde dat hij ook moest gaan zitten.

Abbasi glimlachte. De belastingman met de snor begon te praten.

'We hebben net rondgelopen in uw atelier. We hebben de vrouwen gezien die voor u werken en de kwaliteit van de overhemden die ze borduren.'

Abbasi glimlachte en wachtte erop.

Het kwam deze keer snel.

'We denken dat u veel meer geld verdient dan u bij ons hebt aangegeven.'

Abbasi's hart klopte heftig en hij hield zichzelf voor dat hij moest kalmeren. Er is altijd een uitweg.

'Heel veel meer.'

'Sahib, sahib,' zei Abbasi, en hij maakte verzoenende gebaren in de lucht. 'We hebben hier op de zaak een gewoonte. Iedereen die hier komt, krijgt een geschenk voor hij weggaat.' Ummar, die al wist wat hem te doen stond, stond achter de deur van het bureau te wachten met twee overhemden. Met een kruiperige grijns bood hij ze de twee belastingambtenaren aan. Ze pakten de steekpenningen zonder een woord aan. De magere keek naar de dikke of het goed was voor hij het geschenk weggraaide.

Abbasi vroeg: 'Wat kan ik nog meer doen voor de sahibs?'

De ene met de snor glimlachte. Zijn partner glimlachte ook. Die met de snor stak drie vingers op.

'De man.'

Driehonderd de man was te weinig, echte professionals van de inkomstenbelasting zouden niets onder de vijfhonderd aanvaarden. Abbasi vermoedde dat de twee mannen het voor het eerst deden. Uiteindelijk zouden ze akkoord gaan met elk honderd rupee plus de overhemden.

'Laat ik u eerst een opkikkertje aanbieden. Drinken de sahibs Red Label?'

De zenuwachtige man sprong bijna op uit zijn stoel van opwinding, maar de dikke staarde hem aan.

'Red Label zou aanvaardbaar zijn.'

Ze hadden vast nooit iets beters aangeboden gekregen dan bocht, besefte Abbasi.

Hij liep het keukentje in en pakte de fles. Hij schonk drie glazen met het Air India *maharajah*-logo in. Hij deed de koelkast open. Hij liet twee ijsblokjes in elk glas vallen en goot er een dun straaltje ijswater uit een fles bij. Hij spuugde in twee van de glazen en zorgde dat die het verst weg stonden op het dienblad.

De gedachte landde in zijn hoofd als een meteoor uit een zuiverder hemel. Nee. Traag verspreidde ze zich over zijn geest. Nee, hij kon deze mannen die whisky niet geven. Het was dan misschien wel nepspul, verkocht in dozen die onder valse voorwendsels waren gekocht, maar het was nog altijd duizend keer te zuiver om door hun lippen beroerd te worden.

Hij dronk één glas leeg, toen het tweede en daarna het derde.

Tien minuten later kwam hij weer met slepende tred de kamer binnen. Hij vergrendelde de deur achter zich en liet zijn lichaam er zwaar tegenaan vallen.

De dikke belastingman draaide zich snel om. 'Waarom doet u de deur dicht?'

'Sahibs, u bent hier in de havenstad de Bunder, die oude tradities en gewoonten kent die eeuwen en eeuwen oud zijn. Iedereen is vrij om uit eigen wil hierheen te komen, maar hij kan alleen vertrekken met toestemming van de inwoners.'

Abbasi liep fluitend naar zijn bureau en nam de telefoon op. Hij stak hem als een wapen recht onder de neus van de dikste belastingman.

'Zal ik nu meteen de Dienst Inkomstenbelasting bellen? Zal ik navragen of u toestemming had om hier te komen? Zal ik dat doen?'

Ze leken niet op hun gemak. De magere man zweette. Abbasi dacht: goed gegokt. Ze doen dit voor de eerste keer.

'Kijk wat u in uw handen hebt. U hebt overhemden van mij aangenomen, steekpenningen. U houdt het bewijs in uw handen.'

'Hoor eens...'

'Nee, hoort ú eens!' riep Abbasi uit. 'U verlaat dit pand niet levend voor u een bekentenis hebt getekend van wat u hebt geprobeerd. Laten we maar eens zien hoe u hier wegkomt. Dit is de havenwijk. Ik heb vrienden in alle vier windrichtingen. Als ik nu met mijn vingers knip, drijft u straks allebei dood in de Kaliamma. Twijfelt u aan mijn woorden?'

De dikke belastingman keek naar de grond terwijl de andere een buitengewone hoeveelheid zweet produceerde.

Abbasi deed de deur van de grendel en hield hem open. 'Verdwijn.' Toen ontplooide hij een brede grijns en boog diep voor ze: 'Sahibs.'

De twee mannen schoten zonder een woord de deur uit. Hij hoorde hun voeten bonken op de trap, en daarna een kreet van verrassing van Ummar die de trap op liep met een dienblad met thee en Britannia-biscuits.

Hij liet zijn hoofd rusten op het koele hout van de tafel en vroeg zich af wat hij gedaan had. Hij verwachtte dat elk moment de stroom kon worden afgesloten. De belastingambtenaren zouden terug kunnen komen met meer mankracht en een arrestatiebevel.

Hij liep maar de kamer rond en dacht: wat gebeurt er met me? Ummar staarde zwijgend naar hem.

Na een uur was er tot Abbasi's verrassing niet gebeld door het belastingkantoor. De ventilatoren werkten nog. Het licht brandde nog.

Abbasi kreeg hoop. Deze jongens waren vers – beginnelingen. Misschien waren ze gewoon teruggegaan naar het kantoor en doorgegaan met hun werk. En zelfs als ze geklaagd hadden, waren de autoriteiten op hun hoede voor de Bunder sinds de rellen. Het was mogelijk dat ze een moslimzakenman op dit moment niet zouden willen tegenwerken. Hij keek uit het raam naar de Bunder: die gewelddadige, verrotte havenwijk vol afval, krioelend van zakkenrollers en geteisem met messen – het leek de enige plek waar je veilig was voor de corruptie van Kittur.

'Ummar!' brulde hij. 'Ik ga vandaag wat vroeger naar de club. Bel Sunil Shetty dat hij vandaag ook moet komen. Ik heb groot nieuws voor hem! Ik heb de inkomstenbelasting geklopt!'

Hij rende de trap af en hield stil op de laatste tree. Rechts van hem was de deur naar de werkvloer. In de zes weken dat zijn fabriek weer open was, was hij die niet meer door gegaan, Ummar had de zaken op de werkvloer geregeld. Maar nu was die deuropening rechts van hem, gapend en zwart, onontkoombaar geworden.

Hij voelde dat hij geen andere keus had dan naar binnen gaan. Hij besefte nu dat wat er die morgen allemaal gebeurd was op de een of andere manier een valstrik was om hem naar die plek te leiden, om hem te dwingen tot wat hij al die tijd sinds de heropening van zijn fabriek vermeden had.

De vrouwen zaten op de vloer van de vaag verlichte ruimte, bleek fluorescerende lichten flakkerden boven hun hoofd. Elk zat op een werkplek die was aangegeven door een cijfer dat in rode letters op de muur geverfd was. Ze hielden de witte overhemden vlak onder hun ogen en bestikten ze met gouddraad. Ze hielden op toen hij binnenkwam. Hij wapperde met zijn pols om aan te geven dat ze door moesten gaan met hun werk. Hij wilde niet dat hun ogen naar hem keken, die ogen die beschadigd werden terwijl hun vingers gouden overhemden maakten die hij kon verkopen aan Amerikaanse stijldansers.

Beschadigd? Nee, dat was niet het goede woord. Dat was niet de reden waarom hij ze in een zijkamer had opgeborgen.

Iedereen in die ruimte werd blind.

Hij ging zitten op een stoel in het midden van de ruimte.

De oogarts was daar duidelijk over geweest: het fijne borduurwerk dat nodig was voor de overhemden veroorzaakte littekens op het netvlies van de vrouwen. Met zijn vingers had hij Abbasi laten zien hoe dik die littekens waren. Al werd de lichtvoorziening nog zoveel beter, de schade aan het netvlies zou niet verminderen. Menselijke ogen waren niet geschikt om urenlang naar zulke bewerkelijke patronen te staren. Twee vrouwen waren al blind geworden, daarom had hij de fabriek gesloten. Toen hij hem weer opende, waren al zijn oude arbeidsters meteen terug. Ze kenden hun lot, maar er was geen ander werk te vinden.

Abbasi sloot zijn ogen. Hij wenste niets liever dan dat Ummar hem riep dat hij dringend boven nodig was.

Maar er kwam niemand om hem te verlossen en hij zat daar in die stoel terwijl de vrouwen om hem heen borduurden, en hun bordurende vingers bleven maar tegen hem praten: wij worden blind, kijk ons toch!

'Hebt u pijn in uw hoofd, sahib?' vroeg een vrouwenstem aan hem. 'Zal ik een Disprin en wat water halen?'

Abbasi was niet in staat om haar aan te kijken en zei: 'Gaan jullie allemaal alsjeblieft naar huis. Kom morgen maar terug, maar ga voor vandaag naar huis. Jullie krijgen allemaal betaald.'

'Is sahib ontevreden over ons?'

'Nee, alsjeblieft. Ga nu naar huis. Jullie krijgen allemaal betaald voor de hele dag. Kom morgen terug.'

Hij hoorde hun voeten sloffen en hij wist dat ze nu weg moesten zijn.

Ze hadden hun overhemden op hun werkplekken laten liggen en hij raapte er een op. De draak was half afgeborduurd. Hij kneedde de stof tussen zijn vingers. Tussen zijn vingers voelde hij het fijngesponnen weefsel van corruptie.

'De fabriek is gesloten,' wilde hij tegen de draak schreeuwen. 'Zo, ben je nu tevreden? De fabriek is gesloten.'

En daarna? Wie zou zijn zoon op school doen? Zou hij aan de kades zitten met een mes en auto's smokkelen zoals Mehmood? De vrouwen zouden ergens anders heen gaan en hetzelfde werk doen.

Hij sloeg met zijn hand tegen zijn dij.

Elke dag en elke nacht zaten er duizenden in theehuizen, op universiteiten en werkplekken de corruptie te vervloeken. Toch had er nog niet één een manier gewonden om de demon te verslaan zonder zijn deel van de buit op te geven. Dus waarom zou hij, een gewone zakenman met een hang naar whisky en snooker en roddelpraatjes van geboefte, met een antwoord moeten komen?

Maar al een moment later besefte hij dat hij al een antwoord had.

Hij stelde Allah een compromis voor: hij zou naar de gevangenis gaan, maar zijn fabriek zou door blijven draaien. Hij sloot zijn ogen en bad tot zijn God om die regeling te aanvaarden.

Maar er verstreek een uur en nog niemand was hem komen arresteren.

Abbasi deed een raam in zijn bureau open. Hij zag alleen maar gebouwen, een dichtgeslibde weg en oude muren. Hij zette alle ramen open, maar nog steeds zag hij alleen maar muren. Hij klom op het dak van zijn pand en dook onder een waslijn door om op het dakterras te komen. Aan de rand zette hij een voet op het pannendak dat uitstak aan de voorkant van zijn zaak.

Van hieraf kon je de grenzen van Kittur zien. Helemaal aan de rand van de stad stonden achter elkaar een minaret, een kerktoren en een tempeltoren, als wegwijzers om reizigers van overzee de drie godsdiensten van de stad aan te geven.

Abbasi zag hoe de Arabische Zee zich uitstrekte vanaf Kittur. De zon scheen erop. Een schip voer langzaam weg van de Bunder en schoof naar de plaats waar het blauwe zeewater verkleurde tot een donkerder tint. Zo dadelijk zou het die plek schitterend zonlicht bereiken, een oase van zuiver licht.

Dag Twee: Vuurtorenheuvel

Na een lunch van garnalencurry met rijst aan de Bunder zou u een bezoek kunnen brengen aan de Vuurtorenheuvel en omgeving. De befaamde vuurtoren, gebouwd door de Portugezen en vernieuwd door de Britten, is niet meer in gebruik. Een oude bewaker in een blauw uniform zit aan de voet ervan. Als bezoekers niet netjes gekleed zijn of hem in het Tulu of Kannada aanspreken, zal hij zeggen: 'Ziet u niet dat het gesloten is?' Als bezoekers goed gekleed gaan of Engels spreken, zal hij zeggen: 'Welkom.' Hij zal ze voorgaan de vuurtoren in en de wenteltrap op naar boven, vanwaar een schitterend uitzicht over de Arabische Zee te bewonderen valt. In de afgelopen jaren heeft de gemeente een leeszaal ingericht in de vuurtoren. In de collectie bevindt zich ook *Geschiedenis van Kittur* van pater Basil d'Essa S.J. Het Deshpremi Hemachandra Rao Park om de vuurtoren heen is genoemd naar de vrijheidsstrijder die tijdens het Britse bestuur de driekleur van de Congrespartij op de vuurtoren hees.

Het gebeurt minstens twee keer per jaar. De gevangene schrijdt met handboeien om zijn polsen, opgeheven hoofd en een brutale uitdrukking van verveling op zijn gezicht, in de richting van het politiebureau Vuurtorenheuvel, en achter hem aan, bijna op een drafje om hem bij te houden, lopen twee politieagenten met een ketting die aan de boeien vastzit. Het bizarre is dat de geboeide man de politieagenten lijkt voort te slepen, als een man die met twee apen aan de wandel is.

In de afgelopen negen jaar is de man die bekendstaat als 'Xerox' Ramakrishna eenentwintig keer gearresteerd op de granieten bestrating voor het Deshpremi Hemachandra Rao Park wegens het onder de prijs verkopen van illegaal gefotokopieerde of gedrukte boeken aan de leerlingen van de St.-Alfonso-school. 's Morgens, als Ramakrishna met zijn boeken om zich heen gespreid op een blauw beddenlaken zit, komt er een politieagent, hij legt zijn wapenstok op de boeken en zegt: 'Meekomen, Xerox.'

De boekverkoper wendt zich tot zijn elfjarige dochter Ritu, die samen met hem boeken verkoopt, en zegt: 'Ga naar huis en wees braaf, lieverd.' Dan steekt hij zijn handen uit voor de boeien.

In de gevangenis gaan Xerox' boeien af en wordt hij in een cel gestopt. Hangend aan de tralies maakt hij zich bij de politiemannen populair met onderhoudende verhalen. Dat kan een schunnige anekdote zijn over een leerlinge die hij die ochtend gezien heeft in een spijkerbroek Amerikaanse stijl, of een nieuwe vloek in het Tulu die hij in de bus op weg naar Zoutmarktdorp heeft gehoord, of misschien, als ze in de stemming zijn voor langduriger amusement, kan hij ze, zoals hij al zo vaak deed, het verhaal vertellen over wat zijn vader zijn leven lang voor de kost heeft gedaan: stront uit de huizen van rijke landheren verwijderen, de traditionele bezigheid van mensen van zijn kaste. De hele dag hing de oude rond bij de achtermuur van het huis van die landheer, in afwachting van de stank van mensenstront. Zodra hij die rook, liep hij naar het huis en wachtte met gebogen knieën, zoals een wicketkeeper op de bal wacht. (Dan zakte Xerox door zijn knieën om het voor te doen.) Zodra hij dan de plof hoorde waarmee de doos gesloten werd, moest hij de pispot door een gat in de muur naar buiten trekken, leeggooien tussen de rozenstruiken, schoonvegen met zijn lendendoek en weer op zijn plaats schuiven voor als de volgende naar de wc ging. Dat werk heeft hij zijn hele leven gedaan, geloof het of niet!

En dan lachen de cipiers.

Ze brengen Xerox in papier gewikkelde samosa's, ze bieden hem chai aan. Ze beschouwen hem als een beste kerel. 's Middags laten ze hem gaan, waarop hij een diepe buiging maakt en zegt: 'Dank u.' Dan belt Miguel D'Souza, de advocaat van de uitgevers en boekverkopers in de Paraplustraat, het bureau en brult: 'Hebben jullie hem weer laten gaan? Betekent de wet van dit land dan niks voor jullie?' De inspecteur van het bureau, Ramesh, houdt de hoorn een eind van zijn oor en leest in de krant de koersen van de beurs in Bombay. Dat is het enige wat Ramesh eigenlijk wil doen in zijn leven: de beursberichten lezen.

Laat in de middag is Xerox weer terug. Gefotokopieerde of goedkoop gedrukte exemplaren van Karl Marx, *Mein Kampf*, gepubliceerde boeken – en films en platen – en vele andere liggen uitgestald op het blauwe kleed op het plaveisel van Vuurtorenheuvel, en de kleine Ritu zit er met stramme rug, haar lange, rechte neus en vage snorretje toe te kijken hoe de klanten de boeken oppakken en doorbladeren.

'Leg weer op z'n plek,' zegt ze als een klant een boek niet wil. 'Leg het precies op de plek waar u het vandaan hebt.'

'*Boekhouden voor het toelatingsexamen*?' roept een klant naar Xerox. '*Verloskunde voor gevorderden*?' schreeuwt een andere.

'*De vreugde van seks*?'

'*Mein Kampf*?'

'Lee Iacocca?'

'Wat vraag je ervoor?' vraagt een jongeman terwijl hij het boek doorbladert.

'Vijfenzeventig rupee.'

'Dat is *verkrachting*! Veel te veel.'

De jongeman loopt weg, draait zich om, komt terug en zegt: 'Hoe laag ga je? Ik heb geen tijd te verliezen.'

'Tweeënzeventig rupee. Kiezen of delen. Ik heb meer klanten.'

De boeken worden gefotokopieerd of soms gedrukt in een oude drukkerij in Zoutmarktdorp. Xerox vindt het heerlijk om tussen de machines door te lopen. Hij streelt het kopieerapparaat, hij verafgoodt de machine, zoals die bij elke kopie oplicht als de bliksem, zoals hij snort en zoemt. Hij kan geen Engels lezen, maar hij weet dat Engelse woorden macht hebben en dat Engelse boeken uitstraling hebben. Hij kijkt naar de foto van Adolf Hitler op het omslag van *Mein Kampf* en hij voelt zijn macht. Hij kijkt naar het gezicht van Kahlil Gibran, poëtisch en mysterieus, en hij voelt het mysterie en de poëzie. Hij kijkt naar het gezicht van Lee Iacocca, ontspannen met zijn handen achter zijn hoofd, en hij voelt zich ontspannen. Daarom heeft hij eens tegen inspecteur Ramesh gezegd: 'Ik wil u of de uitgevers geen last bezorgen, meneer, ik hou gewoon van boeken. Ik hou ervan om ze te maken, vast te houden en te verkopen. Mijn vader ruimde stront voor zijn brood, meneer, hij kón niet eens lezen en schrijven. Hij zou heel trots zijn als hij kon zien dat ik mijn brood verdien met boeken.'

Xerox heeft maar één keer echt problemen met de politie gehad. Dat was toen iemand het bureau belde en zei dat Xerox exemplaren van Salman Rushdies *De Duivelsverzen* verkocht, in strijd met de wetten van de Republiek India. Toen hij die keer geboeid naar het bureau werd gebracht, waren er geen beleefdheden en geen kopjes chai.

Ramesh sloeg hem.

'Weet je niet dat dat boek verboden is, zoon van een kale vrouw? Was je van plan een rel onder de moslims te veroorzaken? Zodat ik en alle andere agenten hier naar Zoutmarktdorp worden overgeplaatst?'

'Neemt u me niet kwalijk,' smeekte Xerox. 'Ik had geen idee dat dit een verboden boek was, echt niet... Ik ben maar de zoon van een man die stront ruimde, meneer. De hele dag wachtte hij tot de doos een geluid maakte. Ik ken mijn plaats, meneer. Het zou niet bij me opkomen om u kwaad te maken. Het was gewoon een vergissing. Neem me niet kwalijk, meneer.'

D'Souza, de advocaat van de boekverkopers, een kleine man met zwart, olieachtig haar en een keurig snorretje, hoorde wat er gebeurd was en kwam naar het bureau. Hij keek naar het verboden boek – een forse paperback met een plaatje van een engel erop – en schudde ongelovig zijn hoofd.

'Dat verdomde pariakind, dat denkt dat hij *De Duivelsverzen* kan kopiëren. Het lef!'

Hij ging aan het bureau van de inspecteur zitten en brulde tegen hem: 'Ik heb je gezegd dat dit zou gebeuren als je hem niet straft! Jij bent verantwoordelijk voor dit alles.'

Ramesh keek dreigend naar Xerox, die boetvaardig op een bed lag, zoals hem bevolen was.

'Ik denk niet dat iemand het hem heeft zien verkopen. Het komt wel goed.'

Om de advocaat te kalmeren stuurde Ramesh een agent erop uit om een fles Old Monk-rum te halen. Ze praatten een tijdje met z'n tweeën.

Ramesh las stukken uit het boek voor en zei: 'Ik snap echt niet waar ze zich zo druk over maken.'

'Moslims,' zei D'Souza hoofdschuddend. 'Gewelddadig volk. Gewelddadig.'

De fles Old Monk werd gebracht. Ze dronken hem in een halfuur leeg en de agent ging er nog een halen. In zijn cel lag Xerox doodstil naar het plafond te staren. De politieman en de advocaat dronken door. D'Souza vertelde Ramesh over zijn frustraties en de inspecteur vertelde de advocaat over de zijne. De een had piloot willen worden, door de wolken zweven en achter stewardessen aan zitten, en de ander – die had nooit iets anders gewild dan een beetje klooien met aandelen. Dat was alles.

Om middernacht vroeg Ramesh de advocaat: 'Zal ik u een geheim verklappen?' Stiekem voerde hij de advocaat mee de gevangenis in en liet hem het geheim zien. Een van de tralies van de cel kon losgemaakt worden. De politieman haalde hem eruit, zwaaide ermee en zette hem weer terug. 'Zo wordt het bewijs verborgen,' zei hij. 'Niet dat dat soort dingen vaak gebeurt op dit bureau, let wel, maar als het gebeurt, dan gebeurt het zo.'

De advocaat giechelde. Hij maakte de tralie los, zwaaide hem over zijn schouder en zei: 'Lijk ik zo niet op Hanuman?'

'Net als op tv,' zei de politieman.

De advocaat vroeg hem de celdeur te openen, en dat gebeurde. De twee zagen de gevangene slapend op zijn brits liggen, een arm over zijn gezicht om het te beschermen tegen het schelle licht van het naakte peertje boven hem. Onder zijn goedkope polyester overhemd was een stuk naakte huid zichtbaar, met daarop nog net een streep dik zwart haar, die voor de beide toeschouwers een uitgroeisel vanuit zijn kruis leek.

'Dat verdomde pariakind. Kijk hem snurken.'

'Zijn vader ruimde stront, en die vent denkt dat hij ons stront kan bezorgen!'

'*De Duivelsverzen* verkopen. Hij zou het zo onder mijn neus verkopen, niet?'

'Die lui denken tegenwoordig dat India van hen is. Niet dan? Ze willen alle banen, en alle universitaire titels, en alle...'

Ramesh trok de broek van de slapende man naar beneden en hief de tralie hoog op, terwijl de advocaat zei: 'Doe het zoals Hanuman op tv!' Xerox werd gillend wakker. Ramesh gaf de staaf aan D'Souza. De politieman en de advocaat wisselden elkaar af: hij ramde de staaf tegen Xerox' benen, precies op het kniegewricht, zoals de aap-god op tv dat deed, en toen ramde hij de staaf tegen Xerox' benen net onder het kniegewricht, zoals de aap-god op tv dat deed, en toen ramde hij hem tegen Xerox benen net boven het kniegewricht en toen waggelden de twee lachend en elkaar zoenend naar buiten, en riepen dat iemand het bureau achter ze moest afsluiten.

Elke keer dat Xerox die nacht wakker werd, begon hij weer te gillen.

's Morgens kwam Ramesh terug, hoorde van een agent over Xerox en zei: 'Verdomme, dus het was geen droom.' Hij gaf de agenten opdracht om de man in de cel naar het Havelock Henry-districtsziekenhuis over te brengen en vroeg om de ochtendkrant, zodat hij de beurskoersen kon bekijken.

De week daarop verscheen Xerox – luidruchtig, want hij liep op krukken – op het politiebureau, met zijn dochter achter zich aan.

'U kunt mijn benen wel breken, maar ik kan niet ophouden met boeken verkopen. Ik ben ervoor voorbestemd, meneer,' zei hij. Hij grijnsde.

Ramesh grijnsde ook, maar keek de man niet in zijn ogen.

'Ik ga de heuvel op, meneer,' zei Xerox, en hij hief een van zijn krukken op. 'Ik ga het boek verkopen.'

Ramesh en de andere agenten gingen om Xerox en zijn dochter heen staan en begonnen hem te smeken. Xerox wilde dat ze D'Souza zouden bellen, en dat deden ze. De advocaat kwam aan met zijn pruik op, samen met twee assistenten, ook in zwarte toga's en met pruiken op. Toen hij hoorde waarom de politieman hem had laten komen, barstte D'Souza in lachen uit.

'Die vent zit je alleen maar te treiteren,' zei hij tegen Ramesh. 'Met dat been van hem komt hij nooit de heuvel op.'

D'Souza wees met een vinger op het middelste deel van Xerox' lichaam.

'En als je probeert het te verkopen, bedenk dan wel: de volgende keer breken we niet alleen je benen.'

Een agent lachte.

Xerox keek met zijn gebruikelijke beminnelijke glimlach naar Ramesh. Hij boog diep met gevouwen handen en zei: 'Zo zij het.'

D'Souza ging met de politieman Old Monk-rum zitten drinken en ze besloten weer te gaan kaarten. Ramesh vertelde dat hij afgelopen week geld had verloren op de beurs. De advocaat zoog op zijn tanden en schudde zijn hoofd, en zei dat in een grote stad als Bombay iedereen een oplichter, een leugenaar of een boef was.

Xerox draaide zich om op zijn krukken en liep het bureau uit.

Zijn dochter kwam achter hem aan. Ze liepen in de richting van de Vuurtorenheuvel. Het was tweeënhalf uur klimmen, en ze stopten onderweg zes keer zodat Xerox thee kon drinken of een glas suikerrietsap. Toen spreidde zijn dochter het blauwe laken uit voor het Deshpremi Hemachandra Rao Park en Xerox liet zich op de grond zakken. Hij ging op het laken zitten, strekte langzaam zijn benen uit en legde een dikke paperback naast zich neer. Zijn dochter ging ook zitten en bewaakte het boek met een stramme, kaarsrechte rug. Het boek was in de hele Republiek India verboden en het was het enige dat Xerox die dag van plan was te verkopen: *De Duivelsverzen*, door Salman Rushdie.

Dag Twee (Middag): De St.-Alfonso Middelbare School voor Jongens

Op korte loopafstand van het park verheft zich een omvangrijke grijze gotische toren waarop een wapenschild is geschilderd met de spreuk LUCET ET ARDET. Dit is de St.-Alfonso Middelbare School voor Jongens, gesticht in 1858, een van de oudste onderwijsinstituten in de staat Karnataka. De school, geleid door jezuïeten, is de beroemdste school van Kittur, en veel van de leerlingen gingen na hun examen naar het Indiaas Instituut voor Technologie, het Karnataka Regionaal Technisch Staatscollege en andere aanzienlijke universiteiten in India en het buitenland.

Er waren een paar seconden, misschien zelfs wel een hele minuut, verstreken sinds de ontploffing, maar Lasrado, de scheikundedocent, had zich niet bewogen. Hij zat aan zijn bureau, zijn armen gespreid, zijn mond open. Rook walmde van de bank achter in de klas, een geel stof als stuifmeel had de ruimte gevuld en er hing een stank als van vuurwerk. De leerlingen waren nu allemaal de klas uit en keken toe vanuit de veilige deuropening.

Gomati Das, de wiskundedocent, kwam van het lokaal ernaast met het grootste deel van zijn klas, daarna kwam professor Noronha, docent Engels en oude geschiedenis, met zijn eigen kudde vol nieuwsgierige ogen. Pater Almeida, het hoofd, drong zich door de menigte het scherp ruikende klaslokaal binnen, met zijn hand over zijn neus en mond. Hij liet zijn hand zakken en riep: 'Wat heeft die onzin te betekenen?'

Alleen Lasrado was achtergebleven in het lokaal. Hij stond aan zijn bureau als een heldhaftige knaap die het brandende scheepsdek niet wou verlaten. Hij antwoordde monotoon: 'Een bom in de klas, pater. De bank helemaal achteraan. Hij *ontplopte* tijdens de les. *Ongepeer* een minuut nadat ik was begonnen te praten.'

Pater Almeida kneep zijn ogen half dicht tegen de dikke rook en wendde zich toen tot de jongens: 'De jeugd van dit land is naar de bliksem en zal de namen van hun vaders en grootvaders te schande maken!'

Hij bedekte zijn gezicht met zijn arm en liep behoedzaam naar de bank die door de klap was omgevallen.

'De bom rookt nog,' riep hij. 'Doe de deuren dicht en bel de politie.'

Hij tikte Lasrado op zijn schouder. 'Hoort u mij? We moeten de deuren sluiten en...'

Met een rood gezicht van schaamte en sidderend van woede draaide Lasrado zich plotseling om en richtte zich tot het hoofd, de docenten en leerlingen met een kreet: '*Stelletje puilakken! Puilakken!*'

Binnen een paar ogenblikken liep de hele bovenbouw leeg. De

jongens verzamelden zich in de tuin of in de gang van de vleugel Natuurkunde en Biologie, waar het skelet van een haai, die een paar decennia terug op het strand was aangespoeld, als wetenschappelijke curiositeit aan het plafond was opgehangen. Vijf van de jongens hielden zich afzijdig van alle anderen in de schaduw van een grote banyanboom. Ze waren van de anderen te onderscheiden door de vouwen in hun broek, de merklabels, zichtbaar op de kontzakken of opzij, en door een algemeen vertoon van arrogantie. Het waren Shabbir Ali, wiens vader eigenaar was van de enige videotheek in de stad, de tweeling Irfan en Rizvan Bakht, kinderen van de zwarthandelaar, Shankara P. Kinni, wiens vader plastisch chirurg in de Golf was en Pinto, de telg van een familie die een koffieplantage bezat.

Een van hen had de bom geplaatst. Ieder lid van het groepje was vele malen voor een tijd geschorst uit de klas wegens wangedrag, had een jaar moeten overdoen vanwege slechte cijfers en was bedreigd met definitieve schorsing wegens ongehoorzaamheid. Als iemand een bom geplaatst had, dan moest het een van dat stel zijn.

Dat leken ze zelf ook te denken.

'Heb jij het gedaan?' vroeg Shabbir Ali aan Pinto, die zijn hoofd schudde.

Ali keek naar de anderen en herhaalde zachtjes de vraag. 'Ik heb het ook niet gedaan,' beweerde hij ten slotte.

'Misschien heeft God het gedaan,' zei Pinto, en ze giechelden allemaal. Toch beseften ze dat iedereen op school hen verdacht. De Bakht-tweelingen zeiden dat ze naar de Bunder zouden gaan om lams-biryani te eten en naar de golven de kijken, Shabbir Ali zou naar zijn vaders videotheek gaan of thuis naar een pornofilm kijken, Pinto zou waarschijnlijk met hem meegaan.

Er bleef er maar één van hen op school.

Hij kon nog niet weggaan, het beviel hem te goed: de rook en de verwarring. Hij hield zijn vuist gebald.

Hij mengde zich in de menigte, luisterde naar het rumoer en zoog het op als honing. Sommigen van de jongens waren weer het

gebouw in gegaan. Ze stonden op de overlopen van de drie ver-
diepingen en riepen naar degenen beneden, en dat versterkte het
gegons nog, alsof de school een bijenkorf was die met een stok was
geraakt. Hij wist dat het rumoer over hem ging, de leerlingen praatten over hem, de docenten vervloekten hem. Hij was de god van de
ochtend.

Zoveel jaren lang had het instituut tot hem gesproken, hardvoch-
tig gesproken: onderwijzers hadden hem afgeranseld, docenten
hadden hem eruit gegooid en gedreigd hem te schorsen. (En hij
wist zeker dat ze hem achter zijn rug hadden bespot omdat hij een
Hoyka was, eentje van een lage kaste.)

Nu had hij teruggesproken. Hij hield zijn vuist gebald.

'Denk je dat het terroristen zijn...?' hoorde hij een jongen zeggen.
'De Kashmiri's of de Punjabi's...?'

Nee, stommelingen, had hij willen roepen. Ik ben het! Shankara!
Die van die lage kaste!

Daar... Hij keek naar professor Lasrado, met zijn haar nog in de
war, omringd door zijn lievelingsleerlingen: de 'goede jongens', die
steun en hulp bij hem zochten.

Vreemd genoeg had hij de aandrang om naar Lasrado toe te gaan
en zijn schouder aan te raken, alsof hij wilde zeggen: 'Man, ik voel
je pijn, ik begrijp je vernedering, ik leef mee met je woede', om op
die manier een eind te maken aan de langdurige twist tussen hem
en de scheikundedocent. Hij voelde het verlangen om een van de
leerlingen te zijn die Lasrado op zulke momenten vertrouwde, een
van zijn 'goede jongens'. Maar dat verlangen was minder sterk.

Het belangrijkste was nu genieten. Hij zag Lasrado lijden en
glimlachte.

Hij draaide zich naar links. Iemand in de menigte had gezegd: 'De
politie komt eraan.'

Hij rende naar de achtertuin van de school, deed het hek open en
liep over de lange stenen trap naar de onderbouw. Sinds de nieuwe
doorgang over de speelplaats was geopend, nam bijna niemand nog
deze route.

De straat heette de Oude Rechtbankstraat. De rechtbank was al lang geleden verplaatst en de advocaten waren verhuisd, en de straat was al jarenlang afgesloten, na de zelfmoord van een zakenman van buiten de stad. Shankara had sinds hij klein was deze weg genomen, het was zijn favoriete deel van de stad. Al had hij zijn chauffeur opdracht kunnen geven om naar de school te komen, hij had hem gezegd dat hij onder aan de trap op hem moest wachten.

Langs de straat stond een rij banyanbomen, maar zelfs nu hij in de schaduw liep, zweette Shankara hevig. (Dat had hij altijd; hij ging snel zweten, alsof er binnen in hem een niet te onderdrukken hitte werd opgebouwd.) De meeste jongens kregen van hun moeder een zakdoek in hun zak gestopt, maar Shankara had er nooit een bij zich gehad, en om zich af te drogen had hij een barbaarse gewoonte ontwikkeld: hij scheurde grote bladeren van een boom in de buurt en schraapte net zo lang over zijn armen en benen tot zijn huid rood en rauw was.

Nu voelde hij zich droog.

Ongeveer halverwege de heuvel ging hij van de weg, duwde wat bomen opzij en bereikte een open plek die volledig verborgen was behalve voor degenen die hem kenden. Op die beschaduwde plek stond een Jezusbeeld van donker brons. Shankara wist al jaren van het bestaan van dat beeld, sinds hij er als jongen op gestuit was tijdens het verstoppertje spelen. Er was iets mis met dat beeld: door de donkere huid, de scheve uitdrukking van de lippen en de heldere ogen leek het meer een afbeelding van de duivel dan van de Heiland. Zelfs de woorden op de sokkel – IK BEN DE OPSTANDING EN HET LEVEN – leken een smet op God.

Hij zag dat er nog wat kunstmest rond de voet van het beeld lag, het restant van het poeder dat hij had gebruikt om zijn bom tot ontploffing te brengen. Snel bedekte hij het poeder met dorre bladeren. Toen leunde hij tegen de sokkel van het Jezusbeeld. 'Puilakken,' zei hij, en hij grinnikte.

Maar terwijl hij dat deed had hij het gevoel of zijn grootse triomf was teruggebracht tot die ene grinnik.

Hij ging zitten aan de voeten van de donkere Jezus en de spanning en opwinding vloeiden langzaam uit hem weg. Hij werd altijd ontspannen bij afbeeldingen van Jezus. Hij had een tijd overwogen om zich tot het christendom te bekeren: bij christenen had je geen kasten. Iedereen werd beoordeeld naar wat hij met zijn eigen leven had gedaan. Maar na de manier waarop de jezuïetenpaters hem behandeld hadden – een keer op een maandagmorgen een afranseling op het schoolplein in het volle zicht van de hele school – had hij gezworen nooit christen te worden. Er was geen betere instelling om te zorgen dat hindoes zich niet tot het christendom bekeerden dan de katholieke jongensschool.

Nadat hij Jezus ten afscheid had gegroet en had gecontroleerd of er geen kunstmest meer te zien was rondom de sokkel van het beeld, liep hij verder de heuvel af.

Zijn chauffeur, een kleine, donkere man in een verfomfaaid kaki uniform, wachtte hem halverwege de weg op.

'Wat doe je hier?' riep hij. 'Ik had toch gezegd: wacht onder aan de heuvel op me! Nooit deze weg op rijden!'

De chauffeur boog diep met gevouwen handen.

'Meneer... niet boos zijn... Ik hoorde... een bom... Uw moeder vroeg me of ik wou kijken of u niet...'

Wat had dat nieuws zich snel verbreid. Het was groter dan hijzelf, het ging een eigen leven leiden.

'De bom... O, dat was niks belangrijks,' zei hij tegen de chauffeur toen ze naar beneden liepen. Was dat fout, vroeg hij zich af, had hij juist moeten overdrijven?

Het was geen aantrekkelijke paradox: zijn moeder liet de chauffeur naar hem zoeken alsof hij een kleuter was, terwijl hij de bom had laten ontploffen! Hij knarste met zijn tanden. De chauffeur opende het portier van de witte Ambassador voor hem, maar in plaats van in te stappen, begon hij te tieren.

'Klootzak! Zoon van een kale vrouw!'

Hij stopte even om adem te halen en zei toen: 'Puilak die je bent! Puilak!'

Hij lachte hysterisch en stapte in de auto terwijl de chauffeur hem aanstaarde.

Onderweg naar huis bedacht hij dat elke andere baas loyaliteit kon verwachten van zijn chauffeur. Maar Shankara verwachtte niets. Hij verdacht zijn chauffeur ervan een Brahmaan te zijn.

Toen ze voor een rood stoplicht wachtten hoorde hij twee dames in een Ambassador naast hen praten over de bomexplosie: '... de politie heeft de hele school al afgegrendeld, zeggen ze. Niemand mag weg voor ze de terrorist gevonden hebben.'

Hij besefte dat hij geboft had dat hij had kunnen wegkomen. Als hij nog iets langer gebleven was, zou hij in de val van de politie zijn gelopen.

Toen hij zijn villa bereikte rende hij via de achterdeur naar binnen en schoot de trap op naar zijn kamer. Hij had op een bepaald moment overwogen om een manifest naar de *Dawn Herald* te sturen: 'Die Lasrado is een idioot en de bom is afgegaan in zijn klas om dat voor de hele wereld te bewijzen.' Hij kon niet geloven dat hij die tekst op zijn bureau had laten liggen, hij verscheurde hem meteen. Toen twijfelde hij of ze de stukken niet aan elkaar konden leggen en zo de boodschap weer leesbaar maken, en dacht erover om ze door te slikken, maar toen besloot hij alleen maar een paar van de sleutellettergrepen door te slikken: 'rado', 'bo', 'm', 'klas'. De rest stak hij in brand met zijn aansteker.

Bovendien, dacht hij, een beetje misselijk van het gevoel van papierproppen in zijn maag, was dat niet de juiste boodschap om aan de pers te sturen, omdat zijn woede uiteindelijk niet alleen tegen Lasrado gericht was. Die ging veel dieper. Als de politie hem om een verklaring zou vragen, zou hij zeggen: 'Ik heb een bom laten ontploffen om een einde te maken aan het vijfduizend jaar oude kastenstelsel dat nog steeds geldt in dit land. Ik heb een bom laten ontploffen om te laten zien dat niemand, zoals ik, alleen beoordeeld dient te worden op het toeval van zijn geboorte.'

Door die verheven zinnen ging hij zich beter voelen. Hij wist zeker dat hij in de gevangenis anders behandeld zou worden, als een soort martelaar. De Hoyka-commissies voor Zelfontwikkeling zouden marsen voor hem organiseren en de politie zou hem niet durven aanraken. Als hij vrijgelaten werd, zou hij misschien toegejuicht worden door grote menigten, hij zou een politieke carrière beginnen.

Hij had nu het idee dat hij tot elke prijs een anonieme brief naar de krant moest sturen. Hij nam een nieuw blad papier en begon te schrijven, al rommelde zijn maag van het doorgeslikte papier.

Zo! Gebeurd. Hij las het nog eens over.

'Het Manifest van een Ontrechte Hoyka. Waarom de Bom Vandaag Ontplofte!'

Maar toen dacht hij er nog eens over na. Het was algemeen bekend dat hij een Hoyka was. Iedereen wist dat. Ze roddelden erover, en hun roddel klonk als het gezichtsloze gegons vanachter de zwarte deuren van de klaslokalen vandaag. Iedereen op zijn school, in deze hele stad, wist het: hoe rijk Shankara Prasad ook was, hij was niet meer dan de zoon van een Hoyka-vrouw. Als hij die brief stuurde, zouden ze weten dat hij de bom geplaatst had.

Hij schrok op. Het was alleen maar een groenteverkoper die zijn kar tegen de achtermuur van het huis had geschoven. 'Tomaten, tomaten, rijpe rode tomaten, koop hier rijpe rode tomaten.'

Hij wilde naar de Bunder gaan, een kamer nemen in een goedkoop hotel en zeggen dat hij iemand anders was. Niemand zou hem daar ooit vinden.

Hij ijsbeerde door zijn kamer en sloeg toen de deur dicht. Hij dook op zijn bed en trok het laken over zich heen. In het donker onder het laken hoorde hij de venter nog roepen: 'Tomaten, rijpe rode tomaten, snel wezen, voor ze gaan rotten!'

's Morgens zat zijn moeder te kijken naar een oude zwart-wit-Hindi-film die ze gehuurd had bij de videotheek van Shabbir Ali's vader. Zo bracht ze tegenwoordig al haar ochtenden door, verslaafd aan oude melodrama's.

Ze draaide zich om toen ze hem naar beneden hoorde komen en

zei: 'Shankara, ik heb gehoord dat er gedonder was op school.' Hij negeerde haar en ging aan de tafel zitten. Hij kon zich niet meer herinneren wanneer hij voor het laatst een hele zin tegen zijn moeder had gezegd.

'Shankara,' zei zijn moeder, en ze zette toast voor hem op tafel neer, 'je tante Urmila komt. Blijf alsjeblieft vandaag in de buurt van het huis.'

Hij beet in zijn toast en zei niets tegen zijn moeder. Hij vond haar bezitterig, irritant en bazig. Maar hij wist dat ze ontzag had voor haar half-brahmaanse zoon. Ze voelde zich zijn mindere, omdat ze een volbloed Hoyka was.

'Shankara! Zeg het nou alsjeblieft: blijf je in de buurt? Ben je vandaag nou eens aardig voor me?'

Hij liet zijn toast op het bord vallen, kwam overeind en liep naar de trap.

'Shan-ka-ra! Kom terug!'

Al vervloekte hij haar, hij begreep haar angst. Ze wilde de brahmaanse vrouw niet alleen onder ogen komen. De enige reden waarom ze aanvaard, gerespecteerd kon worden was dat ze een mannelijk kind had geproduceerd, een erfgenaam, en als hij niet in huis was, had ze niets om zich op te beroemen. Ze was niet meer dan een Hoyka, onbevoegd aanwezig in een brahmaans gezin.

Hij dacht: het is haar eigen schuld als ze zich ellendig voelt als ze erbij zijn. Telkens weer had hij haar gezegd: moeder, negeer je brahmaanse familieleden. Verneder jezelf niet voortdurend voor ze. Als zij ons niet moeten, dan moeten wij hen ook niet.

Maar dat kon ze niet, ze wilde nog steeds aanvaard worden. En haar vrijkaartje voor aanvaarding was Shankara. Niet dat hij zelf volledig aanvaardbaar was voor de Brahmanen. Ze beschouwden hem als het product van een wild avontuur van zijn vader, ze brachten hem in verband (dat wist hij zeker) met een hele reeks verdorvenheden. Meng een deel voorechtelijke seks met een deel kastenschande in een zwarte pot, en wat krijg je dan? Dit lekkere duiveltje, Shankara.

Sommige brahmaanse familieleden, zoals tante Urmila, kwamen al jaren bij hem op bezoek, hoewel ze het nooit leuk schenen te vinden om in zijn wangen te knijpen, hem kushandjes toe te werpen of die andere weerzinwekkende dingen te doen die tantes hun neefjes aandeden. Bij haar kreeg hij het gevoel dat hij getolereerd werd.

Barst, hij vond het maar niks om getolereerd te worden.

Hij liet zich door de chauffeur naar de Paraplustraat brengen en staarde onbewogen uit het raam terwijl de auto de meubelzaken en suikerrietsapkraampjes passeerde. Hij stapt uit bij de White Stallion Talkies. 'Wacht maar niet op me, ik bel je wel als de film afgelopen is.'

Toen hij de trap op liep zag hij de eigenaar van een winkel vlakbij heftig naar hem zwaaien. Een familielid van moederskant. De man bestookte hem met brede grijnzen en begon toen te gebaren dat hij bij hem in zijn zaak moest komen zitten. Shankara werd door zijn Hoyka-familieleden altijd behandeld als een bijzonder mens, omdat hij half-brahmaans was en daarom qua kaste veel hoger stond dan zij, of omdat hij zo rijk was en daarom qua klasse zoveel hoger stond dan zij. Hij vloekte bij zichzelf en liep verder de trap op. Begrepen die stomme Hoyka's het dan niet? Niets haatte hij meer dan hun geslijm tegenover hem, omdat hij half-brahmaans was. Als ze hem hadden geminacht, als ze hem hadden gedwongen om hun winkels binnen te kruipen om te boeten voor zijn zonde dat hij half-brahmaans was, dan hoefde hij ze niet elke dag op te gaan zoeken.

Hij had nog een andere reden om juist bij dit familielid niet op bezoek te gaan. Hij had een gerucht opgevangen dat de plastisch chirurg Kinni een maîtresse had gehad in deze wijk, ook een Hoyka-meisje. Hij vermoedde dat het familielid van die vrouw af wist, dat hij voortdurend zou zitten denken: die Shankara, die arme, arme jongen, als hij eens wist van het verraad van zijn vader. Shankara wist alles van het verraad van zijn vader, de vader die hij in geen zes jaar gezien had, die zelfs niet meer schreef of opbelde, hoewel hij nog steeds pakjes naar huis stuurde met snoep en buitenlandse chocolade. Toch had hij hoe dan ook het gevoel dat zijn vader wist waar het in het leven om ging. Een Hoyka-maîtresse vlak bij het theater en een andere mooie Hoyka-vrouw als echtgenote. Nu leidde hij een comfortabel luxeleven in de Golf en knapte de neuzen en lippen van rijke Arabische vrouwen op. Daar vast ook weer een maîtresse. Lui als zijn vader hoorden niet bij een kaste of godsdienst of ras, die leefden voor zichzelf. Zij waren de enige echte mannen op de wereld.

Het kaartenloket was gesloten. VOLGENDE VOORSTELLING 20.30 UUR. Snel liep hij de trap af en vermeed oogcontact met zijn familielid. Haastig sloeg hij een paar straten in naar de Ideal Traders Ice Cream Shop en bestelde een chikoo-milkshake.

Hij zoog hem snel naar binnen, en met de suiker in zijn hersens leunde hij achterover, grinnikte en zei tegen zichzelf: '*Puilak!*'

Hij had het dus gedaan. Hij had Lasrado vernederd omdat die hem vernederd had.

'Nog een chikoo-milkshake!' riep hij. 'Met dubbel ijs!'

Shankara was altijd een van de rotte appels op school geweest. Sinds zijn achtste of negende had hij gedonder gehad. Maar het meeste gedonder dat hij ooit had gehad, was met die scheikundedocent met zijn spraakgebrek. Op een ochtend had Lasrado hem betrapt toen hij een sigaret stond te roken bij het suikerrietsapkraampje voor de school.

'Roken *póór* je twintigste remt je ontwikkeling tot een normaal menselijk wezen,' had meneer Lasrado geroepen. 'Als je *pader* hier was en niet in de *Golp*, dan zou hij precies *hetzelpde* doen als ik nu doe...'

De rest van die dag had Shankara geknield buiten het scheikundelokaal moeten zitten. Hij knielde met zijn blik op de grond gericht en dacht aan één stuk door: dit doet hij me aan omdat ik een Hoyka ben. Als ik een christen of een Bunt was, dan zou hij me nooit zo vernederen.

Die avond lag hij in bed en toen was de gedachte bij hem opgekomen: hij heeft me gekwetst, ik zal hem terug kwetsen. Dat drong zo helder en vastomlijnd tot hem door als een straal zonlicht, als een credo voor zijn hele leven. De aanvankelijke euforie ging over in rusteloosheid, en hij woelde en draaide in zijn bed en zei: 'Mustafa, Mustafa.' Hij moest nu naar Mustafa.

De bommenmaker.

Hij had die naam een paar weken geleden gehoord bij Shabbir Ali thuis.

Die avond hadden ze – alle vijf de leden van de 'rotjongensbende' – net weer naar een pornofilm zitten kijken bij Shabbir Ali thuis. De vrouw was van achteren genomen, de grote zwarte man had zijn pik telkens weer in haar gestoken. Shankara had geen idee dat het op die manier ook kon en Pinto ook niet, die had zitten piepen van de lol. Shabbir Ali had afwezig toegekeken hoe zijn vrienden zich vermaakten, hij had die video al zo vaak gezien en hij werd er niet meer opgewonden van. Hij verkeerde op zo'n intieme voet met het kwaad dat niets hem meer opwond – ontuchtige scènes net zomin als verkrachtingen of bestialiteiten. De voortdurende blootstelling aan de ondeugd had hem teruggebracht tot een staat van onschuld.

Na de video lagen de jongens op Shabbir Ali's bed en dreigden zich ter plaatse te gaan afrukken, terwijl hun gastheer hen waarschuwde dat ze het niet in hun hoofd moesten halen.

Shabbir Ali haalde een condoom tevoorschijn om hen tevreden te stellen, en om de beurt staken ze er een vinger in.

'Voor wie is die, Shabbir?'

'Mijn vriendin.'

'Hou je kop, homo.'

'Jij bent hier de homo!'

De anderen praatten over seks en Shankara staarde naar het plafond, deed of hij in gedachten verzonken was en luisterde. Hij merkte dat hij altijd buiten zulke gesprekken gehouden werd, omdat de anderen wisten dat hij maagd was. Er was een meisje op school dat met mannen 'praatte'. Shabbir Ali had met haar 'gepraat' en hij zinspeelde erop dat hij veel meer had gedaan. Shankara had geprobeerd te doen alsof hij ook met vrouwen had 'gepraat', misschien zelfs wel een hoer had genaaid in de Oude Rechtbankstraat. Hij wist dat de anderen hem doorzagen.

Ali begon dingen door te geven. Het condoom werd gevolgd door een halter die hij onder zijn bed bewaarde, exemplaren van *Hustler*, *Playboy* en het officiële orgaan van de basketbalbond.

'Raad eens wat dit is,' zei hij. Het was iets kleins, zwart en met een tijdmechanisme eraan.

'Dat is een ontsteker,' zei hij, toen niemand het raadde.

'Wat doet zoiets?' vroeg Shankara, die op het bed ging staan en het ding tegen het licht hield.

'Ontsteken, imbeciel.' Er werd gelachen. 'Die gebruik je voor een bom.'

'Niks zo simpel als een bom maken,' zei Shabbir. 'Je neemt een zak kunstmest, steekt die ontsteker erin, en klaar ben je.'

'Hoe kom je daaraan?' vroeg iemand – niet Shankara. 'Van Mustafa gekregen,' zei Shabbir Ali, bijna als terzijde.

Mustafa, Mustafa. Shankara klampte zich aan de naam vast.

'Waar woont die?' vroeg een van de tweelingen.

'Bij de Bunder. Op de pepermarkt. Hoezo?' Shabbir Ali porde zijn ondervrager aan. 'Was je van plan een bom te maken?'

'Waarom niet?'

Nog meer gegiechel. En Shankara had die avond niets meer gezegd, alleen 'Mustafa, Mustafa' bij zichzelf, doodsbang dat hij de naam zou vergeten tenzij hij de hele avond niets anders zei.

Terwijl hij in zijn derde chikoo-shake zat te roeren, kwamen er twee mannen naast hem zitten, twee politieagenten. De een bestelde een sinaasappelsap, de ander wilde weten hoeveel soorten thee er op de kaart stonden. Shankara stond op en ging weer zitten. Hij wist dat ze over hem zouden gaan praten. Zijn hart ging sneller slaan.

'Die bom op zichzelf stelde niks voor. Alleen de ontsteking ging af en verspreidde de kunstmest door het hele lokaal. De gek die hem gemaakt heeft dacht dat je een bom kon maken door domweg een ontsteking in een zak kunstmest te steken. Dat is maar goed ook, anders zouden er wel een paar jongens omgekomen zijn.'

'Waar gaat dat heen met de jeugd van dit land?'

'Het is tegenwoordig alleen nog maar seks, seks en geweld. Het hele land gaat de kant uit van de Punjab.'

Een van de agenten zag hem kijken en keek terug. Hij wendde zich af. Misschien had ik daar moeten blijven met tante Urmila. Misschien had ik vandaag binnen moeten blijven.

Maar wie garandeerde dat zij – zelfs al was ze zijn tante – hem niet zou verraden? Je wist maar nooit met Brahmanen. Als kind was hij eens mee geweest naar een bruiloft van een van zijn brahmaanse familieleden. Zijn moeder ging nooit naar zulke dingen toe, maar zijn vader had hem in de auto gezet en gezegd dat hij met zijn neefjes moest gaan spelen. De brahmaanse jongens vroegen of hij mee wilde doen aan een wedstrijd. Op een plak vanille-ijs lag een laag zout van twee centimeter. Het ging erom wie het durfde op te eten. 'Idioot,' riep een van de anderen toen Shankara zijn lepel erin stak en een schep zout ijs in zijn mond stopte. 'Het was maar een grapje!'

De jaren verstreken en het bleef zo. Een keer had een brahmaanse jongen van school hem thuis gevraagd. Hij waagde het erop, hij vond het een aardige knul, hij zei ja. De jongen en zijn moeder vroegen hem in de woonkamer. Het was een 'modern' gezin, ze hadden in het buitenland gewoond. Hij zag miniatuur-Eiffeltorentjes en porseleinen melkmeisjes in de woonkamer en hij was er gerust op dat hij hier niet slecht behandeld zou worden.

Ze gaven hem thee en koekjes, en zorgden dat hij zich thuis voelde. Maar toen hij wegging draaide hij zich om en zag dat de moeder van zijn vriend een schoonmaakdoekje in haar linkerhand had. Ze was begonnen met de bank schoon te maken waarop hij gezeten had.

Zijn kaste leek algemeen bekend te zijn bij mensen die er niks mee te maken hadden. Op een dag, toen hij cricket was gaan spelen op de Nehru Maidan, had een oude man naar hem staan kijken bij de muur van het speelveld. Na afloop riep hij Shankara bij zich en bestudeerde een paar minuten lang zijn gezicht, hals en polsen.

Shankara bleef hulpeloos staan tijdens het onderzoek, hij keek alleen maar naar de rimpels die vanuit de ogen van de oude man uitwaaierden.

'Jij bent toch de zoon van Vasudev Kinni en die Hoyka-vrouw?'

Hij stond erop dat Shankara met hem meewandelde.

'Je vader is altijd een koppige man geweest. Hij wou maar niet instemmen met een gearrangeerd huwelijk. Op een dag had hij je moeder gevonden en zei hij tegen alle Brahmanen: jullie kunnen barsten. Ik trouw met dit prachtige wezentje, of het jullie nou bevalt of niet. Ik wist wat er zou gebeuren: jij zou een bastaard zijn. Geen Brahmaan en geen Hoyka. Dat heb ik tegen je vader gezegd. Hij wou niet luisteren.'

De man klopte hem op zijn schouder. De onbekommerde manier waarop hij Shankara aanraakte wees erop dat hij niet bevooroordeeld was, niet geobsedeerd door kaste, maar gewoon iemand die de droeve werkelijkheid van het leven vertelde.

'Ook jij hoort bij een kaste,' zei de oude man. 'De Brahmo-Hoyka's, die zitten ertussenin. Ze worden in de Geschriften genoemd en we weten dat ze ergens bestaan. Ze vormen een volk dat volledig is afgescheiden van de andere mensen. Je moet eens met ze gaan praten en met een van ze trouwen. Op die manier wordt alles weer normaal.'

'Ja meneer,' zei Shankara, al had hij geen idee waarom hij dat zei.

'Tegenwoordig bestaat er niet meer zoiets als kaste,' zei de man spijtig. 'Brahmanen eten vlees. Kshatriya's krijgen een opleiding en schrijven boeken. En lagere kasten bekeren zich tot het christendom en de islam. Je hebt toch wel gehoord wat er in Meenakshipuram gebeurd is? Kolonel Gadaffi wil het hindoeïsme vernietigen en de christelijke geestelijken spelen met hem onder één hoedje.'

Ze liepen een tijdlang, tot ze bij de bushalte kwamen.

'Je moet je eigen kaste vinden,' zei de man. 'Je moet je eigen mensen vinden.' Hij omhelsde Shankara vluchtig en stapte in de bus, waar hij met jonge mannen begon te vechten om een zitplaats. Shankara had te doen met die oude Brahmaan. Hij hoefde nooit van zijn leven een bus te nemen, de chauffeur was er altijd.

Shankara dacht: hij is van een hogere kaste dan ik, maar hij is arm. Wat betekent dat woord dan, 'kaste'?

Is het alleen maar een fabeltje voor oude mensen zoals hij? Als je gewoon tegen jezelf zei: kaste is een idee, zou het dan verwaaien als rook; als je zei: ik ben vrij, zou je dan beseffen dat je altijd vrij geweest bent?

Hij had zijn vierde chikoo-milkshake op. Hij was misselijk.

Toen hij wegging bij de ijszaak wilde hij alleen nog maar naar de Oude Rechtbankstraat. Bij het beeld van de donkere Jezus zitten.

Hij keek om zich heen of de politie hem volgde. Natuurlijk kon hij op een dag als vandaag niet in de buurt van het Jezusbeeld komen. Dat was zelfmoord. Ze zouden alle wegen naar de school in de gaten houden.

Hij dacht aan Daryl D'Souza. Dat was de man naar wie hij toe moest! In de twaalf jaar dat hij op school zat, was Daryl D'Souza de enige geweest die vriendelijk geweest was tegen Shankara.

Shankara had de professor voor het eerst gezien op een politieke bijeenkomst. Dat was de 'Samenkomst op de Dag van Hoyka-trots en Zelfexpressie' op de Nehru Maidan, de grootste politieke gebeurtenis in de geschiedenis van Kittur, zoals de krant de volgende dag zei. Tienduizend Hoyka's hadden de *maidan* bezet om hun rechten als volwaardige gemeenschap op te eisen en schadeloosstelling te vragen voor de vijf millennia onrecht die hun waren aangedaan.

De spreker die de menigte moest opwarmen had over de taalkwestie gesproken. De officiële taal van de stad zou Tulu moeten worden, de taal van de gewone man, en niet Kannada, de brahmaanse taal.

Er volgde een donderend applaus.

De professor was zelf wel geen Hoyka, maar hij was uitgenodigd als een sympathiserende buitenstaander. Hij zat naast de eregast, het parlementslid namens Kittur dat wel een Hoyka was, de trots van zijn gemeenschap. Hij was al voor de derde keer parlementslid en ook onderminister in het Indiase kabinet, een teken voor de hele gemeenschap hoe hoog ze konden mikken.

Uiteindelijk, na nog veel meer inleidende sprekers, stond het parlementslid op. Hij begon te schreeuwen: 'Wij, Hoyka-broeders en -zusters, mochten vroeger niet eens in de tempel komen, wisten jullie dat? De priester stond bij de deur en zei: "Jij met je lage kaste!"'

Hij zweeg even om de belediging goed tot de luisteraars te laten doordringen.

'"Lage kaste! Ga weg!" Maar wagen de Brahmanen het nog jullie dat aan te doen sinds ik in het parlement gekozen ben – door jullie, mijn mensen? Durven ze je uit te schelden met "je lage kaste"? Wij vormen negentig procent van deze stad. Wij zíjn Kittur! Als ze ons slaan, slaan we ze terug! Als ze ons te schande maken, zullen wij...'

Na de toespraak herkende iemand Shankara. Hij werd naar een tentje gebracht waar het parlementslid zich ontspande na de toespraak, en werd voorgesteld als de zoon van plastisch chirurg Kinni. De grote man zat op een houten stoel met iets te drinken in zijn hand en zette het glas met een klap neer, waarbij hij zijn drank morste. Hij nam Shankara's hand in de zijne en gebaarde dat hij naast hem op de grond moest hurken.

'In het licht van je familiesituatie, je hoge status in de samenleving, ben jij de toekomst van de Hoyka-gemeenschap,' zei het parlementslid. Hij zweeg even en boerde.

'Ja, meneer.'

'Begrijp je wat ik gezegd heb?' vroeg de grote man.

'Ja, meneer.'

'De toekomst is aan ons. Wij vormen negentig procent van deze stad. Al die Brahmanenrotzooi is afgelopen,' zei hij met een draai van zijn pols.

'Ja, meneer.'

'Als ze je slaan, sla je terug. Als ze... Als ze...' De grote man draaide rondjes met zijn hand om zijn gebrabbelde bewering af te maken.

Shankara wilde een vreugdekreet slaken. 'Brahmanenrotzooi!' Ja, dat was precies zoals hij het zelf zou zeggen, en hier zat een parlementslid, een minister in de regering van Rajiv Gandhi, die net zo praatte als hij zou doen!

Toen leidde een assistent Shankara weg van de tent. 'Meneer Kinni.' De assistent kneep in Shankara's arm. 'Als u een kleine donatie zou kunnen doen voor het evenement van vanavond. Een klein bedrag maar...'

Shankara leegde zijn zakken. Vijftig rupee. Hij gaf het allemaal aan de assistent, die diep boog en nog eens zei dat hij de toekomst van de Hoyka-gemeenschap was.

Shankara keek toe. Er gingen al honderden mannen in de rij staan waar bier en kwartliters rum aan hen werden uitgedeeld, als smeergeld voor het bijwonen van de bijeenkomst en het juichen voor de sprekers. Hij schudde afkeurend zijn hoofd. Het idee dat hij deel uitmaakte van negentig procent van de stad beviel hem niet. Het kwam hem nu voor of de Brahmanen weerloos waren, een voormalige elite van Kittur die nu in voortdurende angst leefde van hun huizen en rijkdom beroofd te worden door de Hoyka's, de Bunts, de Konkana's en alle anderen in de stad. Alleen al de middelmatigheid van de Hoyka's – wat ze ook deden werd per definitie meteen middelmatig – stond hem tegen.

De volgende morgen las hij de krant en dacht dat hij te hard was geweest tegenover de Hoyka's. Hij dacht aan de professor die op het podium had gestaan en kwam er via zijn chauffeur achter waar die woonde. Hij ijsbeerde een tijdje voor het hek van het huis van de professor. Ten slotte deed hij het hek open, liep op het huis af en drukte op de deurbel.

De professor deed open. Shankara zei: 'Meneer, ik ben een Hoyka. U bent de enige in deze stad die ik vertrouw. Ik wil graag met u praten.'

'Ik weet wie je bent,' zei professor D'Souza. 'Kom binnen.'

Professor D'Souza en Shankara gingen in de woonkamer zitten en voerden een lang gesprek.

'Wie is dat parlementslid? Tot welke kaste hoort hij?' vroeg de professor.

De vraag verwarde Shankara.

'Hij is een van ons, meneer. Een Hoyka.'

'Niet helemaal,' zei de professor. 'Hij is een Kollaba. Heb je die naam weleens gehoord? Er bestaat niet zoiets als een Hoyka, beste jongen. De kaste is onderverdeeld in zeven onderkasten. Ken je dat begrip, "onderkaste"? Mooi. Het parlementslid is een Kollaba, de hoogste van de zeven onderkasten. De Kollaba's zijn altijd miljonairs geweest. Britse antropologen hadden dat feit al in de negentiende eeuw met belangstelling opgemerkt. De Kollaba's hebben de andere zes Hoyka-kasten jarenlang uitgebuit. En nu weer speelt die man de Hoyka-troef uit om herkozen te worden, zodat hij in een kantoor in New Delhi kan gaan zitten en grote enveloppen vol geld kan ontvangen van zakenmensen die kledingfabrieken willen opzetten in de Bunder.'

Zeven onderkasten? De Kollaba's? Van die dingen had Shankara nog nooit gehoord. Hij stond versteld.

'Dat is het grote probleem van jullie hindoes,' zei de professor. 'Jullie zijn voor jezelf een mysterie!'

Shankara schaamde zich dat hij hindoe was; wat een weerzinwekkend gedoe, dat kastenstelsel dat zijn voorouders hadden bedacht. Maar tegelijkertijd ergerde hij zich aan Daryl D'Souza. Wie dacht hij wel dat hij was om hem een preek te geven over kasten? Waar halen christenen het lef vandaan? Zijn die niet allemaal ooit hindoes geweest? Hadden ze geen hindoe moeten blijven en de Brahmanen van binnenuit moeten verslaan, in plaats van de gemakkelijke uitweg van de bekering te kiezen?

Hij verfrommelde zijn ergernis tot een glimlach.

'Wat moeten we doen aan het kastenstelsel, meneer? Hoe komen we ervan af?'

'Een van de oplossingen is wat de Naxalieten hebben gedaan: gewoon de hele bovenklasse opblazen,' zei de professor. Hij had de bizarre, vrouwelijke gewoonte om zijn grote ronde biscuit in melk te dopen en hem dan snel op te eten voor hij te slap werd. 'Ze blazen het hele stelsel op, en zo kun je helemaal *from scratch* beginnen.'

From scratch – de Amerikaanse uitdrukking maakte Shankara geestdriftig. 'Ik denk ook dat we from scratch moeten beginnen, meneer. Ik vind dat we het kastenstelsel moeten vernietigen en from scratch beginnen.'

'Beste jongen, je bent een nihilist,' zei de professor met een goedkeurend glimlachje. Hij beet in zijn soppige biscuit.

Ze hadden elkaar daarna niet meer ontmoet. De professor was gaan reizen en Shankara was te verlegen geweest om hem nog een keer lastig te vallen. Maar hij was het gesprek nooit vergeten. En nu hij in een roes door de stad doolde, met een rommelende maag van de suiker van de milkshakes, dacht hij: hij is de enige die zou begrijpen wat ik gedaan heb. Ik ga hem alles opbiechten.

Het huis van de professor was propvol studenten. Er was een journalist van de *Dawn Herald* die de grote man vragen stelde over terrorisme. Op het bureau stond een zwarte bandrecorder. Shankara, die per autoriksja naar het huis van de professor was gekomen, wachtte samen met de studenten en keek toe.

'Het is absoluut een nihilistische daad van een of andere leerling,' zei de professor met zijn blik op de bandrecorder gericht. 'Hij moet opgepakt worden en in de cel gegooid.'

'Meneer, wat zegt deze kwestie over het India van vandaag, meneer?'

'Dit is een voorbeeld van het nihilisme van onze jongeren,' zei professor D'Souza. 'Ze zijn verloren en de richting kwijt. Ze zijn...' Een pauze. '... de morele normen van onze natie kwijtgeraakt. Onze tradities worden vergeten.'

Shankara werd verstikt door woede. Hij stormde naar buiten.

Hij nam een autoriksja naar het huis van Shabbir Ali en belde aan. Een bebaarde man in een kurta in Noord-Indiase stijl, waar zijn borsthaar uitstak, deed de deur open. Het duurde even voor Shankara hem herkende als Shabbir Ali's vader, die hij nog nooit gezien had.

'Hij heeft geen toestemming om met zijn vrienden te praten,' zei hij. 'Jullie hebben mijn zoon verdorven.' En hij sloeg de deur dicht voor Shankara's gezicht.

Dus de grote Shabbir Ali, de man die met vrouwen 'praatte' en met condooms speelde, was in zijn huis opgesloten. Door zijn vader. Shankara moest bijna lachen.

Hij had geen zin meer om in autoriksja's te rijden, dus belde hij vanuit een cel naar huis en vroeg of de auto naar Shabbir Ali's huis kon komen om hem op te halen.

Thuis deed hij de knip op zijn kamerdeur. Hij ging in bed liggen. Hij pakte de telefoon op, legde hem neer, telde tot vijf en pakte hem weer op. Uiteindelijk werkte het. In Kittur hoefde je niet meer te doen om in de wereld van iemand anders door te dringen.

Hij luisterde naar een gesprek van een ander.

De lijn kraakte en kwam tot leven. Een man en een vrouw, mogelijk echtgenoten, praatten met elkaar. Ze spraken in een taal die hij niet verstond. Hij dacht dat het Malayalam was. Het moesten moslims zijn, dacht hij. Hij vroeg zich af waarover ze het hadden – klaagde de man over zijn gezondheid, vroeg zij om meer geld voor het huishouden? Waarom bellen ze elkaar, vroeg hij zich af. Woonde de man niet in Kittur? Hoe de zaak ook zat, wat ze ook zeiden in die vreemde taal, hij voelde hoe intiem hun gesprek was. Het zou fijn zijn om een vrouw of een vriendin te hebben, dacht hij. Niet altijd zo alleen zijn. Zelfs maar één goede vriend. Zelfs dat zou hem ervan af hebben gehouden om die bom te plaatsen en zich al die ellende op de hals te halen.

Opeens veranderde de man van toon. Hij begon te fluisteren.

'Ik geloof dat ik iemand op de lijn hoor ademen,' zei de man – dat stelde Shankara zich tenminste voor.

Toen hing de man op.

In mijn bloed stroomt het slechtste van beide kasten, dacht Shankara in zijn bed, met de hoorn van de telefoon nog aan zijn oor. Ik heb de bezorgdheid en de angst van de Brahmanen en ik heb de neiging om onbezonnen te handelen van de Hoyka's. In mij hebben de slechtste eigenschapen van beide zich vermengd en dit monster geproduceerd dat mijn karakter is.

Hij werd gek. Ja, daarvan was hij overtuigd. Hij wilde weer het huis uit. Hij maakte zich er zorgen over dat de chauffeur zijn rusteloosheid zou opmerken.

Hij nam de achterdeur en sloop het huis uit zonder dat de chauffeur hem zag.

Hij verdenkt me waarschijnlijk niet, dacht hij. Hij denkt waarschijnlijk dat ik een waardeloze rijke snotneus ben, zoals Shabbir Ali.

Al die rijke lui zoals Shabbir Ali, hield hij zichzelf bitter voor, leefden vanuit een soort code. Ze hadden het over dingen, maar ze deden ze niet. Ze hadden condooms thuis, maar gebruikten ze niet. Ze hadden ontstekingen, maar lieten ze niet ontploffen. Praten, praten, praten. Dat was hun leven. Het was zoiets als het zout op het ijs. Het zout werd op een plak vanille-ijs gesmeerd en aangeboden, maar het was niet de bedoeling dat iemand eraan likte! Dat was maar een grap! Het was alleen maar bedoeld als praatje, al dat gedoe over bommen laten ontploffen. Als je de code kende, begreep je dat het alleen maar gepraat was. Maar hij had hen serieus genomen, hij had gedacht dat ze vrouwen naaiden en bommen lieten ontploffen. Hij kende de code niet, omdat hij er niet echt bij hoorde, niet bij de Brahmanen, niet bij de Hoyka's en zelfs niet bij een bende verwende snotneuzen.

Hij hoorde bij een geheime kaste, een kaste van Brahmo-Hoyka's, waarvan hij tot nu toe maar één vertegenwoordiger had gevonden – hijzelf – en die hem afzonderde van alle andere kasten van de mensheid.

Hij nam weer een autoriksja naar de school, keek rond of niemand hem in de gaten had en liep vandaar de Oude Rechtbankstraat in, met zijn blik op de grond en zijn handen in zijn zakken.

Hij duwde de bomen uiteen, liep naar het beeld van Jezus en ging zitten. De geur van kunstmest hing nog in de lucht. Hij deed zijn ogen dicht en probeerde kalm te worden. In plaats daarvan begon hij te denken aan de zelfmoord die vele jaren geleden in deze straat had plaatsgevonden. Hij had erover gehoord van Shabbir Ali. Er was een man gevonden die in deze straat aan een boom hing, misschien zelfs wel op deze plek. Aan zijn voeten lag een opengebroken koffer. Daarin had de politie drie gouden munten en een briefje gevonden: 'In een wereld zonder liefde is zelfmoord de enig mogelijke verandering.' En er lag een brief, gericht aan een vrouw in Bombay.

Shankara opende zijn ogen. Het was alsof hij de man uit Bombay voor zich kon zien hangen, zijn voeten bungelend voor de donkere Jezus.

Hij vroeg zich af of dat zijn lot zou zijn. Zou hij eindigen als een veroordeelde gehangene?

Hij herinnerde zich de noodlottige gebeurtenissen weer. Na het gesprek aan de deur van Shabbir Ali was hij naar de Bunder gegaan. Hij had gevraagd naar Mustafa en hem beschreven als een man die kunstmest verkocht, en ze hadden hem naar een markt gestuurd. Hij had een rij groenteverkopers gevonden, vroeg naar Mustafa en kreeg te horen: 'Ga maar naar boven.' Hij klom een trap op. Hij kwam terecht in een pikdonkere ruimte waar duizend mannen tegelijk leken te hoesten. Hij begon ook te hoesten. Toen zijn ogen aan het donker gewend waren, besefte hij dat hij op een pepermarkt was. Reusachtige jutezakken lagen opgestapeld tegen de vuile muren en koelies sjouwden er onophoudelijk hoestend mee rond. Toen kwam er een eind aan het donker en bereikte hij een open binnenplaats. Weer vroeg hij: 'Waar is Mustafa?'

Een man die op een kar met oude groenten lag wees in de richting van een open deur.

Hij ging naar binnen en trof drie mannen aan die aan een ronde tafel zaten te kaarten.

'Mustafa is er niet,' zei een man met spleetogen. 'Wat wil je?'

'Een zak kunstmest.'

'Waarvoor?'

'Ik kweek linzen,' zei Shankara. De man lachte.

'Wat voor soort?'

'Bonen. Peulvruchten en zo.'

De man lachte weer. Hij legde zijn kaarten neer, liep een kamer in, haalde er een enorme jutezak uit en zette die voor Shankara's voeten neer.

'Wat heb je nog meer nodig om je bonen te kweken?'

'Een ontsteking,' zei Shankara.

De mannen aan de tafel legden allemaal tegelijk hun kaarten neer.

In de kamer binnen in het huis verkochten ze hem een ontsteking, hij kreeg te horen hoe je het tijdmechanisme moest instellen. Het kostte meer dan Shankara op dat moment bij zich had, dus hij kwam de week daarop terug met het geld en nam de zak en de ontsteking mee in een autoriksja en stapte uit onder aan de Oude Rechtbankstraat. Hij had alles verstopt bij het beeld van Jezus.

Op een zondag liep hij om de school heen. Het was als in de film *Papillon*, een van zijn lievelingsfilms, de scène waarin de held plannen maakt om uit de gevangenis te ontsnappen, het was net zo opwindend. Hij zag zijn school alsof hij hem voor het eerst zag, met de intensiteit van het oog van de vluchteling. Daarna, op die noodlottige maandag, nam hij de zak kunstmest mee naar school, bevestigde de ontsteking eraan, stelde het tijdmechanisme in op een uur en liet hem achter onder de achterste rij in het lokaal, waar niemand zat, zoals hij wist.

Toen wachtte hij en telde het uur minuut voor minuut af, zoals de held in *Papillon*.

Om middernacht ging de telefoon.

Het was Shabbir Ali.

'Lasrado wil ons allemaal bij zich laten komen, man! Morgenvroeg!'

Ze zouden alle vijf naar zijn kantoor moeten komen. De politie zou erbij zijn.

'Hij heeft een leugendetector.' Shabbir zweeg even. Toen riep hij uit: 'Ik weet dat jij het gedaan hebt! Waarom beken je niet? Waarom beken je het niet meteen?'

Shankara's bloed verkilde. 'Val dood!' schreeuwde hij terug, en hij ramde de hoorn erop. Maar toen dacht hij: god, dus Shabbir heeft het al die tijd geweten. Natuurlijk! Iedereen had het geweten. Iedereen in de rotzakkenbende moest het hebben geweten, en rond deze tijd moesten ze het aan de hele stad hebben verteld. Hij dacht: laat ik meteen bekennen. Dat zou het beste zijn. Misschien dat de politie soepel zou zijn omdat hij zichzelf had aangegeven. Hij draaide 100, het nummer van de politie, dacht hij.

'Kan ik de assistent-hoofdcommissaris spreken?'

'Huh?'

De stem werd gevolgd door een kreet vol onbegrip.

Omdat hij dacht dat dat meer zou opleveren, zei hij in het Engels: 'Ik wil bekennen. Ik heb de bom geplaatst.'

'Huh?'

'De bom. Dat was ik.'

'Huh?'

Weer een pauze. De telefoon werd doorgeschakeld.

Hij herhaalde de boodschap tegen iemand anders op de andere lijn.

Weer een pauze.

'Sorrysorrysorry?'

Geërgerd legde hij de haak erop. Die stomme Indiase politie. Ze kunnen niet eens fatsoenlijk een telefoongesprek voeren, hoe zouden ze hem in godsnaam moeten pakken?

Toen ging de telefoon weer: Irfan belde namens de tweeling.

'Shabbir heeft ons net gebeld, hij zegt dat wij het gedaan hebben, man. Ik heb het niet gedaan! Rizvan ook niet? Shabbir liegt!'

Toen begreep hij het: Shabbir had iedereen gebeld en hen allemaal beschuldigd in de hoop er een bekentenis uit te slepen! Zijn opluchting vermengde zich met woede. Hij was bijna in de val gelopen! Nu maakte hij zich zorgen dat de politie zijn telefoontje naar 100 zou kunnen natrekken. Hij moest een plan hebben, dacht hij, een plan. Ja, hij had het: als ze het vroegen, zou hij zeggen dat hij Shabbir Ali wou aangeven voor het misdrijf. 'Shabbir is moslim,' zou hij zeggen. 'Hij wilde er India mee straffen voor Kashmir.'

De volgende morgen zat Lasrado in het kantoor van de rector naast pater Almeida, die aan zijn bureau zat. De twee mannen staarden de vijf verdachten aan.

'Ik heb *petenschappelijk* bewijs,' zei Lasrado. Er zaten *pingerap-drukken* op het zwarte *pragment* van de bom dat niet *ontplopt* is.' Hij bespeurde ongeloof onder de beschuldigden en voegde er daarom aan toe: 'Er zijn zelfs *pingerapdrukken geponden* op de broden die in *paraograpen* zijn achtergelaten. Die zijn onuitwisbaar. Wij *pinden* de *puilak* die dit gedaan heeft, wees daar zeker van.'

Hij wees met een vinger.

'En jij, Pinto, een christenjongen. Schaam je.'

'Ik heb het niet gedaan,' zei Pinto.

Shankara vroeg zich af of hij ook even zou opmerken dat hij onschuldig was, voor de zekerheid.

Lasrado keek hen doordringend aan en wachtte tot de schuldige zich zou melden. Er verstreken een paar minuten. Shankara begreep het: hij heeft geen vingerafdrukken. Hij heeft geen leugendetector. Hij is wanhopig. Hij is vernederd, bespot en het lachertje van de school geworden en hij wil wraak.

'Stelletje *puilakken*!' riep Lasrado. En toen weer, met trillende stem: 'Zitten jullie te *gnippelen*? *Gnippelen* jullie omdat ik de letter *ep* niet kan zeggen?'

Nu konden de jongens zich bijna niet inhouden. Shankara zag dat zelfs de rector naar de grond keek en probeerde zijn lachen in te houden. Dat wist Lasrado, dat was aan zijn gezicht te zien. Shankara dacht: die man is zijn leven lang gepest met zijn spraakgebrek. Daarom was hij zo'n ellendeling voor de klas. En nu is zijn hele levenswerk verwoest door die bom. Hij zal nooit in staat zijn op zijn leven terug te kijken met de trots (hoe vals die ook was) die andere docenten hebben, nooit zou hij op zijn afscheidsfeestje kunnen zeggen: 'Mijn leerlingen hielden van me, hoewel ik streng was.' Altijd zou er iemand achterin fluisteren: 'Ja, ze hielden zoveel van je dat ze een bom in je klas lieten ontploffen!'

Op dat moment dacht Shankara: ik wou dat ik die man met rust gelaten had. Ik wou dat ik hem niet vernederd had, zoals zovelen mij en mijn moeder vernederd hebben.

'Ik heb het gedaan, meneer.'

Iedereen in de kamer keek naar Shankara.

'Ik heb het gedaan,' zei hij. 'Val die andere jongens niet meer lastig en geef mij mijn straf.'

Lasrado sloeg met zijn hand op het bureau. '*Plegel* die je bent, is dat een grap?'

'Nee, meneer.'

'Natuurlijk is het een grap!' riep Lasrado uit. 'Je bespot me! Je bespot me in het openbaar!'

'Nee, meneer...'

'Kop dicht!' zei Lasrado. 'Kop dicht!' Hij stak een vinger uit en wees woest de hele kamer rond.

'*Puilakken! Puilakken!* Verdwijn!'

Shankara liep met de vier onschuldigen de kamer uit. Hij merkte dat zij zijn bekentenis niet geloofden. Ook zij dachten dat hij de leraar in zijn gezicht had bespot.

'Je ging te ver,' zei Shabbir Ali. 'Jij hebt echt nergens respect voor, man.'

Shankara wachtte buiten de school en rookte. Hij wachtte op Lasrado. Toen de deur van de docentenkamer openging en de scheikundeleraar naar buiten kwam, gooide Shankara de sigaret op de grond en doofde hem met zijn schoen. Hij keek een tijdje naar zijn leraar. Hij wilde dat er een mogelijkheid was om naar hem toe te gaan en te zeggen dat het hem speet.

Dag Twee (Avond):
Vuurtorenheuvel (de voet van de heuvel)

U bevindt zich op een weg omzoomd door oeroude banyanbomen; de geur van *neem* hangt in de lucht, boven uw hoofd zweeft een adelaar. De Oude Rechtbankstraat – een lange, verlaten straat die de naam heeft een verzamelplaats van prostituees en pooiers te zijn – leidt vanaf de heuveltop naar de St.-Alfonso Middelbare School voor Jongens.

Naast de school treft u een witgekalkte moskee aan die dateert van de tijd van Tippu Sultan. Volgens een plaatselijke legende werden christenen uit Valencia hier gefolterd, op verdenking van sympathie voor de Britten. De moskee vormt een twistpunt tussen het schoolbestuur en een plaatselijke islamitische organisatie, die allebei beweren eigenaar te zijn van de grond waarop hij staat. Moslimleerlingen van de school hebben toestemming om elke vrijdag een uur de klas te verlaten om *namaaz* te verrichten in die moskee, op voorwaarde dat ze een getekend briefje overleggen van hun vader, of in het geval van jongens wier vaders in de Golf werken, van een mannelijke voogd. Vanaf een bushalte voor de moskee vertrekken snelbussen naar Zoutmarktdorp.

Aan minstens vier kramen buiten de moskee worden suikerrietsap, *bhelpuri* en *charmuri* naar Bombay-wijze verkocht aan de buspassagiers.

Om tien voor negen klonk er een koor van alarmbellen als waarschuwing dat dit geen gewone morgen was. Het was Martelarenmorgen, de zevenendertigste herdenking van de dag waarop Mahatma Gandhi zijn leven had opgeofferd opdat India zou leven.

Duizenden kilometers verderop, in het hart van de natie, in het kille New Delhi, stond de president op het punt zijn hoofd te buigen voor een gewijde fakkel. Echo's klonken door het kolossale gotische gebouw van de St.-Alfonso Middelbare School voor Jongens – door zesendertig klaslokalen met gewelfde plafonds, twee buitentoiletten, een scheikunde- annex biologielokaal en een eetzaal waar een aantal van de paters nog aan het ontbijten was – toen de alarmbellen aankondigden dat het voor de school tijd was om hetzelfde te doen.

In de docentenkamer vouwde meneer D'Mello, de conrector, zijn krant op, luidruchtig als een pelikaan die zijn vleugels opvouwt. Meneer D'Mello gooide zijn krant op een sandelhouten tafel en worstelde met zijn dikke buik om overeind te komen. Hij was de laatste die de docentenkamer verliet.

Zeshonderddrieëntwintig jongens stroomden de klaslokalen uit, sloten zich aaneen in een lange rij en begaven zich naar het schoolplein. Binnen tien minuten hadden ze zich in een geometrisch patroon opgesteld, een aaneengesloten raster rondom de vlaggenmast midden op het plein.

Naast de vlaggenmast stond een oud houten podium. En naast het podium stond meneer D'Mello. Hij zoog de ochtendlucht in zijn longen en riep: 'Aa-ten-sie!'

De leerlingen schuifelden eendrachtig. *Bom!* Hun voeten bonkten het gebabbel weg van het plein. Nu was de ochtend gereed voor de sombere ceremonie.

De eregast was in slaap gevallen. Aan de top van de vlaggenmast hing de nationale driekleur slap en gekreukeld neer, totaal ongeïnteresseerd in de evenementen die te zijner ere waren georganiseerd. Alvares, de oude duvelstoejager van de school, rukte aan een blauw

koord om het recalcitrante stuk textiel tot eerbiedwaardige strak-
heid aan te sporen.

Meneer D'Mello zuchtte en gaf de vlag maar op. Zijn longen
zwollen weer op. 'Grr-oet!'

Het houten podium begon hevig te kraken: pater Mendoza, hoofd
van de onderbouw, beklom de treden. Op een teken van meneer
D'Mello schraapte hij zijn keel in de brommende microfoon en stortte zich in een toespraak over de glorie van jong sterven voor je land.

Een reeks zwarte boxen versterkten zijn zenuwachtige stem tot
over het hele plein. Gebiologeerd luisterden de jongens naar hun
rector. De jezuïet vertelde hun dat het bloed van Bhagat Singh en
Indira Gandhi de aarde waarop zij stonden vruchtbaar maakte, en
ze zwollen van trots.

Meneer D'Mello kneep zijn ogen bars samen en hield de kleine
patriotten in het oog. Hij wist dat de flauwekul elk ogenblik afgelopen kon zijn. Na drieëndertig jaar op een jongensschool was geen
geheim van de menselijke natuur nog voor hem verborgen.

De rector sjokte voort naar een cruciaal gedeelte van de toespraak
van de morgen.

'Natuurlijk is het gebruikelijk dat de gouverneur op Martelaren-
dag iedere school in de staat Gratis Filmdag-kaartjes voor de daar-
opvolgende zondag verstrekt,' zei hij. Het was of er een elektrische
stroom door het plein gevoerd werd. De jongens werden ademloos
van verwachting.

'Maar dit jaar' – de stem van de rector sidderde – 'moet ik helaas
aankondigen dat er geen Gratis Filmdag zal plaatsvinden.'

Een moment lang was het doodstil. Toen slaakte het hele plein
een grote, pijnlijke kreun van ongeloof.

'De regering heeft een vreselijke vergissing begaan,' zei de rector
in een poging tot uitleg. 'Een vreselijke, vreselijke vergissing... Ze
hebben jullie gevraagd naar een Huis van Zonde te gaan...'

Meneer D'Mello vroeg zich af waarover de rector stond te ka-
kelen. Het was tijd om een punt aan de toespraak te draaien en de
snotneuzen terug te sturen naar de klas.

'Ik heb er zelfs geen woorden voor... Het is een verschrikkelijk misverstand. Het spijt me. Ik... ben...'

Meneer D'Mello keek om zich heen waar Girish was, toen een beweging achter op het plein zijn aandacht trok. Het gedonder was begonnen. De conrector, gehinderd door zijn kolossale buik, worstelde zich het podium af, maar toen schoot hij met een verbazingwekkende lenigheid door de rijen jongens en zette koers naar de gevarenzone. Leerlingen draaiden zich om op hun tenen om te zien hoe hij zich naar achteren drong. Zijn rechterhand trilde.

Een bruine hond was van de speelplaats achter het schoolplein naar boven geklommen en sprong om de jongens heen. Een paar lastpakken probeerden hem met zachte fluitjes en tonggeklak dichterbij te lokken.

'Hou daar meteen mee op!' D'Mello – hij snakte al naar adem – stampte met zijn voet in de richting van de hond. Het enthousiaste beest zag de actie van de dikke man aan voor weer een lokkertje. De leraar haalde uit naar de hond en die liep achteruit, maar toen hij stopte met hijgen rende hij weer op hem af.

De jongens lachten nu openlijk. Golven van verwarring verbreidden zich over het plein. Door de luidspreker trilde de stem van de rector met een wanhopige klank.

'Jullie hebben het recht niet je te misdragen... De Gratis Filmdag is een voorrecht, geen recht...'

'*Een steen! Een steen!*' riep iemand naar D'Mello.

In een ogenblik van paniek gehoorzaamde de leraar. *Wham!* De steen trof de hond in zijn buik. Het beest jankte van pijn – hij zag een verraderlijke glans in zijn ogen – waarna het van het plein sprong en de trappen naar de speelplaats af rende.

Een misselijk gevoel krampte in de darmen van meneer D'Mello. Het arme dier was gewond. Hij draaide zich om en zag een zee van grinnikende jongens. Een van hen had hem opgehitst om een steen naar het beest te gooien. Hij zwaaide heen en weer, koos een willekeurige jongen uit – een fractie van een seconde aarzelde hij om vast te stellen dat het niet Girish was – en gaf hem twee keer een harde klap.

Toen meneer D'Mello de docentenkamer binnenliep, trof hij alle andere docenten aan rondom de sandelhouten tafel. De mannen waren allemaal hetzelfde gekleed, in lichtgekleurde overhemden met korte mouwen en bruine of blauwe broeken met wijd uitlopende pijpen, terwijl de enkele vrouwen perzikkleurige of gele sari's van polyester met katoen droegen.

Meneer Rogers, de docent biologie en aardrijkskunde, las hardop het programma van de Gratis Filmdag voor uit de Kannada-talige krant:

Film Een: *Red de tijger*
Film Twee: *Het belang van lichamelijke oefening*
Extra Film: *De voordelen van inheemse sporten*
(met speciale aandacht voor Kabbadi en Kho-Kho).

Na dat onschuldige lijstje kwam de klap:

Waar zet u uw zoon of dochter af op Gratis Filmdag (1985)?
1. St.-Milagres Middelbare School voor Jongens; achternamen van A t/m N White Stallion Theatre, van O t/m Z Belmore Theatre.
2. St.-Alfonso Middelbare School voor Jongens: achternamen van A t/m N Belmore Theatre, van O t/m Z Angel Talkies.

'De helft van onze school!' piepte meneer Rogers' stem opgewonden. 'De helft van onze school gaat naar de Angel Talkies!'

De jonge meneer Gopalkrishna Bhatt, pas een jaar afgestudeerd aan de docentenopleiding in Belgaum, had bij zulke gelegenheden de neiging als koor op te treden. Fatalistisch hief hij zijn armen op: 'Wat een misverstand! Onze kinderen daarheen sturen!'

Meneer Pundit, de oudste docent Kannada, lachte om de naïveteit van zijn collega's. Hij was een kleine, zilverharige man met onthutsende opvattingen.

'Dat is geen misverstand, het is opzet! De Angel Talkies heeft al die verdomde politici in Bangalore omgekocht, zodat ze onze jongens naar een Huis van Zonde zouden sturen!'

De docenten waren verdeeld in degenen die dachten dat het een misverstand was en degenen die dachten dat het een opzettelijke list was om de jeugd te bederven.

'Wat denkt u ervan, meneer D'Mello?' riep de jonge meneer Bhatt.

In plaats van te antwoorden sleepte meneer D'Mello een rieten stoel van de sandelhouten tafel naar een open raam aan het uiteinde van de docentenkamer. Het was een zonnige morgen, hij had hier een blauwe lucht, golvende heuvels, een privé-uitzicht over de Arabische Zee.

De lucht was van een schitterend lichtblauw, duidelijk bedoeld voor meditatie. Een paar volmaakt gevormde wolken dreven, als vervulde wensen, door het azuur. De Hemelboog werd dieper van kleur naarmate hij zich uitstrekte naar de einder en een rand van de Arabische Zee raakte. Meneer D'Mello nodigde de schoonheid van de morgen uit in zijn opgewonden geest.

'Wat een misverstand hè, meneer D'Mello?'

Gopalkrishna Bhatt ging op de vensterbank zitten en sloot zo het uitzicht op zee af. Opgewekt liet hij zijn benen bungelen en ontblootte zijn gehavende gebit in een glimlach naar zijn oudere collega.

'Het enige misverstand, meneer Bhatt,' zei de conrector, 'vond plaats op 15 augustus 1947, toen wij meenden dat dit land bestuurd kon worden als een volksdemocratie in plaats van een militaire dictatuur.'

De jonge leraar knikte. 'O ja, helemaal waar. En de noodtoestand, meneer, was dat geen goede zaak?'

'Die kans hebben we laten lopen,' zei meneer D'Mello. 'En nu hebben ze de enige politicus in onze geschiedenis die wist hoe hij dit land de benodigde medicijnen moest geven doodgeschoten.' Hij sloot zijn ogen weer en concentreerde zich op een beeld van een leeg strand, in een poging de aanwezigheid van meneer Bhatt uit te bannen.

Meneer Bhatt zei: 'De naam van uw favoriet staat vanmorgen in de krant, meneer D'Mello. Pagina 4, bovenaan. U zult wel trots zijn.'

Voor meneer D'Mello hem kon tegenhouden was meneer Bhatt begonnen met voorlezen:

De Rotaryclub Centrum kondigt de winnaars aan van de Vierde Jaarlijkse Interscolaire Engelse Welsprekendheidcompetitie.
Thema: Wetenschap: een zegen of een vloek voor het menselijk ras?
Eerste prijs: Harish Pai, St.-Milagres Middelbare School (Wetenschap als zegen)
Tweede prijs: Girish Rai, St.-Alfonso Middelbare School (Wetenschap als vloek).

De conrector trok de krant uit de handen van zijn jonge collega. 'Meneer Bhatt' – hij snauwde – 'ik heb vaak genoeg hardop gezegd: ik heb geen favorieten onder de jongens.'

Hij sloot zijn ogen maar nu was het vredige gevoel weg.

'Tweede prijs'... De woorden schrijnden weer. Hij had gisteren de hele avond met Girish gewerkt aan de redevoering: de inhoud, de presentatie, de houding van de jongen voor de microfoon – alles! En dan maar de tweede prijs? Tranen vulden zijn ogen. De jongen had de laatste tijd de gewoonte om te verliezen.

Er was opschudding ontstaan in de docentenkamer en achter zijn gesloten oogleden wist meneer D'Mello dat de rector was binnengekomen en alle docenten om hem heen liepen te flikflooien. Hij bleef in zijn stoel zitten, al wist hij dat zijn rust niet lang zou duren.

'Meneer D'Mello,' klonk het nerveuze stemgeluid, 'het is een verschrikkelijk misverstand... de helft van de jongens krijgt dit jaar de gratis film niet te zien.'

De rector staarde naar hem van vlak bij de sandelhouten tafel. Meneer D'Mello knarsetandde. Driftig vouwde hij zijn krant op, nam er alle tijd voor om overeind te komen en alle tijd om zich om te draaien. De rector bette zijn voorhoofd. Pater Mendoza was een heel lange, heel kale man. Slierten zwaar geolied haar lagen over zijn naakte schedel gekamd. Zijn grote ogen staarden door dikke brillenglazen en een enorm voorhoofd glinsterde van de zweet-druppeltjes, als een blad vol dauwdruppels na een bui.

'Mag ik een voorstel doen, pater?'

De hand van de rector kwam tot stilstand met de zakdoek over zijn voorhoofd.

'Als we niet met de jongens naar de Angel Talkies gaan, zullen ze dat zien als een teken van zwakheid. Dan krijgen we alleen maar meer last met ze.'

De rector beet op zijn lip.

'Maar... de gevaren... Je hoort over afschuwelijke affiches... van kwaad waar geen woorden voor zijn...'

'Ik zal het wel regelen,' zei meneer D'Mello ernstig. 'Ik zorg dat er discipline heerst. Ik beloof het u.'

De jezuïet knikte hoopvol. Terwijl hij wegliep uit de docentenka-mer wendde hij zich tot Gopalkrishna Bhatt, en uit zijn stem sprak een onmiskenbare diepe dankbaarheid: 'Ga jij maar met de conrec-tor mee als hij met de jongens naar de Angel Talkies gaat...'

Met de woorden van pater Mendoza nog nagalmend in zijn hoofd liep hij naar zijn lokaal. Elf uur, zijn eerste les van die morgen. Con-rector. Hij wist dat hij niet de eerste keus van de jezuïet was geweest. Na al die tijd schrijnde die belediging nog steeds. Op grond van an-ciënniteit kwam de functie hem toe. Dertig jaar lang had hij de jon-gens van het St.-Alfonso Hindi en wiskunde gedoceerd en de orde op school gehandhaafd. Maar pater Mendoza, die nog maar kort-geleden uit Bangalore was aangekomen met geoliede haarslierten en zes koffers vol 'moderne' ideeën, had verklaard dat zijn voorkeur uitging naar iemand die 'vlot' overkwam. Meneer D'Mello had twee ogen en thuis een spiegel. Hij wist wat die opmerking betekende.

Hij was een te zware man aan het eind van zijn middelbare jaren, hij ademde door zijn mond en uit zijn neus stak een bos haren. Het pièce de milieu van zijn lichaam was een kolossale pens, een harde bonk vlees, zwanger van een tiental hartaanvallen. Om te kunnen lopen moest hij zijn onderrug buigen, zijn hoofd opheffen en zijn voorhoofd en neus samenknijpen tot een gemeen loensende blik. 'Monster,' scandeerden de jongens als hij langsliep. 'Monster! Monster! Monster!'

Rond het middaguur nuttigde hij een maaltje rode viscurry uit een roestvrij stalen lunchtrommeltje aan zijn lievelingsraam in de docentenkamer. Zijn collega's hielden niet van de lucht van de curry, dus at hij alleen. Toen hij klaar was, liep hij traag met zijn lunchtrommel naar de openbare kraan buiten. De jongens staakten hun spel. Aangezien het uitgesloten was dat hij zich voorover zou buigen (die buik, natuurlijk), moest hij zijn lunchtrommel met water vullen en naar zijn mond brengen. Luid gorgelend liet hij een paar saffraanboeren. Elke keer joelden de jongens van de pret. Toen hij weer naar de docentenkamer verdwenen was, verdrongen ze zich rondom de kraan: eronder lag een hoopje visskeletjes, als het sediment van een koraalrif in wording. Ontzag en walging mengden zich in de stemmen van de jongens en ze scandeerden eendrachtig steeds harder: 'Monstermonstermonster!'

'Het voornaamste bezwaar tegen de keuze van meneer D'Mello als mijn assistent is dat hij een overdreven neiging tot ouderwets geweld heeft,' had de jonge rector aan de Raad van Jezuïeten geschreven. Meneer D'Mello sloeg te vaak en te veel. Soms ging zijn linkerhand al in de richting van de borstel als hij nog op het bord stond te schrijven. Dan draaide hij zich om en slingerde hem naar de achterste rij, en dan klonk er een gil en kantelde de bank om onder het gewicht van wegduikende jongens.

Hij had ergere dingen gedaan. Pater Mendoza deed gedetailleerd verslag van een schokkend verhaal dat hij gehoord had. Vele jaren geleden had een klein jongetje zitten praten op de voorste rij, vlak voor D'Mello. De leraar had niets gezegd. Hij zat daar alleen maar in stilte en liet zijn woede broeien. Opeens, zo zei men, werd het een ogenblik zwart in zijn hersens. Hij griste de jongen uit zijn bank, tilde hem in de lucht en droeg hem tot achter in de klas, waar hij hem in een kast opsloot. De jongen sloeg met zijn vuisten tegen de binnenkant van de kast voor de rest van de klas. 'Ik krijg hier geen lucht!' riep hij. Het bonken werd steeds luider, en daarna steeds zwakker. Toen de kast ten slotte – zeker tien minuten later – openging, hing er de stank van verse urine en viel de jongen bewusteloos naar buiten.

Dan was er de kleine kwestie van zijn verleden. Meneer D'Mello had zes jaar lang een priesteropleiding gevolgd aan het seminarie van Valencia en vertrok toen opeens, in onmin met zijn meerderen. Het gerucht ging dat hij zich had verzet tegen het heilige dogma en had verklaard dat het beleid van het Vaticaan inzake geboorteregeling onlogisch was in een land als India, en toen was hij opgestapt en had zes jaar van zijn leven opgegeven. Andere geruchten beweerden dat hij een vrijdenker was die niet regelmatig naar de kerk ging.

De weken verstreken. De Raad van Jezuïeten informeerde per post of pater Mendoza al een besluit had genomen. De jonge rector bekende dat hij er nog geen tijd voor had gehad. Elke morgen merkte de pater dat zijn eerste taak was een lange rij dwarse jongens te straffen. Ochtend na ochtend verschenen dezelfde gezichten. Praten in de les. Schooleigendommen beschadigen. Leergierige jongens knijpen.

Op een dag bracht een buitenlandse een bezoek aan de school, een christelijke vrouw uit Groot-Brittannië, een gulle geefster aan goede doelen in India. Pater Mendoza oliede die ochtend zijn overgebleven haarslierten met extra zorg. Hij verzocht meneer Pundit om assistentie bij het rondleiden van de Britse dame door de school. Uiterst hoffelijk deed de leraar Kannada voor de buitenlandse de trotse geschiedenis van St.-Alfonso uit de doeken, de gevierde oudleerlingen, de rol bij het beschaven van de woeste natuur van dit deel van India, dat ooit een onherbergzame wildernis was, geteisterd door olifanten. Pater Mendoza begon het gevoel te krijgen dat hij in dit deel van de wereld moeilijk een slimmere knaap dan meneer Pundit zou kunnen vinden. Toen begon de buitenlandse opeens te gillen. Ze spreidde haar vingers van afschuw. Julian D'Essa, de telg van de koffieplanters, stond op de achterste bank van een giechelende klas en toonde zijn edele delen aan de wereld. Meneer Pundit stoof op de gek af, maar het kwaad was al geschied. De jezuïet zag de buitenlandse geefster met doodsangst in haar ogen van hem wegdeinzen, alsof híj de exhibitionist was.

Een oud lid van de Raad belde pater Mendoza die avond vanuit Bangalore om hem te troosten. Had de 'hervormer' nu eindelijk de waarheid ingezien? Moderne ideeën over opvoeding waren prima in Bangalore. Maar in een gat als Kittur, zoveel kilometers weg van de beschaving?

'Om een school met zeshonderd kleine beesten te leiden,' zei het oude lid van de Raad tegen de snikkende jonge rector, 'heb je zo nu en dan een monster nodig.'

Twee maanden na zijn aankomst op het St.-Alfonso ontbood pater Mendoza op een ochtend meneer D'Mello in zijn bureau. Hij vertelde meneer D'Mello dat hij geen keus had en hem moest vragen zijn conrector te worden. Om deze school te leiden, verklaarde de jezuïet, had hij een man als meneer D'Mello nodig.

Ho even, zei D'Mello bij zichzelf. Kom even op adem. Hij stond op het punt het klaslokaal binnen te gaan en de oorlog te verklaren. Het plan had tot nu toe goed gewerkt; hij was via de achteringang binnengekomen. Een verrassingsaanval. Hij veronderstelde dat het nieuws dat Mendoza zich bedacht had inmiddels wel algemeen bekend zou zijn. De jongens hadden het natuurlijk opgevat als lafheid van de zijde van de schoolleiding. Het gevaar was nu het grootst, maar dat gold ook voor de kans om ze een duurzaam lesje te leren.

Het was stil in de klas – te stil.

D'Mello liep op zijn tenen. De achterste rij, waar de lange, opgeschoten jongens zaten, zat in een zwijgende kluwen samengepakt rondom een tijdschrift. D'Mello ging boven de jongens hangen. Het was het gebruikelijke soort tijdschrift. 'Julian,' zei hij vriendelijk.

De jongens draaiden zich om en het tijdschrift viel op de grond.

Julian stond grijnzend op. Hij was de langste van de langste jongens, de meest opgeschotene van de opgeschotenen. Er stak al een omgekeerde driehoek borsthaar uit zijn open overhemd en als hij een mouw oprolde en zijn spieren spande, zag D'Mello zijn biceps opzwellen tot bleke, dikke knobbels. Als zoon van een dynastie van koffieplanters kon Julian D'Essa nooit geschorst worden. Maar hij kon wel gestraft worden. De kleine duivel keek met een geile grijns op zijn gezicht geplakt op naar D'Mello. In gedachten hoorde meneer D'Mello de stem van D'Essa, die tot het uiterste tergde: Monster! Monster! Monster!

Hij hees de jongen aan zijn kraag uit de bank. *Rats*, daar scheurde de kraag van zijn overhemd. D'Mello's trillende elleboog strekte zich en raakte de zijkant van het gezicht van de jongen.

'De klas uit, beest... en knielen...'

Nadat hij Julian de klas uit geduwd had, legde hij zijn handen op zijn knieën om op adem te komen. Hij raapte het tijdschrift op en bladerde het door, zodat iedereen het kon zien.

'Dus dit soort dingen willen jullie lezen, hè? En nu willen jullie naar de Angel Talkies? Denken jullie dat je de affiches aan de muur te zien krijgt, die Fresco's der Zonde?'

Hij liep de klas rond met zijn trillende elleboog en donderde: zelfs wellustelingen schaamden zich als ze naar de Angel Talkies gingen. Ze trokken dekens over zich heen en schoven beschaamd hun rupeebiljetten door het loket. Binnen waren de muren van de bioscoop overdekt met affiches van pornofilms, die alle mogelijke vormen van verdorvenheid verspreidden. In zo'n bioscoop een film gaan zien betekende verderf van zowel lichaam als ziel.

Hij slingerde het tijdschrift tegen een muur. Dachten ze dat hij bang was om ze te slaan? Nee! Hij was niet zo'n 'nieuwerwetse' docent, opgeleid in Bangalore of Bombay! Geweld was zijn hoofdgerecht en zijn toetje. Wie de roede spaart, bederft het kind.

Hij stortte neer op zijn stoel. Hij was gruwelijk buiten adem. Een doffe pijn vertakte zijn wortels over zijn borstkas. Met voldoening zag hij dat zijn toespraak enig effect had. De jongens zaten erbij zonder een kik te geven. De aanblik van Julian, die buiten de klas geknield zat met zijn afgescheurde kraag, had een kalmerende uitwerking. Maar meneer D'Mello wist dat het maar een kwestie van tijd was, alleen een kwestie van tijd. Op zijn zevenenvijftigste had hij geen illusies meer over de menselijke aard. Wellust zou de harten van de jongens opnieuw doen ontvlammen in rebellie.

Hij gaf bevel het leerboek Hindi open te slaan. Pagina 168.

'Wie leest het gedicht voor?'

De klas zweeg rondom één opgestoken arm.

'Girish Rai, lezen.'

Een jongen met een lachwekkend grote bril kwam overeind van de eerste bank. Zijn haar was dik en in het midden gescheiden, zijn smalle gezicht was overweldigd door puisten. Hij had geen leerboek nodig, want hij kende het gedicht uit zijn hoofd.

'Nee, zei de bloem,
Strooi mij, zei de bloem,
Niet op het maagdenbed
Noch in de bruidskoets
Noch op het lustige dorpsplein.

Nee, zei de bloem
Strooi mij slechts op het eenzaam pad
Waar helden schrijden
Om voor hun land te sneven.'

De jongen ging zitten. De hele klas zweeg, een ogenblik onder de indruk van zijn zuivere uitspraak van het Hindi, die vreemde taal. 'Als jullie allemaal eens konden zijn zoals deze jongen,' zei meneer D'Mello zachtjes.

Maar hij was niet vergeten dat zijn favoriet hem had teleurgesteld bij de Rotary-wedstrijd. Hij gaf de klas opdracht het gedicht zes keer over te schrijven in hun schrift en negeerde Girish twee of drie minuten. Toen wenkte hij hem met zijn vingers.

'Girish.' Zijn stem haperde. 'Girish... waarom heb je niet de eerste prijs gewonnen bij de Rotary-wedstrijd? Hoe kunnen we ooit naar Delhi gaan als jij niet meer eerste prijzen wint?'

'Het spijt me, meneer...' zei de jongen. Hij liet beschaamd zijn hoofd hangen.

'Girish... de laatste tijd win je niet zoveel eerste prijzen meer... Is er iets aan de hand?'

De jongen keek zorgelijk. Meneer D'Mello raakte in paniek.

'Valt iemand je lastig? Een van de jongens? Heeft D'Essa je bedreigd?'

'Nee, meneer.'

Hij keek naar al de lange jongens op de achterste rij. Hij draaide zich naar rechts en wierp een blik op de knielende D'Essa, die hard zat te grinniken. De conrector nam een snel besluit.

'Girish... ik wil niet dat jij morgen naar de Angel Talkies gaat. Ik wil dat jij naar de Belmore Talkies gaat.'

'Waarom, meneer?'

Meneer D'Mello deinsde terug.

'Hoe bedoel je "waarom"? Omdat ik het zeg, daarom!' riep hij. De klas keek naar hen – verhief meneer D'Mello zijn stem tegen zijn lieveling?

Girish Rai werd rood. Hij leek op het punt in tranen uit te barsten en meneer D'Mello's hart werd week. Hij glimlachte en klopte het jongetje op zijn rug.

'Kom, kom, Girish, niet huilen... De andere jongens kunnen me niets schelen. Die zijn al zo vaak naar de film geweest, die hebben tijdschriften gelezen. Daar valt niets meer aan te bederven. Maar aan jou wel. Ik laat jou daar niet naartoe gaan. Ga naar de Belmore.'

Girish knikte en liep terug naar zijn bank op de voorste rij. Hij stond nog steeds op het punt om te huilen. Meneer D'Mello voelde zijn hart smelten van medelijden, hij was te hard geweest tegen de arme jongen.

Toen de les was afgelopen, liep hij naar de eerste bank en klopte op het bureau: 'Girish, heb jij plannen voor vanavond?'

Wat een vreselijke dag, wat een vreselijke dag. Meneer D'Mello liep over het modderpad dat van de school naar zijn huis in de docentenkolonie liep. Die afschuwelijke *wham* van die steen weergalmde steeds weer in zijn hoofd, die blik in de ogen van het arme beest...

Hij liep terug met zijn gedichtenbundels onder zijn oksel. Zijn overhemd zat nu onder de rode curryvlekken en de punten van zijn boord waren naar binnen gekruld, als zongedroogde bladeren. Om de paar minuten stond hij stil om zijn pijnlijke rug te strekken en op adem te komen.

'Bent u ziek, meneer?'

Meneer D'Mello draaide zich om: Girish Rai, met een enorme kakikleurige schooltas op zijn rug gehesen, liep achter hem aan.

Docent en leerling liepen een paar meter naast elkaar en toen stond meneer D'Mello stil. 'Zie je dat, jongen?' wees hij.

Halverwege de school en het huis van de leraar liep een bakstenen muur met een brede gapende scheur in het midden. Zowel de muur als de scheur was er al jaren, langs die weg waar geen enkele kleinigheid erg veranderd was sinds meneer D'Mello dertig jaar geleden in de buurt was komen wonen om zijn intrek te nemen in de woning die hem als jonge leraar was toegewezen. Er waren door de spleet in de muur drie lantaarnpalen langs de parallel lopende weg te zien, en al bijna twintig jaar lang had meneer D'Mello elke avond even stilgestaan om gespannen naar de drie lantaarnpalen te turen. Twintig jaar lang had hij de lantaarnpalen geobserveerd om een mysterie te verklaren. Op een ochtend, zo'n twee decennia geleden, had hij toen hij langs de scheur liep in wit krijt een vonnis zien staan op alle drie de lantaarnpalen: NATHAN X MOET STERVEN.

Hij had zich door de spleet in de muur gewrongen om bij de drie lantaarnpalen te komen en had met zijn paraplu aan de woorden gekrabd om hun geheim te ontraadselen. Wat betekenden die drie tekens? Een oude man trok een kar met groenten voort. Hij wilde hem vragen wie Nathan X was, maar de groenteverkoper haalde alleen maar zijn schouders op. Ernest D'Mello stond daar maar. De mist hing in de bomen, en hij verbaasde zich.

De volgende morgen waren de tekens verdwenen. Opzettelijk uitgeveegd. Toen hij op school was, liep hij de overlijdensberichten in de krant door en kon zijn ogen niet geloven: een man die 'Nathan Xavier' heette was de nacht daarvoor vermoord in de Bunder! Eerst was hij ervan overtuigd dat hij een of ander geheim genootschap op het spoor was dat een moord had voorbereid. Weldra werd hij doordrongen van een duisterder vrees. Hadden Chinese spionnen die woorden soms geschreven? Jaren waren verstreken, maar het mysterie was gebleven, en elke keer als hij langs de spleet kwam, dacht hij eraan.

'Denkt u dat Pakistaanse spionnen het gedaan hebben, meneer?' zei Girish. 'Hebben die Nathan X vermoord?'

Meneer D'Mello gromde. Hij had het gevoel dat hij de herinnering niet aan Girish had moeten vertellen, op de een of andere manier had hij zichzelf gecompromitteerd. Docent en leerling liepen door.

Meneer D'Mello zag de stralen van de ondergaande zon door de banyanbladeren grote vlekken op de grond maken, als de plassen die een kind achterlaat als het gezwommen heeft. Hij keek naar de hemel en declameerde ongewild een Hindi versregel: '*Der zonne gouden hand, als zij de wolken streelt...*'

'Dat gedicht ken ik, meneer,' zei een stemmetje. Girish Rai, en hij zei de rest van de strofe: '*... is als een minnaars hand, die zijn geliefde streelt.*'

Ze liepen verder.

'Dus jij hebt belangstelling voor poëzie?' vroeg D'Mello. Voor de jongen kon antwoorden, biechtte hij hem een ander geheim op. In zijn jeugd had hij dichter willen worden, een nationalistische schrijver nog wel, een nieuwe Bharathi of Tagore.

'Waarom bent u dan geen dichter geworden, meneer?'

Hij lachte. 'Mijn geleerde vriend, hoe kan iemand in een gat als Kittur de kost verdienen met poëzie?'

De lantaarns gingen aan, een voor een. Het was nu bijna nacht. In de verte zag meneer D'Mello een verlichte deur, zijn onderkomen.

Toen ze dichter bij het huis kwamen, deed hij er het zwijgen toe. Hij kon van hieraf de snotneuzen horen. Wat zouden ze vandaag weer vernield hebben, vroeg hij zich af.

Girish Rai keek toe.

Meneer D'Mello trok zijn overhemd uit en hing het aan een haak aan de muur. De jongen zag hoe de conrector zich in zijn onderhemd langzaam in een schommelstoel in zijn woonkamer liet zakken. Twee meisjes in eendere rode jurkjes holden luid brullend rondjes door de kamer. De oude leraar negeerde ze volkomen. Hij staarde een tijdlang naar de jongen en vroeg zich weer af waarom hij voor het eerst in zijn leraarsloopbaan een leerling thuis had uitgenodigd.

'Waarom hebben we de Pakistani's laten wegkomen?' gooide Girish er ineens uit.

'Wat bedoel je, jongen?' Meneer D'Mello trok een rimpel in zijn neus en voorhoofd, en kneep zijn ogen tot spleetjes.

'Waarom hebben we in 1965 de Pakistani's laten wegkomen? Toen we ze in de tang hadden? Dat hebt u een keer in de klas gezegd, maar u hebt het niet uitgelegd.'

'O, dat!' Meneer D'Mello sloeg van plezier op zijn dij. Nog een van zijn lievelingsonderwerpen. Het grote debacle van de oorlog van 1965. De Indiase tanks waren de buitenwijken van Lahore al binnengerold toen onze eigen regering ze de pas afsneed. Een of andere bureaucraat was omgekocht, de tanks kwamen terug.

'Sinds Sardar Patel dood is, is het met dit land bergafwaarts gegaan,' zei hij, en het jongetje knikte. 'We leven midden in de chaos en corruptie. We kunnen alleen maar ons werk doen en naar huis gaan,' zei hij, en het jongetje knikte.

De leraar slaakte een tevreden zucht. Hij was zeer gevleid. In al die jaren aan de school had geen leerling ooit dezelfde woede gevoeld als hij over de kolossale blunder van '65. Hij hees zich uit de schommelstoel en trok een boek met Hindi poëzie van een boekenplank. 'Ik wil het wel terug, hè? En in smetteloze staat. Zonder één kras of vlek.'

De jongen knikte. Hij keek vluchtig het huis rond. De armzaligheid van de woning van zijn leraar verraste hem. De muren van de woonkamer waren kaal, afgezien van een afbeelding van het Heilig Hart van Jezus met een lampje erboven. De verf bladderde af en onverschrokken gekko's schoten over de muren.

Terwijl Girish het boek doorbladerde gilden de twee meisjes in rode jurkjes om beurten in zijn oren, waarna ze krijsend een andere kamer in holden.

Een vrouw in een soepel vallende groene jurk met witte bloemen liep met een glas rood vruchtensap op de jongen toe. De jongen was in verwarring door haar gezicht en kon geen antwoord geven op haar vragen. Ze zag er erg jong uit. Meneer D'Mello moest heel laat in zijn leven getrouwd zijn, dacht de jongen. Misschien was hij in zijn jonge jaren te verlegen geweest om vrouwen te benaderen.

D'Mello trok een frons en schoof naar Girish toe.

'Waarom grinnik je? Is er iets leuks?'

Girish schudde zijn hoofd.

De leraar praatte verder. Hij had het over andere dingen die zijn bloed deden koken. Ooit was India geregeerd door drie vreemde landen: Engeland, Frankrijk en Portugal. Nu was hun plaats ingenomen door drie boeven van eigen bodem: Verraad, Verloedering en Verrotting. 'Het probleem hier is' – hij klopte op zijn ribben – 'dat er een beest in ons huist.'

Hij begon Girish dingen te vertellen die hij niemand had verteld, zelfs zijn vrouw niet. Zijn onbekendheid met de ware aard van schooljongens had maar drie maanden van zijn leraarsbestaan geduurd. In die eerste dagen, zo bekende hij Girish, bleef hij na de lessen op school om de poëzieverzameling van Tagore in de bibliotheek te bestuderen. Hij las de bladzijden zorgvuldig en sloot soms zijn ogen om zich voor te stellen dat hij in de tijd van de vrijheidsstrijd leefde, in een van die heilige jaren toen je een meeting kon bijwonen waarop je zag hoe Gandhi zijn wiel ronddraaide en Nehru een menigte toesprak.

Als hij de bibliotheek uit kwam, gonsde zijn hoofd van de beelden van Tagore. Rond dat uur lichtte de bakstenen muur rondom de school op door de ondergaande zon, een lang vlak van gedreven goud. Banyanbomen groeiden langs de hele muur. Binnen in hun diepe, donkere lover glinsterden blaadjes in lange zilveren snoeren, alsof de mediterende boom een rozenkrans vasthield. Meneer D'Mello liep erlangs. De hele aarde leek Tagores verzen te zingen. Hij liep langs de speelplaats, die in een kuil onder de school lag. Liederlijke kreten verstoorden ruw zijn gedroom.

'Wat is dat voor geschreeuw 's avonds?' vroeg hij naïef aan een collega. De oudere leraar bediende zich van een snuifje. Hij inhaleerde het van de rand van een smerige zakdoek en grinnikte.

'Burgemeester maken. Dat doen ze daar.'

'*Burgemeester?*'

De meer ervaren leraar knipoogde.

'Zeg nou niet dat dat niet gebeurde toen jij op school zat...'

Uit D'Mello's gezichtsuitdrukking maakte hij op dat dat inderdaad niet het geval was.

'Het is het oudste spelletje dat jongens spelen,' zei de oude leraar. 'Ga zelf maar eens kijken. Ik kan het moeilijk in woorden beschrijven.'

De avond daarop ging hij ernaartoe. De geluiden zwollen aan naarmate hij de treden naar de speelplaats verder afdaalde.

De volgende morgen liet hij alle jongens die erbij waren geweest – allemaal, zelfs de slachtoffers – aan zijn bureau verschijnen. Met moeite dwong hij zijn stem tot kalmte. 'Wat denken jullie dat het hier is: een moreel hoogstaande, door katholieken geleide school of een hoerenkast?' Die ochtend had hij ze ongenadig geslagen.

Toen hij klaar was, merkte hij dat zijn rechterelleboog nog trilde.

De volgende avond klonk er geen geluid van de speelplaats. Hij declameerde hardop Tagore om zichzelf tegen het kwaad te beschermen: '*Waar het hoofd is geheven en de geest zonder vrees...*'

Een paar dagen later zag hij toen hij langs de speelplaats liep zijn rechterelleboog weer trillen uit herkenning. Het oude, bekende, zwarte kabaal steeg weer op van de speelplaats.

'Toen vielen de schellen me van de ogen,' zei meneer D'Mello. 'Ik had geen illusies meer over de menselijke natuur.'

Bezorgd keek hij naar Girish. Het jongetje liet een brede grijns in het rode vruchtensap verdwijnen.

'Dat hebben ze toch niet met jou gedaan, Girish, als je 's avonds cricket met ze speelt – burgemeester maken?'

(Meneer D'Mello had D'Essa en zijn opgeschoten bende al laten weten dat hij ze levend zou villen als ze dat ooit met Girish zouden willen uitspoken. Dan zouden ze merken wat voor een monster hij echt was.)

Verontrust keek hij naar Girish. De jongen zei niets.

Opeens zette hij zijn sap neer, stond op en liep met een gevouwen vel papier op zijn leraar toe. De conrector vouwde het open, en bereidde zich voor op het ergste.

Het was een geschenk: een gedicht, in kuis Hindi.

Moesson:
Dit is het nat, woest jaargetijde,
Als bliksems volgen op de donder.
's Nachts beeft de lucht, ik vraag verwonderd:
Om welke reden toch bereidde
God ons dit nat, woest jaargetijde?

'Heb je dat zelf geschreven? Bloosde je daarom zo?'

De jongen knikte blij.

Grote god, dacht hij. In zijn dertig jaren als leraar had nooit iemand zoiets voor hem gedaan.

'Waarom is het rijmschema niet gelijk?' D'Mello trok een frons. 'Je moet zorgvuldig zijn in die dingen.'

De leraar wees een voor een de zwakke punten in het gedicht aan. De jongen knikte oplettend met zijn hoofd.

'Zal ik u er morgen nog een brengen?' vroeg hij.

'Poëzie is goed, Girish, maar... heb je minder belangstelling voor quizzen?'

De jongen knikte.

'Ik wil daar niet meer naartoe, meneer. Ik wil na school cricket spelen. Ik kan nooit spelen, vanwege de...'

'Je moet naar die quizzen gaan!' Meneer D'Mello stond op uit zijn schommelstoel. Hij legde uit: in dit stadje moest je elke kans op beroemdheid meteen grijpen. Begreep de jongen dat niet?

'Eerst naar die quizzen, beroemd worden. Dan krijg je een dikke baan en dan kun je poëzie gaan schrijven. Wat zal cricket je opleveren, jongen? Hoe kun je daarmee beroemd worden? Je zult nooit poëzie schrijven als je hier niet wegkomt, begrijp je dat niet?'

Girish knikte. Hij dronk zijn sap op.

'En morgen, Girish... ga je naar de Belmore. Daar wil ik geen discussie meer over.'

Girish knikte.

Toen hij weg was, ging meneer D'Mello in zijn schommelstoel een lange tijd zitten nadenken. Dat was niet slecht, dacht hij, die nieuwe belangstelling voor poëzie van Girish Rai. Misschien kon hij op zoek naar een poëziewedstrijd waaraan Girish mee kon doen. De jongen zou natuurlijk winnen, hij zou terugkomen beladen met goud en zilver. Misschien zou de *Dawn Herald* wel een foto van hem op de achterpagina zetten. Meneer D'Mello zou erop staan met zijn handen trots op Girish' schouders: 'De leraar die het ontluikend genie opwekte.' Daarna zouden ze Bangalore veroveren, het leraar-leerlingteam dat de staatspoëziewedstrijd van Karnataka gewonnen had. En daarna – wat anders dan New Delhi! De president zelf zou hun allebei een onderscheiding toekennen. Ze zouden een middag vrij nemen, een bus nemen naar Agra en samen de Taj Mahal bezoeken. Alles was mogelijk met een jongen als Girish. Meneer D'Mello's hart sprong op van vreugde, zoals het in geen jaren gedaan had sinds zijn dagen als jong leraar. Vlak voor hij in slaap viel in zijn schommelstoel, kneep hij zijn ogen dicht en bad hevig: 'Heer, als U die jongen maar zuiver houdt.'

De volgende morgen, om tien over tien, wierp op uitdrukkelijk bevel van de staatsregering van Karnataka een menigte onschuldige schooljongens van het St.-Alfonso met de achternamen van O tot en met Z zich in de gastvrije armen van een pornobioscoop. Een oude gestuukte engel stortte geknield boven de poort van de bioscoop zijn twijfelachtige zegeningen over de aanstormende jongens uit.

Eenmaal binnen ontdekten ze dat ze bedonderd waren.

De muren van de Angel Talkies, die beruchte fresco's der verdorvenheid, waren bedekt met zwart doek. Er was geen enkele afbeelding zichtbaar voor het menselijk oog. Er was een overeenkomst gesloten tussen meneer D'Mello en de directie van de bioscoop. De kinderen zouden afgeschermd worden van de Fresco's der Zonde.

'Niet dicht bij het zwarte doek staan!' riep meneer D'Mello. 'Het zwarte doek niet aanraken!' Hij had alles voorbereid. Meneer Alvarez, meneer Rogers en meneer Bhatt mengden zich tussen de leerlingen om hen van de affiches weg te houden. Twee medewerkers van de bioscoop – vermoedelijk de verkopers van kaartjes aan de mannen onder de dekens – hielpen mee met de organisatie. De jongens werden in twee groepen verdeeld. De ene groep werd naar de bovenste zaal afgemarcheerd, de andere werd naar beneden gedirigeerd. Voor ze konden reageren zouden de jongens opgesloten zitten in de zalen. En zo gebeurde het, het plan werkte perfect. De jongens zaten in de Angel Talkies en zouden niets anders zien dan de regeringsfilms. Meneer D'Mello had gewonnen.

Het licht doofde in de bovenste zaal. Een opgewonden gegons van de jongens. Het doek lichtte op.

Een bekraste, vervaagde filmrol kwam flakkerend tot leven.

RED DE TIJGER!

Meneer D'Mello ging met de andere leraren achter de zittende jongens staan. Opgelucht veegde hij zijn gezicht af. Het leek erop dat alles uiteindelijk in orde zou komen. De jonge meneer Bhatt liet hem een paar minuten met rust en begaf zich toen naar de conrector om een praatje te beginnen.

Hij negeerde de jonge meneer Bhatt en hield zijn blik op het doek gericht. Foto's van dartelende tijgerwelpen flitsten over het doek, en toen vermeldde een tekst: 'Als u vandaag deze welpen niet beschermt, hoe kunnen er morgen dan tijgers zijn?'

Hij gaapte. Gestuukte engelen beloerden hem vanuit de vier hoeken van de zaal. Aan hun neuzen en oren hingen lange schilfers verbleekte verf, als brandblaren. Hij ging zelden meer naar films. Te duur. Dan moest hij ook kaartjes kopen voor zijn vrouw en die twee kleine schreeuwlelijken. Maar waren films niet zijn leven geweest, als jongen? Deze zelfde bioscoop, de Angel Talkies, was een van zijn lievelingsplekken geweest. Hij spijbelde vaak om hier in zijn eentje films te komen kijken en weg te dromen. De muren waren goor, vol grote vochtplekken. Er zaten gaten in de stoelen. Gelijktijdige opmars van verval en verdorvenheid – de geschiedenis van deze bioscoop was de geschiedenis van het hele land.

Het doek werd zwart. Het publiek giechelde. 'Stilte!' riep meneer D'Mello.

De titel van de 'extra film' kwam in beeld.

HET BELANG VAN HET LICHAMELIJK WELZIJN VOOR DE ONTWIKKELING VAN KINDEREN

Beelden van jongens die douchten, in bad gingen, renden en aten, elk met toepasselijke bijschriften, flitsten een voor een langs. Meneer Bhatt liep weer naar de conrector toe. Deze keer fluisterde hij voorzichtig: 'U bent nu aan de beurt om te gaan, als u wilt.'

Meneer D'Mello begreep de woorden maar niet de bedekte toespeling in de stem van de jongeman. Zoals hij zelf had voorgesteld, patrouilleerden de leraren om beurten in de gang met het zwarte doek om te controleren of geen van de opgeschoten jongens naar buiten was geglipt om naar de pornografische afbeeldingen te gluren. Gopalkrisha Bhatt was net aan de beurt geweest als bewaker van de Fresco's der Zonde. Een ogenblik tastte hij in het duister – toen was het allemaal duidelijk. Uit de manier waarop de jongeman grinnikte maakte meneer D'Mello op dat hij er zelf een snelle blik op had geworpen. Hij keek om zich heen: alle leraren zaten een grijns te onderdrukken.

Meneer D'Mello liep vol minachting voor zijn collega's de zaal uit.

Hij liep langs de met zwart doek bedekte muren zonder de geringste aandrang te voelen. Hoe konden meneer Bhatt en meneer Pundit zo diep gezonken zijn om dat te doen? Hij liep langs het hele zwarte doek zonder ook maar in de verleiding te komen om het op te tillen.

Een lamp knipperde aan en uit in een trappenhuis dat naar een galerij boven leidde. Ook de muren van die galerij waren bedekt met zwart doek. Meneer D'Mello's mond viel open en hij tuurde naar de galerij boven. Nee, hij droomde niet. Daar boven onderscheidde hij een jongen die met afgewend gezicht op zijn tenen naar het zwarte doek liep. Julian D'Essa, dacht hij. Natuurlijk. Maar toen kreeg hij het gezicht van de jongen in zicht, net toen hij een hoek van het zwarte doek oplichtte en gluurde.

'Girish! Wat doe je?'

Op het geluid van meneer D'Mello's stem draaide de jongen zich om. Hij verstijfde. Leraar en leerling staarden elkaar aan.

'Neem me niet kwalijk, meneer... Neem me niet kwalijk... Ze... Ze...'

Achter hem klonk gegiechel, en opeens verdween hij, alsof iemand hem weggetrokken had.

Meteen rende meneer D'Mello de trap op naar de bovengalerij. Hij haalde maar twee treden. Het brandde in zijn borst. Zijn maag draaide zich om, zijn handen klemden zich om de balustrade en hij rustte even uit. Het kale peertje in het trappenhuis knetterde aan en uit, aan en uit. De conrector was duizelig. In zijn borstkas voelde hij zijn hartslag verzwakken, een tablet dat oploste. Hij wilde Girish om hulp roepen, maar de woorden kwamen er niet uit. Hij stak een hand uit om hulp, greep een punt van het zwarte doek tegen de muur. Het scheurde en spleet open: horden copulerende wezens, bevroren in poses van verkrachting, onwettig genot en bestialiteit zwermden uit en dansten voor zijn ogen in een honende optocht, en een wereld van engelachtige verrukkingen die hij tot nu toe verworpen had flitste voor zijn ogen op. Hij zag alles, en hij begreep alles, ten slotte.

Zo vond de jonge meneer Bhatt hem, liggend op de trap.

Dag Twee (Avond): Markt en Maidan

De Jawaharlal Nehru Memorial Maidan (Voorheen Koning George V Memorial Maidan) is een open terrein in het centrum van Kittur. In de avond loopt het vol met mensen die cricket spelen, vliegers oplaten en hun kinderen leren fietsen. Aan de randen van de maidan slijten ijs- en snoepijsverkopers hun waren. Alle grote politieke bijeenkomsten in Kittur worden op de maidan gehouden. De Hyder Ali-straat loopt van de maidan naar de Centrale Markt, de grootste markt voor verse producten in Kittur. Het Stadhuis van Kittur, het nieuwe gerechtshof, het Havelock Henry-districtsziekenhuis en allebei de beste hotels van Kittur – Hotel Premier Intercontinental en Hotel Taj Mahal International – liggen binnen loopafstand van de markt. In 1988 werd de eerste tempel uitsluitend voor gebruik door de Hoyka-gemeenschap van Kittur voor de eredienst geopend vlak bij de maidan.

Met zulk haar en zulke ogen had hij makkelijk kunnen doorgaan voor een heilig man, en de kost hebben verdiend door met gekruiste benen op een saffraankleurig kleed bij de tempel te zitten. Dat zeiden de handelaars op de markt. Maar het enige wat die idioot deed was hurken op het middenhek op de Hyder Ali-straat en naar de passerende bussen en auto's staren. In de ondergaande zon glansde zijn haar – een gorgonenkop vol bruine krullen – als brons en gloeiden zijn irissen. Zolang de avond duurde was hij als een soefidichter, vol mystiek vuur. Een aantal van de kooplui kon verhalen over hem vertellen: op een avond hadden ze hem op de rug van een zwarte stier over de hoofdstraat zien rijden, zwaaiend met zijn handen en schreeuwend alsof heer Shiva zelf de stad binnenreed op zijn stier Nandi.

Soms gedroeg hij zich als een redelijk mens en stak hij voorzichtig de straat over, of zat hij geduldig buiten de Kittur-Devi-tempel bij de andere daklozen, wachtend tot de overschotten van maaltijden van trouwpartijen en draadceremonies in hun uitgestoken handen werden geschraapt. Op andere momenten werd hij wel gezien terwijl hij in hopen hondenstront wroette.

Niemand kende zijn naam, godsdienst of kaste, dus deed niemand een poging om met hem te praten. Er was maar één man, een invalide met een houten been die één of twee keer per maand 's avonds naar de tempel kwam, die weleens stilhield om hem iets te eten te geven.

'Waarom doen jullie net alsof jullie die man niet kennen?' riep de invalide dan, en wees met een van zijn krukken naar de man met de bruine krullen. 'Jullie hebben hem al zo vaak gezien! Vroeger was hij de koning van buslijn 5!'

Een ogenblik richtte de aandacht van de markt zich dan op de wilde man, maar hij bleef gewoon hurken en naar de muur staren, met zijn rug naar hen en de stad toegekeerd.

Twee jaar geleden was hij naar Kittur gekomen met een naam, een kaste en een broer.

'Ik ben Keshava, de zoon van Lakshminarayana, de kapper van het dorp Gurupura,' had hij onderweg naar Kittur minstens zes keer gezegd tegen buschauffeurs, tolambtenaren en vreemdelingen die ernaar vroegen. Die formule, een zak beddengoed onder zijn arm gepropt en de lichte druk van de vingers van zijn broer tegen zijn elleboog waar ze ook rondliepen in de menigte, waren de enige dingen die hij had meegebracht.

Zijn broer had tien rupee, een zak met beddengoed die hij ook onder zijn rechterarm had gepropt, en het adres van een familielid op een papiertje dat in zijn linkerhand gefrommeld zat.

De twee broers waren met de bus van vijf uur 's middags aangekomen in Kittur. Ze stapten uit op het busstation. Het was hun eerste bezoek aan de stad. Net halverwege de weg van de markt naar de maidan, midden op de belangrijkste straat van heel Kittur, had de chauffeur gezegd dat ze met hun zes rupee en twintig paisa niet verder zouden komen. Van alle kanten stormden bussen op hen aan met mannen in kaki uniformen die uit de portieren hingen met fluitjes in hun mond waar ze snerpend op bliezen, en die de passagiers toeschreeuwden: 'Sta niet naar de meiden te loeren, kloothommels! We zijn al laat!'

Keshava hield zich vast aan de zoom van het overhemd van zijn broer. Twee fietsen schoten langs hem heen en reden bijna over zijn voeten. Aan alle kanten dreigden fietsen, autoriksja's en auto's zijn tenen te verpletteren. Het was alsof hij op het strand was en of de weg onder hem verschoof als zand onder de golven.

Na een tijdje verzamelden ze de moed om een omstander aan te spreken, een man wiens lippen verkleurd waren door vitiligo.

'Waar is de Centrale Markt, oom?'

'O, die is... verderop bij de Bunder.'

'Hoe ver is het van hier naar de Bunder?'

De vreemdeling verwees hen naar een autoriksjachauffeur, die met zijn vingers zijn tandvlees zat te masseren.

'We moeten naar de markt,' zei Vittal.

De chauffeur keek hen aan met zijn vinger nog in zijn mond zodat zijn lange tandvlees te zien was. Hij inspecteerde zijn natte vingertop. 'De Lakshmi-markt of de Centrale Markt?'

'Centrale Markt.'

'Met z'n hoevelen?'

En toen: 'Hoeveel bagage?'

En toen: 'Waar komen jullie vandaan?'

Keshava nam aan dat zulke vragen vaste prik waren in een grote stad als Kittur, dat een autoriksjachauffeur het recht had zulke dingen te vragen.

'Is het ver weg?' vroeg Vittal wanhopig. De chauffeur spuugde pal voor hun voeten.

'Natuurlijk. Dit is geen dorp, het is een stad. Alles is hier overal ver vandaan.'

Hij haalde diep adem en trok met zijn natte vinger een reeks lussen in de lucht om hun te tonen wat voor omslachtige route ze moesten nemen. Toen zuchtte hij om de indruk te wekken dat de markt niet te becijferen zo ver weg was. Keshava zonk het hart in de schoenen, ze waren bedonderd door de buschauffeur. Hij had beloofd ze op loopafstand van de Centrale Markt af te zetten.

'Hoeveel, oom, om ons daarheen te brengen?'

De chauffeur bekeek ze van top tot teen en daarna van teen tot top, alsof hij hun lengte, gewicht en morele waarde schatte: 'Acht rupee.'

'Dat is te veel, oom. Doe het voor vier!'

De autoriksjachauffeur zei: 'Zeven-vijfentwintig', en gebaarde hun in te stappen. Maar toen liet hij ze wachten in de riksja met hun bundels op hun knieën, zonder enige uitleg. Twee andere passagiers onderhandelden over een bestemming en een prijs, en persten zich erin. Een van hen ging zonder waarschuwing op Keshava's schoot zitten. De riksja kwam nog steeds niet in beweging. Pas toen er nog een passagier bij gekomen was en voorin naast de bestuurder was gaan zitten, zodat er zes mensen opgepropt zaten in het kleine wagentje met ruimte voor drie, gaf de chauffeur een kickstart.

Keshava kon nauwelijks zien waar ze heen reden, en zo waren zijn eerste indrukken van Kittur die van de man die op zijn schoot zat, de lucht van wonderolie waarmee hij zijn haar had ingesmeerd en een vleug stront die hij produceerde als hij zich in bochten wrong. Nadat hij de man voorin en de twee mannen achterin had afgezet, slingerde de autoriksja een tijdlang door een stille, donkere stadswijk tot hij een andere lawaaierige straat in reed, verlicht door het felle witte licht van sterke paraffinelampen.

'Is dit de Centrale Markt?' riep Vittal naar de bestuurder, die op een bord wees:

GEMEENTELIJKE CENTRALE MARKT VAN KITTUR
ALLE SOORTEN GROENTEN EN FRUIT VOOR SCHAPPELIJKE PRIJZEN
EN VERRUKKELIJK VERS

'Dank je, broeder,' zei Vittal, overspoeld door dankbaarheid, en Keshava bedankte hem ook.

Toen ze waren uitgestapt, zaten ze weer in een draaikolk van licht en kabaal. Ze hielden zich heel rustig en wachtten tot hun ogen iets in de chaos konden opmaken.

'Broer,' zei Keshava, blij dat hij een punt had gevonden dat hij herkende. Hij wees: 'Broer, is dit niet de plek vanwaar we vertrokken zijn?'

En toen ze om zich heen keken, beseften ze dat ze nog geen meter van de plek waren waar de buschauffeur hen had afgezet. Op de een of andere manier hadden ze het bord gemist dat al die tijd pal achter hen had gestaan.

'We zijn bedrogen!' zei Keshava met opgewonden stem. 'Die autoriksjachauffeur heeft ons bedrogen, broer! Hij...'

'Hou je kop!' Vittal gaf zijn jongere broer een mep tegen zijn achterhoofd. 'Het is allemaal jouw schuld! Jij wou zo nodig een autoriksja nemen!'

De twee waren nog maar sinds een paar dagen broers.

Keshava was donker en mollig, Vittal was lang, mager en licht van kleur, en vijf jaar ouder. Hun moeder was jaren geleden gestorven en hun vader had hen in de steek gelaten, een oom had hen opgevoed en ze waren opgegroeid tussen hun neven (die ze ook 'broers' noemden). Toen was hun oom gestorven en hun tante had Keshava geroepen en gezegd dat hij mee moest met Vittal, die uitgezonden was naar de grote stad om te werken voor een familielid dat een kruidenierswinkel had. Dat was eigenlijk het moment waarop ze beseften dat er tussen hen een hechtere band bestond dan die tussen neven.

Ze wisten dat hun familielid ergens op de Centrale Markt van Kittur te vinden was, dat was alles. Met schuchtere pasjes begaven ze zich op een donker deel van de markt waar groente werd verkocht en vandaar, door een achterdeur, kwamen ze op een goed verlichte markt waar fruit werd verkocht. Daar vroegen ze om inlichtingen. Toen liepen ze treden op, overdekt met rottend afval en vochtig stro, naar de eerste verdieping. Hier vroegen ze weer: 'Waar is Janardhana, de winkelier uit Zoutmarktdorp? Hij is familie van ons.'

'Welke Janardhana – Shetty, Rai of Padiwal?'

'Dat weet ik niet, oom.'

'Is je familielid een Bunt?'

'Nee.'

'Geen Bunt? Een jainist dan?'

'Nee.'

'Welke kaste dan?'

'Hij is een Hoyka.'

Gelach.

'Er staan geen Hoyka's op deze markt. Alleen moslims en Bunts.'

De twee jongens keken zo verloren dat de man medelijden kreeg en het aan iemand vroeg, en hij kwam erachter dat er inderdaad een paar Hoyka's waren die een handeltje hadden in de buurt van de markt.

Ze liepen de treden af en verlieten de markt. Janardhana's zaak, zo hadden ze gehoord, was herkenbaar aan een grote poster van een gespierde man in een wit onderhemd. Ze konden het niet missen. Ze liepen van winkeltje naar winkeltje, en toen riep Keshava: 'Daar!'

Onder de afbeelding van de man met de zware spieren zat een magere, ongeschoren winkelier, die in een schrift zat te lezen met zijn bril halverwege zijn neus.

'We zoeken Janardhana, uit het dorp Gurupura,' zei Vittal.

'Waarom wil je weten waar hij is?'

De man keek hen achterdochtig aan.

Vittal barstte uit: 'Oom, we komen uit jouw dorp. We zijn familie van je.'

De winkelier staarde hen aan. Hij bevochtigde zijn vingertop en sloeg een bladzijde van zijn boek om.

'Waarom denk je dat jullie familie van me zijn?'

'Dat hebben ze ons verteld, oom. Onze tante zei dat. Kamala Eenoog.'

De winkelier legde het boek neer.

'Kamala Eenoog... juist, ja. En wat is er met jullie ouders gebeurd?'

'Onze moeder is al jaren geleden gestorven na de geboorte van Keshava – dat is hij hier. En vier jaar geleden vond onze vader ons niet meer belangrijk en is hij gewoon weggegaan.'

'Weggegaan?'

'Ja, oom,' zei Vittal. 'Sommigen zeggen dat hij naar Varanasi is gegaan om yoga te beoefenen aan de oever van de Ganga. Anderen zeggen dat hij in de heilige stad Rishikesh is. We hebben hem al vele jaren niet gezien, we zijn opgevoed door onze oom Thimma.'

'En die...?'

'Is vorig jaar gestorven. Wij bleven, en onze tante kon ons niet meer onderhouden. Er is dit jaar grote droogte geweest.'

De winkelier was verbaasd dat ze zonder voorafgaand bericht en met zo weinig houvast dat hele eind waren gekomen en gewoon maar verwachtten dat hij voor ze zou zorgen. Hij greep onder een toonbank, haalde een fles arak tevoorschijn, deed de dop eraf en zette hem aan zijn lippen. Toen draaide hij de dop erop en stopte hem weer weg.

'Er komen elke dag mensen uit de dorpen op zoek naar werk. Iedereen denkt dat wij in de steden ze gratis kunnen onderhouden. Alsof wij zelf geen magen te vullen hebben.'

De winkelier nam nog een slok uit zijn fles. Zijn humeur klaarde op. Het beviel hem wel, dat naïeve verhaal van ze over pappie die naar 'de heilige stad Rishikesh' was gegaan, 'om yoga te beoefenen'. Die ouwe schurk hokt vast ergens met een maîtresse en zorgt voor een nest bastaarden, dacht hij met een goedkeurende glimlach. In de dorpen kun je toch alles flikken. Gapend strekte hij zijn handen hoog boven zijn hoofd, en liet ze toen met een luide smak op zijn buik terechtkomen.

'O, dus jullie zijn nu wees? Arme knullen. Je moet je altijd aan je familie vasthouden, wat is er verder in het leven?' Hij wreef over zijn maag. Kijk nou toch hoe ze me aanstaren, alsof ik een koning ben, dacht hij, en hij voelde zich opeens belangrijk. Dat gevoel had hij niet vaak gehad sinds hij naar Kittur was gekomen.

Hij krabde aan zijn benen. 'En hoe staan de zaken tegenwoordig in het dorp?'

'Behalve die droogte is alles hetzelfde, oom.'

'Zijn jullie met de bus gekomen?' vroeg de winkelier. En toen: 'Jullie zijn van het busstation lopend hier gekomen, neem ik aan?' Hij stond op van zijn stoel. 'Autoriksja? Hoeveel hebben jullie betaald? Die kerels zijn zulke boeven. Zeven rupee!' De winkelier liep rood aan. 'Stelletje imbecielen! Mongolen!'

Kennelijk nam hij het hun kwalijk dat ze opgelicht waren, want de winkelier negeerde hen een halfuur lang.

Vittal ging in een hoek staan en keek naar de grond, verpletterd door de vernedering. Keshava keek om zich heen. Rood-witte stapels Colgate-Palmolive-tandpasta en potten Horlick stond opgetast achter het hoofd van de winkelier, glimmende pakken gerstenbloem hingen van het plafond als bruiloftsvaantjes, blauwe flessen met kerosine en rode flessen met frituurolie stonden in piramides opgestapeld voor de winkel.

Keshava was een kleine, magere, donkerhuidige jongen met enorme ogen, die kwijnend rondstaarden. Sommigen die hem kenden hielden vol dat hij de energie van een kolibrie had, voortdurend rondfladderde en lastig was, anderen vonden hem lui en zwaarmoedig, met de neiging om uren achter elkaar naar het plafond te staren. Hij glimlachte en wendde zijn hoofd af als hij werd uitgefoeterd om zijn gedrag, alsof hij geen idee had wie hij was en er ook geen mening over had.

Weer haalde de winkelier de arakfles tevoorschijn en dronk nog wat. Weer beïnvloedde dat zijn humeur gunstig.

'We drinken hier niet zoals ze in de dorpen doen,' zei hij als reactie op Keshava's wijd open blik. 'Kleine slokjes tegelijk. De klant komt er nooit achter dat ik dronken ben.' Hij knipoogde. 'Zo gaat dat in de stad: zolang niemand erachter komt, kun je doen wat je wilt.'

Nadat hij de rolluiken van zijn winkeltje gesloten had, liep hij met Vittal en Keshava de markt rond. Overal lagen mannen op de grond te slapen onder dunne beddenlakens. Janardhana stelde een paar vragen en daarna bracht hij de jongens naar een steeg achter de markt. Mannen, vrouwen en kinderen lagen over de volle lengte van de steeg in een lange rij te slapen. Keshava en Vittal hielden zich op de achtergrond toen de winkelier met een van de slapers begon te onderhandelen.

'Als ze hier slapen, moeten ze de Baas betalen,' klaagde de slaper.

'Wat moet ik dan met ze? Ze moeten toch ergens slapen!'

'Dan neem je het risico maar, maar als je ze hier moet achterlaten, dan wel achteraan.'

De steeg liep dood op een muur die voortdurend lekte, de rioolbuizen waren slecht aangesloten. Een grote vuilnisbak aan die kant van de steeg verspreidde een afschuwelijke stank.

'Neemt oom ons niet mee naar zijn huis, broer?' fluisterde Keshava toen de winkelier verdwenen was, nadat hij wat adviezen had gegeven over slapen in de openlucht.

Vittal kneep hem.

'Ik heb honger,' zei Keshava na een paar minuten. 'Kunnen we niet naar oom toe gaan en hem om eten vragen?'

De twee broers lagen zij aan zij in hun beddengoed gewikkeld, naast de vuilnisbak.

Als antwoord trok zijn broer het laken helemaal over zich heen en bleef stil liggen, als in een cocon.

Keshava kon niet geloven dat er van hem verwacht werd dat hij hier zou slapen – en nog wel met een lege maag. Hoe erg het thuis ook was geweest, er was daar tenminste altijd wat te eten. Nu kwamen alle frustraties van de avond, de vermoeidheid en de verwarring samen en hij gaf de gestalte in zijn doodskleed een harde trap. Alsof hij op zo'n provocatie had liggen wachten, rukte zijn broer het dek van zich af, greep Keshava's hoofd tussen zijn handen en ramde het twee keer tegen de grond.

'Als je nog één kik geeft, laat ik je helemaal alleen achter in deze stad, ik zweer het je.' Toen trok hij zijn beddengoed weer over zich heen en draaide zijn broer de rug toe.

En hoewel zijn hoofd pijn begon te doen, was Keshava bang geworden door wat zijn broer had gezegd. Hij hield zijn mond.

Terwijl hij daar lag met zijn pijnlijke hoofd, vroeg hij zich suffig af wie er bepaald had dat die gozer en deze gozer broers moesten zijn, en hoe mensen op de wereld kwamen en hoe ze er weer vertrokken. Het was een mat soort nieuwsgierigheid. Toen begon hij aan eten te denken. Hij zat in een tunnel en die tunnel was zijn honger, en als hij zou doorlopen, zo beloofde hij zichzelf, zou er aan het eind van de tunnel een enorme berg rijst liggen, met warme linzen en grote brokken kip erover.

Hij deed zijn ogen open, er stonden sterren aan de hemel. Hij bleef ernaar kijken om de stank van het vuilnis buiten te sluiten.

Toen ze de volgende dag bij de winkel aankwamen, was de winkelier bezig met een lange stok plastic zakken met gerstenbloem aan haken aan het plafond te hangen.

'Jij,' zei de winkelier, op Vittal wijzend. Hij liet de jongen zien hoe elke plastic zak aan het eind van de stok moest worden vastgemaakt, daarna opgetild en om een haak aan het plafond geschoven.

'Dat kost elke ochtend drie kwartier, soms wel een uur. Ik wil niet dat je het afraffelt. Je hebt toch niks tegen werken?'

Daarna zei hij, met de breedsprakigheid die zo kenmerkend is voor rijke mensen: 'Wie niet werkt, zal niet eten in deze wereld.'

Terwijl Vittal de plastic zakken aan de haken hing, liet de winkelier Keshava achter de toonbank zitten. Hij gaf hem zes vellen papier met de gezichten van filmactrices erop afgedrukt, en zes dozen wierookstokjes. De jongen moest de plaatjes uitknippen, ze op de dozen leggen, ze snel met cellofaan overdekken en dan het cellofaan met plakband aan de doos vastplakken.

'Met mooie meiden erop kun je er tien paisa meer voor vragen,' zei de winkelier. 'Weet je wie dit is?' Hij liet Keshava de foto zien die hij net uit het papier had geknipt. 'Ze is beroemd uit Hindi-films.'

Keshava begon de volgende filmster uit het papier te knippen. Voor zich, onder de toonbank, zag hij waar de winkelier zijn fles drank verstopt had.

Om twaalf uur kwam de vrouw van de winkelier met de lunch. Ze keek naar Vittal, die haar blik ontweek, en naar Keshava, die haar aanstaarde, en ze zei: 'Er is niet genoeg eten voor die twee. Stuur er maar één naar de kapper.'

Keshava ging op aanwijzingen die hij uit zijn hoofd had geleerd op weg door onbekende straten en kwam in een deel van de stad waar hij een kapper vond die op straat werkte. Hij had zijn kapperskraampje tegen een muur opgezet en zijn spiegel hing aan een spijker die erin geslagen was tussen een bord voor gezinsplanning en een poster tegen tuberculose.

Er zat een klant in een stoel voor de spiegel met een witte doek om zich heen, en de kapper was hem aan het scheren. Keshava wachtte tot de klant vertrokken was.

De kapper krabde zich op zijn hoofd en nam Keshava van top tot teen op.

'Wat voor soort werk kan ik je bieden, jongen?'

Eerst kon de kapper niks anders bedenken wat hij kon doen dan de spiegel ophouden voor de klanten, zodat ze zichzelf konden inspecteren als ze geschoren waren. Toen vroeg hij Keshava om de teennagels en eeltknobbels van de voeten van de klanten te knippen terwijl hij ze schoor. Toen zei hij de jongen dat hij de haren van het plaveisel moest vegen.

'Geef hem ook wat te eten, hij is een beste jongen,' zei de kapper tegen zijn vrouw toen ze om vier uur aankwam met thee en biscuits.

'Hij is de jongen van de winkelier, hij kan zelf aan eten komen. En hij is een Hoyka, wil je dat hij met ons mee-eet?'

'Het is een goede jongen, geef hem wat te eten. Een beetje maar.'

Pas toen de kapper zag hoe de jongen de biscuits verslond, besefte hij waarom de winkelier de jongen naar hem toe gestuurd had. 'Grote god! Heb je de hele dag niks gegeten?'

Toen Keshava de volgende morgen verscheen, klopte de kapper hem op zijn rug. Hij wist nog steeds niet precies wat hij met Keshava aan moest, maar dat leek geen probleem meer. Hij wist dat hij deze jongen met zijn zachte gezicht niet de hele dag kon laten hongeren in de zaak van de winkelier. 's Middags kreeg Keshava eten. De vrouw van de kapper mopperde, maar haar man schepte Keshava's bord vol met forse porties viscurry.

'Hij werkt hard, hij verdient het.'

Die avond ging Keshava met de kapper mee op zijn huisbezoekronde. Ze gingen van huis tot huis en wachtten op het achtererf tot de klanten naar buiten kwamen. Keshava zette een houten stoeltje klaar op het achtererf, de kapper sloeg een wit laken om de hals van de klant en vroeg hem hoe hij die dag zijn haar wilde hebben. Na elke afspraak sloeg de kapper de witte lap heftig uit om het haar eraf te krijgen. Als ze van het ene huis naar het volgende liepen, gaf de kapper commentaar op de klant.

'Die klant krijgt 'm niet omhoog, dat kun je merken aan de slapheid van zijn snor.' Toen hij Keshava's wezenloze blik zag, zei hij: 'Jij weet zeker nog niet veel over dat stukje van het leven, hè jongen?'

Hij kreeg spijt van zijn vertrouwelijkheid en fluisterde tegen de jongen: 'Zeg dat maar niet tegen mijn vrouw.'

Elke keer als ze de weg overstaken, pakte de kapper de jongen bij zijn pols vast.

'Het is hier *gevaarlijk*,' zei hij. Het woord waar het om ging zei hij trillend in het Engels, om het zo dramatisch mogelijk te laten klinken. 'Als je éven niet uitkijkt in deze stad, is het gebeurd met je leven. *Gevaarlijk*.'

's Avonds ging Keshava terug naar de steeg achter de markt. Zijn broer lag met zijn gezicht omlaag op de grond, diep in slaap, zelfs te moe om zijn beddengoed uit te spreiden. Keshava draaide Vittal om, vouwde het laken uit en bedekte zijn gezicht tot aan zijn neus.

Omdat Vittal al sliep, schoof hij zijn matras naast die van zijn broer, zodat hun armen elkaar raakten. Turend naar de sterren viel hij in slaap.

Midden in de nacht werd hij gewekt door een vreselijk kabaal: drie jonge katten zaten elkaar om zijn lichaam heen achterna. 's Morgens zag hij dat hun buurman de katten een schotel melk gaf. Ze hadden geel vlees en hun pupillen waren langwerpig, als klauwsporen.

'Heb je het geld bij je?' vroeg de buurman hem toen hij de katten kwam aaien. Hij legde uit dat Vittal en Keshava een bedrag moesten betalen aan een plaatselijke 'baas', een van diegenen die betalingen inden van de daklozen in de straten van Kittur in ruil voor 'bescherming' – voornamelijk tegen henzelf.

'Maar waar is de Baas dan? Mijn broer en ik hebben hem hier nog nooit gezien.'

'Vanavond krijg je hem te zien. Dat hebben wij gehoord. Hou het geld klaar, of hij gaat jullie slaan.'

In de weken die volgden ontwikkelde Keshava een vaste routine. 's Morgens werkte hij bij de kapper, na zijn werk bij de kapper was hij vrij om te doen wat hij wilde. Hij zwierf over de markt, die voor hem leek over te vloeien van glimmende spullen, dure spullen. Zelfs de koeien die het afval aten leken op die markt veel groter dan thuis.

Hij vroeg zich af wat er in het afval hier zat waardoor ze zo dik werden. Een zwarte koe, een beest met kolossale hoorns, liep rond als een wonderdier uit een ander land. In het dorp reed hij wel op koeien, en hij wilde dit beest ook berijden, maar hij durfde het niet, hier in de stad. Eten leek overal voorhanden in Kittur, zelfs de armen verhongerden hier niet. Hij zag dat er eten in de handen van de armen bij de Jain-tempel werd gelegd. Hij zag dat een winkelier, die te midden van de herrie van de markt wilde slapen, een scooterhelm op zijn hoofd zette. Hij zag winkels waar ze glazen hangers verkochten, witte over- en onderhemden in cellofaanzakken, kaarten van India met alle staten erop aangegeven.

'Hé, aan de kant, boerenlul!'

Hij draaide zich om. De man voerde een ossenkar beladen met kartonnen dozen die in een piramide waren opgestapeld, en de jongen vroeg zich af wat er in die dozen zat.

Hij wilde dat hij een fiets had om mee heen en weer te kunnen scheuren over de hoofdstraat en zijn tong uitsteken naar al die arrogante kerels met hun ossenkarren, die altijd grof tegen hem waren. Maar het liefst wilde hij dat hij busconducteur was. Die hingen aan de zijkant uit de bus, schreeuwden tegen de mensen dat ze sneller moesten instappen en vloekten als een concurrerende bus ze inhaalde. Ze droegen kaki uniformen en zwarte fluiten die aan rode koorden om hun hals hingen.

Op een avond keken bijna alle omstanders op de markt omhoog, waar een aap over een telefoonkabel boven hun hoofd liep. Keshava staarde verbaasd naar de aap. Zijn roze scrotum bungelde tussen zijn poten en enorme rode ballen sloegen tegen de zijkant van de kabel. Hij sprong op een gebouw waarop een blauwe zon met uitwaaierende stralen geschilderd was en bleef daar zitten, onverschillig neerkijkend op de menigte.

Opeens werd Keshava geraakt door een autoriksja, die hem tegen de straat zwiepte. Voor hij overeind kon krabbelen zag hij de riksjabestuurder tierend voor hem staan.

'Sta op, zoon van een kale vrouw! Sta op! Sta op!' De bestuurder had zijn vuist al gebald en Keshava bedekte zijn gezicht met zijn handen en smeekte.

'Laat die jongen met rust.'

Een dikke man met een blauwe sarong ging over Keshava heen staan en stak een stok uit naar de autoriksjachauffeur. De chauffeur gromde, maar draaide zich om en liep terug naar zijn voertuig.

Keshava wilde de handen van de man met de blauwe sarong vastpakken en kussen, maar de man was alweer opgegaan in de menigte.

En weer maakten de katten Keshava midden in de nacht wakker. Voor hij weer kon inslapen klonk er een luid gefluit vanuit het andere eind van de steeg. 'Broeder is er!' riep iemand. Er volgde een gerommel met kleren en lakens, overal om hen heen stonden mannen op. Een man met een bierbuik in een wit onderhemd en een blauwe sarong stond aan de ingang van de steeg met zijn handen op zijn heupen. Hij brulde: 'Zo, lekkertjes van me, jullie dachten dat jullie de betaling aan je arme berooide Broeder konden vermijden door naar deze steeg te komen, hè?'

De dikke man – die zichzelf Broeder noemde – ging al de mannen die in de steeg sliepen een voor een langs. Keshava schrok: het was zijn redder van de markt. Met zijn stok porde Broeder elke slaper aan en vroeg: 'Hoe lang is het geleden dat je me betaald hebt, huh?'

Vittal was doodsbang, maar een buurman fluisterde: 'Maak je niet druk, hij laat je alleen maar een paar keer voor hem hurken en zeggen dat het je spijt, en dan verdwijnt hij. Hij weet dat er in deze steeg niks te halen valt.'

Toen hij bij Vittal kwam, bleef de dikke man staan en nam hem zorgvuldig op.

'En u, meneer de maharadja van Mysore, mag ik u een momentje lastigvallen?' zei hij. 'Uw naam?'

'Vittal, de zoon van de kapper uit het dorp Gurupa, meneer.'

'Hoyka?'

'Ja, meneer.'

'Wanneer ben je in deze steeg terechtgekomen?'

'Vier maanden geleden,' zei Vittal, die de waarheid niet voor zich kon houden.

'En hoe vaak heb je me in die periode betaald?'

Vittal zei niets.

De dikke man sloeg hem en hij struikelde achteruit, viel over zijn beddengoed en kwam hard op de grond terecht.

'Sla hem niet, sla mij maar!'

De man met de blauwe sarong draaide zich om naar Keshava.

'Hij is mijn broer, mijn enige familielid op de wereld! Sla mij maar in zijn plaats, alstublieft!'

De dikke man liet zijn stok zakken, met ogen als spleetjes nam hij het jongetje op.

'Een Hoyka die zo dapper is? Dat is ongewoon. Jouw kaste zit vol met lafbekken, zoals Broeder heeft ervaren in Kittur.'

Hij wees met zijn stok naar Keshava en richtte zich tot de hele steeg: 'Let allemaal op hoe hij voor zijn broer opkomt. Haha... Ventje, omwille van jou zal ik vannacht je broer sparen.'

Hij raakte Keshava's hoofd aan met de stok. 'Donderdag kom je me opzoeken. Op het busstation. Ik heb daar werk voor dappere jongens zoals jij.'

De volgende morgen was de kapper ontzet toen Keshava hem vertelde wat een geweldig geluk hij gehad had.

'Maar wie houdt dan de spiegel op?' zei hij.

Hij greep de jongen bij zijn pols.

'Het is *gevaarlijk* bij die mensen in de bus. Blijf bij mij, Keshava. Je kunt in mijn huis komen slapen, zodat die Broeder je niet meer lastig zal vallen, je zult als een zoon voor me zijn.'

Maar Keshava had zijn hart verloren aan de bussen. Elke dag ging hij rechtstreeks naar het busstation aan het einde van de Centrale Markt om de bussen schoon te boenen met een zwabber en een emmer water. Hij was de meest geestdriftige van de schoonmakers. Eenmaal in de bus ging hij achter het stuur zitten en deed alsof hij reed – *vroem-vroem*!

'Dat is een mooie vangst voor ons,' zei Broeder tegen ze, en de conducteurs en chauffeurs lachten en vielen hem bij.

Zolang hij achter het stuur zat en deed of hij reed, was hij luidruchtig en gebruikte hij de ruwste taal, maar als iemand hem aanhield en vroeg: 'Hoe heet jij, schreeuwlelijk?', raakte hij in verwarring, rolde met zijn ogen en sloeg zich boven op zijn schedel waarna hij zei: 'Keshava – ja, dat is het. Keshava. Ik geloof dat ik zo heet.' Dan brulden ze en zeiden: 'Hij is een beetje getikt, dat ventje!'

Eén conducteur mocht hem wel en zei tegen hem dat hij mee mocht op de bus op zijn route van vier uur 's middags. 'Eén route maar, begrepen?' waarschuwde hij de jongen streng. 'Om kwart over vijf moet je de bus uit.'

De conducteur kwam om halfelf met Keshava terug op het busstation.

'Hij brengt geluk,' zei hij, en hij woelde met zijn hand door het haar van de jongen. 'We hebben vandaag alle christelijke bussen geklopt, ze zijn ingemaakt.'

Algauw vroegen alle conducteurs hem op hun bus. Broeder, die bijgelovig was, bezag de ontwikkelingen en verklaarde dat Keshava geluk had meegebracht uit zijn dorp.

'Een jong kereltje als jij, met ambitie!' Hij klopte Keshava op zijn billen met zijn stok. 'Wie weet word jij ook nog weleens busconducteur, schreeuwlelijk!'

'Echt?' Keshava zette grote ogen op.

Hij reed mee met de bussen als ze om vijf uur – spitsuur – over de marktweg dreunden met lijn 77 pal voor hen.

Hij zat voorin, naast de chauffeur, als een supportersploeg van één man. 'Laat u ons door hen verslaan?' vroeg hij aan de chauffeur. 'Laat u de christenen de hindoebussen inhalen?'

De conducteur baande zich een weg door de menigte, deelde kaartjes uit, nam geld aan, de hele tijd met zijn fluitje in zijn mond. De bus kreeg snelheid en miste op een haar een koe. Lijn 5 scheurde over de weg en reed naast lijn 243, toen een angstige scooterrijder naar links wegdook om zijn leven te redden, en toen – luid gejuich van de passagiers – haalde hij zijn concurrent in. De hindoebus had gewonnen!

's Avonds waste hij de bussen en bevestigde wierookstokjes aan de portretten van de goden Ganapati en Krishna naast de binnenspiegels van de chauffeurs.

Op zondag had hij 's middags vrij. Hij speurde de Centrale Markt af vanaf de groenteverkopers aan het ene eind tot de kledingverkopers aan het andere eind.

Hij leerde op te merken wat de mensen opmerkten. Hij leerde wat waar voor je geld was wat overhemden betreft, wat afzetterij was, hoe je een goede *dosa* herkende en een slechte. Hij ontwikkelde zich tot een marktkenner. Hij leerde spuwen, niet zoals hij het vroeger had gedaan, gewoon om zijn keel of neus schoon te maken, maar met een zekere arrogantie, enige stijl. Toen de regens weer uitbleven en er meer nieuwe gezichten vanuit de dorpen op de markt verschenen, spotte hij met ze: 'Stelletje boeren!' Hij begon het leven op de markt te beheersen, leerde hoe hij moest oversteken ondanks het niet-aflatende verkeer, gewoon door zijn hand op te steken als een stopteken, rap naar voren te springen en niet op het luide getoeter van de kwade bestuurders te letten.

Als er een cricketwedstrijd was, gonsde de hele markt. Hij liep van winkel naar winkel, elke winkelier had een zwart transistortje waaruit krakend het commentaar bij de wedstrijd klonk. De hele markt zoemde alsof het een bijenkorf was waarvan iedere honingcel cricketcommentaar uitzond.

's Nachts aten er mensen langs de kant van de weg. Ze hakten brandhout en stopten dat in kachels en zaten rondom vuren, gloeiend van de flakkerende vlammen en ze zagen er verwilderd en ruig uit. Ze kookten bouillon en roosterden soms vis. Hij bewees hun kleine diensten, zoals lege flessen, brood, rijst en ijsblokken naar winkels in de buurt brengen, en daarom werd hij gevraagd om met hen mee te eten.

Hij zag Vittal nauwelijks meer. Tegen de tijd dat hij terugkwam in de steeg, lag zijn broer in zijn beddenlaken gewikkeld zachtjes te snurken.

Op een avond wachtte hem een verrassing. De kapper, die bezorgd was dat Keshava onder de invloed kwam van de 'gevaarlijke' mannen op het busstation, nam hem mee naar de film, en de hele weg naar de bioscoop hield hij zijn hand stevig vast. Toen ze uit de bioscoop kwamen, zei de kapper dat hij moest wachten en ging praten met een vriend die voor de bioscoop paanbladen verkocht. Keshava stond te wachten en hoorde toen het geluid van een trommel en geschreeuw. Hij liep de hoek om, op de bron van het geluid af. Bij een sportveld stond een man op een langwerpige trommel te slaan. Naast hem stond een metalen bord met geschilderde afbeeldingen van dikke mannen in blauw ondergoed die elkaar vastgrepen.

De trommelslager wou Keshava niet binnenlaten. Twee rupee toegang, zei hij. Keshava zuchtte en ging terug naar de bioscoop. Op de terugweg zag hij een stel jongens over een muur van het sportveld klimmen en hij ging ze achterna.

Twee worstelaars stonden in de zandkring in het midden van de arena, de ene droeg een grijze korte broek, de andere een gele. Zes of zeven andere worstelaars stonden naast de ring met hun armen en benen te schudden. Hij had nog nooit mannen gezien met zo'n smal middel en zulke enorme schouders, het was al opwindend om naar hun lichaam te kijken. 'Gobind Pehlwan tegen Shamsher Pehlwan,' kondigde een man met een megafoon aan.

De man met de megafoon was Broeder.

Allebei de worstelaars raakten de grond aan en brachten toen hun vingers naar hun voorhoofd. Daarna stormden ze als rammen op elkaar af. De man met het grijze broekje struikelde en gleed uit, en de andere met het gele broekje drukte hem tegen de grond. Daarna keerde de situatie om. Zo ging het een tijdje door, tot Broeder hen uit elkaar haalde en zei: 'Wat een mooie match!'

De worstelaars kwamen onder het zand naar de zijkant en wasten zich schoon. Onder hun korte broek droegen ze, tot Keshava's verrassing, nog een broekje, en daar baadden ze zich in. Opeens boog een van de worstelaars voorover en kneep de ander in zijn bil. Keshava wreef in zijn ogen om er zeker van te zijn dat hij het wel echt gezien had.

'De volgenden: Balram Pehlwan tegen Rajesh Pehlwan,' kondigde Broeder aan.

De bleke modder in de ring was nu donker in het midden, waar het worstelen en vechten het hevigst was geweest. Toeschouwers zaten op een richel met gras naast de ring. Broeder liep eromheen en gaf commentaar op wat er gebeurde. 'Haha,' riep hij uit als de ene worstelaar de andere weer eens had neergedrukt. Een wolk muggen spiraalde erboven, alsof zij ook opgewonden waren door de wedstrijd.

Keshava liep tussen de toeschouwers door. Hij zag jongens die elkaars hand vasthielden of hun hoofd op de borst van de ander lieten rusten. Hij was jaloers, hij wilde dat hij hier ook een vriend had, zodat hij diens hand kon vasthouden.

'Stiekem binnengeslopen, hè?' Broeder was op hem af gekomen. Hij legde een arm om Keshava's schouder en knipoogde. 'Geen goed idee. Het geld voor de kaartjes is voor mij, dus je hebt me opgelicht, geboefte!'

'Ik moet weg,' zei Keshava, wringend om los te komen. 'De kapper wacht op me.'

'De kapper kan barsten!' brulde Broeder. Hij zette Keshava naast zich neer en ging weer door met zijn commentaar door de megafoon.

'Ik was net zoals jij,' vertelde Broeder hem tijdens de volgende pauze in zijn commentaar. 'Een jongen die niks had. Ik kwam met lege handen vanuit mijn dorp hierheen gezworven. En kijk eens hoe ik het gerooid heb.'

Hij spreidde zijn armen wijd en Keshava zag hoe ze de worstelaars, de pindaverkopers, de muggen, de man met de trommel bij de ingang omarmden. Broeder leek de heerser over alles wat belangrijk was in de wereld.

Die avond kwam de kapper de steeg in en omhelsde Keshava die was gaan liggen om te slapen. 'Hé! Waar was je gebleven na de film? We dachten dat je verdwaald was.' Hij legde een hand op Keshava's hoofd en woelde hem door zijn haar.

'Je bent nu als een zoon van me, Keshava. Ik zal mijn vrouw zeggen dat we jou in ons huis moeten opnemen. Als ze het goedvindt, kom je met me mee. Dit is je laatste nacht hier.'

Keshava wendde zich naar Vittal, die een slip van zijn dek had weggetrokken om hen te kunnen afluisteren.

Vittal trok het dek over zijn hoofd en draaide zich om. 'Doe wat je wilt met hem,' mompelde hij. 'Ik heb het druk genoeg met voor mezelf zorgen.'

Op een avond toen Keshava de bus stond te poetsen, tikte er een stok op de grond naast hem.

'Schreeuwlelijk!' Het was Broeder in zijn witte onderhemd. 'We hebben je nodig voor de bijeenkomst.'

Een hele troep van de jongens van het busstation werd met bus 5 naar de Nehru Maidan vervoerd. Daar had zich een enorme menigte verzameld. Er waren palen op het terrein geplaatst en er hingen miniatuurvlaggetjes van de Congrespartij aan.

Er was een kolossaal podium opgericht midden op het terrein, en daarboven hing een enorme schildering van een man met een snor en dikke zwarte brillenglazen, die zijn armen ophief alsof hij een alomvattende zegen uitdeelde. Zes mannen in witte kleren zaten op het podium onder de afbeelding. Er sprak iemand door een microfoon: 'Hij is een Hoyka en hij zit naast premier Rajiv Gandhi en adviseert hem! Zo kan de hele wereld zien dat Hoyka's betrouwbaar en geloofwaardig zijn, ondanks de valse praatjes die de Bunts en andere hogere kasten over ons verspreiden!'

Na een tijdje kwam de minister-president – dezelfde man wiens gezicht op de afbeelding stond – naar de microfoon.

Meteen siste Broeder: 'Nu gaan roepen.'

Het tiental jongens dat samen achter in de menigte stond zoog hun longen vol lucht en brulde: 'Lang leve de held van de Hoyka-volk!'

Ze riepen het zes keer, en toen zei Broeder dat ze hun mond moesten houden.

De grote man sprak langer dan een uur.

'Er komt een Hoyka-tempel. Wat de Brahmanen ook zeggen, wat de rijken ook zeggen, er zal een Hoyka-tempel komen in deze stad. Met Hoyka-priesters. En Hoyka-goden. En Hoyka-godinnen. En Hoyka-deuren en Hoyka-bellen en zelfs Hoyka-deurmatten en -deurknoppen! En waarom? Omdat wij negentig procent van deze stad vormen! Wij hebben hier onze rechten!'

'Wij zijn negentig procent van deze stad! Wij zijn negentig procent van deze stad.' Broeder gaf de jongens opdracht om te roepen. De andere jongens deden wat hun gezegd werd, Keshava schoof dicht naar Broeder toe en schreeuwde in zijn oor: 'Maar wij zíjn geen negentig procent van deze stad. Dat is niet waar.'

'Kop dicht en schreeuwen.'

Na de optocht werden er flessen drank uitgedeeld vanaf vrachtwagens. Mannen verdrongen elkaar om ze te pakken.

'Hé.' Broeder wenkte Keshava. 'Drink wat, vooruit, je hebt het verdiend.' Hij sloeg hem op zijn rug. De anderen goten de drank zijn keel in en hij hoestte.

'Onze top-leuzenschreeuwer!'

Toen Keshava die avond eindelijk terugkwam in de steeg, stond Vittal hem met zijn armen over elkaar op te wachten.

'Je bent dronken.'

'Nou en?' Keshava trommelde op zijn borst. 'Wie denk je dat je bent? Mijn vader?'

Vittal wendde zich tot de buurman, die met zijn katten speelde, en riep: 'Die knul verliest elk moreel gevoel in deze stad. Hij weet niet meer wat goed of slecht is. Hij gaat om met zuiplappen en boeven.'

'Zeg zulke dingen niet over Broeder, ik waarschuw je,' zei Keshava met zachte stem.

Maar Vittal ging door: 'Waar denk jij dat je mee bezig bent? Om dit uur door de stad rondzwerven? Denk je dat ik niet weet wat voor beest je geworden bent?'

Hij haalde met zijn vuist uit naar Keshava, maar zijn jongere broer greep zijn hand vast.

'Raak me niet aan.'

En toen, zonder goed te beseffen wat hij deed, raapte hij zijn beddengoed op en liep de steeg in.

'Waar wou je naartoe?' riep Vittal.

'Ik ga weg.'

'En waar slaap je vannacht dan?'

'Bij Broeder.'

Hij was bijna de steeg uit toen hij Vittal zijn naam hoorde roepen. De tranen stroomden over zijn gezicht. Het was niet genoeg dat Vittal zijn naam riep, hij wilde dat hij naar hem toe kwam hollen, hem aanraakte, hem omhelsde, hem smeekte om terug te komen.

Een hand raakte zijn schouder aan, zijn hart sprong op. Maar toen hij zich omdraaide, zag hij niet Vittal maar de buurman. Een seconde later waren de katten ook aan komen lopen, ze likten zijn voeten en miauwden wild.

'Je weet dat Vittal het niet zo bedoelde! Hij maakt zich alleen zorgen om je. Je gaat om met gevaarlijke lui. Vergeet nou toch wat hij allemaal gezegd heeft en kom terug.'

Keshava schudde alleen maar zijn hoofd.

Het was tien uur 's avonds. Hij liep de reparatiewerkplaats van de bussen binnen. In het donker waren twee mannen met maskers op metaal aan het snijbranden met een blauwe vlam; dampen, vonken, de stank van bijtende rook en hevig kabaal.

Na een tijd maakte een van de gemaskerde mannen een gebaar met opgestoken hand, en Keshava, die niet wist wat dat betekende, liep langs de bussen. Hij zag een vrouw die hij nog nooit gezien had in elkaar gedoken op de grond. Ze kneep in de voeten van Broeder, die met ontblote borst in een rieten stoel zat.

'Broeder, laat me bij jou blijven, ik kan nergens heen. Vittal heeft me eruit gegooid.'

'Arme jongen!' Zonder uit de stoel op te staan, richtte Broeder zich tot de vrouw die in zijn voeten kneep. 'Zie je wat er gebeurt met de familiestructuur in dit land? Broeders die broeders op straat zetten!'

Hij voerde Keshava mee naar een pand in de buurt, dat, zoals hij uitlegde, een asiel was dat hij had opgezet voor de beste krachten in het busstation. Hij opende een deur. Binnen stonden rijen bedden en in elk bed lag een jongen. Broeder trok het dek van een van de bedden. Er lag een jongen te slapen met zijn hoofd op zijn handen.

Broeder gaf hem een klap om hem te wekken.

'Opstaan en weg hier.'

Zonder enig protest begon de jongen zijn spullen bij elkaar te scharrelen. Hij kroop naar een hoek en hurkte daar neer. Hij was zo in de war dat hij niet wist waar hij heen moest. 'Eruit! Je hebt je al drie weken lang niet op het werk vertoond!' beet Broeder hem toe.

Keshava had medelijden met de hurkende gestalte en wilde roepen: nee, gooi hem er niet uit, Broeder! Maar hij begreep: het was die jongen of hij in dat bed vannacht.

Een paar tellen later was de hurkende gestalte verdwenen.

Tussen twee van de dwarsbalken van het plafond was een lange waslijn bevestigd, en daaraan hingen de witte katoenen sarongs van de jongens, half over elkaar heen als geesten die tegen elkaar aan kropen. Posters van filmsterren en de god Ayappa, op zijn pauw gezeten, overdekten de muren. De jongens zaten bijeengekropen rondom de bedden en staarden hem honend aan.

Hij lette niet op ze en pakte zijn spullen uit: een extra overhemd, een kam, een halve fles haarolie, wat plakband en zes foto's van filmsterren die hij had gestolen uit de winkel van zijn familielid. Hij plakte de foto's met het plakband boven zijn bed.

Meteen kwamen de jongens om hem heen staan.

'Weet jij hoe die Bombay-meiden heten? Vertel.'

'Dit is Hema Malini,' zei hij. 'Dit is Rekha, die is getrouwd met Amitabh Bachhan.'

Die opmerking deed de jongens om hem heen giechelen.

'Hé man, ze is niet zijn vrouw. Ze is zijn *vriendin*. Hij stopt 'm er elke zondag bij haar in, in een huis in Bombay.'

Hij werd zo kwaad toen ze dat zeiden dat hij overeind sprong en onsamenhangend tegen ze begon te schreeuwen. Daarna lag hij een uur lang op zijn gezicht op het bed.

'Humeurig kereltje. Net een dame, overgevoelig en chagrijnig.'

Hij trok het kussen over zijn hoofd. Hij begon te denken aan Vittal en vroeg zich af waar die op dat moment was, waarom hij niet naast hem sliep. Hij begon te huilen in het kussen.

Er kwam een andere jongen naar hem toe. 'Ben jij een Hoyka?' vroeg hij.

Keshava knikte.

'Ik ook,' zei de jongen. 'De andere jongens zijn Bunts. Ze kijken op ons neer. Jij en ik moeten elkaar steunen.'

Hij fluisterde: 'Ik moet je ergens voor waarschuwen. 's Nachts loopt een van de jongens rond en tikt jongens op hun pik.'

Keshava schrok. 'Wie doet dat?'

Hij bleef de hele nacht wakker en ging rechtop zitten zodra er iemand in de buurt van zijn bed kwam. 's Morgens vroeg pas, toen hij de andere jongens hysterisch zag giebelen terwijl ze hun tanden poetsten, besefte hij dat hij erin gelopen was.

Binnen een week was het of hij altijd in het asiel gewoond had.

Een paar weken later zocht Broeder hem op.

'Dit is de grote dag voor je, Keshava,' zei hij. 'Een van de conducteurs is vannacht omgekomen bij een gevecht in een drankwinkel.' Hij hief Keshava's arm hoog op, alsof hij een worstelwedstrijd gewonnen had.

'De eerste Hoyka-busconducteur bij ons bedrijf! Hij is de trots van zijn mensen!'

Keshava werd gepromoveerd tot hoofdconducteur op een van de zesentwintig bussen die op lijn 5 reden. Hij kreeg een gloednieuw kaki uniform, zijn eigen zwarte fluit aan een rood koord en boekjes met buskaartjes, bruine, groene en grijze, allemaal met het nummer 5 erop.

Als ze reden hing hij aan een metalen spijl half uit de bus, met zijn fluit in zijn mond, en hij floot één keer schel als de chauffeur moest stoppen en twee keer als dat niet hoefde. Zodra de bus stilhield, sprong hij op straat en riep naar de passagiers: 'Instappen, instappen!' Dan wachtte hij tot de bus weer optrok, sprong de metalen treden bij de ingang op en ging weer aan de spijl uit de bus hangen. Hij duwde, schreeuwde en perste zich door de volgepakte bus, haalde geld op en deelde kaartjes uit. Kaartjes waren niet nodig, hij kende elke passagier van gezicht, maar het was traditie om kaartjes uit te delen, en dus deed hij dat: hij scheurde ze af en gaf ze aan de passagiers of mikte ze naar onbereikbare passagiers.

's Avonds verzamelden de andere poetsjongens zich vol ontzag voor zijn snelle promotie om hem heen op het busstation.

'Zet dat ding vast!' schreeuwde hij en hij wees op de metalen spijl waaraan hij uit de bus hing. 'Ik hoor het de hele dag rammelen, het zit los.'

'Zo leuk is het niet,' zei hij als het werk erop zat en de jongens om hem heen hurkten en met bewonderende blikken naar hem staarden. 'Natuurlijk, er zitten meiden in de bus, maar die kun je niet lastigvallen. Je bent tenslotte de conducteur. En je moet ook altijd oppassen of die christenrotzakken ons niet inhalen en de passagiers inpikken. Nee, meneer, zo leuk is het helemaal niet.'

Toen de regens begonnen moest hij de leren lap boven de ramen laten zakken, zodat de passagiers droog bleven, maar het water sijpelde er altijd doorheen en de bus werd klam. De voorruit zat onder de regen, zilverachtig water kleefde tegen de ruit als druppels kwijl, de wereld erbuiten werd vaag, en dan greep hij de spijl vast en hing naar buiten om te zorgen dat de chauffeur de weg kon vinden.

's Avonds, als hij in het asiel op zijn bed lag terwijl zijn haar met een witte handdoek werd afgedroogd door een jongen en zijn voeten werden gemasseerd door een andere (dat waren zijn nieuwe privileges), kwam Broeder met een roestige oude fiets achter zich aan naar de slaapzaal.

'Je kunt niet meer lopend de stad door, je bent nu een gewichtig type. Ik verwacht van mijn conducteurs dat ze in stijl reizen.'

Keshava trok de fiets naast zijn bed. Die nacht ging hij, tot vermaak van de andere jongens, slapen met de fiets naast zich.

Op een avond zag hij op het busstation een invalide in zijn thee zitten blazen. Hij had zijn benen gekruist, waarbij de houten stomp van zijn kunstbeen zichtbaar was.

Een van de jongens gniffelde.

'Herken je je weldoener niet?'

'Wat bedoel je?'

De jongen zei: 'Dat is de man op wiens fiets je tegenwoordig rijdt!'

Hij legde uit dat de invalide zelf ooit busconducteur was geweest, net als Keshava, maar hij was uit de bus gevallen en zijn benen waren verbrijzeld onder een langsrijdende vrachtwagen en er moest een been geamputeerd worden.

'En daar heb je het aan te danken dat je nu een eigen fiets hebt!' brulde hij, en hij sloeg Keshava hartelijk op zijn rug.

De invalide dronk langzaam zijn thee en bestudeerde die aandachtig, alsof dat het enige plezier in zijn leven was.

Als Keshava niet op de bus stond, had Broeder een reeks bestelkarweitjes per fiets voor hem. Een keer moest hij een ijsblok achter op zijn fiets binden en helemaal naar het centrum rijden om het af te leveren bij het huis van Mabroor Engineer, de rijkste man van de stad, die geen ijs meer in huis had voor zijn whisky. Maar 's avonds mocht hij de fiets gebruiken voor zijn eigen genoegen, wat meestal inhield dat hij er in volle vaart mee over de hoofdstraat naar de Centrale Markt reed. Aan beide kanten straalden de winkels in het licht van paraffinelampen, en al de lichten en kleuren wonden hem zo op dat hij zijn handen losliet van het stuur en een vreugdekreet slaakte, en hij remde net op tijd om niet tegen een autoriksja aan te botsen.

Alles leek hem heel goed te gaan. En toch troffen zijn buren hem op een ochtend op bed liggend aan, starend naar de foto van de filmsterren. Hij weigerde eruit te komen.

'Hij is weer somber,' zeiden zijn buren. 'Hé, waarom ruk je je niet af? Dan knap je wel op.'

De volgende morgen ging hij terug om de kapper op te zoeken. De oude man was er niet. Zijn vrouw zat in de kappersstoel haar haar te kammen. 'Wacht maar even op hem, hij heeft het altijd over je. Hij mist je heel erg, weet je.'

Keshava knikte. Hij kraakte met zijn knokkels en liep drie of vier keer om de stoel heen.

Die avond grepen de andere jongens hem in de slaapzaal toen hij zijn haar aan het borstelen was en sleepten hem de deur uit.

'Die knul is nu al dagenlang zo somber. Hoog tijd dat hij eens naar een vrouw gaat.'

'Nee,' zei hij. 'Vanavond niet. Ik moet naar de kapper. Ik heb beloofd dat ik zou komen om...'

'Wij brengen je wel naar een kapper! Die zal je eens lekker scheren!'

Ze zetten hem in een autoriksja en brachten hem naar de Bunder. In een huis bij de overhemdenfabrieken 'ontmoette' een prostituee mannen, en hoe hij ook tegen ze tekeerging en zei dat hij het niet wilde, ze zeiden hem dat zijn humeurigheid over zou gaan als hij het deed en dat hij dan normaal zou zijn, zoals iedereen.

In de dagen daarna leek hij ook normaler. Op een avond, aan het eind van zijn dienst, zag hij een nieuwe schoonmaakjongen, een van degenen die Broeder net had aangenomen, op de grond spugen terwijl hij de bus poetste. Keshava riep hem bij zich en gaf hem een klap.

'Niet in de buurt van de bus spugen, begrepen?'

Dat was de eerste keer dat hij ooit iemand geslagen had.

Het voelde wel goed. Voortaan sloeg hij de schoonmaakjongens regelmatig, zoals al de andere conducteurs deden.

Op lijn 5 werd hij steeds beter in zijn werk. Er ontging hem geen trucje meer. Tegen schooljongens die probeerden gratis naar de bioscoop te rijden op hun schoolpasjes, zei hij: 'Dat gaat niet door. Die passen gelden alleen op weg naar school of terug. Als het voor je plezier is, betaal je de volle rit.'

Er was één jongen die voortdurend problemen maakte, een lange, knappe kerel, zijn vrienden noemden hem Shabbir. Keshava zag dat mensen vol afgunst naar zijn overhemd keken. Hij vroeg zich af waarom die jongen eigenlijk de bus nam; mensen zoals hij hadden hun eigen auto met chauffeur.

Op een avond, toen de bus stopte voor de middelbare school voor meisjes, liep de rijke jongen naar de plaatsen die voor vrouwen bestemd waren en boog zich over een van de meisjes heen.

'Sorry, juffrouw Rita. Ik wil graag even met je praten.'

Het meisje keek uit het raam en schoof van hem weg.

'Waarom wil je niet even met me praten?' vroeg de jongen in het Bombay-overhemd met een geile grijns. Zijn vrienden achterin floten en klapten.

Keshava schoot op hem af. 'Genoeg!' Hij greep de rijke jongen bij zijn arm en trok hem weg van het meisje. 'Niemand valt dames lastig in mijn bus.'

De jongen die Shabbir heette keek hem dreigend aan. Keshava keek net zo terug.

'Heb je me gehoord?' Hij scheurde een kaartje af en wapperde ermee onder de neus van de rijke jongen om zijn waarschuwing kracht bij te zetten. 'Heb je me gehoord?'

De rijke jongen glimlachte. 'Ja, meneer,' zei hij, en hij stak zijn hand uit naar de conducteur of hij zijn hand wou schudden. In verwarring pakte Keshava die hand vast; de jongens op de achterste rij brulden van het lachen. Toen de conducteur zijn hand terugtrok, merkte hij dat er een briefje van vijf rupee in zat.

Keshava gooide de rijke jongen het biljet voor zijn voeten.

'Probeer dat nog eens, zoon van een kale vrouw, en ik slinger je de bus uit.'

Toen ze uit de bus stapte keek het meisje Keshava aan. Hij zag dankbaarheid in haar ogen en hij wist dat hij het goed gedaan had.

Een van de passagiers fluisterde: 'Weet je wel wie die jongen is? Zijn vader heeft die videotheek en is dikke maatjes met het parlementslid. Zie je dat logo met 'CD' op de borstzak van zijn overhemd? Zijn vader koopt die hemden in een winkel in Bombay voor zijn zoon. Elk overhemd kost honderd rupee, of misschien wel tweehonderd rupee, zeggen ze.'

Keshava zei: 'Op mijn bus heeft hij zich maar te gedragen. Hier bestaat geen arm of rijk, iedereen koopt hetzelfde kaartje. En geen gedonder met vrouwen.'

Toen Broeder die avond dit verhaal hoorde, omhelsde hij Keshava: 'Mijn dappere busconducteur! Ik ben zo trots op je!'

Hij stak Keshava's hand in de hoogte en de anderen applaudisseerden. 'Dit dorpsjochie heeft de rijken van deze stad laten zien hoe ze zich moeten gedragen op buslijn 5!'

De volgende morgen, toen Keshava aan de metalen spijl van de bus hing en op zijn fluit blies om de chauffeur aan te sporen, kraakte de spijl en schoot los. Keshava viel uit de rijdende bus, raakte het wegdek, rolde verder en sloeg met zijn hoofd tegen de stoeprand.

In de dagen daarna troffen de bewoners van het asiel hem gebogen over zijn bed aan, bijna in tranen. Het verband was van zijn hoofd af en het bloeden was opgehouden. Maar hij zweeg nog steeds. Als ze hem flink door elkaar schudden, knikte Keshava en glimlachte hij, als om te zeggen: ja, het gaat goed met me.

'Waarom sta je dan niet op en ga je niet weer aan het werk?'

Hij zei niets.

'Hij is de hele dag somber. Zo hebben we hem nog nooit meegemaakt.'

Maar nadat hij vier dagen niet op zijn werk verschenen was, zagen ze hem weer uit de bus hangen en naar de passagiers schreeuwen, en hij leek weer helemaal de oude.

Er verstreken twee weken. Op een morgen voelde hij een zware hand op zijn schouder. Broeder zelf was hem komen opzoeken.

'Ik hoor dat je in de afgelopen tien dagen maar één dag bent komen werken. Dat is niet best, jongen. Je mag niet somber zijn.' Broeder balde een vuist. 'Je moet vol leven zitten.' Hij schudde zijn vuist voor Keshava's neus als om de volheid van het leven te demonstreren.

En jongen ernaast klopte op zijn hoofd. 'Er dringt niets tot hem door. Hij is aangetast. Door die klap op zijn kop is hij imbeciel geworden.'

'Het is altijd al een imbeciel geweest,' zei een andere bewoner, die voor de spiegel zijn haar stond te kammen. 'Nu wil hij alleen maar gratis slapen en eten in het asiel.'

'Kop dicht!' zei Broeder. Hij haalde naar hen uit met zijn stok. 'Niemand praat zo over mijn top-leuzenschreeuwer!'

Hij tikte zachtjes met zijn stok op Keshava's hoofd. 'Hoor je wat ze over je zeggen, Keshava? Dat je dit spelletje speelt om eten en een bed van Broeder te stelen? Hoor je wel wat voor beledigingen ze over je uitkramen?'

Keshava begon te huilen. Hij trok zijn knieën op tegen zijn borst, legde zijn hoofd erop en huilde.

'Arme jongen!' Broeder was zelf bijna in tranen. Hij klom op het bed en knuffelde de jongen.

'Iemand moet de familie van de jongen inlichten,' zei hij toen hij naar buiten liep. 'We kunnen hem hier niet houden als hij niet werkt.'

'We hebben het aan zijn broer verteld,' antwoordden de buren.

'En?'

'Hij is niet geïnteresseerd in nieuws over Keshava. Hij zegt dat ze niks meer met elkaar hebben.'

Broeder sloeg met zijn vuist tegen de muur.

'Zie je nou hoe het familieleven tegenwoordig verworden is?' Hij schudde met zijn vuist, die pijn deed van de klap. 'Die vent moet voor zijn broer zorgen. Hij heeft geen keus!' Hij schreeuwde. Hij zwiepte met zijn stok door de lucht: 'Ik zal dat stuk stront eens aanpakken! Ik zal er wel voor zorgen dat hij zich zijn plichten tegenover zijn jongere broer herinnert!'

Hoewel niemand hem er echt uit gooide, zat er op een avond toen Keshava terugkwam iemand anders op zijn bed. De jongen volgde met zijn vinger de omtrek van de gezichten van de filmsterren en de andere jongens pestten hem: 'O, dus ze is zijn *vrouw*? Helemaal niet, idioot!'

Het was net of hij daar altijd geweest was en zij altijd zijn buren waren geweest.

Keshava liep gewoon weg. Hij voelde geen behoefte om te vechten om zijn bed terug te krijgen.

Die avond ging hij naast de gesloten deuren van de Centrale Markt zitten. Een paar van de straatverkopers herkenden hem en gaven hem te eten. Hij bedankte ze niet, hij groette ze niet eens. Zo ging het een paar dagen door. Uiteindelijk zei een van hen tegen hem: 'Wie niet werkt, zal niet eten in deze wereld. Het is nog niet te laat. Ga naar Broeder, maak je excuses en smeek hem je je oude baan terug te geven. Je weet dat hij je als zijn familie beschouwt...'

Een paar nachten lang dwaalde hij rond buiten de markt. Op een dag belandde hij weer in het asiel. Broeder zat weer in de woonkamer en zijn voeten werden gemasseerd door de vrouw. 'Een mooie jurk was dat die Rekha in die film droeg, vind je niet...' Keshava liep aarzelend de kamer in.

'Wat moet jij?' vroeg Broeder en hij stond op. Keshava probeerde het onder woorden te brengen. Hij stak zijn armen uit naar de man met de blauwe sarong.

'Die Hoyka-idioot is gek! En hij stinkt! Jaag hem hier weg!'

Handen sleepten hem een eind weg en duwden hem tegen de grond. Leren schoenen trapten hem tegen zijn ribben.

Even later hoorde hij voetstappen en toen tilde iemand hem op. Houten krukken tikten op de grond en een mannenstem zei: 'Dus Broeder kan jou ook niet meer gebruiken, hè...?'

Vaag merkte hij dat hem iets te eten werd voorgezet. Hij snoof, het stonk naar wonderolie en stront, en hij duwde het weg. Hij rook afval om zich heen en keerde zijn hoofd naar de hemel, zijn ogen waren vol met sterren toen ze zich sloten.

De geschiedenis van Kittur

(samenvatting van *Een Beknopte Geschiedenis van Kittur* door pater Basil D'Essa SJ)

De naam 'Kittur' is ofwel een verbastering van *Kiri Uru*, 'Kleine Stad', ofwel van *Kittamma's Uru*, waarbij Kittamma dan een godin is met pokken als specialiteit, die een tempel had die in de buurt van het huidige spoorwegstation stond. Een brief van een Syrisch-christelijke koopman uit 1091 beveelt diens collega's de uitmuntende natuurlijke haven van de stad Kittur aan de Malabar-kust aan. Tijdens de hele twaalfde eeuw lijkt de stad echter verdwenen te zijn; Arabische kooplieden die Kittur in 1141 en 1190 bezochten maken alleen gewag van een woestenij. In de veertiende eeuw begon een derwisj genaamd Yusuf Ali melaatsen te behandelen in de Bunder. Na zijn dood werd zijn lichaam begraven onder een witte koepel, en dat gebouw – de Dargah van Hazrat Yusuf Ali – is tot op de dag van vandaag een pelgrimsoord gebleven. Aan het eind van de vijftiende eeuw wordt 'Kittore, ook bekend als de olifantencitadel' vermeld in de belastingregisters van de Vijayanagara-heersers, als een van de provincies van hun rijk. In 1649 trok een Portugees missiegezelschap van vier man, geleid door pater Cristoforo d'Almeida SJ, langs de kust van Goa naar Kittur, waar ze 'een betreurenswaardige smeerboel van afgodendienaren, mohammedanen en olifanten' aantroffen. De Portugezen verdreven de Mohammedanen, verbrijzelden de afgodsbeelden en verwerkten de olifanten tot een berg vuil ivoor. In de honderd jaar die volgden werd Kittur – nu Valencia geheten – heen en weer geschoven tussen de Portugezen, de Maratha's en het koninkrijk Mysore. In 1780 versloeg Hyder Ali, de heerser van Mysore, bij de Bunder een leger van de Britse Oost-Indische Compagnie. Bij het Verdrag van Kittur, dat dat jaar getekend werd, zag de Compagnie af van haar aanspraken op 'Kittur, ook wel Valencia of de Bunder geheten'. Na de dood van Hyder Ali in 1782 schond de Compagnie het verdrag en zette een legerkamp op bij de Bunder. Als vergelding bouwde Tippu, de zoon van Hyder Ali, een ontzagwekkend fort van zwart steen, voorzien van Franse kanonnen. Na de dood van Tippu in 1799 kwam Kittur in het bezit van de Compagnie en werd het toegevoegd aan de provincie Madras. Net als de meeste steden in Zuid-India nam Kittur geen deel aan de grote opstand tegen de Britten van 1857. In 1921 hees een activist van het Indiase Nationale Congres een driekleur op de oude vuurtoren: de vrijheidsstrijd had Kittur bereikt.

Dag Drie: De Angel Talkies

Middelpunt van het nachtleven in Kittur vormt de bioscoop Angel Talkies. Elke donderdagmorgen worden de muren van de stad volgeplakt met handgeschilderde affiches met een schets van een welgevulde vrouw die met haar vingers door haar haar streelt. Daaronder staat de titel van de film: HAAR NACHTEN, WIJN EN VROUWEN, GROEIMYSTERIES, DE SCHULD VAN OOM. De woorden 'Malayalam Colour' en 'Alleen volwassenen' prijken prominent op de affiches. Om acht uur 's morgens staat er een lange rij werkloze mannen buiten de Angel Talkies. De voorstellingen zijn om tien uur 's morgens, twaalf uur, twee uur 's middags, vier uur 's middags en tien over zeven 's avonds. De toegangsprijzen variëren van twee rupee twintig voor een parterreplaats vooraan tot vier rupee vijftig voor een 'gezinskring' op het balkon. Niet ver van de bioscoop ligt Hotel Woodside, dat attracties biedt als een beroemd Parijs' cabaret, waarin iedere vrijdag Ms. Zeena uit Bombay optreedt, en iedere zondag om de twee weken Ms. Ayesha en Ms. Zimboo uit Bahrein te zien zijn. Een rondreizende seksuoloog, dr. Kurvilla MBBS, MD, M.CH., MS, DDBS, PCDB, bezoekt elke eerste maandag van de maand het hotel. Goedkoper en uiterlijk meer vervallen dan het Woodside is een reeks cafés, restaurants, pensions en appartementen in de buurt. Dankzij de aanwezigheid van een YMCA in de wijk kunnen fatsoenlijke mannen echter ook kiezen voor een moreel verantwoord en schoon onderkomen.

Om twee uur in de morgen zwaaide de deur van de YMCA open. Een korte gestalte liep naar buiten.

Het was een kleine man met een enorm, bollend voorhoofd, waardoor hij eruitzag als een professor op een spotprent. Zijn haar, dik en golvend als van een tiener, was geolied en stevig geplet, het werd grijs rond de slapen en bakkebaarden. Toen hij de YMCA uit liep, had hij naar de grond gekeken, en alsof hij voor het eerst merkte dat hij in de werkelijke wereld was, stopte hij nu een ogenblik, keek om zich heen en zette toen koers naar de markt.

Hij werd meteen overvallen door een reeks fluitsignalen. Een geuniformeerde politieman die over straat fietste kwam tot stilstand en zette een voet op het wegdek.

'Hoe heet jij, vrind?'

De man die op een professor leek zei: 'Gururaj Kamath.'

'En wat voor werk heb je, dat je 's nachts in je eentje rondloopt?'

'Ik zoek de waarheid.'

'We gaan niet lollig doen, hè?'

'Journalist.'

'Voor welke krant?'

'Hoeveel kranten hebben we?'

De politieman, die mogelijk had gehoopt een onregelmatigheid te ontdekken in verband met deze man, en hem derhalve ofwel af te blaffen, ofwel af te persen – wat hij allebei leuk vond –, keek teleurgesteld en reed weg. Hij had nog maar een paar meter afgelegd toen er opeens iets bij hem opkwam, en hij stopte weer en draaide zich om naar de kleine man.

'Gururaj Kamath. Jij hebt die columns over de rellen geschreven, hè?'

'Ja,' zei de kleine man.

De politieman keek naar de grond.

'Mijn naam is Aziz.'

'Nou en?'

'U hebt elke minderheid in deze stad een grote dienst bewezen, meneer. Mijn naam is Aziz. Ik wil... u bedanken.'

'Ik heb alleen mijn werk gedaan. Zoals ik al zei: ik zoek de waarheid.'

'Toch wil ik u bedanken. Als meer mensen deden wat u doet, zouden er geen rellen meer zijn in deze stad, meneer.'

Toch geen beroerde kerel, dacht Gururaj, terwijl hij Aziz weg zag fietsen. Doet gewoon zijn werk.

Hij wandelde verder.

Niemand lette op hem, dus stond hij zichzelf een trotse glimlach toe.

In de dagen na de rellen was de stem van deze kleine man de stem der rede te midden van de chaos geweest. In zorgvuldig, bijtend proza had hij zijn lezers de verwoestingen voorgeschoteld die de hindoefanaten hadden veroorzaakt toen ze de zaken van moslimwinkeliers hadden geplunderd; op kalme, koele toon had hij onverdraagzaamheid gehekeld en zich sterk gemaakt voor de rechten van religieuze minderheden. Hij had met zijn columns niets anders gewild dan steun geven aan de slachtoffers van de rellen, maar in plaats daarvan bleek Gururaj nu een soort beroemdheid in Kittur te zijn geworden. Een ster.

Twee weken geleden had hij de grootste klap van zijn leven gekregen. Zijn vader was overleden aan longontsteking. De dag nadat Gururaj naar Kittur was teruggekeerd vanuit het dorp van zijn voorouders, waar zijn hoofd geschoren was en waar hij met een priester naast het waterreservoir in de tempel verzen in het Sanskriet had zitten reciteren om afscheid te nemen van de ziel van zijn vader, ontdekte hij dat hij was gepromoveerd tot adjunct-hoofdredacteur, de op één na hoogste functie bij de krant waar hij al twintig jaar werkte.

Op die manier bracht het leven de zaken in evenwicht, had Gururaj zichzelf voorgehouden.

De maan scheen helder, met een grote kring eromheen. Hij was vergeten hoe mooi een nachtwandeling kon zijn. Het licht was krachtig en helder, het vormde een laag over het aardoppervlak, ieder voorwerp sneed er scherpe schaduwen in uit. Hij dacht dat het wel de dag na volle maan kon zijn.

Zelfs in dit nachtelijk uur ging het werk door. Hij hoorde een diep, voortdurend geluid, als de hoorbare ademhaling van een nachtelijke wereld. Een open vrachtwagen laadde modder in, waarschijnlijk voor een bouwplaats. De chauffeur zat te slapen achter het stuur, zijn arm stak uit het ene raampje, zijn voeten uit het andere. Alsof daarachter geesten aan het werk waren, vlogen er brokken modder van achteren de laadbak in. De rug van Gururajs overhemd werd vochtig en hij dacht: ik vat nog kou. Ik moet teruggaan. Bij die gedachte voelde hij zich oud en hij besloot verder te gaan; hij deed een paar stappen naar links en ging midden op de Paraplustraat lopen. Als kind had hij gefantaseerd hoe hij midden over een hoofdstraat zou lopen, maar hij had zich nooit lang genoeg aan de waakzame ogen van zijn vader kunnen onttrekken om die fantasie waar te maken.

Hij bleef staan, midden op de weg. Toen schoot hij snel een zijsteeg in.

Er waren twee honden aan het paren. Hij bukte om te zien wat er precies gebeurde.

Toen de zaak was afgehandeld, gingen de honden uit elkaar. De ene liep de steeg in en de andere rende met postcoïtale heftigheid in Gururajs richting en raakte in het voorbijgaan bijna zijn broek. Hij volgde hem.

De hond liep de hoofdstraat op en snuffelde aan een krant. Hij pakte de krant in zijn bek en holde terug de steeg in en Gururaj holde hem achterna. Steeds dieper drong de hond de zijstegen in en de redacteur liep achter hem aan. Ten slotte liet hij zijn vrachtje vallen, draaide zich om, grauwde naar Gururaj en scheurde krant in snippers.

'Brave hond! Brave hond!'

Gururaj keek naar rechts om te zien wie daar sprak. Hij bleek oog in oog te staan met een geestverschijning: een man in het kaki met een oud geweer uit de Tweede Wereldoorlog in zijn handen. Zijn gelige, leerachtige gezicht was overdekt met putten en littekens. Hij had schuine spleetogen. Toen Gururaj dichterbij kwam dacht hij: natuurlijk. Een Gurkha.

De Gurkha zat op een houten stoel op het plaveisel voor de neergelaten rolluiken van een bank.

'Waarom zeg je dat?' zei Gururaj. 'Waarom prijs je die hond omdat hij een krant kapotmaakt?'

'Die hond doet precies zoals het hoort. Want van wat er in die krant staat is geen woord waar.'

De Gurkha – Gururaj nam aan dat hij een nachtwaker van de bank was – kwam overeind uit zijn stoel en deed een stap in de richting van de hond.

'Meteen liet die de krant vallen en rende weg. De Gurkha pakte de gescheurde, verfrommelde krant, die onder het speeksel zat, voorzichtig op en sloeg de pagina's om.

Gururaj kromp ineen.

'Zeg maar wat je zoekt, ik weet precies wat er allemaal in die krant staat.'

De Gurkha liet de vuile krant los.

'Er was gisteravond een auto-ongeluk. Bij de Bloemenmarktstraat. De veroorzaker is doorgereden.'

'Ik ken die zaak,' zei Gururaj. Het was niet zijn verhaal geweest, maar hij las elke dag de drukproeven van de hele krant. 'Er was een werknemer van meneer Engineer bij betrokken.'

'Dat zei de krant. Maar die werknemer was niet de dader.'

'O nee?' Gururaj glimlachte. 'Wie was dat dan wel?'

De Gurkha keek Gururaj recht in zijn ogen. Hij grijnsde en richtte toen de loop van het oude geweer op hem. 'Ik kan het je vertellen, maar dan moet ik je daarna doodschieten.'

Gururaj keek naar de loop van het geweer en dacht: ik sta met een gek te praten.

De volgende dag was Gururaj om zes uur 's morgens op kantoor. Altijd als eerste. Hij begon met de telex en las de rollen papier door die die produceerde – vlekkerig nieuws uit Delhi en Colombo en andere steden waar hij van zijn leven niet zou komen. Om zeven uur zette hij de radio aan en begon de hoofdpunten van zijn column van die morgen te noteren.

Om acht uur verscheen mevrouw D'Mello. Het geratel van een schrijfmachine verbrak de rust in het kantoor.

Ze schreef haar gewone column, 'Twinkel-twinkel'. Het was een dagelijkse schoonheidscolumn, gesponsord door de eigenaar van een dameskapsalon, en mevrouw D'Mello beantwoordde vragen van lezeressen over haarverzorging, verstrekte advies en gaf de briefschrijfsters een zacht duwtje in de richting van de producten van de kapsaloneigenaar.

Gururaj praatte nooit met mevrouw D'Mello. Hij had een afkeer van het idee dat zijn krant een betaalde column plaatste, iets wat hij onethisch vond. Maar er was nog een reden om koel te doen tegen mevrouw D'Mello: ze was een ongehuwde vrouw en hij wilde niet dat iemand zou denken dat hij ook maar de geringste belangstelling voor haar had.

Familieleden en vrienden van zijn vader hadden Guru jarenlang gezegd dat hij weg moest uit de YMCA en moest gaan trouwen, en hij had op het punt gestaan om eraan toe te geven vanuit de gedachte dat de vrouw nodig zou zijn om zijn vader, die steeds senieler werd, te verzorgen, toen de behoefte aan een vrouw volledig werd weggenomen. Nu was hij vastbesloten om zijn onafhankelijkheid voor niemand op te geven.

Tegen elven, toen Gururaj weer zijn kamer uit kwam, stond het kantoor vol rook – het enige aspect van zijn werkplek dat hem niet beviel. De verslaggevers zaten aan hun bureau thee te drinken en te roken. De telex aan de zijkant braakte rollen vlekkerige en verkeerd gespelde nieuwsberichten uit Delhi uit.

Na de lunch liet hij de loopjongen Menon opzoeken, een jonge journalist en rijzende ster bij de krant. Menon kwam zijn kamer binnen met zijn twee bovenste overhemdsknopen los. Om zijn hals hing een glimmende gouden halsketting. 'Ga zitten,' zei Gururaj.

Hij liet hem twee artikelen over het auto-ongeluk in de Bloemenmarktstraat lezen die hij die ochtend uit het krantenarchief had opgedoken. Het eerste (hij wees het aan) was vóór het proces verschenen, het tweede na de uitspraak.

'Die heb jij allebei geschreven, hè?'

Menon knikte.

'In het eerste artikel is de auto die de man doodreed een rode Maruti Suzuki. In het tweede is het een witte Fiat. Wat was het nu echt?'

Menon bekeek de twee artikelen.

'Ik heb het gewoon uit de politierapporten overgenomen.'

'Je hebt dus niet de moeite genomen om zelf naar de auto te kijken?'

Die avond at hij het eten dat de conciërge van de YMCA op zijn kamer bracht. Ze praatte veel, maar hij verdacht haar ervan dat ze probeerde haar dochter als vrouw aan hem te slijten en hij zei zo weinig mogelijk tegen haar.

Toen hij ging slapen, zette hij de wekker op twee uur.

Hij werd wakker, zijn hart klopte snel, hij deed het licht aan, liep zijn kamer uit en tuurde op zijn klok. Het was twintig minuten voor twee. Hij trok zijn broek aan, schikte zijn golvende haarlokken weer op hun plaats en rende bijna de trap af en de poort van de YMCA uit, in de richting van de bank.

De Gurkha zat er in zijn stoel met zijn antieke geweer.

'Luister, heb je dat ongeluk met eigen ogen gezien?'

'Natuurlijk niet. Ik zat hier. Dat is mijn werk.'

'Hoe weet jij dan verdomme dat de auto's verwisseld zijn op het politie...?'

'Via-via.'

De Gurkha praat rustig. Hij legt de krantenredacteur uit dat een netwerk van nachtwakers in heel Kittur informatie doorgeeft. Elke nachtwaker zoekt de volgende op om een sigaret te roken en vertelt hem wat, en die nachtwaker gaat op zijn beurt naar de volgende om een sigaret te roken. Op die manier gaan berichten rond. Geheimen worden verspreid. De waarheid – wat er overdag echt gebeurd is – blijft behouden.

Dit is krankzinnig, dit is onmogelijk – Gururaj veegde zich het zweet van zijn voorhoofd.

'Dus wat er echt gebeurd is, is dat Engineer een man heeft aangereden op de weg naar huis?'

'Hij liet hem voor dood achter.'

'Dat kan niet waar zijn.'

De ogen van de Gurkha bliksemden. 'Je hebt hier lang genoeg gewoond, meneer. Je weet dat dat wél kan. Engineer was dronken, hij kwam terug van het huis van zijn maîtresse, hij reed die vent aan of het een straathond was, reed door en liet hem daar achter, zijn ingewanden slingerden over het wegdek. 's Morgens vond de krantenjongen hem zo. De politie weet precies wie er 's nachts dronken door die straat rijdt. Dus de volgende morgen gaan er twee agenten naar zijn huis. Heeft hij niet eens het bloed van de voorwielen van de auto gewassen.'

'En waarom dan...'

'Hij is de rijkste man van deze stad. Hij bezit het hoogste gebouw van deze stad. Hij kan niet gearresteerd worden. Hij krijgt een van de werknemers van zijn fabriek zover om tegen de politie te zeggen dat híj de auto bestuurde toen het gebeurde. De man geeft de politie een beëdigde verklaring: "Ik was in de nacht van 12 mei onder invloed en reed het ongelukkige slachtoffer aan." Daarna gaf meneer Engineer de rechter zesduizend rupee en de politie iets minder, misschien vier- of vijfduizend, omdat de rechter natuurlijk meer aanzien heeft dan de politie, als zwijggeld. Dan wil hij zijn Maruti Suzuki terug, want het is een nieuwe auto en een statussymbool en hij rijdt er graag in, dus geeft hij de politie nog eens duizend rupee om van de fatale auto een Fiat te maken, en hij heeft zijn auto terug en rijdt er weer mee door de stad.'

'Mijn god.'

'De werknemer kreeg vier jaar. De rechter had hem zwaarder kunnen straffen, maar hij had met de sukkel te doen. Hij kon hem natuurlijk niet vrijspreken. Dus' – de nachtwaker liet een denkbeeldige hamer neerkomen – 'vier jaar.'

'Dat kan ik niet geloven,' zei Gururaj. 'Zo'n stad is Kittur niet.'

De vreemdeling kneep zijn sluwe ogen half dicht en glimlachte.

Hij keek een tijdje naar de gloeiende punt van zijn beedi en bood Gururaj toen een beedi aan.

's Morgens deed Gururaj het enige raam in zijn kamer open. Hij keek neer op de Paraplustraat, op het hart van de stad waar hij was geboren en opgegroeid tot volwassen man en waar hij bijna zeker zou sterven. Soms dacht hij dat hij elk gebouw kende, elke boom, elke pan op het dak van elk huis in Kittur. De Paraplustraat lag te glanzen in het ochtendlicht en leek te zeggen: Nee, het verhaal van de Gurkha kan niet waar zijn. De helderheid van een gesjabloneerde reclame, de glinsterende spaken van het fietswiel van de man die kranten bezorgde, ze zeiden: Nee, de Gurkha liegt. Maar toen Gururaj naar zijn kantoor liep zag hij de dichte, duistere schaduw van de banyanboom over de straat vallen als een flard van de nacht die niet weggeveegd was door de ochtendbezem, en de verwarring kroop zijn ziel weer binnen.

Het werk begon. Hij kalmeerde. Hij ontliep mevrouw D'Mello.

Die avond ontbood de hoofdredacteur van de krant hem in zijn kamer. Het was een dikke oude man met hangwangen en dikke witte wenkbrauwen die van gesponnen suiker leken, en handen die beefden als hij zijn thee dronk. De pezen in zijn hals stonden duidelijk afgetekend en al zijn lichaamsdelen leken te smeken om pensionering.

Als hij met pensioen ging, zou Gururaj zijn stoel erven.

'Wat betreft dat verhaal dat Menon nog eens moest onderzoeken van jou...' zei de hoofdredacteur, van zijn thee slurpend, '... laat dat maar zitten.'

'Er was verwarring over de auto's...'

De oude man schudde zijn hoofd. 'De politie heeft bij het eerste rapport een fout gemaakt, dat is alles.' Zijn stem kreeg de rustige, informele klank die Gururaj inmiddels herkende als afsluitend. Hij dronk nog wat thee, en nog wat meer.

Het slurpgeluid van het theedrinken, het afgemeten gedrag van de oude man en de vermoeidheid van al die nachten onderbroken slaap werkten Gururaj op zijn zenuwen en hij zei: 'Er is misschien iemand zonder reden achter de tralies gestopt en misschien loopt er een schuldige vrij rond. En het enige wat u kunt zeggen is :"Laat maar zitten."'

De oude man slurpte van zijn thee. Gururaj dacht dat hij zijn hoofd bevestigend op en neer kon zien gaan.

Hij ging terug naar de YMCA en liep een trap op naar zijn kamer. Hij ging met zijn ogen open op bed liggen. Hij was nog wakker toen om twee uur 's morgens de wekker afliep. Toen hij zich vertoonde hoorde hij een fluit klinken: de passerende politieman zwaaide hartelijk naar hem als naar een oude vriend.

De maan slonk snel, binnen een paar dagen zou het 's nachts volkomen donker zijn. Hij liep nu dezelfde route, alsof het ritueel was vastgelegd: eerst langzaam, daarna oversteken naar het midden van de straat en dan de zijsteeg in schieten tot hij bij de bank was. De Gurkha zat in zijn stoel met zijn geweer tegen zijn schouder, een gloeiende beedi tussen zijn vingers.

'Wat heb je vanavond via-via gehoord?'

'Vanavond niks.'

'Vertel me dan maar wat van een paar nachten geleden. Vertel maar wat er nog meer in de krant stond dat niet waar is.'

'De rellen. Dat had de krant helemaal mis.'

Gururaj dacht dat zijn hart een slag oversloeg. 'Hoezo dan?'

'De krant zei dat er hindoes tegen moslims vochten, zie je?'

'Er vóchten ook hindoes tegen moslims. Dat weet iedereen.'

'Ha.'

De volgende morgen verscheen Gururaj niet op kantoor. Hij ging rechtstreeks naar de Bunder, voor de eerste keer sinds hij erheen was gegaan om met de winkeliers te praten in de nasleep van de rellen. Hij spoorde alle restaurants en alle viszaken op die tijdens de rellen in brand gestoken waren.

Hij ging terug naar de krant, rende de kamer van de hoofdredacteur binnen en zei: 'Ik heb vannacht zo'n ongelooflijk verhaal gehoord over de rellen tussen de hindoes en de moslims. Zal ik het u vertellen?'

De oude man slurpte van zijn thee.

'Ik heb gehoord dat ons parlementslid samen met de maffia van de Bunder de rellen heeft uitgelokt. En ik hoorde dat de boeven en het parlementslid alle in brand gestoken en verwoeste panden in handen hebben gespeeld van hun eigen mensen, onder de naam van een verzonnen beheersmaatschappij, de New Kittur Port Development Trust. Het geweld was van tevoren beraamd. Moslimtuig zette moslimzaken in brand en hindoetuig zette hindoezaken in brand. Het was een onroerendgoedtransactie vermomd als een godsdienstige rel.'

De hoofdredacteur hield op met slurpen.

'Wie heeft je dat verteld?'

'Een vriend. Is het waar?'

'Nee.'

Gururaj glimlachte en zei: 'Dat dacht ik ook al. Dank u.' Zijn baas keek hem bezorgd na toen hij de kamer uit liep.

De volgende morgen kwam hij alweer laat op kantoor. De loopjongen verscheen aan zijn bureau en riep: 'Hoofdredacteur wil u spreken.'

'Waarom ben je vandaag niet op het gemeentekantoor verschenen?' vroeg de oude man, weer slurpend van een kop thee. 'De burgemeester had gevraagd of je er wou zijn. Hij heeft een verklaring afgelegd over de eenheid tussen hindoes en moslims, waarin hij een aanval doet op de Bharatiya Janata-partij, en hij wilde dat je die zou horen. Je weet dat hij je werk waardeert.'

Gururaj drukte zijn haar plat. Hij had het die ochtend niet geolied en het zat in de war.

'Wat maakt dat uit?'

'Pardon, Gururaj?'

'Denkt u dat er iemand op deze redactie is die niet weet dat al dat politieke gesteggel alleen maar een wassen neus is? Dat de BJP en de Congrespartij in werkelijkheid afspraken hebben gemaakt en het smeergeld dat ze van de bouwprojecten in Bajpe ontvangen onderling verdelen? U en ik weten al jaren dat dat zo is, en toch schrijven we liever iets anders op. Vindt u dat niet bizar? Luister eens, als we vandaag nu eens de waarheid en niets dan de waarheid schrijven? Alleen vandaag. Eén dag met alleen maar de waarheid. Dat is het enige wat ik wil. Misschien merkt niemand het zelfs. Morgen gaan we weer door met de gewone leugens. Maar één dag wil ik de waarheid melden, opschrijven en publiceren. Eén dag in mijn leven zou ik een echte verslaggever willen zijn. Wat denkt u ervan?'

De hoofdredacteur fronste zijn wenkbrauwen alsof hij erover nadacht en zei toen: 'Kom vanavond na het eten bij mij thuis.'

Om negen uur liep Gururaj over de Rozenlaan naar een woning met een grote tuin en een blauw beeld van Krishna met zijn fluit in een nis in de gevel, en belde aan.

De hoofdredacteur liet hem in de woonkamer en sloot de deur. Met een gebaar naar een bruine sofa nodigde hij Gururaj uit te gaan zitten.

'Vertel me nou maar eens wat je dwarszit.'

Gururaj vertelde het hem.

'Laten we aannemen dat je hier bewijzen voor hebt. Je schrijft erover. Je zegt niet alleen dat het politiekorps niet deugt maar ook dat de rechterlijke macht corrupt is. De rechter zal je laten vervolgen wegens belediging van het hof. Je wordt gearresteerd, ook al is het waar wat je zegt. Jij en ik en de mensen van de pers doen net alsof er persvrijheid bestaat in dit land, maar wij kennen de waarheid.'

'En de rellen tussen hindoes en moslims? Kunnen we daar ook niet de waarheid over schrijven?'

'Wat is de waarheid daarover dan, Gururaj?'

Gururaj vertelde hem de waarheid en de hoofdredacteur glimlachte. Hij nam zijn hoofd in zijn handen en barstte uit in een gelach dat de nacht leek te doen schudden. Hij lachte met zijn hele hart.

'Zelfs als het inderdaad waar is wat jij zegt,' zei de oude man toen hij bijgekomen was, 'en let wel: ik bevestig of ontken er niets van, dan zouden we het nog niet kunnen drukken.'

'Waarom niet?'

De hoofdredacteur glimlachte.

'Wie denk je dat de eigenaar van deze krant is?'

'Ramdas Pai,' zei Gururaj. Dat was een zakenman uit de Paraplustraat wiens naam als eigenaar vermeld stond op de voorpagina.

De hoofdredacteur schudde zijn hoofd. 'Hij is niet de eigenaar. Niet van alles.'

'Wie dan wel?'

'Gebruik je hersens.'

Gururaj bekeek de hoofdredacteur met nieuwe ogen. Het was alsof er om de oude man heen een aura hing van alle dingen die hij in zijn hele loopbaan gehoord had en nooit had kunnen publiceren; die geheime kennis lichtte op rondom zijn hoofd als de halo van de bijna volle maan. Dit is het lot van elke journalist in deze stad en in deze staat en in dit land en misschien wel in deze hele wereld, dacht Gururaj.

'Heb je niets van dit alles ooit vermoed, Gururaj? Dat komt vast doordat je nog niet getrouwd bent. Omdat je nooit een vrouw hebt gehad, heb je nooit iets begrepen van hoe het in de wereld toegaat.'

'En u hebt veel te goed begrepen hoe het in de wereld toegaat.'

De twee mannen staarden elkaar aan, vervuld van hevig medelijden met elkaar.

Toen Gururaj de volgende morgen naar kantoor liep, dacht hij: de aarde waarover ik loop is vals. Een onschuldig man zit achter de tralies en een schuldig man loopt vrij rond. Iedereen weet dat dat zo is en niemand heeft de moed er iets aan te doen.

Vanaf dat moment liep Gururaj elke avond de smerige trap van de YMCA af, staarde nietsziend naar de vloeken en de graffiti die op de muren waren gekrast en liep de Paraplustraat door zonder te letten op de blaffende, sluipende en copulerende straathonden, tot hij bij de Gurkha kwam, die dan zijn oude geweer ophief als begroeting en glimlachte. Ze waren nu vrienden.

De Gurkha vertelde hem nu hoeveel verrotting er kon bestaan in een kleine stad, wie wie had vermoord in de afgelopen paar jaar, hoeveel de rechters van Kittur aan smeergeld hadden gevraagd, hoeveel de politiechefs hadden gevraagd. Ze praatten tot het bijna licht werd en het tijd was dat Gururaj wegging, zodat hij nog wat kon slapen voor hij naar zijn werk ging. Hij aarzelde. 'Ik weet je naam nog niet.'

'Gaurishankar.'

Gururaj wachtte of hij hem naar zijn naam zou vragen, hij wilde zeggen: 'Nu mijn vader dood is, ben jij mijn enige vriend, Gaurishankar.'

De Gurkha zat daar met gesloten ogen.

Toen hij om vier uur in de morgen terugliep naar de YMCA, dacht hij: wie is die man, die Gurkha? Uit een toespeling die hij had gemaakt, over dat hij huisbediende was geweest in de woning van een gepensioneerde generaal, had Gururaj opgemaakt dat hij in het leger had gezeten, in het Gurkha-regiment. Maar hoe hij in Kittur terecht was gekomen, waarom hij niet was teruggegaan naar Nepal, dat was allemaal nog een raadsel. Morgen moet ik hem dat allemaal vragen. Dan kan ik hem over mezelf vertellen.

Er stond een *ashoka* naast de ingang van zijn YMCA en Gururaj bleef staan om naar de boom te kijken. Er viel maanlicht overheen en hij leek op een of andere manier anders vannacht, alsof hij op het punt stond tot iets anders uit te groeien.

'Ze zijn mijn medewerkers niet meer, ze zijn lager dan dieren.'

Gururaj kon de aanblik van zijn collega's niet meer verdragen. Hij wendde zijn blik af als hij het kantoor binnenkwam, haastte zich naar zijn kamer en sloeg de deur dicht zodra hij aan het werk ging. Hoewel hij de kopij die hij kreeg bleef redigeren, kon hij er niet meer tegen om de krant in te kijken. Hij vond het bovenal afschrikwekkend om zijn naam in druk te zien. Dat was de reden waarom hij vroeg om te mogen afzien van wat zijn grootste genoegen was geweest: het schrijven van zijn column, en erop stond om alleen nog te redigeren. Hoewel hij in het verleden altijd tot middernacht opbleef, verliet hij nu elke avond om vijf uur het kantoor, haastte zich terug naar zijn appartement en viel op zijn bed neer.

Klokslag twee uur werd hij wakker. Om zichzelf de moeite te besparen in het donker zijn broek te zoeken, had hij zich aangewend met al zijn kleren aan te slapen. Hij rende bijna de trap af en stootte de deur van de YMCA open om met de Gurkha te kunnen gaan praten.

Toen, op een nacht, gebeurde het eindelijk. De Gurkha zat niet voor de bank. Er was iemand anders op zijn stoel gaan zitten.

'Wat weet ik ervan, meneer?' zei de nieuwe nachtwaker. 'Ik heb gisteravond deze baan gekregen, ze hebben me niet verteld wat er met die oude gebeurd is.'

Gururaj rende alle winkels en alle huizen langs en vroeg aan elke nachtwaker die hij tegenkwam wat er met de Gurkha gebeurd was.

'Naar Nepal gegaan,' vertelde een nachtwaker hem uiteindelijk. 'Terug naar zijn familie. Hij had al die jaren geld gespaard en nu is hij vertrokken.'

Het nieuws kwam bij Gururaj aan als een lijfelijke klap. Er was maar één man die wist wat er in deze stad gebeurde en die ene man was naar een ander land verdwenen. De andere nachtwakers zagen dat hij naar lucht hapte. Ze dromden om hem heen, zeiden dat hij moest gaan zitten en gaven hem koel, helder water uit een plastic fles. Hij probeerde hun uit te leggen wat er al die weken tussen hem en de Gurkha was voorgevallen, wat hij was kwijtgeraakt.

'Die Gurkha, meneer?' Een van de nachtwakers schudde zijn hoofd. 'Hebt u echt met hem over al die dingen gepraat? Hij was volkomen geschift. Zijn hersens zijn beschadigd in het leger.'

'En hoe zit dat met via-via? Werkt dat nog?' vroeg Gururaj. 'Vertelt nu iemand van jullie me wat jullie te horen krijgen?'

De nachtwakers staarden hem aan. In hun ogen zag hij de twijfel plaatsmaken voor een soort angst. Ze denken kennelijk dat ik gek ben, dacht hij.

's Nachts zwierf hij rond, langs de duistere gebouwen, langs de slapende menigten. Hij kwam langs grote, stille, verduisterde gebouwen en in elk daarvan lagen honderden bewusteloze lichamen. 'Ik ben de enige die nu wakker is, zei hij tegen zichzelf. Een keer zag hij op een heuvel links van hem een grote woonflat, helder verlicht. Zeven vensters waren verlicht en het gebouw vlamde; het leek hem wel een levend wezen, een soort monster van licht dat vanuit zijn ingewanden straalde.

Gururaj begreep het: de Gurkha had hem helemaal niet verlaten. Hij had niet gedaan wat iedereen in zijn leven gedaan had. Hij had iets achtergelaten: een geschenk. Gururaj zou nu zelf via-via horen. Hij hief zijn armen op naar het lichtende gebouw, hij voelde zich vol occulte krachten.

Toen hij op een dag op zijn werk kwam, weer laat, hoorde hij achter hem fluisteren: 'Zo ging het met zijn vader ook in zijn laatste dagen...'

Hij dacht: ik moet uitkijken dat anderen die verandering die in mij plaatsvindt niet opmerken.

Toen hij bij zijn kamer kwam, zag hij dat de onderhoudsman zijn naambordje van de deur verwijderde. Ik raak alles kwijt waar ik zoveel jaar hard voor gewerkt heb, dacht hij. Maar hij voelde geen spijt of emotie, het was of deze dingen iemand anders overkwamen. Hij zag het nieuwe naambordje op de deur:

KRISHNA MENON

ADJUNCT-HOOFDREDACTEUR

DAWN HERALD

KITTURS ENIGE EN BESTE DAGBLAD

'Gururaj, ik heb het niet gewild, ik...'

'Een verklaring is niet nodig. In jouw positie had ik hetzelfde gedaan.'

'Wil je dat ik met iemand ga praten, Gururaj? We kunnen het voor je regelen.'

'Waar heb je het over?'

'Ik weet dat je geen vader meer hebt... Maar we kunnen een huwelijk voor je regelen, met een meisje van goede familie.'

'Waar heb je het over?'

'We denken dat je ziek bent. Je moet weten dat velen van ons hier op kantoor dat al een tijdje zeggen. Ik sta erop dat je een week vrij neemt. Of twee weken. Ga ergens heen, op vakantie. Ga naar de West-Ghats, een tijdje naar de wolken kijken.'

'Goed. Dan neem ik drie weken vrij.'

Drie weken lang sliep hij de hele dag en liep hij 's nachts rond. De politieman van de nachtdienst zei niet meer 'Hallo, redacteur', zoals vroeger, en Gururaj zag dat de man zijn hoofd omdraaide en naar hem staarde toen hij langs fietste. Ook de nachtwakers keken hem vreemd aan en hij grijnsde. Zelfs hier, zelfs in deze middernachts-Hades ben ik een buitenstaander geworden, een man die anderen schrik aanjaagt. Die gedachte wond hem op.

Op een dag kocht hij een vierkant kinderschoolbord en een stuk krijt. Die nacht schreef hij op het schoolbord:

SLECHTS DE WAARHEID ZAL ZEGEVIEREN

EEN NACHTKRANT

ENIG CORRESPONDENT, REDACTEUR, ADVERTEERDER EN ABONNEE:

DHR. GURURAJ MANJESHWAR KAMATH

Hij nam de openingskop van de krant van die dag over, 'bjp-wethouder hekelt afgevaardigde', veegde, kraste met zijn krijt en herschreef hem:

2 oktober 1989

bjp-wethouder, die dringend geld nodig heeft om een nieuw herenhuis in de Rozenlaan te bouwen, hekelt afgevaardigde. Morgen zal hij een bruine zak vol contanten ontvangen van de Congrespartij, en dan zal hij ophouden de afgevaardigde te hekelen.

Toen ging hij in bed liggen en sloot zijn ogen, vol verlangen dat het duister zou invallen en deze stad weer tot een fatsoenlijk oord zou maken.

Op een nacht dacht hij: ik heb nog maar één nacht vakantie over.

Het begon al licht te worden en hij haastte zich terug naar de YMCA. Hij hield stil. Hij wist zeker dat hij een olifant voor het pand zag staan. Droomde hij? Wat moest een olifant in 's hemelsnaam om deze tijd midden in zijn stad? Hier schoot de rede tekort. Toch leek hij in zijn ogen echt en tastbaar. Het enige waardoor hij dacht dat het geen echte olifant was, was dat hij volkomen geruisloos was. Hij zei tegen zichzelf: olifanten bewegen voortdurend en maken geluid, en daarom zie je niet echt een olifant. Hij sloot zijn ogen en liep naar de ingang van de YMCA, en toen hij ze weer opendeed keek hij tegen een boom aan. Hij voelde aan de schors en dacht: dit is de eerste hallucinatie van mijn leven.

Toen hij de volgende dag weer op kantoor kwam, zei iedereen dat Gururaj weer de oude was. Hij had het kantoorleven gemist, hij wilde graag terugkomen.

'Dank u voor het aanbod om een huwelijk voor me te regelen,' zei hij tegen de hoofdredacteur toen ze op zijn kamer samen theedronken. 'Maar ik ben nu eenmaal met mijn werk getrouwd.'

In de redactiezaal zat hij met jongemannen die net van school kwamen net zo opgewekt artikelen te redigeren als vroeger. Als al de jongemannen weg waren, bleef hij achter en ploos de archieven uit. Hij was met een doel weer naar zijn werk teruggegaan. Hij zou een geschiedenis van Kittur gaan schrijven. Een helse geschiedenis van Kittur, alle gebeurtenissen in de afgelopen twintig jaar zouden daarin opnieuw geïnterpreteerd worden. Hij dook oude kranten op en las zorgvuldig elke voorpagina. Met een rode pen in zijn hand schrapte hij daarna woorden en herschreef ze, met een tweeledig doel. Ten eerste maakte het de kranten uit het verleden onleesbaar, en ten tweede kon hij zo de ware relatie tussen de woorden en de personages in de nieuwsfeiten ontdekken. Eerst besloot hij dat Hindi – de taal van de Gurkha – de taal van de waarheid was, en herschreef de Kannada-talige krantenkoppen in het Hindi, daarna ging hij over op Engels en ten slotte ontwikkelde hij een code waarbij hij elke letter van het Romeinse alfabet verving voor de letter daar meteen achter – hij had ergens gelezen dat Julius Caesar die code voor zijn leger had bedacht – en om de zaak nog ingewikkelder te maken, bedacht hij symbolen voor bepaalde woorden. Een driehoek met een punt erin stond bijvoorbeeld voor het woord 'bank'. Andere symbolen hadden een ironische achtergrond. Zo stond het nazi-hakenkruis voor de Congrespartij en het ban-de-bom-teken voor de BJP, enzovoort. Op een dag nam hij zijn aantekeningen van de afgelopen week door en merkte dat hij de helft van de symbolen vergeten was en niet meer begreep wat hij geschreven had. Goed, dacht hij, zo hoort het. Zelfs hij die de waarheid schrijft, hoort niet de hele waarheid te kennen. Elk eenmaal opgeschreven waar woord is als de volle maan: elke dag slinkt het en uiteindelijk verdwijnt het in de duisternis. Zo gaat het met alle dingen.

Als hij met een exemplaar van de krant klaar was, schrapte hij de woorden 'Dawn Herald' uit de kop en schreef op die plek 'SLECHTS DE WAARHEID ZAL ZEGEVIEREN'.

'Wat spook jij verdomme met onze kranten uit?'

Het was de hoofdredacteur. Hij en Menon hadden Gururaj op een avond in het kantoor beslopen.

De hoofdredacteur bekeek zonder een woord te zeggen pagina na pagina van de geschonden kranten in het archief, terwijl Menon over zijn schouder probeerde mee te kijken. Ze zagen pagina's overdekt met krabbels, rode strepen, krassen, driehoeken, tekeningetjes van meisjes met vlechtjes en bloederige tanden, plaatjes van parende honden. Toen sloeg de oude man het archief dicht.

'Ik had gezegd dat je moest gaan trouwen.'

Gururaj glimlachte. 'Luister, oude vriend, dat zijn symbolen. Als ik ze vertaal...'

De hoofdredacteur schudde zijn hoofd.

'Verdwijn uit dit kantoor. Meteen. Het spijt me, Gururaj.'

Gururaj glimlachte, alsof hij wilde zeggen dat een verklaring niet nodig was. De ogen van de hoofdredacteur stonden vol tranen en de pezen in zijn hals wipten op en neer omdat hij telkens moest slikken. Ook Guru kreeg tranen in zijn ogen. Hij dacht: wat moet het erg zijn voor die oude man, om dit te doen. Wat moet hij me hebben beschermd. Hij stelde zich een besloten vergadering voor waarin zijn collega's eisten dat zijn kop zou rollen, terwijl alleen deze fatsoenlijke oude man hem tot het eind toe verdedigde. 'Het spijt me dat ik u teleurgesteld heb, oude vriend,' wilde hij zeggen.

Die nacht liep Gururaj rond en hield zichzelf voor dat hij gelukkiger was dan ooit in zijn leven. Nu was hij een vrij man. Toen hij net voor de dageraad terugkwam bij de YMCA zag hij de olifant weer. Deze keer smolt hij niet weer terug in een ashokaboom, zelfs niet toen hij dichtbij kwam. Hij liep recht op het beest af en zag zijn voortdurende flapperende oren. De kleur, vorm en beweging leken op die van een pterodactylusvleugel. Hij liep om hem heen en zag dat van achteren gezien elk oor een roze rand had en strepen van aderen vertoonde. Hoe kan die overdaad aan details niet echt zijn, dacht hij. Dit wezen was echt, en als de rest van de wereld dat niet kon zien, dan was dat des te erger voor de rest van de wereld.

Maak nu eens één geluid, smeekte hij de olifant. Dan weet ik zeker dat ik mezelf niet bedrieg, dat je echt bent. De olifant begreep het, hij hief zijn slurf omhoog en brulde zo luid dat hij dacht dat hij doof geworden was.

'Nu ben je vrij,' zei de olifant, in zulke luide woorden dat ze voor hem op krantenkoppen leken. 'Ga nu de ware geschiedenis van Kittur schrijven.'

Een paar maanden later was er nieuws over Gururaj. Vier jonge journalisten gingen op onderzoek uit.

Ze smoorden hun gegiechel toen ze de deur van de gemeentelijke leeszaal in de vuurtoren openduwden. De bibliothecaris had ze staan opwachten, met een vinger tegen zijn lippen ging hij hun voor.

De journalisten troffen Gururaj aan op een bank, lezend in een krant die zijn gezicht gedeeltelijk bedekte. Het overhemd van de oude redacteur was gescheurd, maar hij leek aangekomen te zijn, alsof het nietsdoen hem goed bekomen was.

'Hij zegt geen woord meer,' zei de bibliothecaris. 'Hij zit daar maar tot zonsondergang met de krant voor zijn gezicht. De enige keer dat hij iets zei was toen ik hem vertelde dat ik zijn artikelen over de rellen bewonderde, en toen ging hij tegen me tekeer.'

Een van de jonge journalisten legde zijn vinger op de bovenrand van de krant en duwde hem langzaam omlaag, Gururaj verzette zich niet. De journalist slaakte een kreet en stapte achteruit.

Er zat een vochtig, donker gat in het binnenste blad van de krant. Snippers nieuwsberichten staken uit Gururajs mondhoeken en zijn onderkaak bewoog.

De talen van Kittur

Kannada, een van de belangrijkste talen van Zuid-India, is de officiële taal van de staat Karnataka, waarin Kittur ligt. De plaatselijke krant, de *Dawn Herald*, wordt in het Kannada gedrukt. Hoewel praktisch iedereen in de stad Kannada verstaat, is het de moedertaal van slechts enkele Brahmanen. Tulu, een regionale taal zonder schrift – hoewel men aanneemt dat het eeuwen geleden wel een schrift heeft gehad – is de lingua franca. Er bestaan van het Tulu twee dialecten. Het 'bovenkastendialect' wordt nog gebruikt door enkele Brahmanen, maar het sterft uit omdat de Tulusprekende Brahmanen overstappen op het Kannada. Het andere dialect van het Tulu, een ruwe, vulgaire taal, populair vanwege de verscheidenheid en scherpte van zijn krachttermen, wordt gebruikt door de Bunts en Hoyka's – dit is de taal van de straat in Kittur. In de omgeving van de Paraplustraat, de winkelwijk, is de overheersende taal het Konkani: dit is de taal van de Gaud-Saraswat-Brahmanen, oorspronkelijk afkomstig uit Goa, die hier de meeste zaken bezitten. (Hoewel Tulu- en Kannadasprekende Brahmanen in de jaren zestig onderling begonnen te trouwen, hebben de Konkanisprekende Brahmanen tot nu toe alle huwelijksaanzoeken van buitenstaanders afgewezen.) Een sterk afwijkend dialect van het Konkani, aangetast door het Portugees, wordt gesproken in de voorstad Valencia door de katholieken die daar wonen. De meeste moslims, vooral die in de Bunder, spreken een dialect van het Malayalam als moedertaal; enkelen van de rijkere moslims, afstammelingen van de oude aristocratie van Hyderabad, spreken Hyderabadi Urdu. De uitgebreide migrantenbevolking, die van bouwplaats naar bouwplaats door de stad zwerft, spreekt voornamelijk Tamil. De middenklasse verstaat Engels.

Opgemerkt zij dat de straattaal van weinig andere steden in India kan tippen aan die van Kittur wat betreft de rijkdom aan krachttermen, afkomstig uit het Urdu, Engels, Kannada en Tulu. De meest gehoorde verwensing, 'zoon van een kale vrouw', vereist een uitleg. Weduwen uit de hogere kasten was het verboden om te hertrouwen en ze werden gedwongen hun hoofd kaal te scheren om zichzelf onaantrekkelijk voor mannen te maken. Een kind van een kale vrouw was dus hoogstwaarschijnlijk onwettig.

Dag Vier: De Paraplustraat

Mocht u willen winkelen als u in Kittur bent, gun uzelf dan een paar uur slenteren over de Paraplustraat, het winkelhart van de stad. Hier vindt u meubelzaken, apotheken, restaurants, banketbakkerijen en boekhandels. (Er zijn nog enkele verkopers van handgemaakte houten paraplu's te vinden, hoewel de meeste hun zaak hebben moeten sluiten vanwege de goedkope metalen paraplu's die uit China worden geïmporteerd.) Aan deze straat ligt het beroemdste restaurant van Kittur, de Ideal Traders Ice Cream and Fresh Fruit Juice Parlour, en ook het kantoor van de *Dawn Herald*, 'Kitturs enige en beste dagblad'.

Iedere dinsdagavond vindt er een interessant evenement plaats in de Ramvittala-tempel vlak bij de Paraplustraat. Twee traditionele minstrelen nemen plaats op de veranda van de tempel en reciteren de hele nacht door verzen uit de *Mahabharatha*, het grote Indiase epos vol heldendom en doorzettingsvermogen.

Alle werknemers van de meubelzaak hadden zich in een halve cirkel opgesteld rondom de tafel van meneer Ganesh Pai. Het was een bijzondere dag: mevrouw Engineer was persoonlijk naar de winkel gekomen.

Ze had haar tv-tafel uitgekozen en nu naderde ze het bureau van meneer Pai om de transactie af te ronden.

Hij had zijn gezicht ingesmeerd met sandelhout en hij droeg een ruimvallend zijden overhemd, waarboven een donkere driehoek borsthaar uitstak. Tegen de muur achter zijn stoel had hij afbeeldingen in goudfolie gehangen van Lakshmi, de godin van de rijkdom, en de dikke olifantgod Ganapati. Onder de afbeelding rookte een wierookstokje.

Mevrouw Engineer ging langzaam aan het bureau zitten. Meneer Pai deed een greep in een la en hield haar toen vier rode kaarten voor. Mevrouw Engineer wachtte even, beet op haar lip en griste toen een van de vier kaarten weg.

'Een set roestvrij stalen bekers!' zei meneer Pai, en hij liet haar de bonuskaart zien die ze getrokken had. 'Echt een geweldig geschenk, mevrouw. Iets waar u vele jaren plezier van zult hebben.'

Mevrouw Engineer straalde. Ze haalde een rood tasje tevoorschijn, telde vier briefjes van honderd rupee af en legde ze op het bureau voor meneer Pai neer.

Meneer Pai maakte zijn vingertop nat in een kommetje water dat hij speciaal voor dat doel op zijn bureau had gezet en telde de biljetten nogmaals; toen keek hij mevrouw Engineer aan en glimlachte alsof hij nog iets verwachtte.

'Het restant bij aflevering,' zei ze, en ze stond op uit haar stoel. 'En vergeet niet het bonusgeschenk mee te sturen.'

'Ze mag dan de vrouw van de rijkste man van de stad zijn, ze blijft een krenterig kutwijf,' zei meneer Pai nadat hij haar de winkel uit geleid had, en een assistent achter hem lachte. Hij draaide zich om en wierp een boze blik op de assistent, een kleine, donkere Tamiljongen.

'Laat een van de koelies het afleveren, snel,' zei meneer Pai. 'Ik wil het restant hebben voor ze het vergeten is.'

De Tamil-jongen rende de winkel uit. De fietskarbestuurders lagen in hun gewone houding op hun kar in het luchtledige te staren en beedi's te roken. Sommigen loerden met doffe afgunst naar de zaak aan de overkant van de straat, de Ideal Traders Ice Cream Parlour. Dikke kinderen met T-shirts aan stonden buiten de zaak aan vanille-ijsjes te likken.

De jongen wees met zijn wijsvinger een van de mannen aan.

'Chenayya, jij bent aan de beurt.'

Chenayya trapte hard. Ze hadden gezegd dat hij de kortste route naar de Rozenlaan moest nemen, dus moest hij via de Vuurtorenheuvel. Hij had grote moeite om de kar met de tv-tafel achter zijn fiets vooruit te krijgen. Zodra hij over de heuveltop was, liet hij de fiets freewheelen. In de Rozenlaan remde hij af, zocht het huisnummer dat hij zich had ingeprent en belde aan.

Hij verwachtte een bediende, maar toen een dikke, lichthuidige vrouw de deur opendeed, wist hij dat het mevrouw Engineer zelf was.

Chenayya droeg de tv-tafel het huis binnen en zette hem neer op de plek die ze aanwees.

Hij liep naar buiten en kwam terug met een zaag. Toen hij binnenkwam had hij het ding vlak tegen zijn zij gehouden, maar toen hij in de eetkamer kwam, waar hij de tafel in twee afzonderlijke delen had achtergelaten, keek mevrouw Engineer toe hoe hij het stuk gereedschap op een armlengte afstand hield, en het leek opeens enorm: vijfenveertig centimeter lang met tanden, roestig, maar plekken van de oorspronkelijke metaalgrijze kleur schenen er nog doorheen, als een beeld van een haai gemaakt door een primitieve kunstenaar.

Chenayya zag de vrees in de ogen van de vrouw. Om haar angst te verdrijven glimlachte hij innemend – het was de overdreven dodenmaskergrijns van iemand die niet gewend is aan kruiperigheid – en keek toen om zich heen alsof hij zich afvroeg waar hij de tafel gelaten had.

De poten hadden niet dezelfde lengte. Chenayya kneep één oog dicht en bestudeerde de poten een voor een, toen zette hij de zaag op elk van de poten en schiep een laagje fijn zaagsel op de grond. Hij bewoog zijn zaag zo langzaam, zo nauwkeurig dat het leek of hij zijn handelingen alleen maar oefende. Alleen het groeiende hoopje zaagsel op de grond bewees het tegendeel. Weer bestudeerde hij de vier poten met één oog dicht om na te gaan of ze nu even lang waren, en liet toen zijn zaag zakken. Hij zocht een betrekkelijk schone plek op de vuile witte sarong die hij als enige kledingstuk aan zijn lijf droeg en veegde de tafel schoon.

'De tafel is klaar, mevrouw.' Hij vouwde zijn handen en wachtte.

Met een beminnelijke glimlach veegde hij de tafel nog eens af, zodat de vrouw des huizes maar goed zou zien met hoeveel zorg hij met haar meubilair omging.

Mevrouw Engineer was niet blijven kijken, maar had zich in een andere kamer teruggetrokken. Ze kwam terug en telde zevenhonderdveertig rupee neer.

Ze aarzelde een moment en legde er toen drie rupeebriefjes bij.

'Geeft u me wat meer, mevrouw?' gooide Chenayya eruit. 'Geeft u me nog drie rupee?'

'Zes rupee? Niks ervan,' zei ze.

'Het is een hele afstand, mevrouw.' Hij raapte zijn zaag op en wees naar zijn nek. 'Ik heb hem de hele weg hierheen moeten sjouwen, mevrouw, op mijn fietskar. Mijn nek doet er heel erg pijn van.'

'Niks ervan. Verdwijn, of ik bel de politie, boef. Verdwijn en neem dat grote mes van je mee.'

Hij liep mopperend en mokkend het huis uit, vouwde de biljetten tot een bundeltje en knoopte dat in de wijde, vuile sarong die hij droeg. Er groeide een *neem*-boom bij het hek van het huis en hij moest bukken om zijn hoofd niet aan de takken te schrammen. Hij had de fietskar bij de boom laten staan. Hij gooide de zaag in de kar. Om het fietszadel had hij een witte katoenen doek gewikkeld, die maakte hij los en hij bond hem om zijn hoofd.

Een kat rende langs zijn been, twee honden zaten in volle vaart achter hem aan. De kat sprong de neemboom in tot in de takken. De honden wachtten aan de voet van de boom, krabden aan de stam en blaften. Chenayya, die op zijn zadel was gaan zitten, bleef even naar het tafereel staan kijken. Zodra hij begon te trappen zou hij zulke dingen om zich heen niet meer opmerken, dan veranderde hij in een trapmachine die rechtstreeks koers zette naar de zaak van zijn baas. Hij stond naar de dieren te kijken en genoot van zijn bewuste waarneming. Hij raapte een rottende bananenschil op en hing die over de takken van de neemboom, zodat de eigenaars zouden schrikken als ze naar buiten kwamen.

Hij was daardoor zo tevreden over zichzelf dat hij glimlachte.

Maar hij wilde nog steeds niet weer gaan trappen, dan leek het of hij de sleutels van zijn persoonlijkheid overhandigde aan de vermoeidheid en de sleur.

Een minuut of tien later zat hij weer op zijn fiets, onderweg naar de Paraplustraat. Zoals altijd fietste hij met zijn kont los van het zadel en zijn ruggengraat onder een hoek van zestig graden. Alleen bij kruispunten kwam hij overeind, ontspande zich en liet zich weer op het zadel zakken. Toen hij de Paraplustraat naderde was er weer een opstopping, en terwijl Chenayya zijn voorwiel tegen de auto voor hem duwde, riep hij: 'Doorrijden, klootzak!'

Ten slotte zag hij rechts het bord GANESH PAI, VENTILATOREN EN MEUBELEN en stapte van zijn fiets.

Chenayya voelde het geld een gat in zijn sarong branden, en wilde het zo snel mogelijk aan zijn baas geven. Hij veegde met zijn hand over zijn sarong, duwde de deur open, liep de winkel binnen en hurkte bij een hoek van meneer Pais tafel. Noch meneer Pai, noch de Tamil-assistent lette op hem. Hij maakte het bundeltje in zijn sarong los, liet zijn handen tussen zijn benen hangen en staarde naar de vloer.

Zijn nek deed weer pijn. Hij draaide hem heen en weer om de spanning te verminderen.

'Hou daarmee op.'

Meneer Pai gebaarde dat hij het geld moest geven. Chenayya stond op.

Langzaam kwam hij op het bureau van de baas af en overhandigde de bankbiljetten aan meneer Ganesh Pai, die zijn vinger natmaakte in het waterkommetje en zevenhonderdveertig rupee aftelde. Chenayya keek naar de waterkom. Hij merkte op dat de zijkanten geschulpt waren om ze op lotusbladen te doen lijken, en dat de maker langs de bodem van de kom zelfs het patroon van een latwerk had aangebracht.

Meneer Pai knipte met zijn vingers. Hij had een elastiek om de biljetten gedaan en hield zijn hand naar Chenayya uitgestoken.

'Twee rupee te weinig.'

Chenayya maakte de knoop aan de zijkant van zijn sarong los en gaf hem twee rupeebiljetten.

Dat was het bedrag dat hij meneer Pai moest geven na elke bestelling: één rupee voor de maaltijd die hij rond negen uur zou krijgen en één voor het voorrecht dat hij was uitverkoren om voor meneer Ganesh Pai te werken.

Buiten stond de Tamil-jongen uit meneer Pais winkel aanwijzingen te geven aan een van de fietskarbestuurders, een sterke jonge kerel die er nog maar net bij gekomen was. Hij stond op het punt met zijn kar te vertrekken met twee kartonnen dozen, en de jongen van de winkel tikte op de twee dozen en zei: 'In de ene zit een keukenmachine en in de andere een ventilator met vier bladen. Als je daar bent, zorg dan wel dat ze allebei aangesloten zijn voor je teruggaat.' Hij noemde de fietser het adres waar hij naartoe moest en liet de koelie het hardop herhalen, als een onderwijzer met een trage leerling.

Het zou wel even duren voor Chenayya's nummer weer zou worden afgeroepen, dus liep hij de straat af naar een plek waar een man aan een bureau op de stoep pakketjes kleine rechthoekige kaartjes zat te verkopen, bontgekleurd als snoepjes. Hij glimlachte naar Chenayya, zijn vingers ritselden door een van de pakketjes.

'Geel?'

'Zeg eerst maar welk nummer de vorige keer gewonnen heeft,' zei Chenayya. Hij haalde een vuil papiertje uit de knoop in zijn sarong. De verkoper pakte een krant en tuurde naar de hoek rechtsonder.

Hardop las hij: 'Winnende lotnummers: 17-8-9-9-643-455.'

Chenayya had genoeg geleerd over Engelse getallen om het nummer van zijn eigen lot te herkennen, hij tuurde er een paar tellen naar en liet het toen op de grond dwarrelen.

'Mensen kopen wel vijftien, zestien jaar lang loten voordat ze winnen,' zei de lotenverkoper bij wijze van troost. 'Maar uiteindelijk winnen degenen die geloven altijd. Zo gaat het in de wereld.'

Chenayya had de pest in als de verkoper hem zo probeerde te troosten. Op zo'n moment voelde hij dat hij afgezet werd door de mannen die de loten drukten.

'Ik kan zo niet eindeloos doorgaan,' zei hij. 'Mijn nek doet zeer. Ik kan zo niet doorgaan.'

De lotenverkoper knikte. 'Weer een gele?'

Chenayya knoopte het lot in zijn bundel en strompelde terug. Hij stortte neer op zijn kar. Een tijdje bleef hij zo liggen, niet opgeknapt door het uitrusten, alleen verdoofd.

Toen tikte er een vinger op zijn hoofd.

'Jouw beurt, Chenayya.'

Het was de Tamil-jongen uit de winkel.

'Afleveren op Suryanarayan Rao-laan 54. Hij herhaalde luidkeels: 'Suryanarayan...'

'Goed.'

Zijn route voerde weer over de Vuurtorenheuvel. Hij trapte zijn fietskar tot halverwege de heuvel, stapte toen af en begon zijn kar voort te slepen. De pezen in zijn hals zwollen op als koorden, de lucht schroeide door zijn borstkas en longen. Zo kun je niet verder, zeiden zijn uitgeputte ledematen, zijn brandende borst. Je kunt niet verder. Maar tegelijkertijd was dit het moment waarop zijn verzet tegen het lot in hem het sterkst groeide, en al duwend kregen de rusteloosheid en kwaadheid die al de hele dag in hem woedden eindelijk een stem: Jullie krijgen me niet kapot, klootzakken! Jullie krijgen me nooit kapot!

Als de bestelling die hij moest afleveren licht was – een matras of zo – mocht hij geen fietskar gebruiken. Dan moest hij hem op zijn hoofd dragen. Hij herhaalde het adres voor de Tamil-jongen uit de winkel en vertrok met langzame, lichte schreden, als een joggende dikkerd. Al snel leek het gewicht van de matras ondraaglijk, het drukte zijn nek en ruggengraat in elkaar en veroorzaakte een pijnscheut in zijn rug. Hij was praktisch in trance.

Deze ochtend bracht hij een matras naar het station. De klant bleek een Noord-Indiase familie te zijn die wegging uit Kittur. Zoals hij van tevoren al had ingeschat (want aan hun gedrag en manieren kun je zien wie van die rijkelui een beetje fatsoen hebben en wie niet) weigerde de koper hem een fooi te geven.

Chenayya hield voet bij stuk. 'Klootzak! Geef me mijn geld!'

Het werd een overwinning voor hem. De man gaf toe en gaf hem drie rupee. Toen hij het station uit liep, dacht hij: ik ben blij, maar mijn klant heeft niets meer gedaan dan betalen wat hij me schuldig is. Dat is er van mijn leven geworden.

De dampen en het kabaal van het station maakten hem misselijk. Hij draaide zich om, hurkte bij de rails, trok zijn sarong op en hield zijn adem in. Toen hij daar op zijn hurken zat, denderde er een trein voorbij. Hij draaide zich om, hij wilde in de gezichten van de treinpassagiers schijten. Ja, dat zou mooi zijn. Terwijl de trein voortraasde, perste hij de drollen in de gezichten van de mensen die langskwamen.

Naast hem zag hij een varken dat hetzelfde deed.

Opeens dacht hij: god, wat is er van mij geworden? Hij liep naar een hoek, kroop achter een struik en poepte daar. Hij hield zichzelf voor: nooit zal ik meer zo poepen, op een plek waar ze me kunnen zien. Er is verschil tussen mens en dier, er is verschil.

Hij sloot zijn ogen.

De geur van basilicum van vlakbij leek het bewijs dat er ook goede dingen op de wereld waren. Maar toen hij zijn ogen opendeed, lag de grond om hem heen vol doorns en stront en zwerfdieren.

Hij keek omhoog en haalde diep adem. De hemel is schoon, dacht hij. Daar boven is zuiverheid. Hij scheurde een paar bladeren af, veegde zich ermee af en wreef toen met zijn linkerhand over de grond in een poging om de stank te neutraliseren.

Om twee uur kreeg hij zijn volgende 'beurt': het afleveren van een reusachtige stapel dozen op een adres in Valencia. De Tamil-jongen controleerde of hij het adres precies goed had: achter het ziekenhuis bij het seminarie waar de jezuïeten woonden.

'Er is vandaag veel te doen, Chenayya,' zei hij. 'Neem maar de snelle route, over de Vuurtorenheuvel.'

Chenayya gromde, kwam omhoog van het zadel, verplaatste zijn gewicht naar de trappers en ging op weg. De roestige ijzeren ketting die de kar dubbel verbond met de voorwielen van de fiets begon onder het fietsen geluid te maken.

In de hoofdstraat kwam hij vast te zitten in het verkeer. Hij stopte en werd zich weer bewust van zijn lijf. Zijn nek deed pijn, de zon verschroeide zijn rug. Zodra de pijn tot hem doordrong, begon hij te denken.

Waarom zijn sommige ochtenden moeilijk en andere eenvoudig? De andere fietskarrijders hadden nooit 'goede' of 'slechte' dagen. Die deden gewoon hun werk, als machines. Alleen hij had die stemmingen. Hij keek omlaag om zijn pijnlijke nek te ontlasten en staarde naar de roestige ketting bij zijn voeten, die om de metalen staaf zat die de fiets met de kar verbond. De ketting moet gesmeerd worden, dacht hij. Niet vergeten.

Weer de heuvel op. Chenayya boog zich voorover, los van het zadel, en zwoegde hevig. De lucht drong zijn longen binnen als een gloeiende pook. Halverwege de helling zag hij een olifant op hem af komen met een bundeltje bladeren op zijn rug en een mahoet die met een ijzeren staaf in zijn oor prikte.

Hij stopte, dit was ongelooflijk. Hij begon te schreeuwen tegen de olifant: 'Hé, wat moet dat met die bladeren? Neem die vracht van mij eens over! Dat is meer jouw formaat, klootzak!'

Auto's achter hem toeterden. De mahoet draaide zich om en gebaarde naar hem met zijn ijzeren staaf. Een voorbijganger riep hem toe dat hij het verkeer niet moest hinderen.

'Zie je niet dat er iets fout zit met deze wereld,' zei hij, terwijl hij zich omdraaide naar de bestuurder van de auto achter hem die met de muis van zijn hand op zijn claxon zat te rammen. 'Als een olifant de heuvel af mag kuieren en praktisch niks uitvoert, terwijl een menselijk wezen zo'n zware kar moet trekken?'

Ze toeterden en de kakofonie zwol aan.

'Zie je dan niet dat er hier iets fout zit?' riep hij. Ze toeterden terug. De wereld was razend om zijn razernij. Die wou hem aan de kant schuiven, maar hij genoot ervan dat hij precies daar stond en al die rijke, belangrijke mensen de weg versperde.

Die avond stonden er grote roze strepen aan de hemel. Toen de zaak gesloten was, gingen de koelies naar de steeg achter de winkel. Om de beurt kochten ze flesjes lokaal gestookte drank, die ze met elkaar deelden. Ze werden er licht van in hun hoofd en begonnen vals liedjes uit Kannada-films te blèren.

Chenayya deed nooit met hen mee. 'Jullie verspillen je geld, idioten!' riep hij soms naar ze, en dan jouwden ze alleen maar terug.

Hij zou niet drinken, hij had zichzelf beloofd dat hij de zuurverdiende vruchten van zijn arbeid niet zou vergooien aan alcohol. Toch liep bij de geur van alcohol in de lucht het water hem in de mond. De vrolijkheid en gemoedelijkheid van de andere fietskarrijders maakten hem eenzaam. Hij sloot zijn ogen. Hij hoorde gerinkel en deed ze weer open.

Vlakbij, op de trappen van een leegstaand pand, was zoals gebruikelijk een dikke prostituee opgedoken om haar ambacht uit te oefenen. Ze klapte in haar handen en verkondigde haar aanwezigheid door met twee munten tegen elkaar te tikken. Er kwam een klant aanlopen, ze begonnen te onderhandelen over de prijs. De transactie kwam niet tot stand en de man liep vloekend weg.

Chenayya lag in zijn kar met zijn voeten buitenboord en volgde het gebeuren met een doffe grijns.

'Hé, Kamala!' riep hij naar de prostituee. 'Geef mij vanavond eens een kans.'

Ze wendde haar gezicht van hem af en bleef met de munten tegen elkaar tikken. Hij loerde naar haar zware borsten, de donkere gleuf ertussen die door haar blouse heen te zien was, haar fel gestifte lippen.

Hij richtte zijn blik op de hemel, hij moest ophouden met dat denken aan seks. Roze strepen tussen de wolken. Is daar geen God of zo iemand die neerkijkt op deze aarde, vroeg Chenayya zich af. Op een avond, toen hij op het station een pakje had moeten afleveren, had hij in een hoek van het station een wilde moslimderwisj horen praten over de Mahdi, de laatste van de imams, die op deze wereld zou komen en de slechte mensen hun vet zou geven. 'Allah is de Schepper van alle mensen,' had de derwisj gemompeld. 'Van de armen en de rijken. En Hij aanschouwt onze pijn, en als wij lijden, lijdt Hij met ons mee. En aan het eind der Dagen zal Hij de Mahdi zenden op een wit paard met een zwaard van vuur, om de rijken hun plaats te wijzen en alles wat verkeerd is in de wereld recht te zetten.'

Toen Chenayya een paar dagen later naar een moskee ging, merkte hij dat moslims stonken, dus bleef hij er niet lang. Maar dat van de Mahdi was hij nooit vergeten; elke keer als hij een roze streep aan de lucht zag, dacht hij dat hij een soort God van de eerlijkheid kon onderscheiden die met een woedende blik over de aarde waakte.

Chenayya sloot zijn ogen en hoorde weer het rinkelen van de munten. Hij woelde onrustig rond, bedekte toen zijn gezicht met een lap, zodat de zon hem niet wakker zou steken, en ging slapen. Een halfuur later werd hij wakker door een scherpe pijn in zijn ribben. De politie porde met wapenstokken in de lijven van de fietskarrijders. Er reed een vrachtwagen dat deel van de markt op.

Alle fietskarbestuurders opstaan en die karren weghalen!

De vliegerwedstrijd vond plaats tussen twee huizen in de buurt. De eigenaars van de vliegers zaten verborgen. Het enige wat Chenayya kon zien toen hij zijn tanden poetste met een neemtakje, waren de zwarte en rode vliegers die elkaar bestreden in de lucht. Zoals altijd won de jongen met de zwarte vlieger. Zijn vlieger vloog het hoogst. Chenayya vroeg zich af hoe dat zat met die jongen met de rode vlieger – waarom kon die nooit winnen?

Hij spuwde en liep toen een eindje verder zodat hij tegen de muur kon plassen.

Achter zich hoorde hij gejouw. De andere fietsers stonden te plassen op de plek waar hij had geslapen.

Hij zei niets tegen ze. Chenayya praatte nooit met zijn collega-fietskarrijders. Hij kon hun aanblik nauwelijks verdragen, zoals ze bogen en kropen voor meneer Ganesh Pai; ja, dat deed hij dan zelf ook wel, maar hij was razend, hij was inwendig kwaad. Die andere kerels leken niet eens in staat om slecht te denken over hun werkgever, en hij kon geen respect opbrengen voor iemand die in zijn hart niet opstandig was.

Toen de Tamil-jongen met de thee naar buiten kwam, voegde hij zich met tegenzin bij de fietsers. Hij hoorde ze weer, zoals zowat elke morgen, praten over de autoriksja's die ze zouden kopen zodra ze hier weg waren, of de theehuisjes die ze zouden beginnen.

'Denk na,' had hij tegen hen willen zeggen, 'denk nou toch eens na.'

Meneer Ganesh Pai gunde hun niet meer dan twee rupee voor een rit, bij drie ritten per dag verdienden ze dus zes rupee. Als je de kosten van de loten en de drank eraf trok, hield je met wat geluk twee rupee over. Zondagen waren vrij, net als hindoefeestdagen, dus aan het eind van de maand hadden ze maar veertig of vijfenveertig rupee gespaard. Een tochtje naar je dorp, een avond met een hoer, een extra lange zuippartij, en al je spaargeld van een maand is verdwenen. Stel dat je alles spaart wat je maar kunt sparen, dan bof je als je in een jaar vierhonderd verdiend hebt. Een autoriksja kost twaalf-, veertienduizend. Een klein theehuis vier keer zoveel.

Dat betekent dertig, vijfendertig jaar dit werk voor ze iets anders konden gaan doen. Maar dachten ze dat hun lichaam dat zo lang zou volhouden? Zit er ook maar één fietskarrijder boven de veertig tussen?

Denken jullie nou nooit eens na over zulke dingen, stomme eikels?

Toch hadden ze, toen hij het hun eens aan hun verstand probeerde te brengen, geweigerd gezamenlijk om opslag te vragen. Ze dachten dat ze geluk hadden gehad. Duizenden zouden onmiddellijk hun baan overnemen. En hij wist dat ze nog gelijk hadden ook.

Ondanks hun logica, ondanks hun terechte vrees, zat hun totale gebrek aan ruggengraat hem dwars. Dat is de reden, dacht hij, dat meneer Ganesh Pai er gerust op kon zijn dat een klant een fietskarrijder duizenden rupees contant kon meegeven in de wetenschap dat hij het allemaal zou krijgen, tot de laatste rupee, zonder dat de fietser maar één biljet zou achterhouden.

Natuurlijk had Chenayya lang plannen gemaakt om op een dag het geld te stelen dat een klant hem gaf. Hij zou het meenemen en uit de stad vertrekken. Hij wist wel zeker dat hij dat zou doen, op een dag, heel binnenkort.

Die avond stonden de mannen bij elkaar gedromd. Een man in een blauw safaripak, een belangrijke, goed opgeleide man, stelde hun vragen. Hij had een notitieboekje in zijn hand. Hij zei dat hij uit Madras kwam.

Hij vroeg een van de fietskarbestuurders naar zijn leeftijd. Niemand wist het zeker. Als hij zei: 'Kun je het ongeveer schatten?', dan knikten ze alleen maar. Als hij zei: 'Ben je achttien of twintig of dertig, je moet toch wel een beetje een idee hebben?', dan knikten ze weer.

'Ik ben negenentwintig,' riep Chenayya vanuit zijn kar.

De man knikte. Hij schreef iets op zijn notitieblok.

'Wie ben jij eigenlijk?' vroeg Chenayya. 'Waarom stel je al die vragen?'

De man zei dat hij journalist was, en de bestuurders waren onder de indruk. Hij werkte voor een Engelstalige krant in Madras, en toen waren ze nog meer onder de indruk.

Het verbaasde hun dat die chic geklede man zo beleefd met hen praatte, en ze nodigden hem uit op een veldbed te gaan zitten, dat een van hen met de zijkant van zijn hand had schoongeveegd. De man uit Madras trok de knieën van zijn broek op en ging zitten.

Toen wilde hij weten wat ze aten. Hij maakte een lijst op zijn notitieblok van alles wat ze elke dag aten. Toen zweeg hij en krabbelde een heleboel op het blok met zijn pen, terwijl zij gespannen wachtten.

Ten slotte legde hij het notitieblok neer en verklaarde met een brede, bijna triomfantelijke grijns: 'Het werk dat jullie doen kost meer calorieën dan jullie opnemen. Elke dag, bij elke rit die jullie maken, plegen jullie langzaam zelfmoord.'

Hij hield zijn notitieblok met al die krabbels en zigzaglijnen en cijfers omhoog als bewijs van zijn bewering.

'Waarom gaan jullie niet wat anders doen, in een fabriek werken of zo? Iets anders? Waarom leren jullie niet lezen en schrijven?'

Chenayya sprong uit zijn kar.

'Zit ons niet de les te lezen, klootzak!' riep hij. 'Het lot van wie in dit land arm geboren wordt, is dat hij arm sterft. Voor ons bestaat geen hoop en medelijden is niet nodig. Zeker niet van jou, iemand die nog nooit een vinger heeft uitgestoken om ons te helpen. Ik kots op jouw krant. Nooit verandert er iets. Nooit zal er iets veranderen. Kijk naar mij.' Hij stak zijn handen uit. 'Ik ben negenentwintig jaar. Zo gekromd en vergroeid ben ik al. Als ik de veertig haal, wat is dan mijn lot? Dan ben ik een vergroeide, zwarte stronk van een man. Denk je dat ik dat niet weet? Denk je dat ik jouw notitieblok en jouw Engels nodig heb om daarachter te komen? Jullie maken dat wij zo blijven, jullie, mensen uit de steden, jullie, rijke klootzakken. Het is in jullie belang om ons als vee te behandelen, klootzak met je Engels!'

De man stopte zijn notitieblok weg. Hij keek naar de grond en leek op zoek naar een antwoord.

Chenayya voelde een tik op zijn schouder. Het was de Tamil-jongen uit de zaak van meneer Ganesh Pai.

'Klets niet zoveel! Jij bent aan de beurt!'

Een paar van de andere fietskarbestuurders begonnen te grinniken, alsof ze tegen Chenayya wilden zeggen: 'Net goed.'

Zie je nou? Hij keek de Engelssprekende man uit Madras woedend aan, alsof hij wilde zeggen: 'We hebben niet eens het recht om te spreken. Als we onze stem maar even verheffen, zeggen ze al dat we moeten zwijgen.'

Vreemd genoeg stond de man uit Madras niet te grinniken. Hij had zijn gezicht afgewend, alsof hij zich schaamde.

Toen Chenayya die dag de Vuurtorenheuvel op reed en zijn kar over de top sjouwde, voelde hij niets van zijn gewone verrukking. Ik kom niet echt vooruit, dacht hij. Elke slag van het wiel verzwakte en vertraagde hem. Bij elke pedaalslag draaide hij het rad des levens achteruit en vermaalde spieren en vezels tot de brij waaruit ze gevormd waren in zijn moeders buik. Hij deed zichzelf teniet.

Opeens, midden in de verkeersstroom, stopte hij en stapte van zijn fietskar, beheerst door één enkele, heldere gedachte: ik kan zo niet doorgaan.

Waarom ga je niet iets doen, in een fabriek werken, wat dan ook, om vooruit te komen?

Tenslotte lever je al jarenlang dingen af bij de fabriekspoorten, het is gewoon een kwestie van naar binnen gaan.

De volgende dag ging hij naar de fabriek. Hij zag duizenden mannen zich aanmelden voor werk en hij dacht: ik ben gek geweest dat ik nooit heb geprobeerd hier werk te krijgen.

Hij ging zitten en geen van de bewakers vroeg hem wat, want ze dachten dat hij iets kwam afleveren.

Hij wachtte tot twaalf uur en toen kwam er een man naar buiten. Uit het aantal mensen dat achter hem aan liep maakte Chenayya op dat hij de grote baas moest zijn. Hij holde langs de bewaker en wierp zich op zijn knieën: 'Meneer, ik wil werken!'

De man staarde hem aan. De bewakers kwamen aanrennen om Chenayya weg te sleuren, maar de grote baas zei: 'Ik heb tweeduizend arbeiders en niet één ervan wil werken, en dan zit hier een man op zijn knieën te smeken om werk. Die instelling hebben we nodig om dit land vooruit te brengen.'

Hij wees op Chenayya.

'Je krijgt geen contract voor langere tijd. Begrepen? Dagloon.'

'Wat u maar wilt.'

'Wat voor werk kun je doen?'

'Alles, wat u maar wilt.'

'Goed, kom morgen terug. We hebben op dit moment geen koelie nodig.'

'Jawel, meneer.'

De grote baas haalde een pakje sigaretten tevoorschijn en stak er een op.

'Luister eens wat deze man te zeggen heeft,' zei hij toen een groep andere mannen, ook rokend, zich om hem verzamelde.

En Chenayya herhaalde dat hij alles wilde doen, onder alle omstandigheden, tegen wat voor loon ook.

'Zeg het nog eens!' beval de grote baas, en er kwam een andere groep mannen aan die naar Chenayya luisterde.

Die avond ging hij terug naar de zaak van meneer Ganesh Pai en riep naar de andere werkers: 'Ik heb een echte baan gevonden, sukkelaars. Ik ben hier weg.'

Alleen de Tamil-jongen waarschuwde hem.

'Chenayya, waarom wacht je niet nog een dag om te kijken of die andere baan wel wat is? Dan kun je daarná hier weggaan.'

'Niks ervan, ik stap op!' riep hij en hij liep weg.

De volgende dag stond hij bij zonsopgang alweer bij het fabriekshek. 'Ik wil de grote baas spreken,' zei hij, terwijl hij aan de tralies van het hek schudde om aandacht te trekken. 'Hij heeft gezegd dat ik vandaag moest komen.'

De bewaker, die de krant zat te lezen, keek woedend naar hem op.

'Rot op!'

'Weet je niet meer? Ik kwam...'

'Rot op!'

Hij wachtte bij het hek. Na een uur ging het open en een auto met getinte ramen reed naar buiten. Hij rende met de auto mee en bonsde op de ramen. 'Meneer! Meneer!' Een tiental handen greep hem van achteren beet. Hij werd tegen de grond geduwd en geschopt.

Toen hij die avond terugliep naar de winkel van meneer Pai, stond de Tamil-jongen hem op te wachten. Hij zei: 'Ik heb niet tegen de baas gezegd dat je hebt opgezegd.'

De andere riksjabestuurders pestten Chenayya die avond niet. Een van hen liet een fles drank voor hem achter, nog halfvol.

Toen regende het zonder ophouden. Hij stuurde zijn fiets door de hoosbuien die neerkletterden op de straat. Hij droeg een lang stuk plastic over zijn lijf als een doodskleed. Met een zwarte lap had hij het om zijn hoofd vastgemaakt, zodat het eruitzag als een Arabische mantel en kaftan.

Dit was de gevaarlijkste tijd voor koelies. Telkens als er een gat in het wegdek zat, moest hij langzamer rijden om te voorkomen dat zijn fietskar zou omslaan.

Toen hij voor een kruispunt wachtte, zag hij links van zich een dik kind op de zitplaats van een autoriksja zitten. Door de regen kreeg hij zin om te dollen, hij stak zijn tong uit naar de jongen. De jongen deed hetzelfde, en dat spelletje ging zo een paar keer door tot de autoriksjachauffeur de jongen terechtwees en kwaad naar Chenayya keek.

De pijn in zijn nek begon weer te steken. Ik kan zo niet doorgaan, dacht hij.

Vanaf de overkant kwam een van de andere bestuurders, een jonge knul, met zijn kar naast Chenayya rijden. 'Ik moet dit snel afleveren en weer terug,' zei hij. 'De baas zegt dat hij erop rekent dat ik binnen een uur terug ben.' Hij grijnsde en Chenayya wilde zijn vuist tegen de grijns laten uitschieten. God, wat is de wereld toch vol met stommelingen, dacht hij, en hij telde tot tien om te kalmeren. Wat lijkt die jongen blij dat hij zichzelf met overwerk mag kapotmaken. *Stomme aap!* Wilde hij roepen. *Jij en al die anderen! Apen!*

Hij liet zijn hoofd zakken, en opeens leek het een enorme inspanning om de kar in beweging te krijgen.

'Je ene band is plat!' riep de aap. 'Je moet stoppen!' Hij grinnikte en reed door.

Stoppen, dacht Chenayya. Nee, dat zou een aap doen, ik niet. Hij boog zijn hoofd dieper, trapte door en dwong zijn platte band voort: 'Vooruit!

En traag en luidruchtig, ratelend met zijn oude wielen en ongesmeerde ketting, kwam de kar in beweging.

Nu regent het, dacht Chenayya die nacht toen hij in zijn kar lag met een stuk plastic over zich heen als bescherming. Dat betekent dat de helft van het jaar verstreken is. Het moest juni of juli zijn. Ik moet nu bijna dertig zijn.

Hij trok het plastic omlaag en hief zijn hoofd op om de pijn in zijn nek te verlichten. Hij kon zijn ogen niet geloven: zelfs met deze regen was er een of andere lul aan het vliegeren! Het was de jongen met de zwarte vlieger. Alsof hij de hemel, de bliksem uitdaagde om hem te treffen. Chenayya keek toe en vergat zijn pijn.

's Morgens kwamen er twee mannen in kaki uniform de steeg binnen, autoriksjachauffeurs. Ze kwamen hun handen wassen bij de kraan aan het eind van de steeg. Instinctief gingen de fietskarbestuurders aan de ene kant staan en lieten de twee mannen in uniform door. Terwijl ze hun handen wasten hoorde Chenayya hen praten over een autoriksjachauffeur die door de politie was opgesloten omdat hij een klant had geslagen.

'Waarom niet?' zei de ene autoriksjabestuurder tegen de andere. 'Hij had het volste recht om die man te slaan! Was hij maar verdergegaan, had hij die rotzak maar vermoord voordat de politie hem te pakken kreeg!'

Nadat hij zijn tanden had gepoetst, ging Chenayya naar de lotenverkoper. Een jongen, een volslagen onbekende, zat achter het bureau, vrolijk met zijn benen bungelend.

'Wat is er met die ouwe gebeurd?'

'Weg.'

'Weg? Waarheen?'

'In de politiek gegaan.'

De jongen beschreef wat er met de oude verkoper gebeurd was. Hij had meegedaan aan de campagne van een BJP-kandidaat voor de gemeentelijke verkiezingen. Zijn kandidaat zou waarschijnlijk de verkiezingen winnen. Dan zou hij op de veranda van het huis van de kandidaat mogen zitten; als je een politicus wou spreken, moest je hem eerst vijftig rupee betalen.

'Zo is het leven van de politicus – de snelste manier om rijk te worden,' zei de jongen. Hij ritselde met zijn pakjes gekleurde papiertjes. 'Wat zal het worden, oompje? Een gele? Of een groene?'

Chenayya draaide zich om zonder een van de gekleurde kaartjes te kopen.

Waarom, dacht hij die nacht, kan ik dat niet zijn: die vent die de politiek in gaat om rijk te worden? Hij wilde niet vergeten wat hij had gehoord, en dus kneep hij zichzelf stevig in zijn enkel.

Het was weer zondag. Zijn vrije dag. Chenayya werd wakker toen het te warm werd, poetste loom zijn tanden en keek op om te zien of er vliegers aan de lucht stonden. De andere bestuurders gingen de nieuwe Hoyka-tempel bekijken die het parlementslid had geopend, alleen voor Hoyka's, met hun eigen Hoyka-godheid en Hoyka-priesters.

'Ga je niet mee, Chenayya?' riepen de anderen naar hem.

'Wat heeft welke god dan ook ooit voor mij gedaan?' riep hij terug. Ze giechelden om zijn roekeloosheid.

Apen, dacht hij toen hij weer in de kar ging liggen. Die gaan een of ander beeld in een tempel vereren en denken dat ze daardoor rijk worden.

Apen!

Hij lag daar met een arm over zijn gezicht. Toen hoorde hij munten rinkelen.

'Kom eens hier, Kamala,' riep hij naar de prostituee, die op haar vaste plek met de munten stond te spelen. Toen hij haar voor de zesde keer uitdaagde, snauwde ze: 'Rot op, of ik roep Broeder.'

Bij die verwijzing naar de grote pief die over de bordelen in dit deel van de stad ging zuchtte Chenayya en draaide hij zich om in zijn kar.

Hij dacht: misschien wordt het tijd dat ik ga trouwen.

Hij had het contact met zijn hele familie verloren en bovendien wilde hij eigenlijk niet trouwen. Wat voor toekomst had hij kinderen te bieden? Dat was het meest aapachtige wat de andere koelies deden: zich voortplanten, alsof ze wilden zeggen dat ze tevreden waren met hun lot. Ze wilden graag de wereld bevolken die hen tot deze taak had veroordeeld.

In hem huisde niets anders dan woede, en als hij zou trouwen zou hij zijn woede kwijtraken.

Woelend in zijn kar merkte hij dat er een striem op zijn voet zat. Hij fronste zijn voorhoofd en dacht diep na hoe hij daaraan gekomen kon zijn.

Toen hij de volgende morgen terugkwam van een bestelling, maakte hij een omweg en reed met zijn fietskar naar het kantoor van de Congrespartij in de Paraplustraat. Hij hurkte op de veranda van het kantoor en wachtte tot er iemand naar buiten kwam die er belangrijk uitzag.

Op een bord ervoor stond Indira Gandhi die haar hand ophief, met de leus: 'Moeder Indira zal de armen beschermen.' Hij snoof.

Waren ze volslagen geschift? Dachten ze nou echt dat iemand zou geloven dat een politicus de armen zou beschermen?

Maar toen dacht hij: misschien was deze vrouw, Indira Gandhi, wel een bijzonder mens geweest, misschien hadden ze gelijk. Ze was tenslotte toch doodgeschoten? Dat leek hem een bewijs dat ze de mensen had willen helpen. Opeens kwam het hem voor dat er echt wel goedhartige mannen en vrouwen op de wereld waren en hij kreeg het gevoel dat hij zichzelf door zijn verbittering van al die mensen had afgesneden. Nu wenste hij dat hij niet zo grof geweest was tegen die journalist uit Madras...

Er verscheen een man in ruimvallende witte kleren, gevolgd door twee of drie aanhangers. Chenayya snelde op hem toe en knielde met gevouwen handen.

De hele volgende week reed hij, als hij wist dat hij een tijdje niet aan de beurt zou zijn, rond op zijn fiets en plakte affiches van de Congreskandidaten in alle straten waar vooral moslims woonden en riep: 'Stem op de Congrespartij, de partij van de moslims! Versla de BJP!'

De week verstreek. De verkiezingen werden gehouden, de uitslagen bekendgemaakt. Chenayya fietste naar de Congrespartij, zette zijn fiets buiten neer, liep naar de portier en vroeg de kandidaat te spreken.

'Hij is nu bezet, wacht hier maar even,' zei de portier. Hij legde een hand op Chenayya's rug. 'Je hebt echt meegeholpen dat het zo goed ging in de Bunder, Chenayya. De BJP heeft ons overal verslagen, maar jij hebt de moslims overgehaald om op ons te stemmen!'

Chenayya straalde. Hij wachtte voor het partijhoofdkwartier en keek hoe de auto's aankwamen en rijke, belangrijke mannen uitbraakten, die zich naar binnen haastten om de kandidaat te ontmoeten. Hij zag hen en dacht: hier ga ik wachten en geld opstrijken van de rijken. Niet veel. Vijf rupee maar van iedereen die voor de kandidaat komt. Dat moet ik doen.

Zijn hart bonsde van opwinding. Er verstreek een uur.

Chenayya besloot naar de wachtkamer te gaan, zodat hij de Man te zien zou krijgen als hij eindelijk opdook. Er stonden banken en krukken in de wachtkamer. Een tiental andere mannen zat te wachten. Chenayya zag een lege stoel en vroeg zich af of hij zou gaan zitten. Waarom niet, hij had toch ook voor de zege gewerkt? Net wilde hij gaan zitten toen de portier zei: 'Op de grond, Chenayya.'

Weer ging er een uur voorbij. Iedereen in de wachtkamer was naar binnen geroepen om de Grote Man te ontmoeten, maar Chenayya hurkte nog steeds voor de deur, wachtend met zijn gezicht in zijn handen.

Eindelijk kwam de portier naar hem toe met een doos vol ronde, zoete zoetigheden. 'Neem er maar een.'

Chenayya nam er een, stopte hem bijna in zijn mond en legde hem toen terug. 'Ik wil geen snoep.' Zij stem werd snel luider. 'Ik heb deze hele stad volgeplakt met affiches! Nu wil ik de Grote Man spreken! Ik wil een baan bij...'

De portier gaf hem een klap.

Ik ben hier de grootste idioot, dacht Chenayya toen hij weer terug was in zijn steeg. Alle andere karbestuurders lagen in hun kar zwaar te snurken. Het was al laat in de nacht en hij was de enige die niet kon slapen. *Ik ben de grootste idioot, ik ben de grootste aap hier.*

Onderweg naar zijn eerste bestelling de volgende morgen was er weer een opstopping voor de Paraplustraat, de grootste die hij ooit gezien had.

Hij ging langzamer rijden en spuugde om de paar minuten op straat om de tijd door te komen.

Toen hij eindelijk op zijn bestemming was, bleek hij een bestelling te moeten doen bij een buitenlander. Hij wilde Chenayya per se helpen de meubels uit te laden, waar Chenayya vreselijk van in de war raakte. De buitenlander sprak de hele tijd tegen hem in het Engels, alsof hij verwachtte dat iedereen in Kittur die taal kende.

Ten slotte stak hij zijn hand uit om Chenayya de hand te schudden en gaf hem een briefje van vijf rupee.

Chenayya was in paniek – waar moest hij nu aan wisselgeld komen? Hij probeerde het uit te leggen, maar de Europeaan grijnsde alleen maar en deed de deur dicht.

Hij begreep het. Hij boog diep voor de dichte deur.

Toen hij terugkwam in de steeg met twee flessen drank, kwamen de andere karbestuurders op hem af.

'Hoe kom je aan het geld daarvoor, Chenayya?'

'Gaat je niks aan.'

Hij dronk de ene fles leeg, daarna de tweede. Daarna ging hij naar de drankzaak en kocht nog een fles bocht. Toen hij de volgende morgen wakker werd, besefte hij dat hij al zijn geld aan drank had uitgegeven.

Alles.

Hij sloeg zijn handen voor zijn gezicht en begon te huilen.

Toen hij een bestelling op het station moest doen, ging hij naar de kraan om te drinken. Vlakbij hoorde hij autoriksjabestuurders praten over de chauffeur die zijn klant geslagen had.

'Een man heeft het recht te doen wat hem te doen staat,' zei er een. 'De toestand van de armen wordt hier onderhand ondraaglijk.'

Maar zelf waren ze niet arm, dacht Chenayya, terwijl hij het water over zijn uitgedroogde onderarm liet stromen. Zij woonden in huizen, zij waren eigenaar van hun voertuig. Je moet een zekere rijkdom bereikt hebben voor je kunt klagen over arm zijn, dacht hij. Als je zo arm bent, heb je het recht niet om te klagen.

'Kijk, dat willen de rijken van deze stad dat er van ons wordt!' zei de autoriksjaman, en Chenayya besefte dat hij naar hem wees. 'Ze willen ons net zo lang afzetten tot we net zo geworden zijn!'

Hij fietste het station uit, maar hij bleef hun woorden almaar horen. Hij kon zijn geest niet stilzetten. Hij druppelde als een kraan: denk, denk, denk. Hij kwam langs een standbeeld van Gandhi en begon weer te denken. Gandhi gekleed als een arme man – hij droeg kleren als Chenayya droeg. Maar wat had Gandhi voor de armen gedaan?

Had Gandhi wel bestaan, vroeg hij zich af. Die dingen – India, de rivier de Ganga, de wereld buiten India –, waren die wel werkelijk?

Hoe zou hij daar ooit achter komen?

Er was maar één groep die lager stond dan hij. De bedelaars. Eén misstap en hij zou er net zo aan toe zijn als zij, dacht hij. Eén ongeluk. En dan zou hij net zo zijn. Hoe leefden de anderen met dat idee? Dat deden ze niet. Ze dachten liever niet na.

Toen hij die avond bij een kruispunt stilhield, stak een oude bedelaar zijn hand uit naar Chenayya.

Hij wendde zijn gezicht af en reed de weg af, terug naar de winkel van meneer Ganesh Pai.

De volgende morgen reed hij weer de heuvel over met vijf kartonnen kratten op elkaar gestapeld in zijn kar en dacht: omdat we het toelaten. Omdat we niet durven weglopen met die bundel van vijftigduizend rupee, omdat we weten dat andere arme mensen ons zullen pakken en voor de rijke man slepen. Wij armen hebben zelf de gevangenis om ons heen gebouwd.

's Avonds ging hij uitgeput liggen. De anderen hadden een vuur gemaakt. Iemand zou hem wel wat rijst komen brengen. Hij werkte het hardst, dus had de baas verklaard dat hij regelmatig eten moest krijgen.

Hij zag twee neukende honden. Er zat geen hartstocht in wat ze deden, het was alleen maar verlossing. Meer wil ik niet op dit moment, dacht hij: iets neuken. Maar in plaats van te neuken moet ik hier liggen denken.

De dikke prostituee kwam buiten zitten. 'Laat mij nou,' zei hij. Ze keek niet naar hem, ze schudde haar hoofd.

'Eén keer maar. De volgende keer betaal ik je.'

'Ga weg, of ik roep Broeder,' zei ze, en ze bedoelde de baas van het bordeel die elke avond een aandeel van de vrouwen kreeg. Hij drong niet aan, hij kocht een klein flesje drank en begon te drinken.

Waarom denk ik zoveel? Die gedachten zijn als doorns in mijn hoofd, ik wil ze eruit trekken. En zelfs als ik drink, zijn ze er. 's Nachts word ik wakker met een brandende keel en dan merk ik dat alle gedachten nog in mijn hoofd zitten.

Hij lag wakker in zijn kar. Hij was ervan overtuigd dat hij zelfs in zijn dromen achtervolgd werd door de rijken, want hij werd woedend en zwetend wakker. Toen hoorde hij vlakbij het geluid van een coïtus. Hij keek om zich heen en zag dat een andere fietskarbestuurder de prostituee neukte. Pal naast hem. Hij vroeg zich af:

waarom ik niet? Waarom ik niet? Hij wist dat die vent geen geld had, dus ze deed het uit liefdadigheid. Waarom ik niet?

Elke zucht, elke grom van het copulerende paar was als een kastijding, en Chenayya kon het niet meer verdragen.

Hij klom uit zijn kar, liep rond tot hij een plakkaat koeienmest op de grond vond en schepte er een handvol van op. Hij slingerde de stront naar de vrijers. Er klonk een kreet, hij liep snel naar hen toe en wreef het gezicht van de hoer in met stront. Hij stak zijn met stront besmeerde vingers in haar mond en hield ze daar, ook al beet ze erin. Hoe harder ze beet, hoe meer hij genoot, en hij hield zijn vingers daar tot de andere bestuurders zich op hem stortten en hem wegsleurden.

Op een dag kreeg hij een opdracht die hem tot buiten de stad voerde, tot in Bajpe. Hij moest een deursponning afleveren op een bouwplaats.

'Vroeger lag hier een groot woud,' zei een van de bouwvakkers tegen hem. 'Maar dat is alles wat er nog van over is.' Hij wees naar een groen bosje in de verte.

Chenayya keek de man aan en vroeg: 'Is hier soms werk voor mij?'

Op de terugweg ging hij van de weg af en reed naar het groene bosje. Toen hij er aankwam, liet hij zijn fiets achter en liep rond. Hij zag een hoge rots, klom erop en keek naar de bomen om hem heen. Hij had honger, want hij had de hele dag nog niet gegeten, maar hij voelde zich goed. Ja, hier zou hij wel kunnen leven. Als hij alleen maar een beetje eten had, wat kon hij dan nog meer wensen? Zijn pijnlijke spieren zouden kunnen uitrusten. Hij legde zijn hoofd op de rots en keek naar de lucht.

Hij droomde over zijn moeder. Toen herinnerde hij zich hoe opgetogen hij was geweest toen hij vanuit zijn dorp in Kittur was aangekomen, zeventien jaar oud. Die eerste dag was hij rondgeleid door een nicht, die een paar van de belangrijkste monumenten aanwees, en hij wist nog hoe wit haar huid was, en dat dat de stad dubbel zo aantrekkelijk maakte. Hij besefte nu dat de eerste dag in een stad altijd de beste was. Je bent al uit het paradijs verdreven op het moment dat je een stad binnenkomt.

Hij dacht: ik zou een *sanyasi* kunnen worden. Alleen maar planten en kruiden eten en gelijk op leven met zonsopgang en zonsondergang. De wind trok aan, de bomen om hem heen ruisten alsof ze om hem grinnikten.

Het was al nacht toen hij terugfietste. Om sneller bij de winkel te zijn nam hij de weg vanaf de Vuurtorenheuvel.

Hij daalde af, hij zag een rood licht en toen een groen licht bevestigd aan een grote schim die over straat bewoog en een ogenblik later besefte hij dat het een olifant was.

Het was dezelfde olifant die hij al eerder had gezien, alleen zaten er nu rode en groene waarschuwingslichten met een touw aan zijn romp gebonden.

'Wat betekent dit?' riep hij naar de mahoet.

De mahoet riep terug: 'Ik moet voorkomen dat er iemand 's nachts tegen ons op botst, er is hier nergens licht!'

Chenayya gooide zijn hoofd in zijn nek en lachte, het was het grappigste wat hij ooit gezien had, een olifant met waarschuwingslichten aan zijn romp.

'Ze hebben me niet betaald,' zei de mahoet. Hij had het beest langs de kant van de weg vastgebonden en kletste wat met Chenayya. Hij had wat pinda's en wilde ze niet allemaal alleen opeten, dus deelde hij er graag wat van met Chenayya.

'Ze lieten me een ritje maken met hun kind en ze hebben me niet betaald. Je had ze moeten zien drinken en drinken. En ze wilden me niet eens vijftig rupee betalen, meer vroeg ik niet.'

De mahoet klopte op de flank van zijn olifant. 'Na alles wat Rani voor ze gedaan heeft...'

'Zo gaat het in de wereld,' zei Chenayya.

'Dan is het een klotewereld.' De mahoet kauwde op nog wat pinda's. 'Een klotewereld.' Hij klopte op de flank van zijn olifant. Chenayya keek op naar het beest.

De ogen van de kolos gluurden hem van opzij aan, ze glinsterden donker, bijna alsof ze traanden. Het beest leek ook te zeggen: 'Zo zou het niet moeten zijn.'

De mahoet plaste tegen de muur, hief zijn hoofd op, strekte zijn rug en haalde opgelucht adem, alsof dit het prettigste was wat hij de hele dag gedaan had.

Chenayya bleef kijken naar de olifant met zijn treurige, vochtige ogen. Hij dacht: neem me niet kwalijk dat ik je ooit vervloekt hebt, broeder, en wreef hem over zijn slurf.

De mahoet stond bij de muur te kijken hoe Chenayya tegen de olifant praatte, terwijl er een angstig voorgevoel in hem opkwam.

Bij de ijssalon stonden twee kinderen aan ijslolly's te likken en Chenayya recht aan te staren. Hij lag languit in zijn kar, doodmoe na weer een dag werken.

'Zien jullie me niet?' wilde Chenayya boven het verkeer uit roepen. Zijn maag knorde, hij was moe, had honger, en het duurde nog een uur voordat de Tamil-jongen van meneer Ganesh Pais winkel met het eten zou komen.

Een van de kinderen aan de overkant keerde zich af, alsof de woede in de ogen van de fietskarbestuurder voelbaar was geworden, maar het andere, een dik, lichthuidig ventje, bleef staan, likte aan zijn ijsje en keek onverschillig naar Chenayya.

Heb je dan geen enkel gevoel voor schaamte, voor fatsoen, vette eikel?

Hij woelde in zijn kar en begon hardop in zichzelf te praten om zijn zenuwen te kalmeren. Zijn blik viel op de roestige zaag achter in zijn kar. 'Wat houdt me nog tegen,' zei hij hardop, 'om de straat over te steken en dat jong aan mootjes te hakken?'

Er tikte een vinger op zijn schouder. Als het die vette rotzak is met zijn ijslolly, pak ik die zaag op en zaag hem in tweeën, ik zweer het.

Het was de Tamil-assistent uit de winkel.

'Jouw beurt, Chenayya.'

Hij reed zijn kar naar de ingang van de winkel, waar de jongen hem een klein pakje gaf, in kranten gewikkeld met een wit touwtje eromheen.

'Het moet naar hetzelfde adres waar je een tijdje terug die rozentafel hebt afgeleverd. Het huis van mevrouw Engineer. We waren vergeten het bonusgeschenk te sturen en ze heeft geklaagd.'

'O nee,' kreunde hij. 'Die geeft geen fooi. Het is een kutwijf.'

'Je moet gaan, Chenayya. Het is jouw beurt.'

Hij fietste er langzaam heen. Bij elk kruispunt en elk verkeerslicht keek hij naar de zaag in zijn kar.

Mevrouw Engineer deed zelf de deur open. Ze zei dat ze aan de telefoon was en dat hij buiten moest wachten.

'Het is zulk vet eten in de Lion's Club,' hoorde hij haar zeggen. 'Ik ben het afgelopen jaar tien kilo aangekomen.'

Snel keek hij om zich heen. Er brandde geen licht in de buurhuizen. Achter het huis stond iets van een nachtwakershokje, maar ook daar was het donker.

Hij greep de zaag en ging naar binnen. Ze stond met haar rug naar hem toe. Hij zag de witheid van het vlees in de ruimte tussen haar blouse en haar rok, hij rook het parfum van haar lichaam. Hij kwam dichterbij.

Ze draaide zich om en bedekte toen de hoorn met haar hand. 'Niet hier binnen, idioot! Zet het maar op de grond en verdwijn!'

In verwarring bleef hij staan.

'Op de grond!' krijste ze tegen hem. 'En dan weg!'

Hij knikte, liet de zaag op de grond vallen en rende naar buiten.

'Hé! Laat dat niet liggen! Grote god!'

Hij rende terug, raapte de zaag op en liep het huis uit, diep bukkend om de bladeren van de neemboom te ontwijken. Hij gooide de zaag in de kar – een hoop kabaal. Het bonusgeschenk... Waar was het? Hij graaide naar het pakje, rende het huis in, liet het ergens achter en sloeg de deur dicht.

Er klonk een geschrokken gemauw. Een kat zat ingespannen naar hem te kijken vanaf een tak in de boom. Hij liep ernaartoe. Wat mooi zijn die ogen, dacht hij. Als een edelsteen die van de troon gevallen was, een verwijzing naar een wereld van schoonheid die hij niet kende of kon bereiken.

Hij stak zijn hand uit en de kat kwam naar hem toe.

'Poes, poes,' zei hij en hij aaide zijn vacht. Het dier worstelde al onrustig in zijn armen.

Ik hoop dat ergens een arme man de wereld een klap zal toebrengen. Omdat er geen God is die over ons waakt. Er zal niemand komen om ons te bevrijden uit de gevangenis waarin we onszelf hebben opgesloten.

Dat wilde hij allemaal aan de kat vertellen. Misschien kon die het tegen een andere karbestuurder zeggen, degene die zo moedig zou zijn om de klap uit te delen.

Hij ging bij de muur zitten, nog steeds met de kat in zijn armen, en hij streelde zijn vacht. Misschien kan ik je meenemen, poesje. Maar hoe moest hij hem te eten geven? Wie zou er voor hem zorgen als hij er niet was? Hij liet hem los. Hij ging met zijn rug tegen de muur zitten en keek hoe de kat behoedzaam naar een auto toe liep en eronder gleed. Hij strekte zijn hals om te zien wat hij daar beneden deed toen hij een kreet van boven hoorde. Het was mevrouw Engineer, die naar hem schreeuwde vanuit een raam boven in haar landhuis: 'Ik weet wel waar jij op uit bent, boef, ik kan je gedachten lezen! Je krijgt geen rupee meer van me! Maak dat je wegkomt!'

Hij was niet kwaad meer, hij wist dat ze gelijk had. Hij moest terug naar de winkel. Hij zou weer gauw aan de beurt zijn. Hij stapte op zijn fietskar en trapte.

Er was een verkeersopstopping in het stadscentrum en Chenayya moest weer over de Vuurtorenheuvel rijden. Ook daar was zwaar verkeer. Het schoof telkens een paar centimeter op en dan moest Chenayya op de helling stilhouden en zijn voeten tegen het wegdek drukken om zijn kar op zijn plaats te houden. Als het getoeter begon kwam hij omhoog van zijn zadel en trapte. Achter hem bewoog een lange rij auto's en bussen, alsof hij het verkeer voortsleepte aan een onzichtbare ketting.

Dag Vier (Middag):
Knooppunt Koelwaterbron

Men zegt dat de oude Koelwaterbron nooit droog komt
te staan, maar de bron is nu afgesloten en doet alleen
nog dienst als verkeersrotonde. De straten rondom de
Bron omsluiten een paar middenklassenwoonwijken.
Goed opgeleide mensen van alle kasten – Bunts, Brahmanen en katholieken – wonen hier naast elkaar, hoewel
de rijke moslims het bij de Bunder houden. De Canara
Club, de meest exclusieve club van de stad, is hier geves-
tigd in een grote witte villa met gazons. De buurt vormt
het 'intellectuele' deel van de stad en laat zich voorstaan
op een Lion's Club, een Rotary-club, een vrijmetselaars-
loge, een Bahái-studiecentrum, een theosofengenoot-
schap en een afdeling van de Alliance Française van
Pondicherry. Van de talloze medische instellingen alhier
zijn de twee bekendste het Havelock Henry Algemeen
Ziekenhuis en dr. Shambhu Shetty's orthodontische kliniek 'Happy Smile'. De St.-Agnes Middelbare School
voor Meisjes, de aanzienlijkste meisjesschool van Kittur,
ligt ook vlak bij dit knooppunt. Het chicste deel van
het gebied rondom het knooppunt Koelwaterbron is de
straat met hibiscusbomen erlangs die bekendstaat als de
Rozenlaan. Mabroor Engineer, naar men aanneemt de
rijkste man van Kittur, en Anand Kumar, Kitturs parlementslid, hebben hier villa's.

'Dat iemand een beetje ganja neemt, in een *chappati* rolt en er aan het eind van een dag op kauwt om de spieren te ontspannen – dat kan ik wel vergeven, echt. Maar om die drug – *smack* – te roken om zeven uur 's morgens en dan in een hoek gaan liggen met je tong uit je mond, dat accepteer ik van niemand op mijn bouwplaats. Is dat begrepen? Of moet ik het herhalen in het Tamil of wat voor taal jullie dan ook spreken?'

'Ik begrijp het, meneer.'

'Wat zei jij? Wat zei jij daar, vuile...'

Soumya hield haar broertje bij de hand en keek toe hoe de voorman haar vader afblafte. De voorman was jong, veel jonger dan haar vader, maar hij droeg een kaki uniform, dat hij van het bouwbedrijf had gekregen, en hij draaide een wapenstok rond in zijn linkerhand, en ze zag dat de arbeiders haar vader niet verdedigden, maar kalm naar de voorman luisterden. Hij zat op een blauwe stoel op een modderdijkje, een gaslamp zoemde luidruchtig aan een houten paal die in de grond naast de stoel was geplant. Achter hem lag de krater rondom het halfgesloopte huis. Het inwendige van het huis lag vol rommel, het dak was grotendeels ingestort en de ramen waren leeg. Met zijn stok en zijn uniform en zijn gezicht dat scherp verlicht werd door de gloeiende paraffinelamp zag de voorman eruit als de heerser over de onderwereld aan de poort van zijn rijk.

Onder hem had zich een halve cirkel van bouwvakkers gevormd. Soumya's vader stond apart van de anderen en keek vluchtig naar Soumya's moeder, die haar snikken smoorde in een punt van haar sari. Met door tranen verstikte stem zei ze: 'Ik zeg steeds weer tegen hem dat hij moet stoppen met die smack. Ik zeg steeds...'

Soumya vroeg zich af waarom haar moeder over haar vader moest klagen waar iedereen bij was. Raju kneep in haar hand.

'Waarom schelden ze papa allemaal uit?'

Ze kneep terug. Stil.

Opeens stond de voorman op uit zijn stoel, kwam een stap omlaag van de dijk en hief zijn stok boven Soumya's vader. 'Opletten, zei ik.' Hij liet zijn stok neerkomen.

Soumya deed haar ogen dicht en wendde zich af.

De arbeiders waren teruggegaan naar hun tenten, die verspreid stonden in het open veld rondom het donkere, halfgesloopte huis. Soumya's vader lag op zijn blauwe mat, apart van alle anderen. Hij snurkte al met zijn handen over zijn ogen. Vroeger zou ze naar hem toe gegaan zijn en zich tegen zijn zij hebben geschurkt.

Soumya liep naar haar vader toe. Ze schudde aan zijn grote teen, maar hij reageerde niet. Ze liep naar de plek waar haar moeder rijst aan het koken was en ging naast haar liggen.

Mokers en voorhamers wekten haar 's morgens. *Bonk! Bonk! Bonk!* Met een wazige blik slenterde ze naar het huis. Haar vader zat op het resterende deel van het dak op een van de zwarte ijzeren dwarsbalken, hij was hem aan het doorzagen. Twee mannen ramden met voorhamers in op de muur eronder, wolken stof stegen op en overdekten haar vader tijdens het zagen. Soumya's hart sprong op.

Ze rende naar haar moeder en riep: 'Papa werkt weer!'

Haar moeder was bij de andere vrouwen. Ze kwamen van het huis met grote metalen schotels op hun hoofd, tot de rand gevuld met puin. 'Let op dat Raju niet nat wordt,' zei ze toen ze langs Soumya liep.

Pas toen merkte Soumya dat het motregende.

Raju lag op de deken waar haar moeder had gelegen, ze maakte hem wakker en bracht hem naar een van de tenten. Raju begon te jammeren en zei dat hij nog wilde slapen. Ze liep naar de blauwe mat. Haar vader had de rijst van gisteravond niet aangeraakt. Ze vermengde de rijst met regenwater, kneedde hem tot een brij en propte hapjes ervan in Raju's mond. Hij zei dat hij het niet lekker vond en beet elke keer in haar vingers.

Het begon harder te regenen en ze hoorde de voorman brullen: 'Niks langzamer werken, zonen van een kale vrouw!'

Zodra de regen opgehouden was, wilde Raju geduwd worden op de schommel. 'Het gaat zo weer regenen,' zei ze, maar hij hield voet bij stuk. Ze droeg hem in haar armen naar de oude autobandschommel bij de muur om het terrein, zette hem erin en gaf hem een duw met de kreet: 'Eén! Twee!'

Terwijl ze duwde dook er een man voor haar op.

Zijn donkere, vochtige huid was overdekt met wit stof en het duurde even voor ze hem herkende.

'Lieverd,' zei hij, 'je moet iets voor papa doen.'

Haar hart klopte zo snel dat ze geen woord kon uitbrengen. Ze wilde niet dat hij 'lieverd' zei zoals hij nu deed – alsof het zomaar een woord was, lucht die hij uitademende – maar zoals vroeger, toen het uit zijn hart kwam, toen hij haar erbij aan zijn borst drukte en haar stevig knuffelde en dwaas in haar oor fluisterde.

Hij praatte door op dezelfde vreemde, trage, slordige manier en zei wat hij wilde dat ze zou doen. Toen liep hij terug naar het huis.

Ze vond Raju, die bezig was een regenworm in kleinere stukjes te snijden met een glasscherf die hij had gestolen van de sloopplaats, en zei: 'We moeten gaan.'

Ze kon Raju niet alleen laten, ook al zou hij wel erg lastig zijn op zo'n tocht. Een keer had ze hem alleen gelaten en toen had hij een glasscherf ingeslikt.

'Waar gaan we heen?' vroeg hij.

'Naar de Bunder.'

'Waarom?'

'Er is bij de Bunder ergens een tuin waar de vrienden van papa op hem wachten. Papa kan er niet heen, want dan gaat de voorman hem weer slaan. Je wilt toch niet dat de voorman papa weer slaat waar iedereen bij is?'

'Nee,' zei Raju. 'En wat gaan we doen als we in die tuin zijn?'

'We geven papa's vrienden in die tuin tien rupee en dan geven zij ons iets wat papa echt nodig heeft.'

'Wat dan?'

Ze vertelde het hem.

Raju, die al jong op de penning was, vroeg: 'Hoeveel kost dat?'

'Tien rupee,' zei ze.

'Heeft hij je tien rupee gegeven?'

'Nee. Papa zei dat we daar zelf voor moesten zorgen. We moeten bedelen.'

Toen ze met z'n tweeën door de Rozenlaan liepen, hield ze haar ogen op de grond gericht. Eén keer had ze vijf rupee op de grond gevonden – ja, vijf! Je weet nooit wat je vindt op plaatsen waar rijke mensen wonen.

Ze gingen aan de zijkant van de weg lopen. Een witte auto hield even in voor een hobbel in de weg en ze riep naar de chauffeur: 'Waar is de haven, oom?'

'Een heel eind hiervandaan,' riep hij terug. 'Ga maar naar de hoofdstraat en dan linksaf.'

De getinte ramen achter in de auto waren omhooggedraaid, maar door het raam van de bestuurder ving Soumya een glimp op van de hand van een passagier vol met gouden armbanden. Ze wilde op het raam kloppen. Maar ze dacht aan de regel die de voorman aan alle arbeiderskinderen had voorgeschreven: niet bedelen in de Rozenlaan. Alleen in de hoofdstraat. Ze hield zich in.

Alle huizen in de Rozenlaan werden gesloopt en herbouwd. Soumya vroeg zich af waarom mensen die mooie, grote witgeverfde huizen wilden slopen. Misschien werden huizen na een tijd onbewoonbaar, net als schoenen.

Toen de lichten op de hoofdstraat op rood sprongen, liep ze van de ene autoriksja naar de andere en opende en sloot haar vingers.

'Oom, heb medelijden, ik heb zo'n honger.'

Het was een beproefde techniek. Die had ze van haar moeder. Het ging zo: zelfs tijdens het bedelen maakte ze drie seconden lang oogcontact, dan dwaalde haar blik af naar de volgende autoriksja. 'Moeder, ik heb honger' (over haar buik wrijven). 'Geef me wat te eten' (vingers sluiten en ze naar haar mond brengen).

'Grote broer, ik heb honger.'

'Grootvader, een klein muntje maar...'

Terwijl zij de straat afwerkte, zat Raju op de grond en werd geacht te jammeren als er een goedgekleed persoon langsliep. Ze rekende niet erg op hem, maar als hij daar zat, haalde hij tenminste geen andere rottigheid uit, zoals achter katten aan rennen of straathonden proberen te aaien die misschien hondsdolheid hadden.

Tegen de middag stonden de straten vol met auto's. De ramen waren gesloten tegen de regen, en ze moest allebei haar handen tegen het glas houden en krabben als een kat om de aandacht te trekken. Van één auto waren de ramen omlaaggedraaid, en ze dacht dat ze geluk had.

Een vrouw in een van de auto's had mooie gouden patronen op haar hand geschilderd en Soumya staarde ernaar. Ze hoorde de vrouw met de gouden handen tegen iemand anders in de auto zeggen: 'Er zijn tegenwoordig overal in de stad bedelaars. Vroeger was dat nooit zo.'

De ander boog zich naar voren en keek even. 'Ze zijn zo dónker... Waar komen ze vandaan?'

'Wie zal het zeggen?'

Nog maar vijftig paisa, na een uur.

Daarna probeerde ze in een bus te stappen toen die voor een rood licht stopte, om daar te bedelen, maar de conducteur zag haar aankomen en ging bij de deur staan: 'Niks ervan.'

'Waarom niet, oom?'

'Wie denk je dat ik ben, een rijke man zoals meneer Engineer? Vraag maar aan een ander, snotneus!'

Hij keek haar boos aan en hield het rode koord van zijn fluit boven zijn hoofd alsof het een zweep was. Ze maakte dat ze wegkwam.

'Dat was een echte rotzak,' zei ze tegen Raju, die iets had gevonden wat hij haar wou laten zien: een stuk verpakkingsplastic vol met ronde luchtbubbels die je kon laten knappen.

Ze ging op haar knieën zitten, oplettend dat de conducteur het niet kon zien, en legde het op het wegdek vlak voor het wiel. Raju kwam erbij hurken. 'Nee, zo is het niet goed. Zo gaan de wielen er niet overheen,' zei hij. 'Iets meer naar rechts.'

Toen de bus weer in beweging kwam, reden de wielen over het stuk plastic, de bubbels knapten en de passagiers schrokken. De conducteur stak zijn hoofd uit het raam om te kijken wat er gebeurd was. De twee kinderen holden weg.

Het begon weer te regenen. Ze hurkten allebei onder een boom. Er stortten kokosnoten omlaag en een man die naast hen had gestaan met een paraplu sprong op, schold de boom uit en ging ervandoor. Ze giechelde, maar Raju was bang dat ze door een vallende kokosnoot geraakt zouden worden.

Toen de regen ophield, zocht ze een takje en kraste op de grond een plattegrond van de stad zoals ze zich die voorstelde. Hier... was de Rozenlaan. Hier... was waar ze nu waren, nog dicht bij de Rozenlaan. Hier... was de Bunder. En hier... de tuin in de Bunder die ze zochten.

'Begrijp je dat allemaal?' vroeg ze aan Raju. Hij knikte, want hij vond de kaart mooi.

'Als we in de Bunder willen komen, moeten we' – ze tekende nog een pijl – 'door het grote hotel.'

'En dan?'

'Dan gaan we naar de tuin in de Bunder...'

'En dan?'

Eigenlijk had ze geen idee of het hotel op de weg naar de haven lag of niet, maar de regen had de auto's van de weg verjaagd en het hotel was de enige plek waar ze op dit moment misschien geld kon vragen.

'Je moet de toeristen in het Engels om geld vragen,' plaagde ze Raju toen ze naar het hotel liepen. 'Weet je wat je moet zeggen in het Engels?'

Ze hielden stil voor het hotel om te kijken naar een stel kraaien die een bad namen in een plas water. De zon scheen op het water en de zwarte veren van de kraaien gingen glanzen als ze de waterdruppels van hun lijf schudden. Raju beweerde dat het het mooiste was wat hij ooit gezien had.

De man zonder armen en benen zat voor het hotel, hij schreeuwde vervloekingen vanaf de overkant van de straat.

'Ga weg, stelletje duivelskinderen! Ik had gezegd dat jullie nooit meer terug moesten komen!'

Ze schreeuwde terug: 'Loop naar de bliksem, monster! We hadden tegen jou gezegd: nooit meer terugkomen!'

Hij zat op een houten plank met wielen. Telkens als er een auto afremde voor het verkeerslicht voor het hotel, rolde hij erheen op zijn plank en bedelde aan de ene kant. Zij bedelde aan de andere kant van de auto.

Raju zat op het wegdek te gapen.

'Waarom moeten we bedelen? Papa werkt vandaag. Ik zag hem die dingen zagen...' Hij spreidde zijn benen en begon een denkbeeldige balk onder zich door te zagen.

'Stil.'

Twee taxi's remden af voor rood. De man zonder armen en benen haastte zich op zijn plank naar de eerste taxi. Zij holde naar de tweede en stak haar handen door het open raampje. Er zat een buitenlander in. Hij staarde haar met open mond aan, ze zag dat zijn lippen een volmaakte roze 'O' vormden.

'Heb je geld gekregen?' vroeg Raju toen ze terugkwam van de auto met de blanke man.

'Nee. Sta op,' zei ze, en ze sjorde de jongen overeind.

Maar toen ze twee rode lichten gepasseerd waren was Raju erachter. Hij wees op haar gebalde vuist.

'Je hebt geld gekregen van die blanke man. Je hebt het geld!'

Ze liep naar een autoriksja toe die langs de kant van de weg stond. 'Welke kant op is de Bunder?'

De chauffeur gaapte. 'Ik heb geen geld. Ga weg.'

'Ik vraag niet om geld. Ik vraag de weg naar de Bunder.'

'Wat zeg ik nou? Ik geef je niks!'

Ze spuwde hem in zijn gezicht. Toen greep ze Raju bij zijn pols en ze gingen er als gekken vandoor.

De volgende autoriksjachauffeur was een aardige man. 'Dat is heel ver weg. Neem toch de bus. Lijn 343 rijdt erheen. Anders kost het je minstens een paar uur, lopend.'

'We hebben geen geld, oom.'

Hij gaf hun een rupeemunt en vroeg: 'Waar zijn jullie ouders?'

Ze stapten in de bus en betaalden bij de conducteur. 'Waar stappen jullie uit?' riep hij.

'De haven.'

'Deze bus gaat niet naar de haven. Je moet lijn 343 hebben. Dit is lijn...'

Ze stapten uit en liepen verder.

Ze waren nu vlak bij het knooppunt Koelwaterbron. Daar troffen ze de jongen met één arm en één been, die zoals altijd aan het werk was. Hij hinkte langs de auto's en bedelde voor zij de kans kreeg. Iemand had hem vandaag een rammenas gegeven, dus bedelde hij met een grote witte rammenas in zijn hand, waarmee hij op de voorruiten klopte om de aandacht van de inzittenden te trekken.

'Waag het niet hier te komen bedelen, etterbakken!' riep hij tegen ze, dreigend met zijn rammenas zwaaiend.

Ze staken allebei hun tong naar hem uit en riepen terug: 'Griezel! Walgelijke griezel!'

Na een uur begon Raju te huilen en weigerde hij verder te lopen, dus graaide ze in een vuilnisbak om eten te zoeken. Er zat een doos met twee koekjes in en ze aten er allebei een op.

Ze liepen nog een stuk. Na een tijdje begonnen Raju's neusvleugels te trillen.

'Ik kan van hieraf de zee ruiken.'

Dat kon zij ook.

Ze liepen sneller. Ze zagen een man langs de weg een bord beschilderen in het Engels, twee katten die vochten op het dak van een witte Fiat, een paard-en-wagen geladen met hakhout, een olifant die over de weg liep met een vracht neembladeren, een auto die vernield was bij een ongeluk, en een dode kraai met zijn klauwen stijf tegen zijn borstkas gedrukt. Zijn buik lag open en krioelde van de zwarte mieren.

Ze waren in de Bunder.

De zon daalde boven zee en ze liepen langs de overvolle markten, op zoek naar een tuin.

'Er zijn geen tuinen hier in de Bunder. Daarom is de lucht hier zo slecht,' vertelde een oude moslim-pindaverkoper. 'Ze hebben jullie verkeerd gewezen.'

Toen hij hun beteuterde gezichten zag, gaf hij hun een handje pinda's om op te kauwen.

Raju jammerde. Hij had honger, barst met je pinda's! Hij gooide ze terug naar de moslimman, die hem een duivel noemde.

Dat maakte Raju zo boos dat hij wegrende van zijn zus, en die rende achter hem aan tot Raju stilstond.

'Kijk!' gilde ze en ze wees op een rij verminkte mannen met verbonden ledematen die voor een gebouw met een witte koepel zaten.

Behoedzaam liepen ze om de lepralijders heen. En toen zag ze een man op een bank liggen, zijn handen over zijn gezicht gekruist, zwaar ademhalend. Ze liep tot dicht bij de bank en zag, net bij de rand van het water, afgescheiden door een stenen muurtje, een groen parkje.

Nu hield Raju zich stil.

Toen ze in het park waren, werd er geschreeuwd. Een politieman was een heel donkere man aan het slaan. 'Heb je die schoenen gestolen? Heb je het gedaan?'

De heel donkere man schudde zijn hoofd. De politieman sloeg hem harder. 'Zoon van een kale vrouw, je gebruikt drugs en dan ga je dingen stelen, en je... zoon van een kale vrouw...!'

Drie witharige mannen die in een struik vlak bij haar verstopt zaten, gebaarden naar Soumya dat ze zich bij hen moest verbergen. Ze nam Raju mee de struik in en wachtte daar tot de politieman weg was.

Ze fluisterde tegen de drie witharige mannen: 'Ik ben de dochter van Ramachandran, de man die huizen van rijke mensen in de Rozenlaan sloopt.'

Geen van de drie kende haar vader.

'Wat wil je, meisje?'

Ze zei het woord zo goed als ze het zich nog herinnerde: '...*ack*.'

Een van de mannen, de leider zo te zien, fronste zijn wenkbrauwen: 'Zeg het nog eens.'

Hij knikte toen ze het vreemde woord nog eens zei. Hij haalde een cellofaan zakje uit zijn zak en tikte erop. Er liep wit poeder uit, als gemalen kalk. Uit een andere zak haalde hij een sigaret, maakte hem open, schudde de tabak eruit, vulde het papier met het witte poeder en rolde hem dicht. Hij hield de sigaret op en gebaarde met zijn andere hand naar Soumya.

'Twaalf rupee.'

'Ik heb er maar negen,' zei ze. 'U moet het voor negen doen.'

'Tien.'

Ze gaf hem het geld en pakte de sigaret aan. Een vreselijke twijfel overviel haar.

'Als je me besteelt, als je me oplicht... dan komen Raju en ik terug met papa en slaan we jullie allemaal in elkaar.' De drie mannen hurkten bij elkaar. Ze begonnen te schudden en toen lachten ze samen. Er was iets mis met hen. Ze greep Raju bij zijn pols en ze holden weg.

Er flitsten beelden door haar hoofd van wat er te gebeuren stond. Ze zou papa laten zien wat ze van zo ver weg voor hem had meegebracht. 'Lieverd,' zou hij zeggen – zoals hij het vroeger zei – en dan zou hij haar vol onstuimige genegenheid knuffelen en zouden ze dolveel van elkaar houden.

Na een tijdje begon haar linkervoet te schrijnen. Ze bewoog haar tenen en keek ernaar. Raju wilde per se gedragen worden. Vooruit dan maar, dacht ze, het jochie had zich flink gehouden vandaag.

Het begon weer te regenen. Raju huilde. Drie keer moest ze dreigen dat ze hem zou achterlaten. Eén keer deed ze het echt en liep tot aan de volgende zijstraat voordat hij achter haar aan kwam hollen met een verhaal over een reuzendraak die hem achternazat.

Ze stapten in een bus.

'Kaartjes,' riep de chauffeur, maar ze knipoogde tegen hem en zei: 'Grote broer, mogen we alsjeblieft voor niks...'

Zijn gezicht ontspande en hij liet hen achterin staan.

Het was pikdonker toen ze weer in de Rozenlaan waren. Ze zagen op alle villa's de lampen branden. De voorman zat onder zijn gaslamp met een van de arbeiders te praten. Het huis leek kleiner, al de dwarsbalken waren doorgezaagd.

'Hebben jullie in deze buurt gebedeld?' riep de voorman toen hij de twee zag.

'Nee hoor.'

'Lieg niet tegen me! Jullie zijn de hele dag weg geweest, en wat hebben jullie gedaan? Gebedeld in de Rozenlaan!'

Minachtend trok ze haar bovenlip op.

'Waarom vraag je niet eerst of we hier gebedeld hebben voordat je ons beschuldigt!'

De voorman keek hen nijdig aan maar hield zijn mond, verslagen door de logica van het meisje.

Raju rende vooruit, krijsend om zijn moeder. Ze vonden haar slapend, alleen, in haar sari, nat van de regen. Raju rende naar haar toe, duwde zijn hoofd tegen haar zij en begon tegen haar lichaam aan te schurken om warm te worden, als een katje. De slapende vrouw kreunde en draaide zich op haar andere zij. Een van haar armen duwde Raju weg.

'Amma,' zei hij en hij schudde aan haar. 'Amma! Ik heb honger! Soumya heeft me de hele dag niks te eten gegeven! Ik moest van haar lopen en bus in bus uit, en niks te eten! Een blanke man gaf haar honderd rupee maar ze heeft me niks te eten of te drinken gegeven.'

'Lieg niet!' siste Soumya. 'En die koekjes dan?'

Maar hij bleef aan haar schudden: 'Amma! Soumya heeft me de hele dag niks te eten en te drinken gegeven!'

De twee kinderen begonnen te vechten. Toen tikte er een hand lichtjes op Soumya's schouder.

'Lieverd.'

Toen hij hun vader zag, begon Raju te grijnzen. Hij draaide zich om en rende weg naar zijn moeder. Soumya en haar vader liepen een eindje weg.

'Heb je het, lieverd? Heb je het spul?'

Ze haalde diep adem. 'Hier,' zei ze, en ze stopte het pakje in zijn handen. Hij bracht het naar zijn neus, snoof eraan en stopte het toen onder zijn overhemd, ze zag zijn handen onder zijn sarong in zijn kruis graaien. Hij haalde zijn hand eruit. Ze wist dat het nu zou komen, zijn liefkozing.

Hij greep haar pols beet, zijn vingers drongen in haar vlees.

'En die honderd rupee die die blanke man je gegeven heeft? Ik heb Raju wel gehoord.'

'Niemand heeft me honderd rupee gegeven, papa. Ik zweer het. Raju liegt, ik zweer het.'

'Lieg niet. Waar zijn die honderd rupee?'

Hij hief zijn arm op. Ze begon te gillen.

Toen ze naast haar moeder wilde gaan liggen, was Raju nog aan het klagen dat hij de hele dag niet had gegeten en dat ze hem gedwongen had om van hier naar daar te lopen en daarna van daar naar weer ergens anders, en daarna weer terug hierheen. Toen zag hij de rode plekken op het gezicht en de hals van zijn zusje, en hij zweeg. Ze viel op de grond en sliep in.

Kittur: Basisfeiten

TOTALE BEVOLKING (VOLKSTELLING 1981): 193.432 inwoners

VERDELING QUA KASTE EN GODSDIENST
(in percentages van de totale bevolking):

HINDOES:
Hoge kasten:
Brahmanen:
  Kannadasprekend: 4 procent
  Konkanisprekend: 3 procent
  Tulusprekend: minder dan 1 procent
Bunts: 16 procent
Andere hoge kasten: 1 procent

Lagere kasten:
Hoyka's: 24 procent
Diverse lagere kasten en stamleden: 4 procent

Dalits (eertijds bekend als onaanraakbaren): 9 procent

MINDERHEDEN:
Moslims:
Soennieten: 14 procent
Sjiieten: 1 procent

Ahmediya, Bohra, Ismaili: minder dan 1 procent
Katholieken: 14 procent
Protestanten (anglicanen, pinkstergemeente, Jehova's getuigen, mormonen): 3 procent

Jainisten: 1 procent

Andere godsdiensten (waaronder parsi, joden, boeddhisten, Brahmo samaji en bahái): minder dan 1 procent

89 inwoners verklaarden tot geen godsdienst of kaste te behoren.

Dag Vijf: Valencia
(tot aan het eerste kruispunt)

Valencia, de katholieke wijk, begint bij het Homeo-
pathisch Ziekenhuis 'Father Stein', genoemd naar een
Duitse jezuïtische missionaris die hier een gasthuis
stichtte. Valencia is de grootste wijk van Kittur. De
meeste inwoners zijn goed opgeleid, hebben werk en
bezitten een eigen huis. Het handjevol hindoes en moslims dat grond in Valencia heeft gekocht, heeft nooit
problemen gehad, maar protestanten die zich hier willen
vestigen zijn soms bestookt met stenen en spreekkoren.
Elke zondagochtend stromen mannen en vrouwen in
hun beste kleren de kathedraal van Onze-Lieve-Vrouwe
van Valencia binnen voor de mis. Op kerstavond ver-
dringt praktisch de totale bevolking zich in de kathedraal voor de nachtmis. Het zingen van kerstliederen en
gezangen gaat door tot in de kleine uurtjes.

Als het ging om ellende die je kunt zien en gruwelen die je kunt meemaken wilde Jayamma, de kokkin van de advocaat, wel laten weten dat haar leven voor dat van niemand onderdeed. In twaalf jaar tijd had haar dierbare moeder elf kinderen gebaard. Negen ervan waren meisjes geweest. Ja, negen! Dát noem ik nog eens ellende. Tegen de tijd dat Jayamma als nummer acht werd geboren, gaven haar moeders borsten geen melk meer – ze moesten haar ezelinnenmelk uit een plastic fles geven. Ezelinnenmelk, ja! Dát noem ik nog eens ellende. Haar vader had net genoeg goud gespaard om zes dochters uit te huwelijken. De laatste drie moesten levenslang dorre maagden blijven. Ja, levenslang. Veertig jaar lang hadden ze haar op de ene bus na de andere gezet en van stad naar stad gestuurd om in andermans huis te koken en te poetsen. Om andermans kinderen te eten te geven en vet te mesten. Er werd haar niet eens verteld waar ze de volgende keer heen zou moeten. Dan was het avond, ze speelde met haar neefje – Brijju, dat mollige ventje – en ze hoorde nooit iets anders vanuit de woonkamer dan haar schoonzuster die tegen een of andere vreemde zei: 'Geregeld dan. Als ze hier blijft, eet ze gratis, dus geloof me: u doet ons een plezier.' De dag daarop werd Jayamma dan weer op de bus gezet. Er zouden maanden voorbijgaan voor ze Brijju weer zou zien. Dat was Jayamma's leven: een afbetalingsregeling van ellende en gruwelen. Wie ter wereld had meer om over te klagen?

Maar één gruwel liep in elk geval ten einde. Jayamma zou weggaan uit het huis van de advocaat.

Ze was een kleine, gebogen vrouw van achter in de vijftig met een glanzend zilveren haardos die licht leek uit te stralen. De grote zwarte wrat boven haar linkerwenkbrauw was er zo een die bij een baby als een slecht voorteken wordt beschouwd. Altijd had ze donkere wallen in de vorm van knoflooktenen onder haar ogen, en ze had druipende oogballen door chronisch slaapgebrek en zorgen.

Ze had haar spullen gepakt: een grote bruine koffer, dezelfde als waarmee ze gekomen was. Niets meer. Er was geen paisa gestolen van de advocaat, hoewel het soms een grote rommel was geweest in huis en ze zeker de kans had gehad. Maar ze was eerlijk geweest. Ze droeg de koffer naar het voorportaal en wachtte op de groene Ambassador van de advocaat. Hij had beloofd haar op het busstation af te zetten.

'Dag, Jayamma. Ga je echt bij ons weg?'

Shaila, het kleine dienstmeisje van lagere kaste in het huis van de advocaat – Jayamma's voornaamste kwelgeest in de afgelopen acht maanden – grijnsde. Hoewel ze twaalf jaar was en volgend jaar klaar zou zijn voor het huwelijk, zag ze eruit als hooguit zeven of acht. Op haar donkere gezicht zat een laag Johnson & Johnson-babypoeder en ze knipperde spottend met haar oogleden.

'Duivelin met je lage kaste!' siste Jayamma. 'Heb je geen manieren?'

Een uur te laat reed de auto van de advocaat de garage binnen.

'Heb je het nog niet gehoord?' zei hij toen Jayamma met haar koffer op hem af liep. 'Ik heb tegen je schoonzuster gezegd dat we je nog wel wat langer kunnen gebruiken, en ze ging akkoord. Ik dacht dat iemand het je wel verteld zou hebben.'

Hij sloeg het autoportier dicht. Toen ging hij een bad nemen en Jayamma droeg haar oude bruine koffer terug naar de keuken en begon het eten klaar te maken.

'Ik kom nooit weg uit het huis van de advocaat, niet, Heer Krishna?'

De volgende morgen stond de oude vrouw gebogen over de gasbrander in de keuken in een linzenstoofpot te roeren. Als ze aan het werk was, zoog ze de lucht sissend naar binnen, alsof haar tong in brand stond.

'Veertig jaar lang heb ik tussen goede Brahmanen gewoon, Heer Krishna, in huizen waarin zelfs de hagedissen en de padden in een vorig leven Brahmanen waren geweest. En dit is nu mijn lot, ik zit opgesloten tussen christenen en vleeseters in deze vreemde stad, en elke keer als ik denk dat ik wegga, zegt mijn schoonzuster tegen me dat ik nog wat moet blijven...'

Ze veegde haar voorhoofd af en vroeg zich steeds maar af wat ze had gedaan in een vorig leven – was ze een moordenares geweest, een overspelpleegster, een kindereter, iemand die onbeschoft was tegen heilige mannen en wijzen – dat het haar lot was om hierheen te komen, naar het huis van de advocaat en naast iemand van een lage kaste te moeten leven?

Ze fruitte uien, hakte koriander en gooide die erbij, roerde er daarna rood currypoeder en ve-tsin uit kleine plastic pakjes doorheen.

'Hai! Hai!'

Jayamma schrok en liet haar lepel in de pan vallen. Ze liep naar het traliehek langs de achtergevel van het huis van de advocaat en tuurde erdoor.

Shaila stond bij de buitenmuur van het erf in haar handen te klappen, terwijl achter haar, op het achtererf van de christelijke buurman, Rosie met haar dikke lippen, met een hakmes in haar hand, achter een haan aan rende. Jayamma schoof langzaam de grendel van de deur en sloop het erf op om het beter te kunnen zien. 'Hai! Hai! Hai!' riep Shaila opgetogen, en de haan kakelde en klokte, en sprong op het groene net boven de put, waar Rosie de stakker eindelijk te pakken kreeg en zijn nek begon door te hakken. De tong van de haan stak naar buiten en zijn ogen floepten er bijna uit. 'Hai! Hai! Hai!'

Jayamma rende de keuken door, recht naar de donkere gebedsruimte en vergrendelde de deur achter zich. 'Krishna... mijn Heer Krishna...'

De gebedsruimte deed ook dienst als opslagkamer voor rijst en tevens als Jayamma's eigen plek. De kamer was twee bij twee meter, de kleine ruimte tussen het altaar en de rijstzakken, net genoeg om 's avonds opgerold te slapen, was alles wat Jayamma van de advocaat gevraagd had. (Ze had ronduit geweigerd in te gaan op het voorstel van de advocaat om een kamer te delen met het volk van lage kaste in de bediendevertrekken.)

Ze stak haar hand in de gebedsschrijn en haalde er een zwart kistje uit, dat ze langzaam opende. Erin lag een zilveren beeldje van een kindgod – kruipend, naakt, met glanzende billen: de god Krishna, Jayamma's enige vriend en beschermer.

'Krishna, Krishna,' incanteerde ze zacht, terwijl ze de babygod weer in haar handen hield en met haar vingers zijn zilveren billen streelde. 'Jij ziet wat er om me heen gebeurt – om mij heen, een hooggeboren brahmaanse vrouw!'

Ze ging zitten op een van de drie rijstzakken die tegen de muur van de gebedsruimte stonden, omringd door een gele slotgracht van DDT. Ze vouwde haar benen onder zich op de rijstzak, leunde met haar hoofd tegen de muur en ademde de DDT diep in – een vreemd, ontspannend, merkwaardig verslavend aroma. Ze zuchtte en veegde haar voorhoofd af met de zoom van een vermiljoenen sari. Vlekken zonlicht, gefilterd door de platanen buiten, speelden langs het plafond van het kamertje.

Jayamma sloot haar ogen. De DDT-dampen maakten haar doezelig. Haar lichaam ontspande zich, haar ledematen werden slap en binnen een paar seconden was ze in slaap.

Toen ze wakker werd, scheen de dikke kleine Karthik, de zoon van de advocaat, met een zaklantaarn in haar gezicht. Dat was zijn manier om haar uit een dutje te wekken.

'Ik heb honger,' zei hij. 'Is er al iets klaar?'

'Broer!' de oude vrouw sprong overeind. 'Op het achtererf doen ze aan zwarte magie! Shaila en Rosie hebben een kip geslacht en ze bedrijven er zwarte magie mee.'

De jongen knipte de zaklantaarn uit. Hij keek haar sceptisch aan. 'Waar heb je het over, oud wijf?'

'Kom mee!' De ogen van de oude kokkin waren groot van opwinding. 'Kom!'

Ze lokte de kleine meester mee door de lange gang naar de bediendevertrekken.

Ze bleven staan bij het metalen hek, vanwaar ze op het erf konden kijken. Er stonden lage kokospalmen, er hing een waslijn en achter een zwarte muur begon het terrein van hun christelijke buurman. Er was niemand te zien. Een stevige wind deed de bomen schudden en een stuk papier dwarrelde als een derwisj rond op het erf. De jongen zag hoe griezelig de witte beddenlakens aan de waslijn zwaaiden. Die leken ook te vermoeden wat de kokkin vermoedde.

Jayamma gebaarde naar Karthik: heel, heel stil zijn. Ze duwde tegen de deur van de bedienderuimte. De grendel zat erop.

Toen de oude vrouw hem openmaakte, golfde de stank van haarolie en babypoeder naar buiten, en de jongen kneep zijn neus dicht.

Jayamma wees op de vloer van de kamer.

Met wit krijt was er een driehoek getekend binnen een vierkant van rood krijt. Gedroogd kokosvlees was op de punten van de driehoek gelegd. Verwelkte, zwart geworden bloemen waren binnen een cirkel gestrooid. In het midden ervan glansde een blauwe knikker.

'Dat is voor zwarte magie,' zei ze, en de jongen knikte.

'Spionnen! Spionnen!'

Shaila stond dwars in de deuropening van de bediendekamer. Ze priemde met een vinger naar Jayamma.

'Jij, oud wijf! Had ik je niet gezegd dat je nooit meer in mijn kamer mocht snuffelen?'

De oude dame vertrok haar gezicht.

'Broer!' riep ze. 'Hoor je hoe zij met haar lage kaste tegen ons Brahmanen praat?'

Karthik balde zijn vuist naar het meisje. 'Hela, dit is mijn huis en ik loop overal rond waar ik wil, hoor je?'

Shaila keek hem donker aan: 'Denk maar niet dat je me als een beest kunt behandelen, hè?'

Drie luide claxonstoten maakten een eind aan de ruzie. Shaila schoot naar buiten om het hek open te doen, de jongen rende naar zijn kamer en sloeg een studieboek open, Jayamma holde in paniek de eetkamer rond en zette roestvrij stalen borden op tafel.

De heer des huizes trok in de hal zijn schoenen uit en gooide ze in de richting van het schoenenrek. Shaila zou ze later moeten opruimen. Snel even opfrissen in zijn privébadkamer en hij verscheen in de eetkamer: een lange man met een snor, die bakkebaarden had gekweekt naar de mode van een vroeger decennium. Hij gebruikte het diner altijd met ontblote borst, afgezien van het brahmaanse kastenkoord rondom zijn kwabbige romp. Hij at snel en in stilte, en pauzeerde maar één keer om naar een hoek van het plafond te staren. De orde in het huis werd beheerst door de kaakbewegingen van de meester. Jayamma diende op. Karthik dineerde met zijn vader. In de garage spoot Shaila de groene Ambassador van de meester af en poetste hem schoon.

De advocaat las een uur lang de krant in de televisiekamer. Toen slofte de jongen binnen en begon tussen de warboel van kranten en boeken op de sandelhouten tafel midden in de kamer naar de zwarte afstandsbediening te zoeken. Jayamma en Shaila schoten de kamer binnen en hurkten in de hoek, wachtend tot de tv aanging.

Om tien uur gingen alle lichten in het huis uit. De meester en Karthik sliepen in hun kamer.

In het duister klonk er een voortdurend boosaardig gesis door de bediendevertrekken.

'Heks! Heks! Zwartemagieheks met je lage kaste!'

'Brahmaans wijf! Krankzinnig oud brahmaans wijf!'

Er volgde een week van ononderbroken ruzie. Elke keer als Shaila langs de keuken liep, stortte de oude brahmaanse wraakzuchtige godheden bij duizenden uit over dat glad geoliede lagekastenhoofd.

'In wat voor tijd leven we, dat brahmanen meiden van lage kaste in hun huishouden opnemen?' gromde ze als ze 's morgens in de linzen roerde. 'Wat is er geworden van de regels van kaste en godsdienst, o Krishna?'

'Zit je weer in jezelf te praten, ouwe trut?' Het meisje had haar hoofd om de hoek van de keukendeur gestoken. Jayamma gooide een ongepelde ui naar haar toe.

Middageten. Wapenstilstand. Het meisje zette haar roestvrij stalen bord buiten de woonkamer van de bedienden en hurkte op de vloer, terwijl Jayamma een forse portie linzensoep over de bergjes rijst op het bord goot. Ze liet niemand van de honger omkomen, gromde ze tijdens het opdienen, zelfs geen gezworen vijand. Klopt:

zelfs geen gezworen vijand. Zo deden Brahmanen dat niet.

Na het middageten zette ze haar bril op en sloeg vlak buiten de bediendevertrekken de krant open. Voortdurend lucht naar binnen zuigend las ze hardop en langzaam, plakte letters aan elkaar tot woorden en woorden tot zinnen. Toen Shaila langssliep, gooide ze haar de krant in haar gezicht.

'Hier, jij kunt toch lezen en schrijven? Hier, lees de krant maar.'

Het meisje was ziedend, ze liep terug naar de bediendevertrekken en ramde de deur dicht.

'Jij dacht toch niet dat ik dat geintje vergeten ben dat je de advocaat geflikt hebt, stuk Hoyka? Alleen maar omdat hij zo'n goedhartige man is deed hij dat, die avond toen je naar hem toe ging en met die stomme grijns op dat lagekastensmoelwerk van je begon van: "Meester, ik kan niet lezen, ik kan niet schrijven, ik wil lezen, ik wil schrijven." Dat hij toen meteen naar boekhandel Shenoy in de Paraplustraat is gereden om dure boeken over lezen en schrijven te kopen? En waarvoor allemaal? Zijn de lagere kasten soms bestemd om te kunnen lezen en schrijven?' Jayamma riep de gesloten deur ter verantwoording. 'Was dat niet alleen maar een valstrik voor de advocaat?'

Natuurlijk had die meid geen enkele interesse meer voor haar boeken. Ze lagen op een hoop achter in haar kamer, en op een dag toen ze stond te kletsen met die christenmeid van de buren met die dikke lippen, had Jayamma ze allemaal verkocht aan de oudpapiermoslim. Ha! Net goed!

Tijdens Jayamma's verhaal over de schandelijke lees-en-schrijfoplichterij, ging de deur van de bedienderuimte open, Shaila's gezicht schoot tevoorschijn en ze gilde zo hard ze kon naar Jayamma.

Die avond sprak de advocaat tijdens het diner: 'Ik heb gehoord dat er deze week elke dag een soort opschudding in huis heerst... Het is van belang de rust te handhaven. Karthik moet zich op zijn examen voorbereiden.'

Jayamma, die rondliep met de linzenstoofpot in de slip van haar sari tegen de hitte, zette de pan op tafel.

'Ik maak al dat kabaal niet, meester, dat is die Hoyka-meid! Die weet niet hoe wij Brahmanen dat doen.'

'Ze mag dan wel een Hoyka zijn' – de advocaat likte de rijstkorrels op die aan zijn vingers plakten – 'maar ze is schoon en doet haar werk goed.'

Toen Jayamma na het eten de tafel afruimde, trilde ze onder de terechtwijzing.

Pas toen het licht uit was in huis en ze in de gebedsruimte lag met de vertrouwde DDT-dampen om zich heen, en het zwarte kistje opendeed, kalmeerde ze. De babygod glimlachte naar haar.

Ach, als het om ellende en gruwelen ging, Krishna, wie wist er dan meer van dan Jayamma? Ze vertelde de geduldige godheid het verhaal over hoe ze naar Kittur was gekomen, hoe haar schoonzus haar bevolen had: 'Jayamma, je moet bij ons weg, de vrouw van de advocaat ligt in een ziekenhuis in Bangalore, iemand moet voor de kleine Karthik zorgen.' Dat zou maar voor een maand of twee zijn. Nu was het al acht maanden geleden dat ze haar neefje Brijju gezien had of in haar armen had gesloten, of cricket met hem gespeeld had. Over ellende gesproken, baby Krishna!

De volgende morgen liet ze weer haar lepel in de linzen vallen. Karthik had haar van achteren in haar middenrif geport.

Ze volgde hem de keuken uit naar de bediendekamer. Ze lette op de jongen terwijl hij naar de tekening op de grond en de blauwe knikker in het midden keek.

In zijn ogen zag de oude gedienstige de glans, de bezittersglans van de meester, die ze in die veertig jaar zo vaak had gezien.

'Kijk nou eens,' zei Karthik. 'Het lef dat die meid heeft, om zoiets in mijn eigen huis te tekenen...'

Gehurkt zaten de twee voor het gele hek te kijken hoe Shaila langs de buitenmuur van het terrein liep naar het huis van de christen. Een brede put, bedekt met een groen net, vormde een hobbel achter het huis. Kippen en hanen holden, verborgen door de muur, om de put heen en kakelden onophoudelijk. Rosie stond bij de muur. Shaila en het christenmeisje praatten een tijd. Het was een stralende, blikkerende middag. Het licht zwol aan en trok zich weer terug met korte tussenpozen, en het glanzend groene bladerdak van de kokosbomen vlamde op en doofde weer als uitbarstend vuurwerk.

Toen Rosie weg was, liep het meisje doelloos rond. Ze zagen haar bij de jasmijnplanten bukken om een paar bloemen te plukken en in haar haar te steken. Even later zag Jayamma hoe Karthik met lange, schurende halen over zijn been begon te krabben, zoals een beer aan de schors van een boom krabt. Van zijn dijen bewogen zijn krabbende vingers omhoog naar zijn lenden. Jayamma keek er met walging naar. Wat zou de moeder van die jongen zeggen als ze zag wat hij aan het doen was?

Het meisje liep bij de waslijn. De dunne katoenen lakens die te drogen hingen werden lichtgevend als filmdoeken toen het licht tussen de wolken verscheen. In een van de lichtgevende lakens vormde het meisje een ronde, donkere bobbel, net als iets in een baarmoeder. Er steeg een klaaglijk geluid uit het witte laken op. Ze was gaan zingen:

'Een ster fluistert hoe diep
Mijn hart verlangt
Jou eens nog te zien,
Mijn kindje, mijn liefste, mijn koning.'

'Dat kinderliedje ken ik... De vrouw van mijn broer zingt dat voor Brijju, mijn neefje...'

'Stil. Straks hoort ze je.'

Shaila was weer opgedoken van tussen de hangende lakens. Ze dwaalde naar het einde van het achtererf, waar neembomen en kokospalmen door elkaar stonden.

'Zou ze vaak aan haar moeder en zussen denken, vraag ik me af...' fluisterde Jayamma. 'Wat is dat voor leven voor zo'n meisje, ver weg van haar familie?'

'Ik ben dat wachten onderhand zat!' gromde Karthik.

'Broer, wacht!'

Maar hij was al in de bediendekamer. Een triomfantelijke kreet: Karthik kwam naar buiten met de blauwe knikker.

's Avonds stond Jayamma op de drempel van de keuken rijst te zeven. Haar bril was tot halverwege haar neus gegleden en ze had rimpels in haar voorhoofd. Ze draaide zich naar de deur van de bediendekamer, die vanbinnen vergrendeld was, en van waarachter gesnik klonk, en ze riep: 'Hou op met huilen. Hard moet je worden. Bedienden zoals wij, die voor anderen werken, moeten leren hard te zijn.'

Shaila slikte hoorbaar haar tranen in en schreeuwde terug door de gesloten deur: 'Hou je kop, brahmaans wijf met je zelfmedelijden! Jij hebt tegen Karthik gezegd dat ik aan zwarte magie deed!'

'Wou jij mij daarvan beschuldigen? Ik heb hem nooit verteld dat jij aan zwarte magie deed!'

'Leugenaar! Leugenaar!'

'Noem jij mij een leugenaar, Hoyka? Waarom teken jij driehoeken op de vloer als je niet aan zwarte magie doet? Mij bedonder je heus niet!'

'Snap je echt niet dat die driehoeken gewoon bij een spelletje hoorden? Ben je soms gek aan het worden, oud wijf?'

Jayamma zette de zeef met een klap neer, de rijstkorrels regenden over de drempel. Ze ging naar de gebedsruimte en sloot de deur.

Toen ze wakker werd hoorde ze een monoloog vol gesnik. Hij kwam uit de bediendevleugel en was zo luid dat hij door de muur van de gebedsruimte heen drong.

'Ik wil hier niet zijn... Ik wilde niet weg van mijn vrienden, van onze akkers en onze koeien en hiernaartoe komen. Maar mijn moeder zei: "Je moet naar de stad gaan en voor advocaat Panchinalli werken, hoe kom je anders aan het gouden halssnoer? En wie zal er met je willen trouwen zonder gouden halssnoer?" Maar sinds ik hier ben gekomen heb ik nog geen gouden halssnoer gezien – alleen maar ellende, ellende, ellende!'

Opeens schreeuwde Jayamma tegen de muur: 'Ellende, ellende,

ellende – nou praat ze al als een oude vrouw! Die narigheid van jou stelt niks voor. Ík weet wat echte ellende is!'

Het snikken hield op. Jayamma vertelde het meisje van lage kaste wat over haar eigen ellende. Met etenstijd kwam Jayamma met een bak rijst naar de woonkamer van de bedienden. Ze bonsde op de deur, maar Shaila wilde niet opendoen.

'O, wat heeft juffrouw het weer hoog in haar bol!'

Ze bleef op de deur bonzen tot hij openging. Toen gaf ze het meisje rijst en linzenstoofpot en bleef staan kijken of ze het wel opat.

De volgende morgen zaten de twee bedienden samen op de drempel.

'Vertel eens, Jayamma, wat is er allemaal gebeurd in de wereld?'

Shaila zag er stralend uit. Weer bloemen in haar haar en Johnson-poeder op haar gezicht. Jayamma keek met een schampere blik op uit de krant.

'Waarom vraag je dat aan mij? Je kunt toch zelf lezen en schrijven?'

'Toe, Jayamma, je weet dat dat niet bedoeld is voor ons van de lagere kasten...' Het meisje glimlachte innemend. 'Als jullie Brahmanen niet voor ons zouden lezen, hoe zouden we dan ooit iets te weten komen...?'

'Ga zitten,' zei de oude vrouw uit de hoogte. Ze sloeg langzaam de pagina's om en las voor uit de nieuwsberichten die haar interesseerden.

'Ze zeggen dat in het district Tumkur een heilige man de kunst van het vliegen op wilskracht beheerst en vijf meter de lucht in kan stijgen en ook zelf weer kan neerkomen.'

'Echt?' Het meisje was sceptisch. 'Heeft iemand hem dat ook zien doen, of geloven ze hem gewoon?'

'Natuurlijk hebben ze het hem zien doen!' zei Jayamma pinnig, en ze tikte als bewijs op het artikel. 'Heb jij nooit magie gezien?'

Shaila giechelde hysterisch. Toen rende ze het achtererf op en schoot tussen de kokospalmen, en Jayamma hoorde het liedje weer.

Ze wachtte tot Shaila weer het huis in kwam en zei: 'Wat moet je man niet denken als je eruitziet als een wilde? Je haar is een puinhoop.'

Dus ging het meisje op de drempel zitten en Jayamma oliede haar haar en kamde het tot glanzend zwarte strengen die het hart van elke man in vuur en vlam zouden zetten.

Om acht uur gingen de oude dame en het meisje samen tv-kijken. Ze keken tot tien uur en keerden terug naar hun kamer toen Karthik het toestel uitzette.

Halverwege de nacht werd Shaila wakker en zag dat de deur van haar kamer opengeduwd werd.

'Zusje...'

In het donker zag Shaila een zilverharig hoofd naar binnen turen.

'Zusje... mag ik hier deze nacht blijven? Er zijn geesten buiten de voorraadkamer, ja...'

Jayamma kroop bijna het personeelsverblijf binnen, zwaar ademend en hevig zwetend, schurkte tegen een muur van de kamer en liet haar hoofd tussen haar knieën zinken. Het meisje ging kijken wat er in de voorraadkamer aan de hand was. Giechelend kwam ze terug.

'Jayamma... dat zijn geen geesten, het zijn gewoon twee vechtende katten in het huis van de christen... verder niks...'

Maar de oude dame sliep al, haar zilveren haar lag over de grond uitgespreid.

Vanaf dat moment kwam Jayamma in Shaila's kamer slapen als ze de twee krijsende kattendemonen buiten haar kamer hoorde.

Het was de dag voor het Navarathri-feest. Nog steeds geen bericht van thuis en evenmin van de advocaat, over wanneer ze weer naar huis zou gaan. Palmsuiker was weer duurder geworden. Kerosine ook. Jayamma las in de krant dat een heilige man van boom tot boom had leren vliegen in een bosje in Kerala, maar alleen als het betelpalmen waren. Volgend jaar zou er een gedeeltelijke zonsverduistering plaatsvinden, en die zou het einde van de wereld kunnen aankondigen. V.P. Singh, een lid van het Uniekabinet, had de eerste minister van corruptie beschuldigd. Elke dag kon de regering vallen en dan zou het een chaos worden in Delhi.

Die avond stelde Jayamma de advocaat voor dat ze op die feestdag met Karthik naar de Kittamma Devi-tempel bij het station zou gaan.

'Hij mag het bidden niet gaan verwaarlozen nu zijn moeder er niet meer is, vindt u niet?' zei ze bescheiden.

'Dat is een goed idee...' De advocaat pakte zijn krant.

Jayamma haalde diep adem om moed te scheppen.

'Als u me een paar rupee kon geven voor de riksja...'

Ze klopte op de deur van het meisje. Triomfantelijk opende ze haar vuist.

'Vijf rupee! De advocaat heeft me vijf rupee gegeven!'

Jayamma nam een bad in het personeelstoilet en zeepte zich overdadig in met sandelhoutzeep. Ze verwisselde haar vermiljoenen sari voor haar paarse en liep de trap op naar de kamer van de jongen, genietend van de geur van haar eigen huid; ze voelde zich een belangrijk mens.

'Kleed je aan, broer, anders missen we de pooja van vijf uur.'

De jongen zat op zijn bed met de knopjes van een computerspelletje te spelen. *Biep! Biep! Biep!*

'Ik ga niet.'

'Broer, het is een tempel. We moeten gaan!'

'Nee.'

'Broer... Wat zou je moeder zeggen als ze...'

De jongen legde het spelletje even neer. Hij liep naar de deur van zijn kamer en sloeg hem in Jayamma's gezicht dicht.

Ze ging liggen in de voorraadkamer en zocht troost in de DDT-dampen en de aanblik van baby Krishna's zilveren billen. De deur piepte open. Een zwart gezichtje, overdekt met Johnson & Johnson-babypoeder, glimlachte naar haar.

'Jayamma... Jayamma... ga dan met mij naar de tempel...'

In de autoriksja zwegen ze allebei.

'Wacht hier,' zei Jayamma bij de ingang van de tempel. Ze kocht een mandje bloemen voor vijftig paisa van haar eigen geld.

'Hier.' In de tempel leidde ze het meisje naar de priester om het mandje bloemen in zijn handen te leggen.

Een vrome menigte verdrong zich rondom de zilveren linga. Jongetjes sprongen hoog op om tegen de tempelbellen rondom de godheid te slaan. Ze sloofden zich tevergeefs uit, en dan tilden hun vaders hen op. Jayamma zag hoe Shaila opsprong naar een bel.

'Zal ik je optillen?'

Om vijf uur begon de pooja. Een bronzen plaat, vlammen stegen op uit kamferblokken. Twee vrouwen bliezen op reusachtige schelpen, er werd op een koperen gong geslagen, steeds sneller. Toen snelde een van de Brahmanen toe met een koperen plaat die aan één kant brandde, en Jayamma liet er een munt op vallen, terwijl het meisje haar handen uitstrekte naar het heilige vuur.

Ze gingen samen buiten zitten op de veranda van de tempel, aan de muren ervan hingen de enorme trommen die bij bruiloften bespeeld werden. Jayamma maakte een opmerking over de schandalige vrouw die in een mouwloze blouse naar de tempelpoort liep. Shaila vond die mouwloze mode wel erg 'sportief'. Een krijsend kind werd door haar vader naar de tempeldeur gesleurd. Ze werd rustig toen Jayamma en Shaila haar allebei begonnen te liefkozen.

De twee bedienden gingen met tegenzin weg van de tempel. Vogels vlogen op uit de bomen terwijl ze op een riksja wachtten. Stroken lichtende wolken stapelden zich boven elkaar op als militaire onderscheidingen toen de zon onderging. Jayamma begon met de riksjachauffeur te ruziën over de prijs van de terugreis, en Shaila giechelde de hele tijd, waardoor de oude vrouw en de chauffeur allebei nog helser werden.

'Jayamma, heb je het Grote Nieuws gehoord?'

De oude dame keek op van de krant die op de drempel uitgespreid lag. Ze zette haar bril af en keek het meisje aan.

'Over de prijs van palmsuiker?'

'Nee, dat niet.'

'Over die man in Kasargod die een kind baarde?'

'Nee, dat ook niet.' Het meisje grijnsde verlegen. 'Ik ga trouwen.'

Jayamma's lippen weken vaneen. Ze liet haar hoofd zakken, zette haar bril af en wreef in haar ogen.

'Wanneer?'

'Volgende maand. De huwelijksdag is vastgesteld. De advocaat heeft het me gisteren verteld. Hij stuurt mijn gouden halssnoer rechtstreeks naar mijn dorp.'

'Dus nou denk je dat je een koningin bent, hè?' snauwde Jayamma. 'Omdat je gekoppeld wordt aan een of andere boerenhengst!'

Ze zag Shaila naar de muur van het erf hollen om de christenmeid met de dikke lippen het nieuws te vertellen. 'Ik ga trouwen, ik ga trouwen,' zong het meisje de hele dag zoetjes.

Jayamma waarschuwde haar vanuit de keuken: 'Denk je dat dat wat voorstelt, getrouwd zijn? Weet je niet hoe het is gegaan met mijn zus Ambika?'

Maar het meisje was te vol van zichzelf om te luisteren. Ze zong alleen maar de hele dag: 'Ik ga trouwen, ik ga trouwen!'

Daarom moest 's avonds baby Krishna het verhaal aanhoren van de ongelukkige Ambika, die gestraft werd voor haar zonden in een vorig leven:

Ambika, de zesde dochter en de laatste die zou trouwen, was de schoonheid van de familie. Een rijke dokter wilde haar hebben voor zijn zoon. Uitstekend nieuws! Toen de bruidegom Ambika kwam bezoeken, ging hij telkens naar de wc. 'Kijk nou hoe verlegen hij is,' giechelden de vrouwen allemaal. In de huwelijksnacht ging hij met zijn rug naar Ambika toe liggen. Hij hoestte de hele nacht door. 's Morgens zag ze bloed op de lakens. Hij gaf haar te kennen dat ze getrouwd was met een man met vergevorderde tuberculose. Hij had het eerlijk willen zeggen, maar dat had zijn moeder niet gewild. 'Iemand heeft zwarte magie met jouw familie uitgehaald, ellendige vrouw,' zei hij, terwijl zijn lichaam geteisterd werd door hoestbuien. Een maand later stierf hij in een ziekenhuisbed. Zijn moeder vertelde het dorp dat het meisje en al haar zussen vervloekt waren, en niemand wilde meer met een van de andere kinderen trouwen.

'En dat is het ware verhaal waarom ik nog maagd ben,' verklaarde Jayamma tegen het kindje Krishna. 'Ik had namelijk zulk dik haar en zo'n gouden huid, ik werd als een schoonheid beschouwd, weet je dat?' Ze trok haar wenkbrauwen op in boogjes, als een filmster, omdat ze vreesde dat de kleine god haar niet helemaal geloofde. 'Soms dank ik mijn gesternte dat ik nooit getrouwd ben. Stel dat ik ook teleurgesteld was, zoals Ambika? Je kunt altijd beter een oude vrijster zijn dan een weduwe... En toch raakt dat lagekastenkind er de godganse morgen maar niet over uitgezongen...' En Jayamma lag in het donker de stem van het lagekastenkind na te doen ten behoeve van de babygod: 'Ik ga trouwen, ik ga trouwen...'

De dag van Shaila's vertrek brak aan. De advocaat zei dat hij het meisje zelf naar huis zou rijden in zijn groene Ambassador.

'Ik ga, Jayamma.'

De oude dame stond op de drempel haar zilveren haar te borstelen. Ze had het gevoel dat Shaila haar naam opzettelijk spottend uitsprak. 'Ik ga trouwen.' De oude dame ging door met haar haar borstelen. 'Schrijf je me een keer, Jayamma? Jullie Brahmanen kunnen zulke mooie brieven schrijven, jullie zijn zo goed...'

Jayamma smeet de plastic kam in een hoek van de voorraadkamer. 'Barst jij maar, onderkruipsel met je lage kaste!'

De weken verstreken. Nu moest ze ook het werk van het meisje erbij doen. Tegen de tijd dat het avondeten achter de rug was en de vaat gewassen, was ze op. De advocaat had het niet over het aannemen van een nieuw dienstmeisje. Dat begreep ze; vanaf nu was het aan haar om ook het werk van de lagere kaste te doen.

Ze nam de gewoonte aan om 's avonds over het achtererf te dwalen met haar lange zilveren haar los om haar gezicht. Op een avond zwaaide Rosie, het christenmeisje met de dikke lippen, naar haar.

'Wat is er met Shaila gebeurd? Is ze getrouwd?'

Jayamma grijnsde in verwarring.

Ze begon Rosie in de gaten te houden. Wat waren die christenen toch zorgeloos, ze aten wat ze wilden, trouwden en scheidden wanneer ze er maar zin in hadden.

Op een nacht kwamen de twee demonen terug. Vele minuten lang lag ze als verlamd te luisteren naar het gekrijs van de geesten die zich weer als kat hadden vermomd. Ze omklemde het beeldje van baby Krishna en wreef over zijn zilveren billen, zittend op een zak rijst omringd door een slotgracht van DDT. Ze begon te zingen:

'Een ster fluistert hoe diep
Mijn hart verlangt
Jou eens nog te zien,
Mijn kindje, mijn liefste, mijn koning.'

De avond daarop zei de advocaat tijdens het eten iets tegen haar. Hij had een brief gekregen van Shaila's moeder.

'Ze zeiden dat ze niet tevreden waren over het formaat van het gouden halssnoer. En daar heb ik tweeduizend rupee aan uitgegeven, dat geloof je toch niet?'

'Sommige mensen zijn nooit tevreden, meester... Wat doe je eraan?'

Hij krabde met zijn linkerhand over zijn blote borst en boerde. 'In dit leven ben je altijd de bediende van je bedienden.'

Die nacht kon ze niet slapen van ongerustheid. Stel dat de advocaat haar ook zou bedriegen met haar loon?

'Voor jou!' Op een ochtend gooide Karthik een brief op de rijstzeef. Jayamma schudde de rijstkorrels eraf en scheurde hem met trillende vingers open. Er was er op de wereld maar één die haar ooit brieven schreef, haar schoonzuster in Zoutmarktdorp. Ze legde hem uit op de grond en plakte de woorden een voor een aan elkaar.

De advocaat heeft laten weten dat hij van plan is naar Bangalore te verhuizen. Jij wordt natuurlijk teruggestuurd naar ons. Verwacht niet dat je hier lang zult blijven, we zijn al op zoek naar een ander huis om je onder te brengen.

Ze vouwde de brief langzaam op en stopte hem weg op haar middenrif, in haar sari. Het was als een klap in haar gezicht: de advocaat had niet de moeite genomen haar het nieuws te vertellen. 'Ach, het zij zo, ik ben voor hem toch niks anders dan de zoveelste bediende.'

Een week later kwam hij naar de voorraadkamer en bleef op de drempel staan, terwijl Jayamma haastig opstond en haar haar in orde probeerde te brengen. 'Je geld is al naar je schoonzus in Zoutmarktdorp gestuurd,' zei hij.

Dat was de gebruikelijke afspraak als Jayamma ergens werkte; het loon kreeg ze nooit rechtstreeks.

De advocaat zweeg even.

'De jongen heeft iemand nodig om voor hem te zorgen... Ik heb familie in Bangalore...'

'Ik wens u en de jonge meester Karthik alleen maar het beste,' zei ze, en ze boog met trage waardigheid voor hem.

Die zondag had ze alles wat ze in het afgelopen jaar had bezeten in dezelfde koffer verzameld als waarmee ze in het huis gekomen was. Het enige droevige moment was het afscheid van de baby Krishna.

De advocaat zou haar niet wegbrengen, ze zou zelf naar de bushalte lopen. De bus zou pas om vier uur komen en ze liep over het achtererf tussen de wapperende kleren aan de waslijn. Ze dacht aan Shaila, die meid had over dit erf rondgehold met haar haar los als een onverantwoordelijke snotneus, en nu was ze een getrouwde vrouw, de meesteres van een huishouden. Iedereen veranderde en kwam hogerop in het leven, dacht ze. Alleen ik blijf hetzelfde: een maagd. Ze wendde zich naar het huis met een sombere gedachte: dit is de laatste keer dat ik dit huis zie waar ik meer dan een jaar van mijn leven heb doorgebracht. Ze herinnerde zich alle huizen waar ze in de afgelopen veertig jaar naartoe gestuurd was om andermans kinderen vet te mesten. Niets had haar tijd in al die huizen haar opgeleverd. Ze was nog steeds ongetrouwd, kinderloos, platzak. Als een glas waaruit helder water gedronken was vertoonde haar leven geen spoor van de verstreken jaren, behalve dat haar lichaam oud geworden was. Haar ogen waren zwak en haar kniegewrichten deden pijn. Er zal voor mij niets veranderen tot ik dood ben, dacht de oude Jayamma.

Opeens was haar somberheid weg. Ze had een blauwe rubberbal gezien, half verscholen onder een hibiscusplant op het achtererf. Het leek een van de ballen waarmee Karthik cricket speelde. Was hij hier achtergelaten omdat hij lek was? Jayamma hield hem vlak onder haar neus om hem goed te inspecteren. Hoewel ze nergens een gat zag, voelde ze een prikkelend luchtstroompje tegen haar huid als ze er naast haar wang in kneep.

Met de instinctieve voorzichtigheid van de bediende speurde de oude kokkin het erf rond. Ze ademde diep in en wierp de blauwe bal tegen de zijgevel van het huis. Hij raakte de muur en kwam na één keer stuiteren bij haar terug.

Goed genoeg!

Jayamma draaide de bal in haar handen en onderzocht het oppervlak. Het was verbleekt, maar had nog steeds een mooie blauwe glans. Ze snoof eraan. Hij zou heel geschikt zijn.

Ze ging naar Karthik toe, die in zijn kamer op bed lag: *Biep! Biep! Biep!* Ze bedacht hoe sterk hij leek op de foto's van zijn moeder als hij zijn wenkbrauwen fronste om zich op het spelletje te concentreren. De groef in zijn voorhoofd was als een bladwijzer die de dode vrouw daar had achtergelaten.

'Broer...'

'Mm-mm.'

'Ik ga vandaag naar het huis van mijn broer... Ik ga terug naar mijn dorp. Ik kom niet meer terug.'

'Mm-mm.'

'Moge de zegen van je lieve moeder je altijd blijven verlichten.'

'Mm-mm.'

'Broer...'

'Wat is er nou?' Zijn stem knetterde van ergernis. 'Waarom zit je altijd tegen me aan te zeuren?'

'Broer... die blauwe bal in de tuin, die lekke, die gebruik je toch niet meer?'

'Welke bal?'

'... Mag ik die meenemen voor mijn kleine Brijju? Hij houdt zo van cricket, maar soms is er geen geld om een bal te kopen...'

'Nee.'

De jongen keek niet op. Hij bediende de toetsen van zijn spelletje.

Biep!

Biep!

Biep!

'Broer... jullie hebben die meid van lage kaste een gouden halssnoer gegeven... Kun je mij niet alleen maar een blauwe bal voor Brijjesh geven?'

Biep!

Biep!

Biep!

Jayamma dacht met afschuw aan al het eten dat ze aan dit dikke schepsel had gevoerd, dat het het zweet van haar voorhoofd was dat in dat hete keukentje in de linzensoep was gedropen en waarmee hij gevoed was totdat hij was wat hij nu was: rond en vet, als een dier dat op het erf van een christenhuis was vetgemest. Ze kreeg een visioen van hoe ze dat dikke jongetje achtervolgde met een hakmes, ze zag hoe ze hem bij zijn haar greep en het mes boven zijn smekende hoofd hief. *Bang!* Ze liet het neerkomen. Zijn tong schoot naar buiten, zijn gelaatstrekken verwrongen en hij was...

De oude dame huiverde.

'Je bent een kind zonder moeder en een Brahmaan. Ik wil niet slecht over je denken... Vaarwel, broer...'

Ze liep met haar koffer de tuin in en wierp een laatste blik op de bal. Ze liep naar het hek en bleef staan. Haar ogen stonden vol rechtschapen tranen. De zon bespotte haar van tussen de bomen.

Op dat moment kwam Rosie het christenhuis uit. Ze bleef staan en keek naar de koffer in Jayamma's hand. Ze sprak. Een ogenblik lang kon Jayamma er geen woord van verstaan, en toen klonk de boodschap van het christenmeisje luid en duidelijk in haar hoofd: '*Pak die bal, gekke Brahmaan!*'

Zwaaiende kokospalmen schoten voorbij. Jayamma zat in de bus terug naar Zoutmarktdorp naast een vrouw die terugkeerde van de heilige stad Benares. Jayamma kon haar aandacht niet bepalen tot de verhalen van de heilige dame over de prachtige tempels die ze had gezien... Haar gedachten draaiden alleen maar rondom dat ding dat ze in haar sari had verborgen, weggestopt tegen haar buik... de blauwe bal met het gaatje... die ze had gestolen... Ze kon niet geloven dat zij, Jayamma, de dochter van goede Brahmanen uit Zoutmarktdorp, zoiets gedaan had!

Uiteindelijk viel de heilige vrouw naast haar in slaap. Het snurken vervulde Jayamma met angst voor haar ziel. Wat zouden de goden met haar doen, vroeg ze zich af terwijl de bus over de zandweg rammelde, wat zou ze in het volgende leven zijn? Een kakkerlak, een papiermot die in oude boeken woonde, een aardworm, een made in een plak koeienstront of iets nog smerigers?

Toen kwam er een vreemde gedachte bij haar op: als ze in dit leven genoeg gezondigd had, werd ze in het volgende misschien teruggestuurd als christen...

De gedachte maakte haar hoofd licht van vreugde, en ze doezelde bijna meteen weg.

Dag Vijf (Avond): De Kathedraal van Onze-Lieve-Vrouwe van Valencia

Het is niet makkelijk te verklaren waarom de kathedraal van Onze-Lieve-Vrouwe van Valencia nog steeds onvoltooid is, ondanks zovele pogingen in de afgelopen jaren om het werk af te maken en al het geld dat door inwoners die in Kuweit werken naar huis is gestuurd. Het oorspronkelijke barokbouwwerk uit 1691 werd in 1890 volledig herbouwd. Slechts één van de klokkentorens werd niet voltooid en die is tot op de dag van vandaag incompleet. Sinds 1981 heeft de noordelijke toren bijna voortdurend in de steigers gestaan, ofwel wegens geldgebrek, ofwel wegens de dood van een belangrijke geestelijke. Zelfs in onvoltooide staat wordt de kathedraal beschouwd als de belangrijkste toeristische attractie van Kittur. Van bijzonder belang zijn de fresco's van het wonderbaarlijk geconserveerde lichaam van de heilige Franciscus Xaverius op het plafond van de kapel, en de kolossale muurschildering achter het altaar, getiteld *Allegorie van Europa dat Wetenschap en Verlichting naar India brengt.*

George D'Souza, de muggenman, had een prinses aan de haak geslagen. Het bewijs van die bewering zou geleverd worden bij zonsondergang, als het werk aan de kathedraal gestaakt werd. Tot dat moment zou George alleen nog aan zijn watermeloen sabbelen, toespelingen maken tegen zijn vrienden en grijnzen.

Hij zat op een piramidevormige hoop granieten stenen op het terrein voor de kathedraal, met zijn metalen rugcontainer en zijn sproeier naast zich.

Betonmolens gromden aan beide zijden van het kerkgebouw. Ze vermaalden stenen en modder en spuwden hopen zwart cement uit. Op een steiger werden stenen en cement omhooggehesen naar de top van de noordelijke klokkentoren. Georges vrienden Guru en Michael goten water uit plastic literflessen in de betonmolen. De machines dropen op de rode bodem van het terrein en stroompjes bloedrood water kabbelden omlaag vanaf de kathedraal, alsof die een hart was dat op een stuk krant was gelegd om leeg te bloeden.

Toen hij zijn meloen op had, rookte George de ene beedi na de andere. Hij sloot zijn ogen en meteen begonnen kinderen van bouwvakkers elkaar met bestrijdingsmiddel te besproeien. Een tijdje joeg hij ze weg, toen ging hij weer op de stenenpiramide zitten.

Hij was een klein, lenig, donker ventje en leek begin veertig, maar aangezien je sneller veroudert door lichamelijk werk, kon hij jonger geweest zijn, misschien zelfs eind twintig. Hij had een lang litteken onder zijn linkeroog en een pokdalig gezicht, dat erop wees dat hij kortgeleden waterpokken had gehad. Zijn bicepsen waren lang en slank, niet van het glanzende, opgepompte type dat je in dure sportscholen kweekt, maar met de onvermijdelijke pezigheid die arme arbeiders krijgen, keihard en diep ingesleten door een leven lang dingen tillen voor anderen.

Bij zonsondergang werd er brandhout opgetast voor Georges stenenpiramide, er werd een vlam ontstoken en rijst en viscurry werden gekookt in een zwarte ketel. Er werd een transistorradio aangezet. Muggen zoemden. Vier mannen zaten met gloeiende gezichten rondom het flakkerende vuur beedi's te roken. Om George heen zaten zijn oude collega's, Guru, James en Vinay. Ze hadden voor zijn ontslag met hem op de bouwplaats gewerkt.

Hij haalde zijn groene notitieboekje uit zijn zak en sloeg het open op de middelste bladzijde, waar hij iets bewaarde, roze als de tong van een dier dat hij gevangen en gevild had.

Het was een briefje van twintig rupee. Vinay bevingerde het met verbazing. Zelfs nadat Guru het hem kalmpjes had ontfutseld kon hij zijn ogen er niet van afhouden.

'Heb je dat gekregen voor het ontsmetten van haar huis?'

'Nee, nee, nee. Ze zag me sproeien, en ik denk dat ze onder de indruk was, want ze vroeg me of ik wat aan haar tuin wilde doen.'

'Als ze rijk is, heeft ze dan geen tuinman?'

'Die heeft ze wel, maar die vent is altijd dronken. Dus heb ik zijn werk gedaan.'

George beschreef het: de dode boomstronk weghalen uit de goot in de achtertuin en die een paar meter verder neerleggen, de rommel verwijderen die in de goot was bezonken en waarin de muggen zich vermenigvuldigden. Daarna de heggen in de voortuin snoeien met een reusachtige snoeischaar.

'Is dat alles?' Vinays mond viel open. 'Twintig rupee voor zoiets?'

George blies met veel vertoon van boosaardigheid rook de lucht in. Hij stopte het briefje van twintig rupee terug in het boekje en het boekje in zijn zak.

'Vandaar dat ik zeg: zij is mijn prinses.'

'De rijken hebben de hele wereld,' zei Vinay met een half opstandige, half berustende zucht. 'Wat is twintig rupee nou voor hen?'

Guru, die hindoe was, praatte meestal maar weinig en werd door zijn vrienden als 'diepzinnig' beschouwd. Hij was helemaal in Bombay geweest en kon Engelse opschriften lezen.

'Zal ik jullie wat vertellen over de rijken? Zal ik jullie wat vertellen over de rijken?'

'Goed, vertel maar.'

'Ik vertel jullie wat over de rijken. In Bombay, in Hotel Oberoi in

Nariman Point, hebben ze een gerecht dat "Beef Vandaloo" heet en dat vijfhonderd rupee kost.'

'Ga weg!'

'Ja, vijfhonderd! Het stond zondag in de Engelse krant. Nou weet je wat over de rijken.'

'En als je dat nou bestelt en je komt erachter dat je je vergist hebt en dat je het niet lekker vindt? Krijg je dan je geld terug?'

'Nee, maar dat kan je niet schelen als je rijk bent. Weet je wat het grootste verschil is tussen rijk zijn en zoals wij zijn? De rijken kunnen telkens weer vergissingen maken. Wij maken er maar één en dan hebben we het gehad.'

Na het eten nam George al de anderen mee om te gaan drinken in de araktent. Hij had van hun gulhartigheid kunnen eten en drinken sinds hij op de bouwplaats ontslagen was. Het muggen verdelgen, dat Guru voor hem versierd had via een kennis bij het gemeentebestuur, deed hij maar één keer per week.

'Komende zondag,' zei Vinay toen ze om middernacht straalzat uit de araktent kwamen, 'kom ik die stomme prinses van jou eens bekijken.'

'Ik ga jou niet vertellen waar ze woont,' riep George. 'Ze is mijn geheim.' De anderen baalden, maar ze drongen niet verder aan. Ze waren al blij dat George een goede bui had. Dat was zeldzaam, want hij was een bitter mens.

Ze gingen slapen in tenten aan het eind van de bouwplaats van de kathedraal. Omdat het september was, kon het nog gaan regenen, maar George sliep in de openlucht, keek naar de sterren en dacht aan de gulhartige vrouw die hem deze gelukkige dag had bezorgd.

De zondag daarop bond George de metalen container op zijn rug, maakte de sproeier vast aan een van de mondstukken en ging Valencia in. Hij hield stil bij elk huis langs zijn route en als hij ergens een goot of een plas zag, of gaten in de riolering vond, vuurde hij zijn sproeier af: *tzzzk... tzzzk...*

Hij liep een halve kilometer vanaf de kathedraal en sloeg toen links af, een van de stegen in die vanaf Valencia naar beneden glooiden. Hij liep de heuvel af en vuurde met zijn sproeier in de goten langs de weg: *tzzzk... tzzzk... tzzzk...*

De regen was gestopt en er stortten zich geen woeste modderstromen meer de helling af, maar van de glinsterende takken van bomen langs de weg en de schuine pannendaken van de huizen droop nog steeds water op de weg, waar de losliggende stenen het tot glimmende beekjes vlochten, die met zachte muziek in de goten stroomden. Dik groen mos vormde een laag in de goten van neergeslagen gal, riet schoot op uit de bodem en kleine, moerassige plassen verschaald water glansden in hoeken en gaten als vloeibare smaragden.

Een tiental vrouwen in bonte sari's, elk met een groene of lichtpaarse sjaal om hun hoofd, maaide gras langs de kant van de weg. Migrantenarbeiders wiegden gezamenlijk heen en weer en zongen vreemde Tamil-liederen tijdens hun werk in de goten, waar ze het mos wegschraapten en het onkruid tussen de stenen uit trokken met heftige rukken, alsof ze het van kinderen afpakten, terwijl andere handenvol zwarte blubber van de bodem van de goten schepten en in druipende heuveltjes optastten.

Hij keek vol minachting naar hen en dacht: maar ik ben zelf ook afgegleden tot het niveau van die mensen!

Hij werd kregel. Hij begon slordig te sproeien, hij sloeg zelfs met opzet een paar plassen over.

Langzaamaan naderde hij nummer 10A, en hij besefte dat hij voor het huis van zijn prinses stond. Hij deed het rode hek open en ging naar binnen.

De ramen waren dicht, maar vlak bij het huis hoorde hij dat er binnen water ruiste. Ze neemt een douche, midden op de dag, dacht hij. Rijke vrouwen kunnen zulke dingen doen.

Toen hij de vrouw de week daarvoor had gezien, had hij meteen geraden dat haar man weg was. Na een tijdje merkte je dat bij die vrouwen wier mannen in de Golf werkten: ze straalden uit dat ze een lange tijd geen man om zich heen hadden gehad. Haar man had haar goed gecompenseerd voor zijn afwezigheid: de enige auto met chauffeur in heel Valencia, een witte Ambassador, op de oprit, en de enige airconditioning in de laan, die zoemend en druipend van het water uit haar slaapkamer stak tot over de jasmijn in haar tuin.

De chauffeur van de witte Ambassador was nergens te zien.

Die zal wel weer ergens zitten te drinken, dacht George. Hij had de vorige keer een oude kokkin ergens achter in het huis gezien. Een oude dame en een nalatige chauffeur, dat was alles wat deze dame bij zich in huis had.

Er leidde een goot vanaf de tuin naar het achtererf en hij volgde de loop ervan en sproeide erin: *tzzzk... tzzzk...* De goot was weer verstopt. Hij stapte in het vuil en de blubber van de verstopte goten, en gebruikte zijn sproeier zorgvuldig onder verschillende hoeken, zo nu en dan stilhoudend om zijn werk te inspecteren. Hij duwde de mond van de sproeier tegen de zijkant van de goot. Het sproeigeluid stopte. Wit schuim, zoiets als wat slangen produceren als je ze in een glas laat bijten om het gif af te tappen, verspreidde zich over de muggenlarven. Toen draaide hij een knop op de sproeier dicht, klikte hem in een gleuf in zijn rugcontainer en ging weer naar haar op zoek met het boek dat ze moest tekenen.

'Hé!' Er loerde een vrouw uit een raam. 'Wie ben jij?'

'Ik ben de muggenman. Ik was hier vorige week ook!'

Het raam ging dicht. Er klonken geluiden vanuit diverse delen van het huis, er werden dingen ontgrendeld, dichtgeslagen en afgesloten, en toen stond ze weer voor hem, zijn prinses. Mevrouw Gomes, de vrouw des huizes van nummer 10A, was een lange vrouw, inmiddels tegen de veertig, die helderrode lippenstift op had en een jurk in westerse stijl droeg die negen-tiende van haar armen bloot liet tot op haar schouders. Van de drie soorten vrouwen op de wereld – 'traditioneel', 'modern' en 'werkend' – was mevrouw Gomes duidelijk een lid van de 'moderne' stam.

'Je hebt de vorige keer geen goed werk geleverd,' zei ze, en ze liet hem rode bulten op haar handen zien, deed een stap achteruit en lichtte de zoom van haar lange groene jurk op om haar gehavende enkels te tonen. 'Dat sproeien van jou heeft niets uitgericht.'

Hij begon te gloeien van schaamte, maar ook durfde hij zijn ogen niet af te wenden van wat hij te zien kreeg.

'Het ligt niet aan het sproeien, maar aan uw achtererf,' wierp hij tegen. 'Er zit weer een tak vast in de goot en ik denk dat een of ander dood beest, een maki misschien, de doorstroming belemmert. Daarom blijven de muggen daar broeden. Komt u zelf maar kijken als u me niet gelooft,' stelde hij voor.

Ze schudde haar hoofd. 'Het is smerig op het achtererf. Ik kom daar nooit.'

'Ik maak het wel weer schoon,' zei hij. 'Dat is beter tegen de muggen dan mijn sproeier.'

Ze keek bedenkelijk. 'Hoeveel wil je daarvoor hebben?'

Haar toon ergerde hem, dus zei hij: 'Niets.'

Hij liep om het huis heen naar het achtererf, stapte in de goot en viel de smurrie aan. Hoe halen die mensen het in hun hoofd dat ze ons zouden kunnen kopen als vee! Hoeveel wil je hiervoor hebben? Hoeveel daarvoor?

Een halfuur later belde hij met zwarte handen aan. Na een paar tellen hoorde hij haar roepen: 'Kom maar hier.'

Hij liep op de stem af naar een dicht raam.

'Maak open.'

Hij stak zijn zwarte handen in een smalle spleet tussen de twee houten luiken van het raam en duwde ze uit elkaar. Mevrouw Gomes lag op haar bed te lezen.

Hij stak zijn potlood in het boek en hield het haar voor.

'Wat moet ik met dat boek?' vroeg ze. De geur van pasgewassen haar volgde haar naar het raam.

Hij legde zijn vuile duim op een regel. Huis 10A, Dhr. Roger Gomes.

'Wil je soms thee?' vroeg ze, en ze vervalste de handtekening van haar man in zijn boek.

Hij was met stomheid geslagen. Nog nooit was hem thee aangeboden tijdens zijn werk. Vooral uit angst voor wat zo'n rijke dame

232

zou kunnen doen als hij weigerde, zei hij ja.

Een oude bediende, misschien de kokkin, kwam aan de achter-deur en bekeek hem argwanend toen mevrouw Gomes haar vroeg om thee te halen.

De oude kokkin kwam een paar minuten later terug met een glas thee in haar hand. Ze keek misprijzend naar de muggenman en zette het glas neer op de drempel, zodat hij het kon oppakken.

Hij liep de drie treden op, pakte het glas, ging terug en liep nog drie treden lager voor hij begon te drinken.

'Hoe lang doe je dit werk al?'

'Een half jaar.'

Hij dronk van de thee. Een plotse bezieling greep hem aan en hij zei: 'Ik heb een zus in mijn dorp die ik moet onderhouden. Maria. Ze is een goed meisje, mevrouw. Ze kan goed koken. Hebt u een kok nodig, mevrouw?'

De prinses schudde haar hoofd. 'Ik heb een heel goede kokkin. Het spijt me.'

George dronk zijn thee op, zette het glas neer onder aan de trap en hield het nog even vast om er zeker van te zijn dat het niet zou omvallen als hij het losliet.

'Komt dat probleem op mijn achtererf nou weer terug?'

'Absoluut. Muggen zijn kwalijke beesten, mevrouw. Ze veroorza-ken malaria en filaria,' zei hij, en hij vertelde haar van zuster Lucy in zijn dorp, die hersenmalaria had gekregen. 'Ze zei dat ze met haar uitgeteerde armen zou gaan flap-flap-flapperen tot ze in het Heilige Jeruzalem was', en zwaaiend met zijn armen tolde hij om de gepar-keerde auto om haar te laten zien hoe dat ging.

Ze barstte uit in een onbeheerst gelach. Hij leek een ernstige, strenge man dus ze had deze luchthartige uitbarsting niet van hem verwacht. Ze had nog nooit een lid van de lagere klassen gehoord dat zo grappig was. Ze bekeek hem van top tot teen en besefte dat ze hem voor het eerst zag.

Het viel hem op dat ze hartelijk lachte en erbij snoof, zoals een boerenvrouw. Hij had dit ook niet verwacht: vrouwen van goede afkomst werden niet geacht zo ruw en uitbundig te lachen, en zulk gedrag van zo'n rijke vrouw verwarde hem.

Met een vermoeide stem voegde ze eraan toe: 'Matthew hoort het achtererf schoon te maken. Maar hij is niet eens vaak genoeg hier om te chaufferen, laat staan voor het achtererf. Altijd weg, ergens aan het drinken.'

Toen klaarde haar gezicht op bij een idee: 'Doe jij het maar,' zei ze. 'Jij kunt parttime tuinman voor me zijn. Ik zal je betalen.'

George stond op het punt om ja te zeggen, maar iets in hem hield hem tegen. De terloopse manier waarop het baantje werd aangeboden stond hem niet aan.

'Dat is niet mijn soort werk, stront ruimen van achtererven. Maar voor u zal ik het doen, mevrouw. Voor u doe ik alles, want u bent een goed mens. Ik kan in uw ziel kijken.'

Ze lachte weer.

'Begin volgende week maar,' zei ze. Restjes van het lachen rimpelden nog op haar gezicht en ze sloot de deur.

Toen hij weg was, deed ze de deur naar haar achtererf open. Ze kwam daar zelden. Er hing een zware lucht van vruchtbare zwarte grond, overgroeid met onkruid, de lucht was zwaar van rioolwalm. Ze rook het verdelgingsmiddel, dat lokte haar het huis uit. Ze hoorde een geluid en besefte dat de muggenman nog ergens in de buurt was.

Tzzzk... tzzzk... In haar gedachten volgde ze het geluid door de hele buurt, eerst bij het huis van Monteiros, daarna naar het terrein van dr. Karkada, daarna naar het jezuïetenlerarencollege en seminarie van Valencia, waarna ze het spoor kwijtraakte.

George zat op de stapel stenen te wachten op andere mannen die net zo over hun werk dachten als hij, en dan zouden ze samen naar een araktent in de buurt gaan om te gaan drinken.

'Wat bezielt jou?' vroegen de andere jongens hem later die avond. 'Je zegt haast geen woord.'

Eerst was hij een uur hees geweest en daarna somber geworden. Hij dacht aan de man en de vrouw die hij had gezien op het omslag

'Waar heb je het over, George? Wie heeft je geslagen?'

Hij legde het uit. Hij had ruzie gekregen met zijn voorman. George gaf een geluidloze voorstelling van het handgemeen, in de hoop haar een indruk te geven van hoe snel het was gegaan, als een reflex.

'Hij zei dat ik naar zijn vrouw zat te lonken, mevrouw. Maar dat was niet waar. In mijn familie zijn we eerlijk, mevrouw. Vroeger ploegden we in het dorp, mevrouw,' zei hij. 'En dan vonden we wel koperen munten. Die stammen uit de tijd van Tippu Sultan. Ze zijn meer dan honderd jaar oud. En die munten pakten ze me af en ze smolten ze om voor het koper. Ik wilde ze zo graag houden, maar ik heb ze aan meneer Coelho, de landeigenaar, gegeven. Ik ben niet oneerlijk. Ik steel niet, ik kijk niet naar de vrouw van een andere man. Dat is de waarheid. Ga maar naar het dorp, vraag maar aan meneer Coelho. Hij zal hetzelfde zeggen.'

Ze moest erom glimlachen. Zoals bij alle dorpelingen was zijn manier om zijn goede karakter te verdedigen naïef, omslachtig en vertederend.

'Ik vertrouw je,' zei ze, en ze ging het huis in zonder de deur te sluiten. Hij loerde naar binnen en zag klokken, rode tapijten, ronde houten lijsten aan de muren, planten in potten, dingen van brons en zilver. Toen ging de deur weer dicht.

Die dag bracht ze zelf de thee naar buiten. Ze zette het glas neer op de drempel en hij draafde met gebogen hoofd de treden op, pakte het en draafde weer naar beneden.

'Ach, mevrouw, mensen als u hebben alles en mensen als wij hebben niks. Het is gewoon niet eerlijk,' zei hij, slurpend van de thee.

Ze liet een klein lachje horen. Zoveel directheid had ze niet verwacht van de armen, het was alleraardigst.

'Het is gewoon niet eerlijk, mevrouw,' zei hij nog eens. 'U hebt zelfs een wasmachine die u nooit gebruikt. Zoveel hebt u.'

'Vraag je me om meer geld?' Ze trok haar wenkbrauwen op.

'Nee mevrouw, waarom zou ik? U betaalt me heel goed. Ik draai nooit om dingen heen,' zei hij. 'Als ik geld wil, vraag ik er wel om.'

'Ik heb problemen waar jij geen weet van hebt, George. Ik heb ook problemen.' Ze glimlachte en ging naar binnen. Hij bleef buiten tevergeefs staan hopen op een verklaring.

Even later begon het te regenen. De buitenlandse yogalerares kwam met een paraplu aan door de hevige regen. Hij rende naar het hek om haar binnen te laten en ging toen in de garage naast de auto zitten en luisterde stiekem naar het geluid van de diepe ademhalingen uit mevrouws slaapkamer. Tegen de tijd dat de yogasessie afgelopen was, was de regen opgehouden en de tuin lag te schitteren in de zon. De twee vrouwen leken enthousiast over de zon en de zorgvuldig onderhouden tuin. Mevrouw Gomes praatte met haar buitenlandse vriendin met een hand op haar heup. George merkte dat zijn werkgeefster, anders dan de Europese vrouw, haar meisjesachtige figuur bewaard had. Hij nam aan dat dat kwam doordat ze geen kinderen had.

Het licht in haar slaapkamer ging aan rond halfzeven, en toen klonk er het geluid van stromend water. Ze nam een bad, ze nam iedere avond een bad. Het was onnodig, want 's morgens ging ze weer in bad, en ze rook toch al naar een heerlijk parfum, en toch twee keer baden – in warm water, daar was hij van overtuigd – helemaal met schuim overdekt en haar lichaam ontspannen. Ze was een vrouw die dingen zuiver voor haar plezier deed.

Op zondag liep George de heuvel op om de mis bij te wonen in de kathedraal. Toen hij terugkwam, snorde de airconditioning nog. Dus ze gaat niet naar de kerk, dacht hij.

Om de woensdagmiddag verscheen de Ideal Mobiele Uitleenbibliotheek per Yamaha-motorfiets. De bibliothecaris annex motorrijder drukte op de bel, maakte een metalen kist met boeken achter op de motor los en zette die op de achterklep van de auto, zodat ze ze kon bekijken. Mevrouw Gomes keek de boeken door en koos er een paar uit. Toen ze haar keuze had gemaakt en had betaald en weer naar binnen was gegaan, liep George naar de bibliothecaris annex motorrijder, die de kist weer op zijn Yamaha aan het binden was en tikte hem op zijn schouder.

'Wat voor soort boeken kiest mevrouw uit?'

'Romans.'

De bibliothecaris annex motorrijder stopte en gaf hem een knipoog. 'Vieze romans. Ik maak er elke dag tientallen mee als zij: vrouwen met mannen in het buitenland.'

Hij boog zijn vinger en wriemelde ermee.

'Het blijft jeuken, weet je. Dus moeten ze Engelse romans lezen om ervan af te komen.'

George grijnsde. Maar toen de Yamaha een cirkel draaide, een stofwolk opjoeg en de tuin uit reed, rende hij naar het hek en riep: 'Zo praat je niet over mevrouw, smeerlap!'

's Nachts kon hij niet slapen. Hij dwaalde kalm en zonder geluid te maken over het achtererf. Hij dacht na. Als hij terugkeek op zijn leven, kwam het hem voor dat het had bestaan uit dingen die geen ja tegen hem hadden gezegd en dingen waar hij geen nee tegen kon zeggen. Het afsluitend examen had geen ja tegen hem gezegd en tegen zijn zus kon hij geen nee zeggen. Hij kon zich bijvoorbeeld niet voorstellen dat hij zijn zus aan haar lot zou overlaten en zou proberen nog eens zijn afsluitend examen te halen.

Hij ging het hek uit, liep de laan in en de hoofdweg langs. De onvoltooide kathedraal was een donkere vorm tegen de blauwe nachthemel boven de kust. Hij stak een beedi op en liep rondjes om de rommel op de bouwplaats, en bekeek vertrouwde dingen op een niet-vertrouwde manier.

De volgende dag wachtte hij haar op met een aankondiging. 'Ik ben gestopt met drinken, mevrouw,' zei hij tegen haar. 'Ik heb gisteravond een besluit genomen: nooit meer een fles arak.'

Hij wilde dat ze het wist, hij had nu de kracht om te leven zoals hij wilde. Die avond, toen hij in de tuin de bladeren van de rozenstruik aan het snoeien was, maakte Matthew het hek open en kwam binnen. Hij keek nijdig naar George en liep toen het achtererf op, naar zijn onderkomen.

Een halfuur later, toen mevrouw Gomes naar de bijeenkomst van de Lion Ladies gebracht moest worden, was Matthew nergens te zien, zelfs niet nadat ze een paar keer op het achtererf geroepen had.

'Laat mij dan rijden, mevrouw,' zei hij.

Ze keek hem sceptisch aan. 'Kun jij dan rijden?'

'Mevrouw, als je in armoe opgroeit, dan moet je alles leren, van de grond bewerken tot autorijden. Waarom stapt u niet in? Dan kunt u zelf zien hoe goed ik rijd.'

'Heb je een rijbewijs? Laat je me verongelukken?'

'Mevrouw,' zei hij, 'ik zou nooit iets doen wat u maar in het geringste gevaar zou brengen.' Even later voegde hij eraan toe: 'Ik zou zelfs mijn leven voor u geven.'

Daar glimlachte ze om. Toen zag ze dat hij het meende en haar glimlach verdween. Ze stapte in de auto, hij startte de motor en hij werd haar chauffeur.

'Je rijdt goed, George. Waarom ga je niet fulltime werken als mijn nieuwe chauffeur?' vroeg ze hem na afloop.

'Voor u doe ik alles, mevrouw.'

Matthew werd die avond ontslagen. De kokkin kwam naar George toe en zei: 'Ik heb hem nooit gemogen. Maar ik ben blij dat jij blijft.'

George boog voor haar. 'Je bent als een oudere zus voor me,' zei hij en zag haar stralen van geluk.

's Morgens maakte hij de auto schoon en waste hem. Hij ging vrolijk neuriënd met zijn benen over elkaar op Matthews krukje zitten wachten op het moment dat mevrouw hem zou bevelen met haar te gaan rijden. Als hij haar naar de bijeenkomst van de Lion Ladies had gebracht, wandelde hij rondom de vlaggenmast voor de club en keek naar de bussen die langsreden bij de gemeentebibliotheek. Hij keek op een andere manier naar de bussen en de bibliotheek, niet als een zwerver, een handarbeider die in de goten duikt en de aarde eruit schept, maar als iemand die belang had bij wat er gebeurde. Eén keer reed hij haar naar zee. Ze liep naar het water toe en ging bij de rotsen zitten kijken naar de zilveren golven, terwijl hij bij de auto wachtte en naar haar keek.

Toen ze uit de auto stapte, kuchte hij.

'Wat is er, George?'

'Mijn zus Maria.'

Ze keek hem met een aanmoedigende glimlach aan.

'Ze kan koken, mevrouw. Ze is netjes, ze werkt hard en ze is een goed christenmeisje.'

'Ik heb een kokkin, George.'

'Ze is niet goed, mevrouw. En ze is oud. Waarom stuurt u haar niet weg en laat u mijn zus niet uit het dorp overkomen?'

Haar gezicht betrok.

'Denk je dat ik niet doorheb waar je mee bezig bent? Je probeert mijn huishouden over te nemen! Eerst werk je mijn chauffeur eruit en nu mijn kokkin!'

Ze stapte in en sloeg het portier dicht. Hij glimlachte, hij maakte zich geen zorgen. Hij had het zaadje in haar geest geplant, het zou al snel ontspruiten. Hij wist nu hoe de hersens van deze vrouw werkten.

Tijdens het watertekort die zomer bewees George mevrouw Gomes dat hij onmisbaar was. Hij wachtte boven op de heuvel tot de watertankwagen langskwam, hij droeg de emmers zelf naar beneden en vulde haar spoelbak en toiletten, zodat ze niet de vernederende beperking van het doorspoelen hoefde te ondergaan, zoals alle anderen in de buurt. Zodra hij het gerucht hoorde dat de gemeente de waterleiding een tijdje openstelde (soms was er één keer in de twee of drie dagen een halfuur lang water), dan rende hij het huis binnen en riep: 'Mevrouw! Mevrouw!'

Ze gaf hem een stel sleutels voor de achterdeur, zodat hij het huis in kon zodra hij hoorde dat er water zou zijn en de emmers kon vullen.

Dankzij dat zware werk kon mevrouw, in een tijd dat de meeste mensen zelfs niet eens om de dag een bad konden nemen, nog steeds twee keer per dag van haar bad genieten.

'Het is toch absurd,' zei ze op een avond toen ze aan de achterdeur kwam, stevig wrijvend met een witte handdoek over haar natte haar, dat los op haar schouders viel, 'dat in dit land, waar zoveel regen valt, nog steeds een watertekort bestaat. Wanneer zal India ooit veranderen?'

Hij glimlachte en wendde zijn ogen af van haar figuur en haar natte haar.

'George, ik ga je loon verhogen,' zei ze. Ze ging weer naar binnen en sloot de deur stevig.

Een paar avonden later kwam er nog meer goed nieuws voor hem. Hij zag de oude kokkin vertrekken met een tas onder haar arm. Ze wierp hem een onheilspellende blik toe toen hun wegen elkaar kruisten en siste: 'Ik weet wat je met haar van plan bent! Ik heb haar gezegd dat je haar naam en reputatie kapot zult maken! Maar je hebt haar betoverd!'

Een week nadat Maria het huishouden van nummer 10A was komen versterken, kwam mevrouw Gomes naar George toe toen hij aan de motor van de auto zat te prutsen.

'De garnalencurry van je zus is uitstekend.'

'In onze familie werkt iedereen hard, mevrouw,' zei hij, en hij was zo enthousiast dat zijn hoofd omhoogschoot en tegen de motorkap sloeg. Het deed pijn, maar mevrouw Gomes was gaan lachen – die scherpe, hoge dierlijke lach van haar – en hij probeerde mee te lachen terwijl hij over de rode bult op zijn schedel wreef.

Maria was een klein, bangelijk meisje dat arriveerde met twee tassen, zonder kennis van Engels en van het leven buiten haar dorp. Mevrouw Gomes vond haar aardig en gaf haar toestemming om in de keuken te slapen.

'Waarover praten ze binnen, mevrouw en die buitenlandse vrouw?' vroeg George haar toen Maria hem zijn avondeten bracht in zijn eenkamerverblijf.

'Ik weet het niet,' zei ze, terwijl ze zijn viscurry opschepte.

'Waarom weet je dat niet?'

'Ik heb er niet op gelet,' zei ze met een klein stemmetje, zoals altijd bang voor haar broer.

'Nou, let dan op! Zit daar niet als een pop van "ja mevrouw" en "nee mevrouw"! Doe zelf eens wat! Hou je ogen open!'

's Zondags nam hij Maria mee naar de mis in de kathedraal. De bouwwerkzaamheden stopten 's morgens, zodat de mensen erin konden, maar zodra ze weer naar buiten kwamen zagen ze dat de aannemers zich alweer opmaakten om 's avonds het werk te hervatten.

'Waarom gaat mevrouw niet naar de mis? Ze is toch ook een christen?' vroeg Maria toen ze de kerk uit kwamen.

Hij haalde diep adem. 'De rijken doen wat ze willen. Daar horen wij ons geen vragen bij te stellen.'

Hij merkte dat mevrouw Gomes met Maria praatte. Door haar open, gulhartige karakter, dat geen onderscheid maakte tussen rijk en arm, was ze voor Maria meer geworden dan een bazin. Ze was een goede vriendin. Het ging precies zoals hij gehoopt had.

's Avonds miste hij zijn drank, maar hij vulde de tijd met rondwandelen of naar de radio luisteren en zijn gedachten de vrije loop te laten. Hij dacht: Maria kan volgend jaar trouwen. Ze had nu status, als kokkin bij een rijke vrouw. De jongens zouden in de rij staan thuis in het dorp.

Daarna, berekende hij, zou het tijd worden voor zijn eigen huwelijk, dat hij zo lang had uitgesteld uit een mengeling van verbittering, armoede en schaamte. Ja, tijd voor een huwelijk en kinderen. Toch knaagde het door het contact met die rijke vrouw aan hem dat hij zoveel meer met zijn leven had kunnen doen.

'Jij boft maar, George,' zei mevrouw Gomes op een avond toen ze toekeek hoe hij de auto opwreef met een vochtige doek. 'Je hebt een geweldige zus.'

'Dank u, mevrouw.'

'Waarom neem je Maria niet eens mee de stad in? Ze heeft toch nog niets gezien van Kittur?'

Hij besloot dat dit een mooie kans was om wat initiatief te tonen. 'Waarom gaan we niet met ons drieën, mevrouw?'

Ze reden gedrieën naar het strand. Mevrouw Gomes en Maria gingen langs de zandkust wandelen, hij keek vanaf een afstand toe. Toen ze terugkwamen, wachtte hij ze op met een papieren puntzak met gemalen pinda's voor Maria.

'Mag ik er ook wat?' vroeg mevrouw Gomes, en snel schudde hij er wat uit. Ze pakte ze uit zijn hand, en zo raakte hij haar voor de eerste keer aan.

Het regende weer in Valencia, en hij besefte dat hij al bijna een jaar in het huis was. Op een dag kwam de nieuwe muggenman voor het achtererf. Mevrouw Gomes keek toe hoe George de man de goten en kanalen achterin wees, zodat hij geen plekje zou overslaan.

Die avond riep ze hem naar het huis en zei: 'George, dat zou je zelf moeten doen. Spuit de goot alsjeblieft zelf, zoals vorig jaar.'

Haar stem klonk liefjes, en hoewel het dezelfde stem was die ze opzette om hem bergen te laten verzetten, verstijfde hij deze keer. Hij was beledigd dat ze hem nog vroeg om zo'n taak uit te voeren.

'Waarom niet?' Boos verhief ze haar stem. Ze krijste: 'Jij werkt voor mij! Je doet wat ik zeg!'

De twee staarden elkaar aan en toen liep hij grommend en scheldend het huis uit. Een tijdlang zwierf hij doelloos rond en besloot toen de kathedraal weer op te zoeken om te zien hoe het met zijn oude gabbers ging.

Er was niet veel veranderd op het terrein bij de kathedraal. De bouw was stopgezet, vertelden ze, vanwege de dood van de plebaan. Binnenkort begonnen ze weer.

Zijn andere vrienden waren er niet meer, ze waren gestopt met werken en teruggegaan naar het dorp, maar Guru was er wel.

'Nu je er toch bent, zouden we niet...' Guru maakte het gebaar van het leeggieten van een fles in een keel.

Ze gingen naar een araktent en er werd weer lekker gedronken, zoals vroeger.

'Hoe staat het nou met jou en je prinses?' vroeg Guru.

'Ach, die rijke mensen zijn allemaal hetzelfde,' zei George bitter. 'Wij zijn gewoon vuilnis voor ze. Een rijke vrouw kan een arme man nooit als man zien. Alleen als bediende.'

Hij dacht aan zijn zorgeloze dagen, voordat hij vastzat aan een huis en een mevrouw, en met wrok bedacht hij dat hij zijn vrijheid was kwijtgeraakt. Hij vertrok al vroeg, kort voor middernacht, want hij moest nog iets regelen in het huis, zei hij. Op de terugweg waggelde hij dronken voort en zong een Konkani-liedje, maar er was een andere hartslag begonnen te kloppen onder de lichtvoetige filmsong.

Naarmate hij het hek naderde werd zijn stem zwakker en stierf ten slotte weg, en hij besefte dat hij overdreven behoedzaam liep. Hij vroeg zich af waarom en werd bang voor zichzelf.

Geluidloos schoof hij de grendel van het hek en liep naar de achterdeur van het huis. Hij hield de sleutel al een tijdje in zijn hand. Hij boog zich over het slot, tuurde naar het sleutelgat en stak de sleutel erin. Behoedzaam en in stilte liep hij het huis binnen. De zware wasmachine stond als een nachtwaker in het donker. In de verte ontsnapten vleugjes koele lucht uit een spleet in de dichte deur van haar slaapkamer.

George haalde langzaam adem. Terwijl hij voortstrompelde was zijn enige gedachte dat hij moest uitkijken dat hij niet tegen de wasmachine op liep.

'O god,' zei hij opeens. Hij besefte dat hij met zijn knie tegen de wasmachine had gestoten, en dat verdomde ding galmde.

'O god,' zei hij nog eens, met het vage, wanhopige besef dat hij te hard had gepraat.

Er was beweging, haar deur ging open en er verscheen een vrouw met lang, loshangend haar.

Een koel airconditioningbriesje deed zijn hele lijf huiveren. De vrouw trok de rand van een sari over haar schouder.

'George?'

'Ja.'

'Wat wil je?'

Hij zei niets. Het antwoord op de vraag was tegelijkertijd vaag en wezenlijk, halfduister maar al te aanwezig, net zoals zijzelf was. Hij wist bijna wat hij wilde zeggen. Zij zei niets. Ze had niet gegild of het alarm aangezet. Misschien wilde zij het ook. Hij had het gevoel dat het nu alleen een kwestie was van zeggen, of zelfs van bewegen. Gewoon iets doen. Het gaat gebeuren.

'Eruit,' zei ze.

Hij had te lang gewacht.

'Mevrouw, ik...'

'Eruit.'

Nu was het te laat. Hij draaide zich om en liep snel weg.

Op het moment dat de achterdeur achter hem dichtviel, voelde hij zich dwaas. Hij sloeg er zo hard met zijn vuist op dat het pijn deed. 'Mevrouw, laat me het uitleggen!' Hij stompte steeds harder tegen de deur. Ze had hem verkeerd begrepen, volkomen verkeerd!

'Hou op,' klonk een stem. Het was Maria, die angstig naar hem keek door het raam. 'Hou alsjeblieft meteen op.'

Op dat moment besefte George met een klap wat voor enormiteit hij had begaan. Hij was zich ervan bewust dat de buren misschien toekeken. De reputatie van mevrouw stond op het spel.

Hij sleepte zich naar de bouwplaats en viel daar neer om te slapen. De volgende morgen ontdekte hij dat hij, net zoals maanden geleden, boven op een piramide granietpuin had gelegen.

Langzaam liep hij terug. Maria wachtte hem op bij het hek.

'Mevrouw!' riep ze, terwijl ze het huis in liep. Mevrouw Gomes kwam naar buiten, haar vinger stak diep tussen de bladzijden van haar nieuwste roman.

'Maria, ga naar de keuken,' beval mevrouw Gomes toen hij de tuin in liep. Daar was hij blij om. Ze wilde Maria dus behoeden voor wat er zou komen. Hij was dankbaar voor haar tact. Ze was anders dan andere rijke mensen, ze was bijzonder. Ze zou hem sparen.

Hij legde de sleutel van de achterdeur op de grond.

'Het is in orde,' zei ze. Haar optreden was koel. Hij begreep nu dat de afstand groter was geworden, elke seconde dat hij daar stond duwde ze hem achteruit. Hij wist niet hoe ver hij achteruit moest gaan, hij had het gevoel dat hij niet verder achteruit kon gaan om nog te verstaan wat ze zei. Haar stem klonk veraf en klein en koud. Om de een of andere reden kon hij zijn blik niet afwenden van het omslag van haar roman: een man reed in een rode auto en twee blanke vrouwen in bikini's zaten achterin.

'Ik ben niet kwaad,' zei ze. 'Ik had betere voorzorgsmaatregelen moeten nemen. Ik heb een vergissing gemaakt.'

'Ik heb de sleutel daar neergelegd, mevrouw,' zei hij.

'Het maakt niet uit,' zei ze. 'Vanavond wordt het slot verwisseld.'

'Kan ik blijven tot u iemand anders hebt gevonden?' gooide hij eruit. 'Hoe redt u het met de tuin? En wat moet u zonder chauffeur?'

'Ik red het wel,' zei ze.

Tot dat moment hadden al zijn gedachten om haar gedraaid: haar reputatie in de buurt, haar gemoedsrust, het verraad dat ze moest voelen, maar nu begreep hij het. Zij was niet degene om je bezorgd om te maken.

Hij wilde tegen haar zeggen wat er op zijn hart lag en haar alles vertellen, maar zij nam als eerste het woord.

'Maria zal ook weg moeten.'

Hij staarde haar met open mond aan.

'Waar moet ze vannacht slapen?' Zijn stem klonk iel en wanhopig. 'Mevrouw, ze heeft alles wat ze had in ons dorp achtergelaten en is hier gekomen om bij u te wonen.'

'Ze kan in de kerk slapen, neem ik aan,' zei mevrouw Gomes kalm. 'Ze laten de hele nacht mensen binnen, heb ik gehoord.'

'Mevrouw.' Hij vouwde zijn handen. 'Mevrouw, u bent christen, net als wij, en ik smeek u uit naam van de christelijke naastenliefde: laat u Maria alstublieft buiten...'

Ze sloot de deur. Toen hoorde hij hoe die op slot gedraaid werd en daarna dubbel op slot.

Boven aan de weg wachtte hij op zijn zus en keek in de richting van de onvoltooide kathedraal.

Dag Zes: Het Sultansfort

Het Sultansfort, een grote, zwarte, rechthoekige vesting, rijst hoog op aan uw linkerzijde als u van Kittur naar Zoutmarktdorp gaat. De beste manier om de vesting te bezoeken is aan iemand in Kittur vragen om u erheen te vervoeren. Uw gids zal de auto dan langs de hoofdweg moeten parkeren en dan zult u getweeën een halfuur moeten klimmen. Als u onder de poort door loopt zult u merken dat de vesting in verregaande staat van verval verkeert. Hoewel een plaquette van de Archeologische Dienst van India het tot een beschermd monument verklaart en opgeeft van de rol ervan bij het 'koesteren van de nagedachtenis van de patriot Tippu Sultan, de Tijger van Mysore', blijkt uit niets enige poging om het oude bouwwerk te behoeden voor de aanslagen van klimplanten, wind, regen, erosie en grazend gedierte. Reusachtige banyanbomen zijn ontsproten op de vestingwallen, de wortels dringen zich tussen de stenen als knokige vingers die in een muizenhol wroeten. Loop dan, dorens en hopen geitenkeutels vermijdend, naar een van de schietgaten in de vestingmuren, neem daar in uw verbeelding een geweer in uw handen, knijp één oog dicht en doe of u Tippu zelf bent, die het Engelse leger bestookt.

Snel liep hij naar de witte koepel van de Dargah met een ingeklapt houten krukje onder zijn ene arm en onder zijn andere een rode koffer met zijn fotoalbum en zeven flesjes vol witte pillen. Toen hij bij de Dargah was, liep hij de muur langs zonder te letten op de lange rij bedelaars: de lepralijders die op vodden zaten, de mannen met verminkte armen en benen, de mannen in rolstoelen en de mannen met verband over hun ogen, het schepsel met kleine bruine stompjes als zeehondenflippers op de plaats waar het armen had moeten hebben, een normaal linkerbeen en een zachte bruine stomp op de plaats waar het andere been had moeten zitten, en het schepsel dat op zijn linkerzij lag, voortdurend met zijn heup trekkend als een dier dat galvanische schokken krijgt en met niets ziende, gehypnotiseerde ogen voortdreunde: 'Al-lah! Al-laaaah! Al-lah! Al-laaaah!'

Hij liep langs deze beklagenswaardige menselijke stoet tot achter de Dargah.

Nu liep hij langs de verkopers die in een lange rij van bijna een kilometer op de grond hurkten. Hij kwam langs rijen babyschoentjes, beha's, T-shirts met het logo NEW YORK FUCKING CITY, nep-Ray-Ban-brillen, nep-Nike-schoenen en nep-Adidas-schoenen, en stapels tijdschriften in het Urdu en Malayalam. Hij ontdekte een open plek tussen een namaak-Nike-verkoper en een namaak-Gucci-verkoper, klapte daar zijn kruk uit en zette die op een glimmend zwart vel papier met gouden letters.

De gouden woorden zeiden:

RATNAKARA SHETTY

SPECIALE GAST

VIERDE PAN-AZIATISCH SEKSUOLOGISCH CONGRES

HOTEL NEW HILLTOP PALACE NEW DELHI

12-14 APRIL 1987

De jongemannen die waren gekomen om te bidden in de Dargah, of om lamskebab te eten in een van de moslimrestaurants, of alleen maar om naar de zee te kijken, gingen in een halve kring om Ratna heen staan en keken toe hoe hij op de kruk een uitstalling maakte van het fotoalbum en de zeven flesjes witte pillen. Met ceremoniële ernst herschikte hij de flesjes, alsof hun positie precies juist moest zijn voor hij met zijn werk kon beginnen. In feite wachtte hij op meer toeschouwers.

Die kwamen. Ze stonden in paren of alleen en de menigte jongemannen zag er inmiddels uit als een menselijk Stonehenge. Sommigen stonden met hun handen steunend op de schouder van een vriend, anderen stonden alleen en een paar hurkten op de grond als omgevallen rotsblokken.

Plotseling begon Ratna te praten. Jongemannen liepen sneller toe en de menigte dijde zo uit dat hij op elk punt twee of drie mannen dik was, en degenen achteraan moesten op hun tenen gaan staan om ook maar een glimp van de seksuoloog te kunnen opvangen.

Hij sloeg het album open en liet de jongemannen de foto's in plastic hoesjes zien die erin zaten. De toeschouwers stonden versteld.

Ratna wees zijn foto's aan en sprak over gruwelen en perversiteiten. Hij beschreef de gevolgen van de zonde, hij demonstreerde hoe venerische ziektekiemen het lichaam binnendrongen, waarbij hij zijn tepels, zijn ogen en toen zijn neusvleugels aanraakte, en vervolgens zijn ogen sloot. De zon klom aan de hemel en de witte koepel van de Dargah schitterde helderder. De jongemannen in de halve kring verdrongen elkaar in hun worsteling om dichter bij de foto's te komen. Toen kwam Ratna met de genadeklap: hij sloeg het boek dicht en hief een flesje witte pillen op in beide handen. Hij begon ermee te schudden.

'Bij ieder flesje pillen ontvangt u een certificaat van echtheid van Hakim Bhagwandas van Daryaganj in Delhi. Deze man, een hoogst ervaren medicus, heeft de wijze boeken van de farao's bestudeerd en zijn wetenschappelijk instrumentarium gebruikt om deze grandioze witte pillen te vervaardigen, die al uw aandoeningen zullen genezen. Elk flesje kost slechts vier rupee en vijftig paisa! Ja, meer hoeft u niet te betalen om te boeten voor de zonde en een tweede kans in het leven te krijgen! Vier rupee en vijftig paisa!'

's Avonds stapte hij, doodvermoeid door de hitte, met zijn rode koffer en klapstoeltje in bus 34B. Die zat vol om die tijd, dus hield hij zich vast aan een lus en ademde langzaam in en uit. Hij telde tot tien om weer op krachten te komen, stak toen een hand in de rode koffer en haalde er vier groene brochures uit, die allemaal een afbeelding van drie grote ratten op het omslag hadden. Hij stak de brochures omhoog met zijn ene hand, zoals een gokker zijn kaarten omhoogsteekt, en zei zo hard mogelijk: 'Dames en heren! U weet allemaal dat ons leven een *rat race* is, met weinig banen en veel gegadigden. Hoe zullen uw kinderen het redden, hoe krijgen zij de baan die u hebt? Want het leven is vandaag de dag een waarachtige rat race. Alleen in dit boekje vindt u duizenden nuttige zaken met betrekking tot de algemene ontwikkeling, gerangschikt in de vorm van vraag en antwoord, onontbeerlijk voor uw zoons en dochters om te slagen voor het toelatingsexamen voor ambtenaren, voor het bankwezen, voor de politie en vele andere examens die nodig zijn om de rat race te winnen. Bijvoorbeeld...' Hij haalde snel even adem. 'Het Mogulrijk had twee hoofdsteden, Delhi was er één van. Wat was de andere? Vier Europese hoofdsteden zijn gebouwd aan de oever van dezelfde rivier. Noem die rivier. Wie was de eerste koning van Duitsland? Wat is de geldeenheid van Angola? Een stad in Europa is de hoofdstad geweest van vier verschillende rijken. Welke stad? Twee mannen waren betrokken bij de moord op Mahatma Gandhi. Nathuram Godse was er een van. Noem de andere. Hoe hoog is de Eiffeltoren in meters?'

Hij hield de pamfletten in zijn rechterhand en strompelde naar voren, zichzelf vastgrijpend als de bus over de gaten in de weg hotste. Een passagier vroeg om een pamflet en overhandigde hem een rupee. Ratna liep terug en wachtte bij de uitgang. Toen de bus stopte boog hij zijn hoofd in stille dank naar de conducteur en stapte uit.

Hij zag een man bij de bushalte staan wachten en probeerde hem een serie van zes gekleurde pennen te verkopen, eerst voor een rupee per pen, daarna twee pennen voor een rupee en ten slotte drie voor een rupee. Hoewel de man zei dat hij niets wou kopen, zag Ratna belangstelling in zijn ogen. Hij haalde een grote springveer tevoorschijn waar de kinderen veel pret mee konden hebben, en een geometrische set waarmee je prachtige tekeningen op papier kon maken. De man kocht een van de geometrische sets voor drie rupee.

Ratna ging weg van het Sultansfort en nam de weg naar Zoutmarktdorp.

Toen hij in het dorp was, liep hij naar de grote markt, produceerde een handvol kleingeld en sorteerde het al lopend op zijn vlakke hand. Hij legde de munten op de toonbank van een winkel en nam er een pakje Engineer-beedi's voor in ruil, dat hij in zijn koffer stopte.

'Waar wacht je op?' De jongen die de winkel bemande was nieuw. 'Je hebt je beedi's toch?'

'Anders krijg ik ook twee pakjes linzen, bij de prijs inbegrepen. Zo gaat dat.'

Voor hij zijn huis binnenging, scheurde Ratna met zijn tanden een van de pakjes open en schudde de inhoud op de grond naast zijn deur. Zeven of acht van de honden uit de buurt kwamen aanrennen en hij keek toe hoe ze luidruchtig de linzen verslonden. Toen ze in de grond begonnen te graven, scheurde hij het tweede pakje met zijn tanden open en verspreidde de inhoud ook op de grond.

Hij liep zijn huis binnen zonder te wachten om te zien hoe de honden de tweede lading linzen wegwerkten. Hij wist dat ze nog steeds honger zouden hebben, maar hij kon het zich niet veroorloven elke dag een derde pakje voor ze te kopen.

Hij hing zijn overhemd op een haak naast de deur, krabbend in zijn oksels en over zijn behaarde borst. Hij ging op een stoel zitten, blies zijn adem uit, mompelde: 'O Krishna, o Krishna', en strekte zijn benen. Hoewel ze in de keuken waren, wisten zijn dochters meteen dat hij er was: een krachtige lucht van muffe voeten vervulde het huis als een waarschuwend kanonschot. Ze lieten hun vrouwenbladen vallen en zetten zich druk aan het werk.

Zijn vrouw dook op uit de keuken met een groot glas water. Hij was begonnen beedi's te roken.

'Zijn ze aan het werk daar, de maharani's?' vroeg hij haar.

'Ja,' riepen de drie meisjes, zijn dochters, terug vanuit de keuken. Hij vertrouwde ze niet, dus ging hij kijken.

De jongste, Aditi, hurkte bij de gaskachel en veegde de bladen van het fotoalbum schoon met een punt van haar sari. Rukmini, de oudste zus, zat naast een hoop witte pillen, die ze aftelde en in flesjes stopte. Ramnika, die na Rukmini zou worden uitgehuwelijkt, plakte een etiket op elk flesje. De vrouw was in de keuken lawaai aan het maken met borden en pannen. Nadat hij zijn tweede beedi gerookt had en zijn lichaam zichtbaar ontspannen was, had ze de moed verzameld om hem te benaderen.

'De astroloog zei dat hij om negen uur zou komen.'

'Mm-mm.'

Hij boerde, tilde een been op en wachtte op de scheet. De radio stond aan, hij zette het toestel op zijn dij en sloeg met zijn handen op zijn andere been op de maat van de muziek, voortdurend neuriënd en zingend als hij de woorden kende.

'Hij is er,' fluisterde ze. Hij zette de radio af toen de astroloog de kamer binnenkwam en vouwde zijn handen in een namaste.

Hij ging op een stoel zitten en trok zijn overhemd uit, dat Ratna's vrouw voor hem op de haak naast dat van Ratna hing. Terwijl de vrouwen in de keuken wachtten, liet de astroloog Ratna de selectie jongens zien.

Hij opende een album met zwart-witfoto's. Ze bekeken de gezichten van de ene jongen na de andere, die terugkeken vanuit stijve, glimlachloze portretfoto's. Ratna krabde over een ervan met zijn duim. De astroloog schoof de foto uit het album.

'Die jongen ziet er goed uit,' zei Ratna na een ogenblik van concentratie. 'Wat doet zijn vader voor de kost?'

'Die heeft een vuurwerkwinkel aan de Paraplustraat. Prima zaak. De jongen erft hem.'

'Zijn eigen zaak,' riep Ratna met oprechte voldoening uit. 'Dat is de enige manier om voorop te lopen in de rat race. Ongeregeld koopman is een doodlopende steeg.'

Zijn vrouw liet iets vallen in de keuken. Ze kuchte en liet nog iets vallen.

'Wat is er?' vroeg hij.

Een bedeesd stemmetje zei iets over horoscopen.

'Hou je mond!' riep Ratna. Hij zwaaide met de foto in de richting van de keuken. 'Ik heb drie dochters om uit te huwelijken en die verdomde heks denkt dat ik kieskeurig kan zijn.' En hij gooide de astroloog de foto in zijn schoot.

De astroloog zette een X op de achterkant van de foto.

'De ouders zullen iets verwachten,' zei hij. 'Als symbool.'

'Bruidsschat.' Ratna noemde met zachte stem het kwaad bij zijn naam. 'Al goed. Voor die meid heb ik geld gespaard.' Hij zuchtte. 'Maar waar ik een bruidsschat voor de andere twee vandaan moet halen, mag God weten.'

Hij knarsetandde van woede, draaide zich om naar de keuken en schreeuwde.

De maandag daarop kwam de familie van de jongen. Ratna en zijn vrouw zaten in de salon en de jongere meisjes gingen rond met een dienblad met limoensap. Rukmini's gezicht was wit gemaakt met een dikke laag Johnson-babypoeder, en haar haar was versierd met jasmijnslingers. Ze tokkelde op de snaren van een *veena* en zong een godsdienstig lied, waarbij ze uit het raam keek naar iets ver weg.

De vader van de toekomstige bruidegom, de vuurwerkhandelaar, zat op een matras recht tegenover Rukmini. Het was een enorme man met een wit overhemd en een witte katoenen sarong. Dikke bossen glimmend, zilverachtig haar staken uit zijn oren. Hij bewoog zijn hoofd op het ritme van het lied, wat Ratna als een aanmoedigend teken beschouwde. De toekomstige schoonmoeder, weer zo'n enorm lichthuidig schepsel, speurde het plafond en de hoeken van de kamer af. De toekomstige bruidegom had de lichte huid en de trekken van zijn vader, maar hij was veel kleiner dan allebei zijn ouders, en hij leek meer op het huisdier dan op de stamhouder van de familie. Halverwege het lied boog hij zich voorover en fluisterde iets in het harige oor van zijn vader.

De koopman knikte. De jongen stond op en liep weg. De vader stak zijn pink op en liet die aan iedereen in de kamer zien.

Iedereen giechelde.

De jongen kwam terug en perste zich tussen zijn dikke vader en dikke moeder. De twee jongere meisjes kwamen aan met een tweede dienblad met limoensap, en de dikke vuurwerkverkoper en zijn vrouw pakten een glas. De jongen nam er ook een, alsof hij alleen maar hetzelfde wilde doen, en dronk ervan. Praktisch op het moment dat het sap zijn lippen raakte, stootte hij zijn vader aan en fluisterde weer wat in zijn harige oor. Deze keer trok de oude man een grimas, maar de jongen rende de kamer uit.

Als om de aandacht van zijn zoon af te leiden, vroeg de vuurwerkhandelaar met krakende stem: 'Heb je wellicht een beedi voor me, beste man?'

Toen Ratna in de keuken naar zijn pakje beedi's zocht, zag hij door de tralies voor het raam de bruidegom in spe overvloedig urineren tegen de stam van een ashokaboom op het achtererf.

Zenuwachtig ventje, dacht hij grijnzend. Maar dat spreekt vanzelf, dacht hij, want hij voelde al een lichte genegenheid voor deze knul, die binnenkort tot zijn familie zou behoren. Alle mannen zijn zenuwachtig voor hun huwelijk. De jongen was kennelijk klaar. Hij schudde zijn penis en deed een stap achteruit van de boom. Maar toen bleef hij als aan de grond genageld staan. Na een ogenblik boog hij zijn hoofd achterover en leek naar adem te snakken, als een drenkeling.

De huwelijksmakelaar kwam die avond terug om te melden dat de vuurwerkhandelaar ingenomen leek met de zang van Rukmini.

'Stel snel een datum vast,' zei hij tegen Ratna. 'Over een maand zullen de huren voor bruiloftszalen...', en hij maakte een opwaarts gebaar met zijn handen.

Ratna knikte, maar leek er met zijn hoofd niet bij.

De volgende morgen nam hij de bus naar de Paraplustraat en liep langs meubel- en ventilatorenwinkels tot hij de zaak van de vuurwerkhandelaar gevonden had. De dikke man met de harige oren zat op een hoge kruk voor een muur vol met papieren bommen en raketten, als een gezondene van de God van Vuur en Oorlog. De bruidegom in spe was ook in de zaak. Hij zat op de vloer en likte aan zijn vingers bij het doorbladeren van een kasboek.

De dikke man gaf zijn zoon een schopje.

'Deze man wordt je schoonvader, zeg je hem geen gedag?' Hij glimlachte naar Ratna. 'Het is een verlegen jongen.'

Ratna dronk thee, kletste met de dikke man en hield voortdurend een oog op de jongen.

'Kom mee, jongen,' zei hij, 'ik moet je iets laten zien.'

De twee liepen de straat door. Geen van beiden zei een woord, tot ze bij de banyanboom kwamen die naast de Hanuman-tempel in de Paraplustraat groeide. Ratna beduidde dat ze in de schaduw van de boom moesten gaan zitten. Hij wilde dat de jongen met zijn rug naar het verkeer zat, zodat hij de tempel voor zich had.

Een tijdlang liet Ratna de jongeman praten, terwijl hij alleen maar zijn ogen, oren, neus, mond en hals bestudeerde.

Opeens greep hij de pols van de jongen beet.

'Waar heb je die prostituee gevonden bij wie je geweest bent?'

De jongen wilde opstaan, maar Ratna kneep hem harder in zijn pols om duidelijk te maken dat er geen ontkomen aan was. De jongen draaide zijn gezicht naar de straat, alsof hij om hulp smeekte.

Ratna kneep nog harder in de pols van de jongen.

'Waar ben je met haar geweest? Langs de weg, in een hotel, achter een gebouw?'

Hij draaide harder.

'Langs de weg,' barstte de jongen uit. Toen keek hij Ratna aan, hij was bijna in tranen. 'Hoe weet u dat?'

Ratna sloot zijn ogen, ademde uit en liet de pols los. 'Een vrachtwagenhoer.' Hij gaf de jongen een klap.

De jongen begon te huilen. 'Ik ben maar één keer bij haar geweest,' zei hij, terwijl hij zijn snikken probeerde in te houden.

'Eén keer is genoeg. Brandt het als je plast?'

'Ja, het brandt.'

'*Nausea?*'

De jongen vroeg wat dat Engelse woord betekende en zei ja toen hij het begrepen had.

'Wat nog meer?'

'Het is de hele tijd net of er iets groots en hards tussen mijn benen zit, als een rubberbal. En soms ben ik duizelig.'

'Kun je een stijve krijgen?'

'Ja. Nee.'

'Vertel me hoe je penis eruitziet. Is hij zwart? Is hij rood? Is de opening opgezwollen?'

Een halfuur later zaten de twee mannen nog steeds aan de voet van de banyanboom met hun gezicht naar de tempel.

'Ik smeek u...' De jongen vouwde zijn handen. 'Ik smeek u.'

Ratna schudde zijn hoofd.

'Ik moet het huwelijk afzeggen – wat kan ik anders? Hoe kan ik toelaten dat mijn dochter die ziekte ook krijgt?'

De jongen staarde naar de grond, alsof hij gewoon niet meer wist hoe hij moest smeken. Het druppeltje vocht aan zijn neuspunt glom als zilver.

'Ik ga u kapotmaken,' zei hij kalm.

Ratna wreef zijn handen af aan zijn sarong. 'Hoe dan?'

'Ik ga zeggen dat ze met iemand naar bed is geweest. Ik ga zeggen dat ze geen maagd is, dat u daarom het huwelijk moest afzeggen.'

Met een snelle beweging greep Ratna de jongen bij zijn haar, rukte zijn hoofd achterover, hield het even vast en ramde het toen tegen de banyanboom. Hij stond op en spuugde op de jongen.

'Ik zweer bij de god die in de tempel hier voor ons huist dat ik je eigenhandig vermoord als je dat zegt.'

Hij was vol vuur die dag bij de Dargah. De jongemannen hadden zich rondom hem verzameld en hij bulderde over zonde, ziekte en hoe de ziektekiemen vanuit de geslachtsdelen zich verspreidden, door de tepels, in de mond en ogen en oren tot ze de neusgaten bereikten. Toen liet hij hun zijn foto's zien: afbeeldingen van rottende en rood aangelopen geslachtsdelen. Sommige waren zwart of opgezwollen of leken zelfs verkoold, alsof ze door zuur waren aangetast. Boven elke foto stond een portret van de getroffene met een zwart rechthoekje over zijn ogen, alsof hij een slachtoffer van foltering of verkrachting was. Dat waren de gevolgen van de zonde, legde Ratna uit, en boetedoening en vergeving konden uitsluitend bereikt worden in de vorm van magische witte pillen.

Er verstreken een maand of drie. Op een ochtend stond hij op zijn plek achter de witte koepel te brullen naar de Stonehenge van verontruste jongemannen, toen hij een gezicht zag waar zijn hart van stilstond.

Na afloop, toen hij klaar was met zijn lezing, zag hij het gezicht weer, vlak voor hem.

'Wat moet je?' siste hij. 'Het is te laat. Mijn dochter is nu getrouwd. Waarom kom je nou hierheen?'

Ratna nam de kruk onder zijn arm, gooide zijn medicijnen in zijn rode koffer en liep snel weg. Gejaagde voetstappen volgden hem. De jongen – de zoon van de vuurwerkhandelaar – sprak hijgend.

'Het wordt elke dag erger. Ik kan niet meer pissen zonder dat mijn penis brandt. U moet iets voor me doen. U moet me uw pillen geven.'

Ratna knarsetandde. 'Je hebt gezondigd, smeerlap. Je bent bij een prostituee geweest. Nu mag je ervoor boeten!'

Hij liep sneller en sneller, en toen waren de voetstappen achter hem weg en was hij alleen.

Maar de avond daarop zag hij het gezicht weer en de snelle voetstappen volgden hem helemaal tot aan de bushalte, en de stem zei, telkens weer: 'Laat me toch die pillen van u kopen', maar Ratna draaide zich niet om.

Hij stapte in de bus en telde tot tien, hij haalde zijn brochures tevoorschijn en vertelde de passagiers over de rat race. Toen het donkere silhouet van de vesting in de verte opdook vertraagde de bus en stopte toen. Hij stapte uit. Iemand anders stapte gelijk met hem uit. Hij liep weg. Iemand liep achter hem.

Ratna keerde zich met een ruk om en greep de achtervolger bij zijn kraag. 'Wat heb ik je gezegd? Laat me met rust. Wat bezielt je?'

De jongen duwde Ratna's handen weg, trok zijn kraag recht en fluisterde: 'Ik denk dat ik doodga. U moet me uw witte pillen geven.'

'Hoor nou eens, geen enkele van die jongens zal beter worden van iets wat ik verkoop. Snap je het dan niet?'

Er viel een ogenblik stilte en toen zei de jongen: 'Maar u bent op het Seksuologisch Congres geweest... Dat staat op dat bord in het Engels...'

Ratna hief zijn handen ten hemel.

'Dat bord heb ik gevonden op het perron in het station.'

'Maar de Hakim Bhagwandas in Delhi...'

'Hakim Bhagwandas – lul niet! Het zijn witte suikerpillen die ik in het groot inkoop bij een drogist in de Paraplustraat, pal naast de zaak van je vader. Mijn dochters stoppen ze in flesjes en plakken er bij mij thuis etiketten op!'

Als bewijs maakte hij zijn leren koffertje open, schroefde de dop van een flesje en strooide de pillen over de grond alsof hij zaad zaaide in de aarde. 'Ze doen niks! Ik heb niks voor je, jongen!'

De jongen ging op de grond zitten, pakte een witte pil op van de grond en slikte hem door. Hij ging op handen en knieën zitten, graaide de witte pillen bij elkaar en begon ze als een dolleman door te slikken, samen met de aarde die eraan zat.

'Ben je gek geworden?'

Ratna knielde neer, schudde de jongen flink door elkaar en stelde telkens weer dezelfde vraag.

En toen, op het laatst, zag hij de ogen van de jongen. Die waren veranderd sinds hij ze voor het laatst gezien had: betraand en rood. Ze zagen eruit als een of andere groente in het zuur.

Zijn greep op de schouder van de jongen verslapte.

'Je moet me wel betalen voor mijn hulp, hè? Ik doe niet aan liefdadigheid.'

Een halfuur later stapten de twee mannen uit een bus bij het station. Samen liepen ze door straten die steeds smaller en donkerder werden, tot ze bij een winkel kwamen met op de luifel een groot rood medisch kruis. Vanuit de winkel schalde een populaire Kannada-filmsong.

'Koop hier wat en laat me met rust.'

Ratna wilde weglopen, maar de jongen greep zijn pols vast.

'Wacht. Kies het geneesmiddel voor me uit en ga dan maar.'

Ratna liep snel in de richting van de bushalte, maar weer hoorde hij de voetstappen achter zich. Hij draaide zich om en daar liep de jongen met zijn armen vol groene flesjes.

Ratna had spijt dat hij bereid was geweest om hem daarheen te brengen en liep harder. Maar weer hoorde hij de lichte, wanhopige voetstappen, alsof hij door een geest gevolgd werd.

Een paar uur lang lag Ratna die nacht wakker, hij woelde in zijn bed en stoorde zijn vrouw.

De volgende dag nam hij 's avonds de bus naar het centrum, terug naar de Paraplustraat. Toen hij bij de vuurwerkhandel kwam, bleef hij op een afstandje met zijn armen over elkaar staan wachten tot de jongen hem zag. Samen liepen ze een tijdje in stilte op en toen gingen ze zitten op een bank bij een suikerrietsaptentje. De machines draaiden en vermaalden het riet en Ratna zei: 'Ga naar het ziekenhuis. Daar helpen ze je wel.'

'Daar kan ik niet naartoe. Ze kennen me. Dan zeggen ze het tegen mijn vader.'

Ratna zag in zijn verbeelding die omvangrijke man met de bossen wit haar uit zijn oren voor zijn arsenaal van voetzoekers en papieren bommen zitten.

De volgende dag, toen Ratna zijn houten kraampje inklapte en zijn koffer inpakte, merkte hij een schaduw op voor hem op de grond. Hij liep om de Dargah heen, langs de lange rij pelgrims die wachtten tot ze bij het graf van Yusuf Ali konden bidden, langs de rijen lepralijders en langs de man met één been die op de grond met zijn heup lag te trekken en te dreunen van 'Al-lah, Al-laaah! Al-lah!'

Even keek hij omhoog naar de witte koepel.

Hij daalde af naar de zee en de schaduw volgde hem. Langs de rand van de zee liep een lage stenen muur, en hij zette zijn rechtervoet erop. De golven kwamen met veel geweld aanrollen. Nu en dan spatte het water uiteen tegen de muur en dik, wit schuim steeg op in het licht en waaierde uit als een pauwenstaart die uit zee oprees. Ratna draaide zich om.

'Wat heb ik voor keus? Als ik die jongens die pillen niet verkoop, hoe kan ik mijn dochters dan uithuwelijken?'

De jongen ontweek zijn blik, staarde naar de grond en schuifelde ongemakkelijk heen en weer.

Ze stapte getweeën op lijn 5, reden helemaal tot in het hart van de stad en stapten uit bij de Angel Talkies. De jongen droeg het houten krukje en Ratna speurde de hele hoofdstraat af tot hij een groot reclamebord had gelokaliseerd, voorstellende een man en een vrouw die naast elkaar stonden in bruiloftskledij:

KLINIEK 'GELUKKIG LEVEN'

SPECIALIST: DOCTOR M.V. KAMATH

MBBS (MYSORE), B. MEC. (ALLAHABAD), DBBS (MYSORE),

M.CH. (CALCUTTA), G.COM. (VARANASI).

SUCCES VERZEKERD

'Zie je die letters achter zijn naam?' fluisterde Ratna de jongen in zijn oor. 'Het is een échte dokter. Die zal je redden.'

In de wachtkamer zaten een stuk of vijf magere, zenuwachtige mannen op zwarte stoelen, en in een hoek een getrouwd stel. Ratna en de jongen gingen tussen de afzonderlijke mannen en het echtpaar zitten. Nieuwsgierig keek Ratna naar de mannen. Het was hetzelfde type als naar hem toe kwam – oudere, treuriger versies, mannen die jarenlang geprobeerd hadden van geslachtsziekten af te komen, die er eindeloos veel flessen witte pillen tegenaan gegooid hadden en geen verbetering merkten, die nu aan het eind van een lange, wanhopige reis waren gekomen, een reis die leidde vanaf zijn kraampje bij de Dargah, via een lange reeks andere straatventers, tot de kliniek van deze dokter, waar ze uiteindelijk de waarheid zouden horen.

Een voor een gingen de magere, verloren mannen de spreekkamer binnen en de deur ging achter hen dicht. Ratna keek naar het echtpaar en dacht: die staan tenminste niet alleen voor deze beproeving. Zij hebben tenminste elkaar.

Toen stond de man op om naar de dokter te gaan. De vrouw bleef zitten. Zij ging later naar binnen, nadat de man terug was gekomen. Natuurlijk zijn die geen man en vrouw, bedacht Ratna. Als hij deze ziekte krijgt, de ziekte van de seks, dan staat elke man alleen op de wereld.

'En wat is uw relatie met de patiënt?' vroeg de dokter.

Eindelijk zaten ze dan aan zijn bureau. Aan de muur achter de dokter vertoonde een enorme kaart een doorsnede van de mannelijke urinewegen en voortplantingsorganen. Ratna bekeek hem een ogenblik, verwonderde zich over de fraaie tekening en zei: 'Zijn oom.'

De dokter liet de jongen zijn overhemd uittrekken en ging toen naast hem zitten. Hij liet hem zijn tong uitsteken, tuurde in zijn ogen, zette een stethoscoop op de borst van de jongen, en drukte die eerst op de ene kant en daarna op de andere.

Ratna dacht: zo'n ziekte oplopen bij zijn allereerste keer! Was dat rechtvaardig?

Nadat hij de geslachtsdelen van de jongen had onderzocht liep de dokter naar een wasbak met een spiegel erboven. Hij trok aan een koord en er flitste boven de spiegel een neonbuis aan.

Hij liet water in de wasbak lopen, gorgelde en spuwde, en deed toen het licht uit. Hij veegde een hoek van de wasbak af met zijn hand, liet een jaloezie voor het raam zakken en inspecteerde zijn groene plastic prullenmand.

Toen hij niets meer te doen wist, liep hij terug naar zijn bureau, keek naar zijn voeten en hield zich een tijdje bezig met ademhalen.

'Zijn nieren zijn verwoest.'

'Verwoest?'

'Verwoest,' zei de dokter.

Hij wendde zich tot de jongen, die hevig zat te trillen op zijn stoel.

'Heb je onnatuurlijke neigingen?'

De jongen bedekte zijn gezicht met zijn handen. Ratna gaf antwoord voor hem.

'Luister, hij heeft het bij een prostituee opgelopen, zo erg is dat niet. Hij heeft niks onnatuurlijks. Hij wist gewoon niet genoeg over de wereld waarin we leven.'

De dokter knikte. Hij draaide zich om naar de tekening, legde zijn vinger op de nieren en zei: 'Verwoest.'

Ratna en de jongen gingen de volgende morgen om zes uur 's ochtends naar het busstation om de bus naar Manipal te nemen. Hij had gehoord dat er een arts aan het Medisch Instituut was die gespecialiseerd was in nieren. Een man met een blauwe sarong die op een bank in het station zat vertelde hun dat de bus naar Manipal altijd te laat was, misschien een kwartier, misschien een halfuur, misschien meer. 'Alles stort in elkaar in dit land sinds mevrouw Gandhi is doodgeschoten,' zei de man met de blauwe sarong, en hij schopte in het rond met zijn benen. 'Bussen komen te laat. Treinen komen te laat. Alles stort in elkaar. We moeten dit land weer overdragen aan de Britten of de Russen of wie dan ook, dat zeg ik je. Wij zijn niet geschikt om over ons eigen lot te beschikken, dat zeg ik je.'

Ratna zei tegen de jongen dat hij even moest wachten bij de bushalte en kwam terug met pinda's in een puntzak, die hij voor twintig paisa had gekocht, en hij zei: 'Je hebt nog niet ontbeten, hè?' Maar de jongen wees hem erop dat de dokter had gewaarschuwd dat hij niets scherps moest eten, dat zou zijn penis irriteren. Dus ging Ratna terug naar de verkoper en ruilde ze in voor ongezouten pinda's. Ze zaten een tijdje samen te kauwen, tot de jongen naar een muur holde en begon over te geven. Ratna boog zich over hem heen en klopte hem op zijn rug terwijl de jongen maar bleef kokhalzen. De man met de blauwe sarong keek het aan met gretige blikken. Toen kwam hij op Ratna toe en fluisterde: 'Wat heeft die jongen? Het is zeker ernstig?'

'Onzin, gewoon een griepje,' zei Ratna. De bus kwam een uur te laat aan op het busstation.

Op de terugweg was hij ook te laat. Ze moesten met z'n tweeën langer dan een uur in het volgepakte gangpad staan tot er een paar zitplaatsen naast hen vrijkwamen. Ratna schoof naar de raamplaats en gebaarde naar de jongen dat hij naast hem moest komen zitten. 'We hebben geboft, als je ziet hoe vol die bus is,' zei Ratna met een glimlach.

Zachtjes maakte hij zijn hand los uit die van de jongen.

De jongen begreep het ook. Hij knikte, haalde zijn portefeuille tevoorschijn en gooide het ene vijfrupeebiljet na het andere in Ratna's schoot.

'Waar is dat voor?'

'U zei dat u wat wilde hebben als u me hielp.'

Ratna propte de briefjes in het borstzakje van de jongen. 'Zo moet je niet tegen mij praten, jongen. Ik heb je tot nu toe geholpen, en wat heeft het me opgeleverd? Het was zuiver openbare dienstverlening van mijn kant, onthoud dat. We zijn geen familie, we hebben geen gemeenschappelijk bloed.'

De jongen zei niets.

'Hoor eens, ik kan er niet mee doorgaan jou van dokter naar dokter te slepen. Ik heb dochters die ik moet uithuwelijken, ik weet niet waar ik de bruidsschat vandaan moet halen om...'

De jongen draaide zich om, drukte zijn gezicht tegen Ratna's schouder en barstte in snikken uit. Hij wreef zijn lippen langs zijn sleutelbeenderen en begon erop te zuigen. De passagiers staarden hen aan en Ratna was zo overstuur dat hij geen woord kon uitbrengen.

Het duurde nog een uur voor het silhouet van de zwarte vesting aan de horizon opdook. De man en de jongen stapten samen uit de bus. Ratna ging langs de hoofdweg staan wachten, terwijl de jongen zijn neus snoot en het slijm van zijn vingers schudde. Ratna keek naar de zwarte rechthoek van de vesting en voelde wanhoop: hoe was er besloten, en door wie en wanneer en waarom, dat Ratnakara Shetty de verantwoordelijkheid droeg om die zoon van een vuurwerkhandelaar te helpen in zijn strijd tegen zijn ziekte? Tegen de zwarte rechthoek van de vesting kreeg hij een ogenblik een visioen van een witte koepel, en hij hoorde een drom verminkte wezens eenstemmig incanteren. Hij stak een beedi in zijn mond, streek een lucifer af en inhaleerde.

'Kom mee,' zei hij tegen de jongen. 'Het is een eind lopen van hier tot mijn huis.'

Dag Zes (Avond): Bajpe

Bajpe, het laatste beboste gebied in Kittur, werd door de stichters van de stad aangewezen als een van de 'zuiverende longen', en om die reden werd het dertig jaar lang beschermd tegen de vraatzucht van de vastgoedontwikkelaars. Het grote woud van Bajpe, dat zich van Kittur uitstrekte tot aan de Arabische Zee, werd aan de stadszijde begrensd door de Ganapi Hindoeschool voor Jongens, en de aangrenzende kleine tempel van Ganesha. Naast de tempel liep de Bisschopsstraat, het enige deel van de wijk waar woningen waren toegestaan. Achter de straat lag een uitgestrekt braakland en daarachter begon een donker rasterwerk van bomen: het woud. Als familieleden uit het stadscentrum op bezoek kwamen, zaten de bewoners van de Bisschopsstraat meestal op hun terrassen of balkons te genieten van de koele briesjes die 's avonds vanuit het woud waaiden. Gasten en gastheren keken samen toe hoe reigers, adelaars en ijsvogels in en uit de donker wordende massa bomen vlogen, als ideeën die cirkels draaien rondom een onmetelijk brein. De zon, die nu achter het woud was gedoken, brandde oranje en oker door de openingen in het bladerdak, alsof hij vanuit de bomen gluurde, en de toeschouwers hadden de vage indruk dat zij op hun beurt ook bespied werden. Op zulke moment waren gasten geneigd te beweren dat de inwoners van Bajpe de gelukkigste mensen op aarde waren. Anderzijds werd aangenomen dat wie zijn huis aan de Bisschopsstraat bouwde een reden had om zich zo ver van de bewoonde wereld te verwijderen.

Giridhar Rao en Kamini, het kinderloze echtpaar in de Bisschops-straat, vormden een van de verborgen schatten van Kittur, zo be-weerden al hun vrienden. Een wonder, was het niet zo? Helemaal in Bajpe, aan de rand van de wildernis, hield dit onvruchtbare paar de bijna uitgestorven kunst van de brahmaanse gastvrijheid levend.

Het was weer donderdagavond en een stuk of vijf leden van Rao's kring van *intimi* ploegden door de modder en het slijk van de Bis-schopsstraat voor hun wekelijks samenzijn. Voorop in de kudde liep met reuzenschreden meneer Anantha Murthy, de filosoof. Ach-ter hem liep mevrouw Shirthadi, de vrouw van de man van de Le-vensverzekeringsmaatschappij van India. Daarachter mevrouw Pai en dan meneer Bhat, en ten slotte mevrouw Aithal, die altijd als laatste uit haar groene Ambassador stapte.

Het huis van het echtpaar Rao lag helemaal aan het eind van de Bisschopsstraat, maar een paar meter van de bomen vandaan. Het huis net aan de bosrand wekte de indruk van een vluchteling uit de beschaafde wereld, die elk moment de wildernis in kon duiken.

'Hebt u dat allemaal gehoord?'

Meneer Anantha Murthy draaide zich om. Hij legde een hand achter zijn oor en trok zijn wenkbrauwen op. De intimi kwamen tot stilstand en probeerden te horen wat meneer Murthy had gehoord.

'Ik denk dat het een specht ergens in de bomen is!'

Een geërgerde stem dreunde van boven: 'Kom nou eerst naar bo-ven en luister straks naar de spechten! Het eten is met veel zorg klaargemaakt en het wordt koud!'

Dat was meneer Rao, die over het balkonhek van zijn huis leunde.

'Oké, oké,' mopperde meneer Anantha Murthy en hij vervolgde zijn weg over het modderspoor. 'Maar je krijgt niet elke dag een specht te horen.' Hij wendde zich tot mevrouw Shirthadi. 'We zijn zo geneigd alles wat belangrijk is te vergeten als we in de stad wo-nen, nietwaar mevrouw?'

Ze gromde. Ze probeerde te voorkomen dat er modder aan haar sari kwam.

De filosoof leidde de intimi het huis binnen. Toen ze klaar waren met het schrapen van hun slippers en schoenen over de kokos-mat, merkten de gasten dat de oude Sharadha Bhatt naar hen zat te loeren. Zij was de eigenares van het huis, een weduwe wier enige zoon in Bombay woonde. Er werd aangenomen dat de Rao's ten dele in hun krappe appartement zo ver van het stadshart bleven uit bekommernis om mevrouw Bhatt – ze was een ver familielid. Er hing een waas van diepe godsdienstigheid om de oude dame heen. De gasten hoorden het gegons van M.S. Subbalakshimi die op een klein zwarte taperecorder in haar kamer een *suprabhatam* zong. Ze zat met gekruiste benen op een houten bed en sloeg afwisselend met de boven- en onderkant van haar linkerhand op haar dijen op het ritme van de gewijde muziek.

Sommigen van de gasten hadden haar man gekend, een beroemde leraar in de Carnatische muziek, die nog voor All India Radio had opgetreden, en betoonden haar met een beleefde hoofdknik hun respect.

Nu hun verplichting tegenover de oude dame vervuld was, haastten ze zich een brede trap op naar de vertrekken van het echtpaar Rao. Het kinderloze paar bewoonde een beklemmend nauwe ruimte. De helft van het woongedeelte bestond uit een enkele woonkamer, volgepropt met banken en stoelen. In een hoek was een sitar tegen een muur geperst, de hals was weggegleden tot onder een hoek van vijfenveertig graden.

'Ach, daar zijn onze intimi weer eens!'

Giridhar Rao had een keurig, bescheiden en pretentieloos voorkomen. Je zag meteen dat hij bij een bank werkte. Sinds zijn overplaatsing uit Udupi – zijn geboorteplaats – was hij nu al bijna tien jaar assistent-afdelingsmanager van de vestiging Koelwaterbron van de Gemeentebank. (De intimi wisten dat meneer Rao veel hoger had kunnen stijgen als hij niet herhaaldelijk geweigerd had naar Bombay overgeplaatst te worden.) Zijn golvende haar was geplet met kokosolie, met een scheiding aan één kant. Een forse snor – de enige afwijking in zijn ingetogen uiterlijk – was netjes gekamd en aan de punten gekruld. Meneer Rao had nu een overhemd met korte mouwen over zijn onderhemd aangetrokken. De stof van het overhemd was dun: onder de donkere zijde glom het dikke onderhemd als een geraamte op een röntgenfoto.

'Hoe gaat het, Kamini?' vroeg meneer Anantha Murthy in de richting van de keuken.

Het woonkamermeubilair was een ratjetoe: groene metalen stoelen, afgedankt door de bank, een versleten oude sofa en drie rafelende rieten stoelen. De intimi zetten zich op hun lievelingsstoel. Het gesprek kwam aarzelend op gang. Misschien hadden ze alweer het gevoel dat ze zelf net zo'n willekeurige verzameling vormden als het meubilair. Niemand was iets bekend van bloedverwantschap met een van de anderen. Overdag was meneer Anantha Murthy accountant voor de rijken van Kittur. 's Avonds werd hij een toegewijd filosoof van de Advaita-school. Hij zag in meneer Rao een gewillig (zij het zwijgend) aanhoorder van zijn theorieën over het hindoeleven – en zo was hij lid van de kring geworden. Mevrouw Shirthadi, die meestal zonder haar drukbezette echtgenoot kwam, had een opleiding gehad in Madras en hing diverse 'liberale' zienswijzen aan. Haar Engels was uitzonderlijk goed, een genoegen om aan te horen. Meneer Rao had haar een paar jaar geleden gevraagd om een lezing over Charles Dickens te houden voor de bank. Mevrouw Aithal en haar man hadden Kamini ontmoet bij een vioolconcert afgelopen mei. Ze kwamen allebei oorspronkelijk uit Vizag.

De intimi wisten dat de Rao's hen hadden uitgekozen op grond van hun aanzien, hun fijnzinnigheid. Ze beseften dat ze verantwoordelijkheid droegen zodra ze dat gezellige hokje binnenkwamen. Bepaalde onderwerpen waren taboe. De intimi hadden geleerd om vrijelijk rond te dolen binnen het ruime gebied van de aanvaardbare conversatie: het wereldnieuws, filosofie, bankbeleid, de voortdurende uitbreiding van Kittur, de regenval van dit jaar. Bosbriesjes kwamen via het balkon binnen en een transistorradio, in precair evenwicht op de rand van de balustrade, zond een constant gekabbel uit van BBC-avondnieuws.

Een late bezoekster – mevrouw Karwar, die victoriaanse literatuur doceerde aan de universiteit – stortte het huis in een chaos. Haar levenslustige vijfjarige dochter Lalitha stormde kirrend de trap op.

'Kijk nou, Kamini,' riep meneer Rao naar de keuken, 'mevrouw Karwar heeft je geheime geliefde het huis binnengesmokkeld!'

Kamini snelde de keuken uit. Ze had een lichte huid, was welgevormd en bijna een schoonheid. (Haar voorhoofd was bol en haar haar dunde aan de voorkant.) Ze was befaamd om haar 'Chinese' ogen: smalle spleten die half gesloten waren onder de boog van zware wimpers, als voortijdig ontbottende lotusknoppen. Haar haar – ze stond bekend als een 'moderne' vrouw – was kortgeknipt in westerse stijl. Dames bewonderden haar heupen, die nog steeds een meisjesachtige slankheid vertoonden, daar ze nooit uitgedijd waren door zwangerschappen.

Ze holde op Lalitha af. Ze tilde het meisje in de lucht en kuste haar een paar keer.

'Weet je, we wachten tot mijn man de andere kant op kijkt, en dan stappen we op mijn brommer en rijden weg, goed? Dan laten we die slechte man achter en rijden naar het huis van mijn zus in Bombay, oké?'

Giridhar Rao zette zijn handen in zijn zij en fronste naar het giechelende meisje.

'Ben jij van plan mijn vrouw te stelen? Ben jij echt haar geheime geliefde?'

'Zeg, blijf jij maar naar je bbc luisteren,' zei Kamini terug, en ze liep met Lalitha aan de hand de keuken in.

De intimi moesten erkennen dat ze genoten van het tafereeltje. De Rao's hadden zeker het talent om een kind vrolijk te maken.

De stemmen van de bbc stroomden voort uit de radio buiten, een jus van woorden waar de intimi in doken als het gesprek verzandde. Meneer Anantha Murthy verbrak een lang stilzwijgen met de verklaring dat de situatie in Afghanistan uit de hand liep. Op een goede morgen zouden de Sovjets Kashmir komen overspoelen met hun rode vlaggen. Dan zou het land betreuren dat het in 1948 de kans had laten lopen om een bondgenootschap met Amerika aan te gaan.

'Vindt u niet ook, meneer Rao?'

Hun gastheer had nooit iets meer uit te drukken dan een vriendelijke grijns. Dat vond meneer Murthy niet erg. Hij gaf toe dat meneer Rao geen 'man van veel woorden' was, maar hij was desondanks een 'vent met diepgang'. Als je ooit kleine details uit de wereldgeschiedenis wilde achterhalen – bijvoorbeeld wie de Amerikaanse president was die de bom op Hiroshima gooide, niet Roosevelt maar die kleine met die ronde bril –, dan richtte je je tot Giridhar Rao. Hij wist alles, hij zei niets. Zo'n vent.

'Hoe komt het dat u zo rustig blijft, meneer Rao, ondanks al die chaos en moordpartijen waarover de bbc het altijd heeft? Wat is uw geheim?' vroeg mevrouw Shirthadi hem, zoals ze vaak deed.

De bankmanager glimlachte.

'Als ik gemoedsrust nodig heb, mevrouw, dan ga ik naar mijn privéstrand.'

'Bent u stiekem miljonair?' vroeg mevrouw Shirthadi. 'Wat is dat voor privéstrand waarover u het hebt?'

'O, eigenlijk niks.' Hij wuifde naar iets in de verte. 'Alleen maar een meertje met wat grind eromheen. Een heel rustgevende plek.'

'En waarom zijn wij allemaal daar nooit uitgenodigd?' vroeg meneer Murthy.

De gasten gingen rechtop zitten. Triomfantelijk kwam mevrouw Rao de woonkamer binnen met een plastic dienblad met vele vakjes, volgeladen met de eerste gaven van de avond: gedroogde walnoten (die leken op kleine gekrompen hersenen), sappige vijgen, sultanarozijnen, gehakte amandelen, schijven gedroogde ananas...

Voor de gasten zich hadden hersteld kwam de volgende aanval: 'Het eten is klaar!'

Ze gingen de eetkamer in, de enige andere kamer in het huis (hij grensde aan een kleine keuken in een alkoof). Een enorm bed, dik en vol kussens, stond midden in de eetkamer. Men kon zich niet ontveinzen de echtelijke sponde te zien. Daar lag die, schaamteloos open voor ieders blik. Er was een tafeltje tegenaan geschoven en drie van de gasten namen er aarzelend op plaats. Hun verlegenheid verdween bijna onmiddellijk. De ongedwongenheid van hun gastheren, de weelderige zachtheid van het beddengoed onder hen – dat alles kalmeerde hun zenuwen. Daarna rolde het diner Kamini's keukentje uit. Gang na gang, fijne tomaten-*saaru*, *idli* en dosa's stroomden uit die fabriek van smaakverwenners.

'Zelfs in Bombay zouden de mensen versteld staan van zulke kookkunst,' meende meneer Anantha Murthy toen Kamini's pièce de résistance – luchtige Noord-Indiase roti's, gevuld met chilipoeder – op tafel kwam. Kamini straalde en protesteerde: hij had het helemaal mis, ze had zoveel tekortkomingen als kokkin en huisvrouw!

Toen de gasten opstonden, merkten ze dat hun billen brede, warme en diepe indrukken op het bed hadden achtergelaten, als olifantsporen in de klei. Giridhar Rao wuifde hun verontschuldigingen weg: 'Onze gasten zijn voor ons als goden: ze kunnen geen kwaad doen. Dat is de filosofie in dit huis.'

Ze vormden een rij voor de wasruimte, waar water stroomde uit een groene rubberslang die in een lus om de kraan gedraaid was. En daarna terug naar de woonkamer voor het hoogtepunt van de avond: amandel-*kheer*.

Kamini diende het dessert op in adembenemend grote coupes. De mixdrank, warm of koud geserveerd, naar de voorkeur van elke gast, zat zo vol amandelen dat de gasten protesteerden dat ze de drank moesten *kauwen*! Toen ze in hun coupes keken, hielden ze in verbijstering hun adem in: glanzende spikkeltjes, draadjes echte saffraan, dreven tussen de stukjes amandel.

In stilte verlieten ze het appartement, na het verzoek van meneer Rao om Sharadha Bhatt niet te storen in haar slaap. (De oude dame woelde rusteloos in haar houten bed toen ze vertrokken, op de achtergrond dreunde de godsdienstige muziek door.)

'Kom vooral volgende week!' had meneer Rao vanaf het terras

gezegd. 'Het is de week van de Satya Narayana Pooja! Ik zal ervoor zorgen dat Kamini volgende week wat beters kookt dan die ramp van vanavond!' Hij ging het huis binnen en verhief zijn stem: 'Heb je het gehoord, Kamini? Zorg dat het eten de volgende keer goed is, of ik ga van je scheiden.'

Er had een gelach en een hoge gil van binnen geklonken: 'Ik ga van jou scheiden als je je mond niet houdt!'

Zodra ze op een veilige afstand waren, barstte het gebabbel van de intimi los.

Wat een stel! Een man en een vrouw die zo tegenovergesteld waren! Hij was 'minzaam', zij was 'pittig'. Hij was 'conservatief', zij was 'modern'. Zij was 'vlot', hij was 'diep'.

Nog tijdens het moeizaam laveren over de modderige weg begonnen ze het verboden onderwerp te bespreken met de opwinding en belustheid van mensen die het er voor de eerste keer over hadden.

'Het is duidelijk,' zei een van de vrouwen, mevrouw Aithal of mevrouw Shirthadi, 'de schuld ligt bij Kamini. Zij wilde *de operatie* niet. Geen wonder dat ze verteerd wordt door schuldgevoel. Zie je niet hoe ze zich op elk kind stort dat maar beschikbaar is, in een aanval van gefrustreerde moederlijke gevoelens, hoe ze hen overlaadt met kussen en lieve woordjes en karamelchocola? Wat kan dat anders betekenen dan schuldgevoel?'

'Waarom wilde ze de operatie dan niet?' vroeg meneer Anantha Murthy.

Hardnekkigheid. De vrouwen wisten het zeker. Kamini weigerde gewoon te erkennen dat de schuld bij haar lag. Een deel van Kamini's koppigheid kwam natuurlijk voort uit haar bevoorrechte achtergrond. Ze was de jongste van vier zussen, allemaal zo blank als karnemelk, de geliefde kinderen van een beroemde oogchirurg in Shimoga. Wat moest ze als kind verwend zijn geweest! De oudste zussen waren goed getrouwd – een advocaat, een architect en een chirurg – en ze woonden allemaal in Bombay. Giridhar Rao was de armste van de zwagers. Reken maar dat Kamini niet het soort vrouw was dat zou zorgen dat hij dat vergat. Heb je niet gezien hoe uitdagend ze in de stad rondrijdt op haar Hero Honda-bromfiets, alsof zij de heer des huizes is?

Meneer Anantha Murthy kwam met diverse tegenwerpingen. Waarom vonden al die vrouwen die vrolijkheid van Kamini zo verdacht? Heel zelden vind je maar zo'n vrijdenkende vrouw! De schuld lag ongetwijfeld bij hém. Je zag toch hoe hij de ene promotie na de andere afsloeg omdat hij dan naar Bombay zou moeten verhuizen? Wat maak je daaruit op? De man is apathisch.

'Als hij nou eens wat meer... initiatief zou tonen, zou het probleem van de kinderloosheid makkelijk opgelost kunnen worden...' zei meneer Murthy, en hij schudde somber filosofisch zijn kale hoofd.

Hij beweerde zelfs aan meneer Rao de namen van artsen in Bombay te hebben gegeven die zijn gebrek aan 'initiatief' konden verhelpen.

Mevrouw Aithal reageerde verontwaardigd. Meneer Rao had meer dan genoeg 'pit'! Hij had toch die zware gezichtsbeharing? En hij reed toch iedere morgen op een ontzettend mannelijke rode Yamaha-motor naar de bank?

De vrouwen vonden het heerlijk om meneer Rao te romantiseren. Mevrouw Shirthadi ergerde meneer Murthy door te veronderstellen dat het bescheiden bankmanagertje stiekem ook 'een filosoof' was. Ze had hem een keer aangetroffen terwijl hij de column over 'godsdienstige onderwerpen van de dag' las op de achterpagina van *The Hindu*. Hij leek zich te generen door die ontdekking en pareerde haar vragen met grappen en woordspelingen. Toch was het vermoeden gegroeid dat hij onder al die grappenmakerij onmiskenbaar 'filosofisch' was.

'Hoe kan hij anders altijd zo kalm zijn, zelfs zonder kinderen?' vroeg meneer Aithal.

'Hij heeft vast een of ander geheim,' meende mevrouw Murthy.

Mevrouw Karwar kuchte en zei: 'Soms ben ik bang dat ze misschien denkt over een scheiding', en iedereen keek bezorgd. De vrouw was ongetwijfeld 'modern' genoeg om zoiets te overwegen...

Maar nu waren ze bij hun auto's aangekomen. De groep viel uiteen en een voor een reden ze weg.

Later die week werden de Rao's echter gezien toen ze op zijn Yamaha-motor het knooppunt Koelwaterbron rondreden. Kamini zat achterop en hield haar man stevig vast, en de toeschouwers stonden ervan te kijken hoe de twee op dat moment een heus echtpaar leken.

Toen de intimi de volgende donderdag terugkwamen naar de woning van de Rao's, werd de deur voor hen geopend door Sharadha Bhatt zelf. Het zilveren haar van de oude vrouw zat in de war en ze keek kwaad naar de gasten van haar huurders.

'Ze heeft problemen met Jimmy, weet je wel, haar zoon, die architect is in Bombay. Ze heeft hem weer gevraagd of ze bij hem kan komen wonen, maar zijn vrouw wil niet,' fluisterde Kamini terwijl ze met hen de trap op liep.

Vanwege de verwachte buitengewone maaltijd van die avond was meneer Shirthadi bij uitzondering samen met zijn vrouw verschenen. Hij sprak vol vuur over de ondankbaarheid van de kinderen van tegenwoordig en zei dat hij soms wel wenste dat hij kinderloos gebleven was. Mevrouw Shirthadi ging zenuwachtig zitten – haar man had bijna de onzichtbare grens van het gebied overschreden.

Toen arriveerde mevrouw Karwar met Lalitha en volgde het gebruikelijk roepen en kirren tussen Kamini en de 'geheime geliefde'.

Na de sorbet vroeg meneer Anantha Murthy aan meneer Rao of een zeker gerucht waar was: had hij weer een aanbod tot overplaatsing naar Bombay afgewezen?

Meneer Rao bevestigde het met een hoofdknik.

'Waarom gaat u toch niet, Giridhar Rao?' vroeg mevrouw Shirthadi. 'Wilt u dan niet opklimmen binnen de bank?'

'Ik ben hier tevreden, mevrouw,' zei meneer Rao. 'Ik heb mijn privéstrand en 's avonds mijn bbc. Wat heeft een man nog meer nodig?'

'U bent een volmaakte hindoe, meneer Giridhar,' zei meneer Murthy, die onrustig op het eten wachtte. 'Dat wil zeggen dat u bijna volmaakt tevreden bent met uw lot op deze aarde.'

'Zou je nog steeds zo tevreden zijn als ik wegliep met Lalitha?' riep Kamini vanuit de keuken.

'Lieverd, als jij weg zou lopen zou ik pas volmaakt tevreden zijn,' kaatste hij terug.

Ze gilde van gespeelde woede en de intimi applaudisseerden.

'Hoe zit dat nou met dat privéstrand waar u het steeds over hebt, meneer Rao? Wanneer krijgen we het precies te zien?' vroeg mevrouw Shirthadi.

Voor hij kon antwoorden kwam Kamini de keuken uit draven en boog zich over de balustrade.

Een snorkende ademhaling klonk steeds sterker. Het gezicht van Sharadha Bhatt werd zichtbaar toen ze naar boven hompelde, tree voor tree.

Kamini was in alle staten.

'Moet ik je de trap op helpen? Kan ik iets doen?'

De oude vrouw schudde haar hoofd. Half buiten adem strompelde ze naar een stoel boven aan de trap.

Het gesprek stokte. Dit was de allereerste keer dat de oude vrouw aanzat bij de wekelijkse etentjes.

Binnen een paar minuten hadden de intimi zich aangewend haar te negeren.

Meneer Anantha Murthy klapte in zijn handen toen Kamini binnenkwam met het dienblad met hapjes.

'Wat heb ik nou gehoord, bent u gaan zwemmen?'

'En als dat zo was?' zei ze fel, en zette een hand in haar zij, 'wat is daar dan mis mee?'

'U gaat toch hoop ik geen bikini dragen, zoals een westerse vrouw?'

'Waarom niet? Als ze dat in Amerika doen, waarom kunnen wij dat dan niet ook? Zijn we ook maar enigszins minder dan zij?'

Lalitha moest vreselijk giechelen toen Kamini plannen ontvouwde om nu meteen die schandalige badpakken voor hen tweeën te kopen.

'En als meneer Giridhar Rao het niet goedvindt, dan lopen wij met z'n tweeën weg en gaan we samen in Bombay wonen, hè?'

Giridhar Rao wierp nerveuze blikken op de oude vrouw, die naar haar tenen staarde.

'Al dat moderne gepraat maakt je overstuur, hè Sharadha-amma?'

De oude dame haalde zwaar adem. Ze krulde haar tenen en bleef ernaar staren.

Meneer Anatha Murthy waagde het op een vergelijking tussen de *barfi* die Kamini op het blad met voorgerechten had gelegd en de barfi die in het beste café van Bombay werden geserveerd.

Toen sprak de oude dame met schorre stem: 'Er staat geschreven in de Geschriften...' Ze wachtte een hele tijd. De kamer viel stil. '... dat een man... een man die geen zoon heeft, niet kan verwachten de hemelpoort binnen te gaan.' Ze ademde uit. 'En als een man de hemel niet betreedt, kan zijn vrouw het ook niet. En dan zitten jullie hier te praten over bikini's en wikini's en malligheid te maken met "moderne" mensen, in plaats van tot God te bidden dat Hij jullie je zonden vergeeft!'

Ze bleef nog even zwaar ademhalen, kwam toen overeind en hobbelde de trap af.

Toen de intimi vertrokken – het werd een beknopte avond – troffen ze de oude dame buiten het huis aan. Ze zat op een koffer volgepropt met kleren en brulde naar de bomen.

'Yama Deva, kom me halen! Nu mijn zoon zijn moeder vergeten is, wat heb ik dan nog om voor te leven?'

Terwijl ze de Heer van de Dood aanriep sloeg ze met haar vuisten tegen haar voorhoofd en haar armbanden rinkelden.

Toen ze de hand van Giridhar Rao op haar schouder voelde, barstte de oude vrouw in tranen uit.

De intimi zagen Giridhar Rao gebaren dat ze weg moesten gaan. De oude dame was aan het eind van haar theatervoorstelling. Haar hoofd zakte op Kamini's borst en ze schokte snikkend.

'Vergeef me, moeder... De goden hebben elk van ons onze straf gegeven. Ze gaven jou een stenen baarmoeder en ze hebben het hart van mijn zoon in zijn borst verpletterd...'

Nadat ze de oude dame naar bed hadden gebracht, liet meneer Rao zijn vrouw als eerste de trap op gaan. Toen hij bij haar kwam, lag ze op bed met haar rug naar hem toe.

Hij liep de veranda op en zette de radio uit.

Ze zei niets toen hij zijn helm oppakte en weer de trap af liep. De kickstart van zijn motor verscheurde de stilte van de Bisschops-straat.

Een paar minuten later reed hij langs de weg die door het woud naar zee liep. Aan beide zijden van de voortrazende motor stonden de silhouetten van kokospalmen dicht opeen afgetekend tegen de blauwe nacht van de kuststrook. Een heldere maan hing laag boven de bomen en zag eruit alsof hij met een bijl gekliefd was. Met een afgehakte rechterbovenkant hing hij aan de hemel als een illustratie van het begrip 'tweederde'. Na een kwartier zwenkte de Yamaha-motor van de weg af en een modderpad op, hij hotste over stenen en grind. Toen viel de motor stil.

Er kwam een meer in zicht, een kleine cirkel van water in het bos, en Giridhar Rao zette zijn motor stil en liet zijn helm achter op de zitting. Vissers hadden een klein stuk van de oever vrijgekapt rondom het meer, dat aan de overkant begrensd werd door nog meer kokospalmen. Rond deze tijd zouden er overal op het meer netten moeten zijn, maar er was geen mens te zien. Een reiger die door het ondiepe water aan de rand van het meer waadde was het enige andere zichtbare levende wezen. Giridhar was jaren geleden op dit meer gestuit toen hij op een nacht door het woud reed. Hij had geen idee waarom hier niemand kwam, maar zo zijn kleine steden: vol verborgen schatten. Hij liep een paar minuten langs het meer en ging toen op een rotsblok zitten.

Het wateroppervlak werd gebroken door zwarte rimpelingen en zag eruit als gesmolten glasplaten die over elkaar heen schoven.

De reiger klapte met zijn vleugels en verhief zich in de lucht. Nu was hij alleen. Hij neuriede zachtjes, een deuntje uit zijn vrijgezellendagen in Bangalore. Een gaap trok zijn gezicht uit elkaar. Hij keek omhoog. Er waren drie sterren opgedoken uit de grijze wolkenflarden, met de tweederde maan vormden ze een vierhoek. Meneer Rao bewonderde de bouw van de nachthemel. Hij vond het een prettige gedachte dat de elementen van onze wereld niet willekeurig rondgestrooid waren. Er schuilde iets achter: een orde.

Hij gaapte weer en strekte zijn benen vanaf het rotsblok.

Zijn vrede was verstoord. Het was begonnen te motregenen. Hij vroeg zich af of hij eraan gedacht had om de ramen boven hun bed vast te zetten, de regen zou op haar gezicht kunnen vallen.

Hij liet zijn privéstrand achter, rende naar zijn motorfiets, zette zijn helm op en schopte de machine tot leven.

Op een morgen in 1987 werd de hele Bisschopsstraat wakker van het doffe *tsjak-tsjak-tsjak* van bijlen die de bomen omhakten. Een paar dagen later bromden de kettingzagen en schepten bouwkranen grote hoeveelheden zwarte grond op. En dat was het eind van het grote woud van Bajpe. Op de plek waar het gestaan had zagen de bewoners van de Bisschopsstraat nu een reusachtige put vol kranen, vrachtwagens en een leger gastarbeiders met ontbloot bovenlijf, die stapels bakstenen en zakken cement op hun hoofd droegen als mieren die rijstkorrels verplaatsten. Een enorm bord in het Kannada en het Hindi verkondigde dat dit de locatie zou worden van het 'Sardar Patel IJzeren Man van India Sportstadion. Een Droom wordt Werkelijkheid voor Kittur'. De herrie hield niet op en stof waaide op uit de put als stoom uit een geiser. Mensen van buiten die terugkwamen naar Bajpe dachten dat het in de buurt een graad of tien warmer was geworden.

Dag Zeven: Zoutmarktdorp

Als u een bediende zoekt die u kunt vertrouwen, een kok die geen suiker steelt, een chauffeur die niet drinkt, ga dan naar Zoutmarktdorp. Hoewel het sinds 1988 deel uitmaakt van de gemeente Kittur, is Zoutmarkt nog grotendeels landelijk, en veel armer dan de rest van de stad.

Als u in april of mei een bezoek brengt, moet u zeker blijven om het plaatselijke festival mee te maken dat bekendstaat als 'de rattenjacht', een nachtelijk ritueel waarbij de vrouwen van de buitenwijk door de rijstvelden lopen met brandende fakkels in hun ene hand terwijl ze op de grond slaan met hockeysticks of cricketbats in hun andere hand en zo hard mogelijk schreeuwen. Ratten, maki's en spitsmuizen, opgeschrikt door het kabaal, rennen naar het midden van het veld, waar de vrouwen de omsingelde knaagdieren doodslaan.

De enige toeristische attractie van Zoutmarktdorp is een verlaten Jain-*basadi*, waar vroege epen in het Kannada zijn geschreven door de dichters Harihara en Raghuveera. In 1990 werd een deel van de Jain-basadi aangekocht door de mormoonse Kerk uit Utah, VS, en ingericht als kantoor voor hun evangelisten.

Murali wachtte in het keukentje tot het theewater kookte, deed een stap naar rechts en gluurde door de deuropening.

Kameraad Thimma, die onder het ingelijste Sovjet-affiche zat, was begonnen aan het kruisverhoor van de oude vrouw.

'Begrijpt u de ware aard van de doctrinaire verschillen tussen de Communistische Partij van India, de Communistische Partij van India (marxistisch) en de Communistische Partij van India (marxistisch-maoïstisch)?'

Natuurlijk weet ze dat niet, dacht Murali, terwijl hij het keukentje weer in liep en het vuur uitzette.

Niemand ter wereld wist dat.

Hij stak zijn hand in de blikken trommel met suikerbiscuits. Even later stond hij in de ontvangstruimte met een dienblad met drie koppen thee met een suikerbiscuit naast elk kopje.

Kameraad Thimma keek omhoog naar de muur tegenover zich, waar een getralied venster was uitgespaard. Het avondlicht verlichtte de tralies, een blok licht gloeide op de vloer als de staart van een fonkelende vogel die op het rooster was neergestreken.

De houding van de kameraad wekte sterk de indruk dat de oude vrouw, gezien haar totale doctrinaire onwetendheid, niet waardig was om hulp te krijgen van de Communistische Partij van India (marxistisch-maoïstisch), afdeling Kittur.

De vrouw was breekbaar en verwilderd, haar man had zich twee weken geleden aan de zoldering van hun huis opgehangen.

Murali zette de eerste kop voor kameraad Thimma neer, die hem oppakte en van de thee dronk. Dat verbeterde zijn humeur.

Weer keek de kameraad naar het gloeiende rooster hoog boven zich en zei: 'Ik zal u onze *dialectiek* uiteen moeten zetten. Als u die aanvaardbaar vindt, kunnen we praten over hulp.'

De vrouw van de boer knikte, alsof ze het woord 'dialectiek', in het Engels gezegd, volkomen begreep.

Zonder zijn blik af te wenden van het rooster, beet de kameraad in een van de suikerbiscuits. De kruimels kwamen rondom zijn kin terecht en nadat Murali de oude vrouw haar thee had aangereikt, liep hij naar de kameraad en veegde ze met zijn vingers weg.

De kameraad had kleine, schitterende ogen en had de neiging om hoog in de verte te kijken tijdens het uitspreken van zijn woorden van wijsheid, wat hij altijd deed met een gevoel van onderdrukte opwinding. Dat gaf hem de uitstraling van een profeet. Zoals vaak bij aangevers van profeten was Murali lichamelijk zijn meerdere: langer, breder, met een groot, zwaar doorgroefd voorhoofd en een vriendelijke glimlach.

'Geef mevrouw onze brochure over dialectiek,' zei de kameraad rechtstreeks tegen het rooster.

Murali knikte en liep doelgericht naar een van de kasten. Het meubilair in de ontvangstruimte van de Communistische Partij van India (marxistisch-maoïstisch) bestond uit een oude tafel met theevlekken, een paar krakkemikkige kasten en een bureau voor de secretaris-generaal, waarachter een reusachtig affiche uit de begin-dagen van de Sovjet-revolutie hing, voorstellende een groep prole-tarische helden die via een ladder naar de hemel klommen. De ar-beiders droegen mokers en voorhamers, terwijl een groep oosterse goden ineenkromp bij hun nadering. Nadat hij in twee van de kas-ten gewoeld had, vond Murali een pamflet met een grote rode ster op het omslag. Hij veegde het af met een punt van zijn overhemd en gaf het aan de oude vrouw.

'Ze kan niet lezen.'

De zachte stem kwam van de dochter van de vrouw die in de stoel naast haar zat, haar theekopje en onaangeroerde suikerbiscuit in haar handen geklemd. Na een korte aarzeling liet Murali de doch-ter de brochure aanpakken. Met haar theekopje in haar linkerhand hield ze het pamflet tussen twee vingers van haar rechterhand, alsof het een vuile zakdoek was.

De kameraad glimlachte tegen het tralierooster. Het was niet dui-delijk of hij reageerde op de gebeurtenissen van de afgelopen paar minuten. Het was een magere, kale, donkerhuidige man met inge-vallen wangen en glinsterende ogen.

'In den beginne hadden we maar één partij in India, en het was de ware partij. Ze sloot geen compromissen. Maar toen werden de leiders van deze ware partij verleid door de verlokkingen van de bourgeoisdemocratie, en ze besloten de verkiezingen aan te vechten. Dat was hun eerste en fatale vergissing. Weldra was de ene ware partij gesplitst. Er werden nieuwe afdelingen opgericht, die de oorspronkelijke geest wilden herstellen. Maar ook die raakten gecorrumpeerd.'

Murali veegde de kastplanken schoon en probeerde zo goed mogelijk het losse scharnier van de kastdeur weer op zijn plaats te krijgen. Hij was geen hulpje. Er was geen hulpje. Kameraad Thimma zou geen toestemming geven tot het inhuren van proletarische arbeid. Murali was bepaald geen proletariër – hij was de telg uit een invloedrijke brahmaanse familie van landeigenaren –, dus het was geen punt dat hij allerlei ondergeschikte klusjes uitvoerde.

De kameraad haalde diep adem, zette zijn bril af en poetste hem schoon met een slip van zijn witte katoenen overhemd.

'Alleen wij hebben het geloof behouden, wij, de leden van de Communistische Partij van India, marxistisch-maoïstisch. Alleen wij blijven trouw aan de dialectiek. En weet u hoe groot ons ledenaantal is?'

Hij zette zijn bril weer op en ademde vergenoegd uit.

'Twee. Murali en ik.'

Hij staarde met een vermoeide glimlach naar het rooster. Hij leek uitgepraat, dus de oude vrouw legde haar handen op het hoofd van haar dochter en zei: 'Ze is ongetrouwd, meneer. We smeken u om wat geld om haar uit te huwelijken, dat is alles.'

Thimma wendde zich tot de dochter en staarde, het meisje keek naar de grond. Murali huiverde. Soms zou ik willen dat hij wat fijngevoeliger was, dacht hij.

'Wij krijgen geen steun,' zei de oude vrouw. 'Mijn familie wil niet eens met me praten. Leden van onze eigen kaste willen niet...'

De kameraad sloeg met zijn hand op zijn dij.

'De kastenkwestie is alleen maar een verschijningsvorm van de klassenstrijd. Mazumdar en Shukla hebben dat definitief vastgesteld in 1938. Ik weiger de categorie "kaste" in onze discussies te betrekken.'

De vrouw keek naar Murali. Hij knikte, alsof hij wilde zeggen: Ga door.

'Mijn man zei dat de communisten de enigen waren die gaven om mensen zoals wij. Hij zei dat als de communisten de wereld zouden regeren, de armen het niet meer zwaar zouden hebben, meneer.'

Dit leek de kameraad mild te stemmen. Hij keek een ogenblik naar de vrouw en het meisje, en snoof toen. Het leek of zijn vingers iets misten. Murali begreep het. Terwijl hij naar het keukentje liep om nog een kop thee te zetten, hoorde hij de stem van de kameraad achter hem voortgaan: 'De Communistische Partij van India (marxistisch-maoïstisch) is niet de partij van de armen, ze is de partij van het proletariaat. Dat onderscheid moet goed begrepen worden alvorens we kunnen praten over hulp of verzet.'

Nadat hij de ketel nog eens had opgezet stond Murali op het punt de theebladen erin te gooien, toen hij zich afvroeg waarom de dochter haar thee niet had aangeroerd. Hij kreeg opeens het vermoeden dat hij te veel thee in de ketel had gedaan, en dat hij al bijna vijfentwintig jaar op de verkeerde manier thee had gezet.

Murali stapte uit bus 67C bij de halte Zoutmarktdorp en liep de grote weg af, zorgvuldig over een laag drek stappend, terwijl om hem heen varkens de grond besnuffelden. Hij hield zijn paraplu omhoog tegen zijn schouder, zoals een worstelaar zijn knots, zodat de metalen punt niet bevuild zou worden door de mest. Hij vroeg de weg aan een stel jongens die midden op de dorpsstraat aan het knikkeren waren en vond het huis, een verrassend groot en indrukwekkend pand met rotsblokken op het verroeste golfplatendak om het op zijn plaats te houden bij regen.

Hij deed het hek open en ging naar binnen.

Een handgeweven katoenen overhemd hing aan een haak aan de muur naast de deur – van de dode man, nam hij aan. Alsof die man nog binnen een dutje lag te doen, naar buiten zou komen en het zou aantrekken om zijn bezoeker te begroeten.

Aan de gevelmuur hing een tiental ingelijste veelkleurige afbeeldingen van goden, plus een van een dikbuikige plaatselijke goeroe met een enorme stralenkrans aan zijn hoofd bevestigd. Er stond een kaal veldbed van gerafelde stof waar gasten op konden zitten.

Murali liet zijn sandalen buiten staan en vroeg zich af of hij aan de deur moest kloppen. Dat leek te vrijpostig voor een plek waar de dood net was langsgekomen, dus hij besloot te wachten tot er iemand naar buiten kwam.

Twee witte koeien lagen op het erf van het huis. De bellen om hun nek rinkelden de schaarse keren dat ze zich bewogen. Voor hen lag een plas water waarin stro was geweekt tot een brij. Een zwarte buffel met zijn vochtige neus vol verse snippers groen stond bij de tegenoverliggende muur van het erf te staren, kauwend op gras uit een volle zak die op de grond voor hem was leeggeschud. Murali dacht: die beesten hebben geen enkele zorg. Zelfs in het huis van een man die zelfmoord heeft gepleegd, worden ze nog steeds gevoerd en vetgemest. Hoe moeiteloos heersen ze over de mannen van dit dorp, alsof de menselijke beschaving bazen en knechten door elkaar had gehaald. Murali was gefascineerd. Zijn blik dwaalde over het dikke lijf van het beest, zijn puilende buik, zijn glanzende huid. Hij rook zijn stront, vastgekoekt aan zijn achterkant, hij had in plassen van zijn eigen ontlasting gelegen.

Murali was decennialang niet in Zoutmarktdorp geweest. De laatste keer was vijfentwintig jaar geleden, toen hij er was komen zoeken naar visuele details ter verrijking van een kort verhaal over armoede op het platteland dat hij aan het schrijven was. Er was niet veel veranderd in een kwart eeuw, alleen de buffels waren dik geworden.

'Waarom hebt u niet geklopt?'

De oude vrouw dook op vanaf het achtererf. Ze liep om hem heen met een brede grijns, ging het huis in en riep: 'Jij daar! Zorg eens voor thee!'

Een ogenblik later kwam het meisje naar buiten met een glas thee, dat Murali aanpakte, waarbij hij haar natte vingers aanraakte. Na zijn lange tocht smaakte de thee hemels. Hij had nooit de kunst van het theezetten leren beheersen, hoewel hij al bijna vijfentwintig jaar lang thee zette voor Thimma. Misschien was dit een van de dingen die alleen vrouwen echt kunnen, dacht hij.

'Wat hebt u van ons nodig?' vroeg de oude vrouw. Haar gedrag was onderdaniger geworden, alsof ze het doel van zijn bezoek nu pas geraden had.

'Ik wil controleren of u de waarheid hebt gesproken,' antwoordde hij kalm.

Ze riep de buren bij elkaar, zodat hij ze kon ondervragen. Ze hurkten rondom het veldbed. Hij drong erop aan dat ze op dezelfde hoogte als hij zouden gaan zitten, maar ze bleven waar ze waren.

'Waar heeft hij zich verhangen?'

'Hier, meneer!' zei een oude dorpeling met kapotte tanden vol paanvlekken.

'Hoe bedoel je, hier?'

De oude man wees naar de nokspant. Murali kon het niet geloven: had hij zich in het zicht van iedereen omgebracht? Dus de koeien hadden het gezien en de dikke buffel ook.

Hij hoorde het verhaal over de man wiens overhemd nog aan de haak hing. De mislukking van zijn oogst. De lening van de geldschieter. Tegen drie procent per maand, samengesteld.

'Het huwelijk van zijn eerste dochter werd zijn ondergang. En hij wist dat hij er nog een moest uithuwelijken – dit meisje.'

De dochter had de hele tijd rondgehangen in een hoek van het voorerf. Hij zag haar langzaam en gepijnigd haar gezicht afwenden.

Toen hij vertrok kwam een van de dorpelingen hem achternahollen: 'Meneer... meneer... ik wou zeggen, een tante van me heeft twee jaar geleden zelfmoord gepleegd... Ik bedoel, nog maar een jaar geleden, meneer, en ze was echt als een moeder voor me... Kan de Communistische Partij...'

Murali greep de arm van de man vast en drukte zijn vingers diep in het vlees. Hij keek hem strak in zijn ogen: 'Hoe heet de dochter?'

Langzaam liep hij terug naar het busstation. Hij liet de punt van zijn paraplu over de grond slepen. Het gruwelverhaal van de dode man, de aanblik van die dikke buffels, het gepijnigde gezicht van die mooie dochter – die details bleven in zijn hoofd rondmalen.

In gedachten ging hij vijfentwintig jaar terug, toen hij naar dit dorp was gekomen met zijn aantekenschrift en zijn droom om de Indiase Maupassant te worden. Lopend door de kronkelstraatjes vol straatkinderen die hun gewelddadige spelletjes speelden, dagloners die in de schaduw sliepen en de dikke, stilstaande, glanzende plassen rioolwater, dacht hij weer aan die vreemde mengeling van het verpletterend schone en het smerige dat de kern vormde van elk Indiaas dorp, en het verlangen om tegelijk te bewonderen en te fulmineren, dat in hem was opgekomen vanaf de tijd van zijn eerste bezoeken.

Net als vroeger voelde hij de behoefte om aantekeningen te maken.

Indertijd was hij een week lang elke dag naar Zoutmarktdorp gegaan en had zorgvuldig gedetailleerde beschrijvingen op papier gezet van boeren, hanen, stieren, varkens, biggen, riolen, kinderspelletjes, godsdienstige feesten, met de bedoeling er een reeks korte verhalen van te knutselen, die hij 's avonds schreef in de leeszaal van de gemeentebibliotheek. Hij wist niet zeker of de Partij zijn verhalen zou goedkeuren, dus stuurde hij er onder een pseudoniem – 'Rechtzoeker' – een aantal op naar de redacteur van een weekblad in Mysore.

Na een week kreeg hij een briefkaart van de redacteur, die hem vroeg vanuit Kittur over te komen voor een ontmoeting. Hij nam de trein naar Mysore en wachtte een halve dag voor de redacteur hem zijn kantoor binnenriep.

'Ach ja... het jeugdig genie uit Kittur.' De redacteur zocht zijn tafel af naar zijn bril en haalde de gevouwen bundel verhalen van Murali uit hun envelop, terwijl het hart van de jonge auteur hevig bonsde.

'Ik wilde je ontmoeten' – de redacteur liet de verhalen op de tafel vallen – 'omdat je schrijven van talent getuigt. Je bent het platteland op gegaan en hebt het leven daar gezien, anders dan negentig procent van onze schrijvers.'

Murali glom. Het was voor het eerst dat iemand het woord 'talent' had gebruikt als het over hem ging.

De redacteur pakte een van de verhalen op en liet zijn blik zwijgend over de bladzijden gaan.

'Wie is je lievelingsschrijver?' vroeg hij, terwijl hij op een poot van zijn bril beet.

'Guy de Maupassant.'

Murali corrigeerde zichzelf: 'Na Karl Marx.'

'Laten we ons tot de literatuur bepalen,' antwoordde de redacteur. 'Ieder personage bij Maupassant is zo...' Hij kromde zijn wijsvinger en bewoog hem heen en weer. 'Ze willen, willen, willen. Tot hun laatste levensdag willen ze. Geld. Vrouwen. Roem. Meer vrouwen. Meer geld. Meer roem. Jouw personages' – hij strekte zijn vinger weer – 'willen helemaal niets. Ze wandelen alleen maar door exact beschreven dorpsdecors en hebben diepe gedachten. Ze lopen tussen de koeien en bomen en hanen, en denken. Dan lopen ze tussen de hanen en de bomen en de koeien en denken nog wat. Dat is het.'

'Ze denken na hoe ze de wereld ten goede kunnen veranderen,' protesteerde Murali. 'Ze verlangen naar een betere maatschappij.'

'Ze wíllen niets!' riep de redacteur. 'Ik kan geen verhalen publiceren over mensen die niets willen!'

Hij wierp de verhalenbundel voor Murali neer. 'Kom maar terug als je mensen gevonden hebt die iets willen.'

Murali had die verhalen nooit herschreven. Nu hij stond te wachten op de bus die hem terug naar Kittur zou brengen, vroeg hij zich af of de bundel verhalen nog ergens in zijn huis rondslingerde.

Toen Murali uit de bus was gestapt en was teruggelopen naar het kantoor, trof hij kameraad Thimma met een buitenlander aan. Het was niet ongewoon dat er vreemdelingen op kantoor kwamen: magere, uitgeputte mannen met paranoïde ogen op de vlucht uit omliggende staten waar weer een van de geijkte zuiveringen van radicale communisten plaatsvond. Op zulke plekken waren radicale communisten een ware bedreiging voor de staat. De vluchtelingen sliepen dan een paar weken in het kantoor en dronken thee tot de zaak was afgekoeld en ze weer naar huis konden.

Maar deze man was niet een van die opgejaagden. Hij had blond haar en een raar Europees accent.

Hij was naast Thimma gaan zitten en de kameraad stortte zijn hart uit, starend naar het verre licht in het tralierooster hoog in de muur. Murali ging zitten en luisterde een halfuur lang naar hem. Hij was grandioos. Trotsky was niet vergeven en evenmin was Bernstein vergeten. Thimma wilde de Europeaan laten zien dat zelfs in een kleine stad als Kittur de mensen op de hoogte waren van de theorie van de dialectiek.

De buitenlander had veel zitten knikken en alles opgeschreven. Ten slotte deed hij de dop op zijn balpen en constateerde: 'Ik merk dat de communisten praktisch afwezig zijn in Kittur.'

Thimma sloeg zich op zijn dij. Woest keek hij naar het rooster. De socialisten hadden te veel invloed in dit deel van Zuid-India, zei hij. De feodale kwestie op het platteland was opgelost, grote landgoederen waren opgesplitst en onder de boeren verdeeld.

'Toen Devraj Urs leider van de Congrespartij was, heeft die man hier een soort revolutie tot stand gebracht,' zuchtte Thimma. 'Een pseudorevolutie natuurlijk. Weer het bedrog van Bernstein.'

Murali's eigen grond was onder het socialistische beleid van de Congresregering gevallen. Zijn vader was zijn land kwijtgeraakt. In ruil had de regering hem compensatie toegewezen. Zijn vader was naar het gemeentelijk kantoor gegaan om zijn compensatie te ontvangen, maar toen bleek dat iemand, een of andere bureaucraat, zijn handtekening had vervalst en er met zijn geld vandoor was gegaan. Toen Murali dat hoorde, had hij gedacht: mijn ouwe verdient dit. Ik verdien dit. Voor alles wat wij de armen hebben aangedaan is dit een passende beloning. Hij besefte natuurlijk dat de compensatie voor zijn familie niet door de armen gestolen was maar door een corrupte ambtenaar. Toch was het een soort gerechtigheid.

Murali begon aan zijn vaste laatste werkzaamheden van de dag. Eerst veegde hij het keukentje. Toen hij zijn bezem onder het aanrecht stak, hoorde hij de buitenlander zeggen: 'Ik denk dat het probleem bij Marx is dat hij er te zeer van uitgaat dat mensen... fatsoenlijk zijn. Hij verwerpt het idee van de erfzonde. Misschien is dat de reden dat het communisme op dit moment overal uitsterft. De Berlijnse Muur...'

Murali kroop onder het aanrecht om bij de moeilijk bereikbare plekken te komen. Thimma's stem weerklonk vreemd in de besloten ruimte onder het aanrecht: 'U hebt het dialectische proces totaal verkeerd begrepen!'

Hij stopte even en wachtte onder het aanrecht of kameraad Thimma met een beter antwoord kwam.

Hij veegde de vloer, sloot de kasten, deed overbodige lichten uit om te besparen op de stroomrekening, draaide de kranen vaster dicht om te besparen op de waterrekening, en liep naar het busstation om te wachten tot lijn 56B hem naar huis zou brengen.

Thuis. Een blauwe deur, één tl-buis, drie naakte elektrische peertjes, tienduizend boeken. De boeken waren alom, ze wachtten hem op als trouwe huisdieren aan beide kanten naast de deur toen hij binnenkwam, onder een stoflaag op de eettafel, opgestapeld tegen de oude muren, als om de constructie van het huis te stutten. Ze hadden de beste ruimte in huis ingenomen en voor hem alleen een kleine rechthoek voor zijn veldbed overgelaten.

Hij sloeg de bundel open die hij mee naar huis had genomen: *Dwaalt Gorbatsjov van het Ware Pad? Aantekeningen door Thimma Swami, BA (Kittur), MA (Mysore), secretaris-generaal van het regionaal politbureau van Kittur van de Communistische Partij van India (marxistisch-maoïstisch).*

Hij zou ze voegen bij de aantekeningen bij Thimma's gedachten die hij verzamelde. Het idee was die ooit te publiceren en uit te delen aan de arbeiders als ze uit hun fabrieken kwamen.

Deze avond kon Murali niet lang schrijven. De muggen staken

en hij sloeg ze weg. Hij stak een oliepitje aan om de muggen weg te houden. Ook toen kon hij niet schrijven, en toen besefte hij dat het niet de muggen waren die hem stoorden.

De manier waarop ze haar gezicht had afgewend. Hij zou iets voor haar moeten doen.

Hoe heette ze? O ja. Sulochana.

Hij rommelde rond in de troep rondom zijn bed, tot hij de oude verzameling korte verhalen vond die hij al die jaren geleden had geschreven. Hij blies het stof van de bladzijden en begon te lezen.

De foto van de dode man hing aan de muur, naast de portretten van de goden die hem niet hadden kunnen redden. De goeroe met de dikke buik was inmiddels weggestuurd, misschien omdat hij alle schuld op zich genomen had.

Murali stond bij de deur en klopte langzaam aan.

'Ze zijn op het land aan het werk,' riep de oude buurman met de kapotte rode tanden.

De koeien en de buffel ontbraken op de binnenplaats – ongetwijfeld verkocht. Murali vond het schokkend. Dat meisje, met die edele trekken, dat op het land werkte als een gewone arbeidster?

Ik ben net op tijd gekomen, dacht hij.

'Schiet op, ga ze halen!' riep hij naar de buurman. 'Nu meteen!'

De regering van de staat had een compensatieregeling voor de weduwen van boeren die door omstandigheden gedwongen zelfmoord hadden gepleegd, legde Murali de weduwe uit, en hij liet haar plaatsnemen op het veldbed. Het was een van die goedbedoelde regelingen voor verbeteringen op het platteland die nooit iemand bereikten, omdat niemand ervan af wist, totdat mensen uit de stad, zoals Murali, hun erover vertelden.

De weduwe was magerder en verbrand door de zon, ze zat daar voortdurend met haar handen langs de achterkant van haar sari te wrijven. Ze schaamde zich dat ze zo vuil waren.

Sulochana kwam naar buiten met de thee. Het verbaasde hem dat dat meisje, dat op het land aan het werk geweest was, toch nog tijd had gevonden om thee voor hem te zetten.

Toen hij het kopje van haar aannam en haar vingers aanraakte, bewonderde hij snel haar gelaatstrekken. Ze kwam net terug van een dag hard werken op het land, maar was nog steeds mooi, eigenlijk mooier dan ooit tevoren. Haar gezicht had die eenvoudige, onopgesmukte elegantie. Niets van de make-up, lippenstift of valse wenkbrauwen die je tegenwoordig in de stad zag.

Hoe oud was ze, vroeg hij zich af.

'Meneer...' De oude vrouw vouwde haar handen. 'Komt dat geld echt?'

'Als u hier tekent,' zei hij. 'En hier. En hier.'

De oude dame pakte de pen aan en grijnsde idioot.

'Ze kan niet schrijven,' zei Sulochana, dus legde hij de brief op zijn dijbeen en tekende voor haar.

Hij legde uit dat hij nog een brief bij zich had, die moest worden afgeleverd op het hoofdbureau van politie bij de Vuurtorenheuvel, en daarin werd vervolging geëist van de geldschieter voor zijn rol in de dood van de man, door zijn woekerpraktijken. Hij wilde dat de oude vrouw die ook tekende, maar ze vouwde haar handpalmen tegen elkaar en boog voor hem.

'Alstublieft, meneer, doet u dat niet. Alstublieft. Wij willen geen moeilijkheden.'

Sulochana stond bij de muur naar beneden te kijken en steunde zwijgend de smeekbede van haar moeder.

Hij verscheurde de brief. Op dat moment besefte hij dat hij nu scheidsrechter speelde over het lot van dit gezin. Hij was hier de patriarch.

'En haar huwelijk?' zei hij, wijzend op het meisje dat tegen de muur leunde.

'Wie zou met haar willen trouwen? En wat moet ik doen?' klaagde de oude vrouw, terwijl het meisje zich terugtrok in het donker van het huis.

Op de weg terug naar het busstation kwam het idee bij hem op.

Hij duwde de metalen punt van zijn paraplu in de grond en trok een lang, doorlopend spoor door de modder.

En toen dacht hij: waarom niet?

Tenslotte was het haar enige hoop...

Hij stapte in de bus. Hij was op zijn vijfenvijftigste nog vrijgezel. Na zijn gevangenistijd had zijn familie hem onterfd, en geen van zijn tantes of ooms had geprobeerd een huwelijk voor hem te arrangeren. Op de een of andere manier had hij met al dat uitdelen van pamfletten, het verkondigen van het woord aan het proletariaat en het verzamelen van de toespraken van kameraad Thimma nooit de tijd gevonden om zichzelf uit te huwelijken. Daar had hij ook nooit zoveel behoefte aan gehad.

Toen hij in bed lag dacht hij: maar dit is geen plek waar een meisje kan wonen. Dit is een vies huis, vol met oude uitgaven, boeken van veteranen van de Communistische Partij en negentiende-eeuwse Franse en Russische verhalenschrijvers die niemand nog leest.

Tot nu toe had hij zich niet gerealiseerd hoe beroerd hij al die jaren gewoond had. Maar het zou veranderen, hij koesterde grote hoop. Als zij in zijn leven kwam, kon alles anders worden. Hij lag op zijn veldbed naar de plafondventilator te staren. Die stond uit, hij zette hem zelden aan, zodat de stroomrekening niet zou oplopen, behalve als de zomerhitte op z'n drukkendst was.

Zijn leven lang was hij voortgejaagd door een rusteloosheid, een gevoel dat hij voorbestemd was voor een grotere uitdaging dan hij in een kleine stad kon vinden. Toen hij in Madras afgestudeerd was in de rechten, had zijn vader verwacht dat hij zijn advocatenpraktijk zou overnemen. Murali voelde zich echter aangetrokken tot de politiek. Hij ging meetings van de Congrespartij in Madras bijwonen en bleef dat in Kittur doen. Hij nam de gewoonte aan een Nehru-petje te dragen en zette een foto van Gandhi op zijn bureau. Dat merkte zijn vader. Op een dag kwam er een confrontatie met geschreeuw, Murali was uit het huis van zijn vader vertrokken en als fulltime lid bij de Congrespartij gegaan. Hij wist al wat hij met zijn leven wilde doen: er viel een vijand te verslaan. Het oude, slechte India van kasten en klassenprivileges, het India van kinderhuwelijken, mishandelde weduwen en uitgebuite ondergeschikten, dat moest worden omvergeworpen. Toen de staatsverkiezingen kwamen, voerde hij van ganser harte campagne voor de Congreskandidaat, een jonge man van lage kaste die Anand Kumar heette.

Toen Anand Kumar gewonnen had, zag hij elke morgen twee van de zijn medeactivisten voor de Congrespartij voor het partijbureau zitten. Hij zag mannen naar hen toe komen met brieven voor de kandidaat. Ze pakten de brieven plus een tiental rupees aan van iedereen die een verzoek indiende.

Murali dreigde het te melden aan Kumar. De twee mannen trokken een ernstig gezicht. Ze deden een stap opzij en nodigden Murali uit om meteen naar binnen te gaan.

'Dien je klacht maar meteen in,' zeiden ze.

Hij deed het, klopte aan de deur van Kumar en hoorde achter zich lachen.

Daarna ging Murali bij de communisten, want hij had gehoord dat die onomkoopbaar waren. De grotere facties van de communisten bleken net zo corrupt als de Congrespartij, dus stapte hij van de ene Communistische Partij over op de volgende, tot hij op een dag een schemerig kantoor binnenkwam en onder het reusachtige affiche van heldhaftige proletariërs die de hemel beklommen om de goden van het verleden eruit te gooien, de kleine, donkere gestalte van kameraad Thimma zag. Eindelijk, een onomkoopbare. In die dagen had de partij zeventien vrijwilligersleden, die leidden opleidingscursussen voor vrouwen, gezinsplanningcampagnes en proletarische radicalisatiebijeenkomsten. Met een groep vrijwilligers ging hij naar de sweatshops bij de Bunder, waar ze pamfletten uitdeelden over de boodschap van Marx en de zegeningen van sterilisatie. Toen het ledental van de partij slonk, ging hij uiteindelijk alleen, het maakte hem niets uit. Dit was een goede zaak. Hij was nooit fel, zoals de activisten van de andere communistische partijen. Kalm en met veel uithoudingsvermogen stond hij langs de kant van de weg, hield de arbeiders pamfletten voor en herhaalde de boodschap die zo weinigen van hen zich ooit aantrokken: 'Willen jullie niet ontdekken hoe je een beter leven kunt leiden, broeders?'

Hij dacht dat ook zijn eigen geschrijf zou kunnen bijdragen aan de zaak, hoewel hij eerlijk genoeg was om toe te geven dat hij dat alleen vanuit zijn ijdelheid dacht. Het woord 'talent' had zich nu vastgezet in zijn hoofd, en dat gaf hem hoop, maar nog terwijl hij zich afvroeg hoe hij beter zou kunnen schrijven, werd hij in de gevangenis gegooid.

Op een dag kwam de politie voor kameraad Thimma. Dat was tijdens de Noodtoestand.

'Jullie hebben gelijk dat jullie me arresteren,' had Thimma gezegd, 'want ik steun ronduit en openlijk alle pogingen om de bourgeoisregering van India omver te werpen.'

Murali had de agenten gevraagd: 'Zou u het erg vinden om mij ook te arresteren?'

In de gevangenis had hij een gelukkige tijd gehad. Hij waste Thimma's kleren en hing ze 's morgens te drogen. Hij had gehoopt dat hij zich door alle vrije tijd in de gevangenis zou kunnen concentreren, zodat hij zijn verhalen kon bewerken, maar hij had geen tijd om voor zichzelf te schrijven. 's Avonds noteerde hij wat Thimma dicteerde. Thimma's antwoorden op de grote vragen van het marxisme. De afvalligheid van Bernstein. De uitdaging van Trotsky. Een rechtvaardiging voor Kronstadt.

Hij verzamelde de antwoorden nauwgezet. Daarna trok hij een deken over Thimma's gezicht, zodat zijn tenen eronderuit staken in de koele lucht.

Hij schoor hem 's morgens, terwijl Thimma tegen de spiegel bulderde over Chroestsjovs ontheiliging van de nalatenschap van kameraad Stalin.

Het was de gelukkigste periode van zijn leven. Maar toen was hij vrijgelaten.

Met een zucht stond Murali op van zijn bed. Hij ijsbeerde door het donkere huis, keek naar de boekenrommel, de uiteenvallende uitgaven van Gorky en Toergenjev en herhaalde almaar bij zichzelf: Wat heb ik in dit leven tot stand gebracht? Alleen dit vervallen huis...

Toen zag hij weer het gezicht van het meisje, en zijn hele lichaam werd verlicht door hoop en vreugde. Hij haalde zijn bundel korte verhalen tevoorschijn en begon ze weer te lezen. Met een rode pen begon hij details van zijn personages te schrappen, hun motieven en impulsen meer vaart te geven.

Op een morgen, toen Murali op weg was naar Zoutmarktdorp, drong het tot hem door: ze ontlopen me. Zowel de moeder als de dochter.

Toen dacht hij: nee, Sulochana niet, alleen die oude vrouw is bekoeld.

Al twee maanden lang nam hij nu onder allerlei voorwendsels de bus naar Zoutmarktdorp, alleen maar om Sulochana's gezicht weer te kunnen zien, alleen maar haar vingers te kunnen beroeren als ze hem zijn kop kokendhete thee aangaf.

Hij had de oude dame proberen duidelijk te maken dat ze zouden moeten trouwen – hij kon toespelingen maken en dan zou het idee vanzelf tot de vrouw doordringen. Dat had hij gehoopt. En dan zou hij, louter uit sociale verantwoordelijkheid, toestemmen in een huwelijk met haar, ondanks zijn gevorderde leeftijd.

Maar de oude dame had zijn verlangens nooit geraden.

'Uw dochter is heel goed in de huishouding,' had hij een keer gezegd, in de mening dat die hint wel voldoende was.

Toen hij de dag daarop aankwam, kwam er een vreemd jong meisje hem buiten tegemoet. Het ging de weduwe beter, ze had nu een dienstmeisje aangenomen.

'Is mevrouw thuis?' vroeg hij. Het dienstmeisje knikte.

'Kun je haar halen?'

Er verstreek enige tijd. Hij dacht vanachter de deur stemmen te horen. Toen kwam het meisje naar buiten en zei: 'Nee.'

'Wat nee?'

Haar blik zwierf weer in de richting van het huis. 'Ze... zijn er niet. Nee.'

'En Sulochana? Is die thuis?'

Het dienstmeisje schudde haar hoofd.

Waarom zouden ze me ook niet ontlopen, dacht hij, terwijl hij zijn paraplu over de grond liet slepen op de terugweg naar het busstation. Voor hen had hij zijn werk gedaan, hij was niet meer nodig. Zo gedragen mensen zich in de echte wereld. Waarom zou hij gekwetst zijn?

Toen hij die avond door zijn sombere huis ijsbeerde, had hij het gevoel dat hij het eens moest zijn met het oordeel van de oude vrouw. Dit is geen onderkomen voor een jong meisje als Sulochana. Hoe kon hij hier een vrouw binnenlaten? Hij had nooit bedacht hoe armzalig hij leefde, tot hij zich probeerde voor te stellen dat hij met iemand samenwoonde.

Toch zat hij de volgende dag weer in de bus naar Zoutmarktdorp, waar het dienstmeisje hem weer vertelde dat er niemand thuis was.

Op de terugweg leunde hij met zijn hoofd tegen het raamhekje en dacht: hoe meer ze hun neus voor me ophalen, des te meer verlang ik ernaar om voor dat meisje op de knieën te vallen en haar een aanzoek te doen.

Thuis probeerde hij een brief te schrijven. 'Lieve Sulochana, ik heb een manier gezocht om het je te vertellen. Er valt zoveel te zeggen...'

Een week lang ging hij elke dag terug, en elke dag werd hem de toegang ontzegd. 'Ik kom nooit meer terug,' beloofde hij zichzelf de zevende avond, net zoals de zes avonden daarvoor. 'Ik ga echt nooit meer terug. Dit is onwaardig gedrag. Ik maak misbruik van die mensen.' Maar hij was ook boos op de oude vrouw en Sulochana dat ze hem zo behandelden.

Op de weg naar huis stond hij op en riep tegen de conducteur: 'Stoppen!' Hij herinnerde zich zomaar opeens een verhaal dat hij twintig jaar geleden had geschreven over een koppelaar die in het dorp werkte.

Hij vroeg de knikkerende kinderen naar de koppelaar. Ze verwezen hem naar de winkeliers. Het duurde anderhalf uur voor hij het huis vond.

De koppelaar was een oude, halfblinde man die in een stoel zijn waterpijp zat te roken. Zijn vrouw kwam aan met een stoel voor de communist.

Murali schraapte zijn keel en knakte met zijn knokkels. Hij vroeg zich af wat hij moest zeggen en doen. De held van zijn verhaal had rondom het huis van de koppelaar gelopen en was toen weggegaan, zo ver was hij nooit gekomen.

'Een vriend van me wil graag trouwen met dat meisje. Sulochana.'

'De dochter van die man die...?' De koppelaar acteerde zwijgend een verhanging.

Murali knikte.

'Uw vriend komt te laat, meneer. Ze heeft nu geld, dus ze krijgt wel honderd aanzoeken,' zei de koppelaar. 'Zo gaat dat in het leven.'

'Maar... mijn vriend... Mijn vriend heeft zijn zinnen op haar gezet...'

'Wie is die vriend?' vroeg de koppelaar met een vuile, alwetende glans in zijn ogen.

's Morgens nam hij de bus zodra zijn werk op het partijbureau klaar was, en wachtte haar op de markt op. Vanaf dat moment begon hij haar op te wachten op de markt, als ze 's avonds groente kocht. Dan volgde hij haar langzaam. Hij keek naar de bananen, de mango's. Hij was deskundig in zoveel vrouwentaken, zijn hart sloeg een slag over als hij haar een overrijpe mango zag uitkiezen. Als de verkoper haar bedotte, wilde hij erheen hollen, tegen hem uitvaren en haar behoeden voor zijn hebzucht.

's Avonds ging hij op de bus terug naar Kittur staan wachten. Hij sloeg het leven van de mensen in de dorpen gade. Hij zag een jongen verwoed trappen op zijn fiets met een blok ijs achterop gebonden. Hij moest het op tijd redden voordat het ijs smolt, het was al voor de helft verdwenen, en hij had geen ander doel in zijn leven dan de rest van het ijs op tijd te bezorgen. Er kwam een man aan met bananen in een plastic zak, hij keek om zich heen. De bananen vertoonden al grote zwarte plekken en hij moest ze verkopen voor ze gingen rotten. Al die mensen maakten Murali iets duidelijk. Iets verlangen in het leven, zeiden ze, betekent erkennen dat de tijd beperkt is.

Hij was vijfenvijftig jaar oud.

Die avond nam hij niet de bus terug, maar liep hij naar het huis. Hij wilde niet naar de voordeur en ging achterom. Sulochana was rijst aan het wannen. Ze keek naar haar moeder en ging naar binnen.

Het dienstmeisje liep het huis in om een stoel te halen, maar de oude vrouw zei: 'Niet doen.'

'Hoor eens, wilt u met mijn dochter trouwen?' vroeg ze.

Dus ze was erachter gekomen. Zo gaat het altijd: je doet je best om je verlangen te verbergen en dan is het al bekend. De grootste misvatting die er bestaat: dat je voor anderen kunt verbergen wat je van ze wilt.

Hij knikte en vermeed haar blik.

'Hoe oud bent u?' vroeg ze.

'Vijftig.'

'Kunt u haar op uw leeftijd kinderen schenken?'

Hij zocht naar een antwoord.

De oude vrouw zei: 'Waarom zouden we u eigenlijk in de familie willen hebben? Wijlen mijn man zei altijd tegen me dat communisten problemen opleveren.'

Zijn mond viel open. Was dat dezelfde man die de communisten had geprezen? Had die vrouw dat allemaal maar verzonnen?

Nu begreep Murali het. Haar man had niets gezegd over de communisten. In hun nooddruft werden ze zo uitgekookt, die lui!

Hij zei: 'Ik bied uw familie veel voordelen. Ik ben Brahmaan van geboorte, afgestudeerd in...'

'Hoor eens!' De weduwe stond op. 'Gaat u nu maar weg, of er komen moeilijkheden.'

Waarom niet? Misschien kan ik haar op mijn leeftijd geen kinderen meer schenken, maar ik kan haar zeker gelukkig maken, dacht hij in de bus terug naar huis. We kunnen samen Maupassant lezen.

Hij was een goed opgeleid man, afgestudeerd aan de universiteit van Madras, en dit was geen manier om hem te behandelen. De tranen sprongen hem in de ogen.

Hij zocht in boeken met verhalen en poëzie, maar de tekst van een filmsong die hij in de bus gehoord had leek zijn gevoelens nog het best te verwoorden. Dus daarom gaat het proletariaat naar de bioscoop, dacht hij. Hij kocht zelf een kaartje.

'Hoeveel?'

'Eén.'

De kaartjesverkoper grijnsde. 'Heb je dan geen vrienden, oude man?'

Na de film schreef Murali een brief aan haar en deed hem op de bus.

De volgende morgen werd hij wakker en vroeg zich af of ze hem ooit zou lezen. Als hij haar huis al bereikte, zou haar moeder hem dan niet weggooien? Hij had hem haar persoonlijk moeten overhandigen!

Een oprechte poging doen is niet genoeg. Dat was genoeg voor Marx en Gandhi, dat ze het probeerden. Maar niet in de echte wereld, waarin hij opeens bleek te leven.

Nadat hij een uur lang over de zaak had nagedacht, schreef hij de brief nogmaals. Deze keer gaf hij een jochie drie rupee om het meisje de brief in haar handen te drukken.

'Ze weet dat u hier komt om haar te zoeken,' zei de groenteverkoper de volgende keer dat hij op de markt was. 'U hebt haar weggejaagd.'

Ze ontloopt me. Hij voelde een steek in zijn hart. Nu begreep hij zoveel meer filmsongs. Dit bedoelden ze: de vernedering als een meisje voor wie je een heel eind gereisd hebt je ontloopt...

Hij dacht dat alle groenteverkopers hem uitlachten.

Nog maar tien jaar geleden, toen hij in de veertig was, zou het helemaal niet ongepast geweest zijn als hij zo'n meisje benaderde, dacht hij op weg naar huis. Nu was hij een vieze oude man. Hij was de vaste figuur geworden die hij in een aantal van zijn verhalen had opgevoerd: de wellustige oude Brahmaan die op een onschuldig meisje van een lagere kaste aast.

Maar die kerels waren maar karikaturen, clichéboeven. Nu kon hij ze zoveel beter schilderen. Toen hij die avond in zijn bed stapte, pakte hij een vel papier en schreef: 'Enkele gedachten die een wellustige oude Brahmaan écht zou kunnen hebben.'

Nu weet ik genoeg, dacht Murali toen hij keek naar de woorden die hij geschreven had. Eindelijk kan ik schrijver worden.

De volgende morgen keerden orde en redelijkheid terug. Daar had je de kam in zijn haar, de ademhalingsoefeningen voor de spiegel, de trage, gelijkmatige gang de voordeur uit, het schoonmaken van het partijhoofdkwartier en het thee zetten voor Thimma.

Maar tegen de middag zat hij weer in de bus naar Zoutmarktdorp.

Hij wachtte tot ze op de markt verscheen en liep toen achter haar aan, bestudeerde aardappels en aubergines, en wierp steelse blikken op haar. Al die tijd zag hij de verkopers zich vrolijk maken over hem: vieze oude man, vieze oude man. Met spijt dacht hij aan het traditionele voorrecht van de man in India – in het oude, slechte India – om met een jongere vrouw te trouwen.

De volgende morgen, terug in het keukentje op het Partijhoofdkwartier, waar hij thee zette voor Thimma, leek alles om hem heen groezelig, donker en ondraaglijk: de oude potten en pannen, de vuile lepels, de smerige oude pot waaruit hij suiker voor de thee schepte – vonken van een leven dat nooit was opgelaaid, nooit had gevlamd.

'Je bent belazerd,' zei alles in de kamer tegen hem. 'Je hebt je leven verspild.'

Hij dacht aan al zijn pluspunten: zijn opleiding, zijn scherpe geest, zijn hersens, zijn gave om te schrijven. Zijn 'talent', zoals die redacteur in Mysore had gezegd.

Dat alles, dacht hij toen hij de thee naar de ontvangstruimte droeg, was verspild in dienst van kameraad Thimma.

Zelfs Thimma had zijn leven verspild. Hij was nooit hertrouwd na de vroege dood van zijn vrouw, hij had zich gewijd aan zijn levensdoel: de verheffing van het proletariaat van Kittur. Uiteindelijk was het niet de schuld van Marx, maar van Gandhi en Nehru. Daar was Murali van overtuigd. Een hele generatie jongemannen, misleid door het gandhianisme, verspilden hun leven met overal maar gratis oogklinieken op te zetten voor de armen en boeken uit te delen aan plattelandsbibliotheken, in plaats van dat ze die jonge weduwen en ongetrouwde meisjes verleidden. Die oude man met zijn lendendoek had ze gek gemaakt. Net als Gandhi moest je al je wellust intomen. Zelfs weten wat je van het leven wilde was een zonde, verlangen was zelfgenoegzaam. En wat had het dit land opgeleverd na veertig jaar idealisme? Een complete rotzooi! Als de jongemannen van zijn generatie allemaal rotzakken waren geworden, zou het hier misschien onderhand net zo zijn als in Amerika!

Die avond dwong hij zichzelf niet de bus naar het dorp te nemen. Hij bleef op het Partijhoofdkwartier en maakte het twee keer schoon.

Nee, dacht hij, terwijl hij zwoegend voor de tweede keer onder de gootsteen poetste, het was geen verspilling! Het idealisme van jongemannen zoals hij had Kittur en de dorpen eromheen veranderd. De armoede op het platteland was gehalveerd, de pokken waren uitgeroeid, de algemene gezondheid was honderd keer beter, het analfabetisme daalde. Als Sulochana kon lezen, was dat te danken aan vrijwilligers zoals hij, door die gratis bibliotheekprojecten...

Hij stopte in het duister onder het aanrecht. Binnen in hem grauwde een stem: 'Mooi, ze kan lezen. En wat heb jij daaraan, idioot?'

Hij haastte zich terug naar het licht in de ontvangstruimte.

Het affiche kwam nu tot leven. De proletariërs die de ladder beklommen om de goden neer te halen begonnen te smelten en van vorm te veranderen. Hij zag ze nu zoals ze waren: een ondergeschikt leger van zaad, bloed en vlees dat binnen in hem in opstand kwam. Een revolutie van het lijfsproletariaat, lang onderdrukt, dat zich nu uitsprak en zei: *Wij willen!*

Het was afgelopen met de communisten. De Europese gast had zoiets gezegd en alle kranten zeiden hetzelfde. Op een of andere manier hadden de Amerikanen gewonnen. Kameraad Thimma zou maar door blijven praten. Maar binnenkort zou er niets meer zijn om over te praten omdat Marx stom geworden was. Dialectiek was tot stof vergaan. Net als Gandhi, net als Nehru. Ginds in de straten van Kittur reden jonge mensen in splinternieuwe Suzuki's waaruit popmuziek uit het Westen dreunde, ze likten met rode tongen aan frambozenijs en droegen glimmende metalen horloges.

Hij pakte een pamflet op en gooide het naar het Sovjet-affiche, waarbij hij een gekko opschrikte die zich erachter verstopt had.

Dacht je dat voorrechten geen plek meer hebben in het Indiase leven? Dacht je dat een afgestudeerde van de universiteit van Madras, een Brahmaan, zo makkelijk opzijgeschoven kon worden?

In de hobbelende bus hield Murali een brief van de staatsregering van Karnataka in zijn hand, die aankondigde dat de volgende uitbetaling eraan kwam van het geld voor de weduwe van de boer Arasu Deva Gowda, op voorwaarde dat ze ervoor tekende. Achtduizend rupee.

Hij vroeg de weg en vond het huis van de geldschieter. Hij zag het al, het grootste bouwwerk van het dorp, met een roze gevel en zuilen ervoor die een portico ondersteunden – het huis dat was gebouwd van drie procent samengestelde interest per maand.

De geldschieter, een dikke, donkere man, was graan aan het verkopen aan een groep boeren, naast hem zat een dikke, donkere jongen, waarschijnlijk zijn zoon, aantekeningen te maken in een boek. Murali bleef staan om het allemaal te bewonderen: de absoluut geniale uitbuiting in India. Verpats zo je slechte voorraad. Zadel de koper met een lening op om dat graan te kopen. Laat hem drie procent per maand terugbetalen. Zesendertig procent per jaar. Nee, nog meer, veel meer! Sa-men-ge-stel-de interest! Wat duivels, wat briljant! En dan te bedenken, glimlachte Murali, dat hij had aangenomen dat begrip van dialectiek een teken van intelligentie was.

Toen Murali naar hem toe liep, stak de geldschieter zijn hand diep in het graan. Toen hij hem eruit haalde, was zijn chocoladekleurige huid overdekt met fijn geel stof, als een vogelsnavel met stuifmeel.

Zonder zijn arm schoon te vegen pakte hij de brief aan van Murali. Achter hem, in een nis in de muur van zijn huis, stond een reusachtig rood beeld van de dikbuikige Ganesha. Een dikke vrouw met dikke kinderen om zich heen zat op een veldbed. En vanachter hen kwam de lucht aandrijven van een vretend, poepend beest, ongetwijfeld een waterbuffel.

'Wist u dat de regering de weduwe weer achtduizend rupee heeft uitgekeerd?' zei Murali tegen hem. 'Als u nog schulden hebt uitstaan, moet u ze nu innen. Ze is nu in staat om te betalen.'

'Wie ben jij?' vroeg de geldschieter met kleine argwanende oogjes.

Murali aarzelde een moment en zei: 'Ik ben de vijfenvijftigjarige communist.'

Hij wilde dat ze het zouden weten, de oude vrouw en Sulochana. Hij had hen nu allebei in zijn macht. Hij had hen in zijn macht gehad vanaf de dag dat ze zijn kantoor waren binnengelopen.

Toen hij weer thuis was, lag er een brief van kameraad Thimma onder de deur. Waarschijnlijk persoonlijk bezorgd, aangezien er nu niemand anders meer was om te bezorgen.

Hij gooide hem weg. Op dat moment besefte hij dat hij zijn lidmaatschap van de Communistische Partij van India (marxistisch-maoïstisch) voorgoed weggooide. Kameraad Thimma zou, met een mond snakkend naar thee, in eenzaamheid lezingen houden in die schemerige zaal en hem aan de kaak stellen. Hij voegde zich bij Bernstein en Trotsky en de lange rij van afvalligen.

Om middernacht was hij nog wakker. Hij lag te staren naar de plafondventilator, waarvan de bladen het licht van de halogeenstraatlantaarns buiten de slaapkamer tot scherpe, witte flitsen hakten. Ze stortten zich over hem heen als de eerste stukjes wijsheid die hij in zijn leven ontvangen had.

Hij staarde lange tijd naar de draaiende schittering van de ventilatorbladen. Toen sprong hij met een ruk uit zijn bed.

Chronologie

1984

31 oktober

Via de BBC bereikt Kittur het nieuws dat mevrouw Indira Gandhi, eerste minister van India, vermoord is door haar eigen lijfwachten. Twee dagen lang sluit de stad zich af in rouw. De crematie van mevrouw Gandhi, rechtstreeks uitgezonden, zorgt voor een grote hausse in de verkoop van tv-toestellen in Kittur.

November

Algemene verkiezingen. Anand Kumar, kandidaat voor de Congrespartij en onderminister in het kabinet van Indira Gandhi, behoudt zijn zetel. Zijn voorsprong van 45.457 stemmen op Ashwin Aithal, zijn tegenstander van de BJP, is de grootste in de geschiedenis van Kittur.

1985

Als reactie op de groeiende belangstelling voor de aandelenhandel, begint de *Dawn Herald* op bladzijde 3 een dagelijks verslag te publiceren van de activiteiten op de Aandelenbeurs van Bombay.

Dr. Shambhu Shetty opent de Happy Smile-kliniek, de eerste orthodontische kliniek in Kittur.

1986

Tijdens een gigantische bijeenkomst van de Hoyka-gemeenschap op de Nehru Maidan wordt plechtig beloofd dat de eerste tempel 'voor, door en van de Achtergestelde Kasten' in Kittur zal worden gebouwd.

De eerste uitleenvideotheek wordt geopend aan de Paraplustraat.

De bouw van de noordelijke klokkentoren van de kathedraal van Onze-Lieve-Vrouwe van Valencia, die langer dan een decennium stillag, wordt hervat.

1987
Het wereldkampioenschap cricket wordt gehouden in India en Pakistan. De belangstelling voor cricket leidt tot een grote hausse in de vraag naar kleuren-tv's.

Er breken rellen uit tussen hindoes en moslims in de Bunder. Er vallen twee doden. Uitgaansverbod van zonsondergang tot zonsopgang in de haven.

Kittur wordt door de staatsregering van Karnataka gepromoveerd van 'stad' tot 'city', en de stadsraad gaat 'gemeentebestuur' heten. De eerste daad van het nieuwe bestuur is toestemming verlenen om het grote woud van Bajpe te rooien.

De komst van Tamil-arbeidsmigranten, aangetrokken door de opleving van de bouw in Bajpe en aan de Rozenlaan, leidt naar men aanneemt tot een ernstige cholera-uitbraak.

1988
Mabroor Ismail Engineer, algemeen beschouwd als de rijkste man van de stad, opent de eerste Maruti-Suzuki-autoshowroom in Kittur.

De Rashtriya Swayamsevak Sangh (RSS) houdt een mars van de

Angel Talkies naar de Bunder. De deelnemers eisen dat India uitgeroepen wordt tot hindoestaat en een terugkeer naar traditionele maatschappelijke waarden.

Verkiezingen voor het Gemeentebestuur. De BJP en de Congrespartij halen praktisch een gelijk zeteltal.

De bouw van de noordelijke klokkentoren, van de kathedraal van Onze-Lieve-Vrouwe van Valencia die een jaar had stilgelegen door de dood van de plebaan, wordt hervat.

1989
Algemene verkiezingen. Ashwin Aithal, de kandidaat van de BJP, wordt tot woede van minister en Congrespartij-kandidaat Anand Kumar de eerste kandidaat van een andere partij dan de Congrespartij die de zetel van Kittur wint.

Het Sardar Patel IJzeren Man van India Sportstadion in Bajpe wordt geopend. Woningen schieten in de wijk uit de grond en tegen het eind van het jaar is het oude woud bijna compleet verdwenen.

1990
Er ontploft een bom tijdens een scheikundeles in de St.-Alfonso Middelbare School voor Jongens, die daarom tijdelijk gesloten wordt. Op de voorpagina van de *Dawn Herald* verschijnt een hoofdartikel met de vraag: 'Is in India de staat van beleg nodig?'

Het eerste computerlokaal in Kittur wordt geopend in de St.-Alfonso Middelbare School voor Jongens. Andere scholen volgen binnen een jaar.

De Golfoorlog breekt uit, waardoor geldzendingen door werknemers in Kuweit wegvallen. Er volgt een diepe economische crisis. De reportages over de oorlog op CNN, alleen te zien door wie een tv met schotelantenne heeft, leiden echter tot een grote hausse in de verkoop van satellietschotels in Kittur.

Daar de geldstroom is gestopt, komen de werkzaamheden aan de noordelijke klokkentoren van de kathedraal weer tot stilstand.

1991
21 mei
Via CNN bereikt Kittur het nieuws van de moordaanslag op Rajiv Gandhi. Twee dagen lang sluit de stad zich af in rouw.